读客®

读客三个圈经典文库

经典就读三个圈　导读解读样样全

吾輩は猫である

我是猫

[日]夏目漱石 著

黄悦生 译

读客三个圈经典文库

经典就读三个圈　导读解读样样全

江苏凤凰文艺出版社
JIANGSU PHOENIX LITERATURE AND ART PUBLISHING

初版《我是猫》封面

1905—1907年，初版《我是猫》由大仓书店和服部书店出版，分为上、中、下三册，由桥口五叶装帧设计，中村不折绘制插画。本书从中选取五幅插画，精描上色。

“当时，那和尚简直是气疯了，非让我把墓碑扶起来不可。我说：‘等我去雇人过来。’他说：‘不能雇人。为了表示忏悔之意，你必须自己把它扶起来。否则会违背佛祖旨意的。”

“当时你可真是狼狈不堪啊——上身穿件细棉布衬衫，下身系着一条兜裆布，在雨后的水洼里嘿哟嘿哟地使劲……”

——《我是猫》第4章

“啊？”女主人正感到惊讶时，迷亭立刻又把拳头伸进帽子内侧，用力朝上一顶，帽子顶部立刻恢复了原状。接着，他又拿起帽子，从两侧把帽檐往里压，把帽子压得十分平整，就像用擀面杖碾平的荞麦面饼一样。然后，像卷席子似的把它折起来，塞进怀里，并说道：“看见了吧，怎么样？”

——《我是猫》第6章

首先，她把寄居在妹妹鼻尖上的饭粒拿下来。拿下来之后，我本以为她要扔掉，不料她却立刻把饭粒塞进了自己嘴巴里，让我大吃一惊。然后她开始清除妹妹脸颊上的饭粒。这里饭粒成群，我数了一下，左右两边合起来竟多达二十多颗。俊子认真地把一颗一颗饭粒拿下来吃掉。最后，终于把妹妹脸上的饭粒全都吃了个精光。

——《我是猫》第10章

“这不是鲣鱼干吗？”

“是的，是我老家的特产。”

“你说是特产，不过好像东京也有吧。”

主人把一条最大的拿到鼻子底下闻了闻。

“靠闻是分辨不出鲣鱼干好坏的。”

“是因为个儿大，所以才成为特产的吗？”

“您吃一下就知道了。”

“吃当然是要吃的。不过，这条鱼头上怎么缺了一块呢？”

“正因为担心这个，所以我才想尽快把这土特产送给您。”

“怎么回事？”

“怎么回事？这是被老鼠咬掉的呀。”

——《我是猫》第11章

喝吧！我下定决心，猛地把舌头伸进杯子里，吧嗒吧嗒地舔了几口，顿时被吓住了。我的舌尖火辣辣的，仿佛被针扎了一样。人类不知发了什么疯，非得喝这种酸臭的东西，反正我们猫儿是喝不了的。猫和啤酒，注定无缘吧。

——《我是猫》第11章

目　录

第一章

我是猫。还没有名字。

我压根儿就不晓得自己是在哪里出生的，只记得我好像在一个昏暗潮湿的地方“喵喵”地哭泣。在那儿，我第一次见到了人这种怪物。而且，后来还听说，他们被称为“寄宿生”[1]，是最凶狠的一种人，时常把我们抓来煮了吃。不过，当时我还不懂事，所以倒也没觉得特别害怕。只是被他托在掌心、忽地一下举起来时，会双腿发软。在他的掌心上，我稍定了定神，便瞅见了他的面孔——这是我生来头一次看见所谓的人。当时我心想：“人长得可真奇怪。”这种印象至今也没变。就说脸吧，本来应该长着毛，但那张脸竟然是光溜溜的，跟水壶没什么两样。后来我见过很多猫，但像他这样的残次品，却一次也没见过。而且，他的脸中间高高地鼓起一块，那窟窿老是呼呼地喷出烟来，呛得我受不了。直到最近我才明白，那是他们在抽烟哩。

我优哉游哉地坐在他掌心里。可没过一会儿，就感觉飞速旋转起来，不知是他在动还是我自己在动。我只觉得头昏眼花，胸口憋闷。我心想：这下准完蛋了。最后只听见“咚”的一声，我顿时眼冒金

1　此处指寄宿在别人家里，一边帮做家务、一边求学的学生。——译者注（如无特别说明，本书中注释均为译者注）

星。我只记得这些，之后发生了什么，怎么也想不起来。

待我清醒过来时，那个寄宿生已经不见了。原先在一起的众多兄弟姐妹也全都不见了。就连我最亲爱的妈妈也不知去向。而且，这里跟刚才那地方完全不同，贼亮贼亮的，让我几乎睁不开眼睛。“咦，怎么这么奇怪？”我慢慢地爬了几步，感觉浑身疼痛。原来，我被从稻草堆上扔进了竹丛里。

我好不容易才爬出竹丛，看见前面有个大池塘。我坐在池塘前面发愁：“我该怎么办呢？”却想不出什么好主意。这时，我灵机一动：“要是我哭上一会儿的话，说不定那寄宿生会来找我的吧。”于是我就试着“喵喵”地哭了几声，可是压根儿就不见人影。这时，池面上唰啦啦地吹过一阵风，天快黑了。我肚子饿得慌，想哭又哭不出来。无奈之下，我决定随便去找点儿什么吃的。我蹑手蹑脚地沿着池边向左走。难受得要命。我强忍着，拼命向前爬，终于来到一个好像有人家的地方。我心想：“只要爬进去，就会有办法的。”于是就从竹篱笆的破洞钻进了院子里。

缘分这东西，真是不可思议。如果这竹篱笆上没有破洞的话，说不定我早就饿死在路边了。俗话说：“一树之荫，前世之缘。”直到今天，这破洞口还是我去隔壁小花[1]家串门时的必经之路。

且说我钻进院子后，却不知道接下来该怎么办。我又饿又冷，眼看天色渐暗，而且还开始下起雨来。不能再磨磨蹭蹭了。无奈之下，我只得向着敞亮、暖和的地方爬去。后来一回想，当时我已经溜进别人屋子里了。

在这儿，我有幸见到了那个寄宿生以外的人。最先碰到的是厨房女佣阿三[2]。她比那个寄宿生更粗暴，一看见我，就猛地抓住我脖子，把我扔出门外。唉，这下可完了！我只能闭上眼睛，听天由命。但终

1　指住在邻居家的一只花猫。

2　在日语中，“阿三”（おさん）这个词本身即表示“厨房女佣”之意。

于还是难耐饥寒，趁她不注意，我又溜进了厨房。结果很快又被扔了出来。我又爬进去，又被扔出来……我记得就这么来来回回地折腾了四五个回合。当时我恨透了这个阿三，直到前不久偷吃了她的秋刀鱼作为报复，才算出了一口恶气。

当她最后一次把我抓起来要往外扔时，这家主人走了出来，说："吵吵嚷嚷的，怎么回事？"阿三拎着我，对主人说："这只小野猫跑进厨房来，怎么赶都赶不走，真烦人。"主人一边捻着鼻子下面的黑毛，一边打量着我。过了一会儿才说："那就把它留下吧。"说完就回房里去了。看样子，他似乎不怎么爱说话。阿三气鼓鼓地把我扔进厨房里。就这样，我把这里当成自己的家住了下来。

我家主人难得跟我见上一面。听说他是个教书的。一从学校回来，就整天待在书房里，几乎不出来。家里人都以为他是个勤奋好学之人，他自己也摆出一副勤奋好学的架势。但其实他并没有大家所说的那么用功。有时我会偷偷溜进书房里，发现他时常在打瞌睡，有时还把哈喇子流到翻开着的书本上。他肠胃不好，皮肤发黄，缺乏弹性，整个人也懒洋洋的。但他饭量却很大。每次饱餐一顿之后就吃消食片。吃完就翻开书，读上两三页就开始打瞌睡，把哈喇子流到书本上。——这就是他每晚必做的功课。我虽然是只猫儿，但偶尔也会想："教书这一行可真是轻松。假如我降生为人，一定要当个教书的。像他这样整天睡大觉还能胜任的差事，我们这些猫儿也未必做不来。"可是，主人却常说："再没有比教书更辛苦的了。"每次有朋友来访，他总要发一大通牢骚。

我刚住进这里的时候，除了主人，其他人都不稀罕我。我不管去到哪儿都被赶开，没人肯搭理我。直到今天，他们连个名字都没给我起，可见我是如何受尽冷落。无奈之下，我只得尽量待在收留我的主人旁边。清晨主人读报纸时，我必定会坐在他大腿上。他睡午觉时，我必定会趴在他背上。其实，这倒不是因为我特别喜欢他，而只是因为没有别人搭理我而已。

后来，随着经验渐长，我习惯了早上睡在盛饭的木桶上，晚上睡在被炉上，天气晴朗的中午睡在檐廊上。不过，最舒服的，还是夜里钻进小孩子的被窝，跟他们一起睡觉。这家的两个小孩，一个五岁，一个三岁，晚上两人睡一间房，睡同一个床铺。我总是在她俩中间找一点容身之地，想尽办法挤进去。不过，如果不巧碰到哪个小孩忽然醒来的话，那可就遭殃了。尤其是那个岁数小的，深更半夜还大声哭喊："猫来了！猫来了！"每当这时，那个患有神经性胃炎的主人必定会被吵醒，从隔壁房间冲过来。说实话，前几天我就刚被他用尺子狠狠地打过屁股。

我和人类一起居住期间，经常观察他们。我越来越肯定：他们都是些任性的家伙。尤其那两个经常和我同床共枕的小孩更是可恶，一时性起，就为所欲为——有时把我倒着拎起来，有时用袋子蒙住我的脑袋，有时把我乱扔出去，有时把我塞进灶台里……而且，只要我稍一还手，他们就会全家出动，四处围追迫害我。前几天，我只是在榻榻米上稍微磨了一下爪子，女主人就大发雷霆，从此不让我轻易进入客厅，任凭我在厨房的木地板上浑身发抖也无动于衷。

我一向尊敬的、住在斜对面的白太太[1]，每次一见面就说："再也没有比人类更冷酷无情的家伙啦。"前几天，白太太刚生下四只白白胖胖的小猫，没想到她家的寄宿生竟然在第三天就把它们全都丢弃到后院池边。白太太流着眼泪，一五一十地向我倾诉之后，还说："为了我们猫族能母子团圆，共享天伦之乐，我们必须向人类开战，非把他们全部消灭不可！"

我觉得她说得有道理。还有，隔壁的小花也愤愤不平地说："人类根本不懂得什么叫'所有权'。"按我们猫族的规矩，无论是干串

1 指住在邻居家的一只母猫。

沙丁鱼头还是鲻鱼肚子，谁先找到谁就有权吃。如果对方不遵守这个规矩，就可以诉诸武力。但他们人类显然压根儿没有这种观念。我们先找到的美食，肯定会被他们抢去。他们总是自恃力气大，若无其事地抢走理应属于我们的食物。白太太的主人是军人，小花的主人是律师，而我家主人是个教书的，所以我在这方面要比她俩更乐观一些，只要能凑合着过日子就行。别看人类这么猖狂，也不可能一直这么风光下去的。让我们耐心地等待“猫时代”的到来吧！

提到任性，我倒是想起我家主人因为这种任性而出洋相的事。我家主人本来没什么拿得出手的，但他偏偏就爱对什么都插一手——时而写俳句往《杜鹃》[1]杂志投稿，时而写新体诗往《明星》[2]杂志投稿，时而写错误百出的英文，时而热衷于射箭，时而学唱谣曲[3]，甚至还吱吱呀呀地拉过一阵子提琴。但遗憾的是，没有一件玩得像样的。

不过，别看他肠胃不好，一鼓捣起这些玩意儿却相当痴迷。他在茅房里唱谣曲，被邻居起了个“茅房先生”的绰号也满不在乎，仍然没完没了地唱他的“我乃平宗盛是也”[4]。以至于大家一听到就笑说：“你瞧，又是平宗盛！”

不晓得这位主人是怎么想的，在我住进他家大约一个月之后的发薪日这天，他拎着一个大包裹，兴冲冲地回到家里。我觉得很好奇：主人买什么回来了？——原来是水彩颜料、毛笔和图画纸。看来他是决心从今天起放弃谣曲和俳句，而专攻绘画了。果然，从第二天起的很长一段时日，他每天都在书房里专心画画，连午觉也不睡了。可是，看他完成的画作，谁也说不清画的是什么。他自己大概也觉得画

---

1 夏目漱石的好友正冈子规在1897年创刊的俳句文学杂志。《我是猫》最早即连载于此。

2 与谢野铁干1900年创刊的诗歌杂志，倡导浪漫主义及短歌革新运动。

3 日本古典戏剧“能乐”的唱词或剧本。

4 在小说原文中，此句句法有误，以讽刺“主人”谣曲水平堪忧。平宗盛（1147—1185）是平安末期的武将。

得不太好吧。有一天，一个研究美学的朋友上门来做客时，我听到了他们的如下交谈：

“要画好可真不容易啊。看别人画画时觉得很容易，等自己一拿起笔来，才感觉到有多难。”主人颇为感慨。他说的倒是实话。

他的朋友透过金丝眼镜，瞅着他的面孔说道：“怎么可能一开始就画得很好嘛。别的先不说，像你这样待在屋里凭空想象，当然是画不出来的。意大利的大画家安德烈·德尔·萨托[1]曾经说过：‘若想绘画，必须描摹自然本身。天有星辰，地有露华，上有飞禽，下有走兽，池中有金鱼，枯木上有寒鸦……大自然就是一幅活生生的画卷。’所以，你要是想画出像样的画来，不如先试一下写生吧。”

“咦，安德烈·德尔·萨托说过这样的话吗？我怎么从没听说过？这话说得很有道理，确实如此。”主人佩服得五体投地。而那朋友的金丝眼镜后边则闪现出嘲笑般的目光。

第二天，我如常来到檐廊上舒舒服服地睡午觉时，主人却反常地走出书房，在我后面专心地忙活着什么。我突然醒来，睁开眯缝的眼睛，想看看他在干什么。——原来他正全神贯注地效法安德烈·德尔·萨托呢。看见这情形，我忍不住笑了起来。他被朋友嘲笑之后，首先就拿我当模特儿练习写生了。

我已经睡够了，很想打个呵欠，但看见主人难得如此认真地挥动画笔，又不忍心挪动身体。于是只能忍着，一动也不动。他已经画完轮廓，正在给我的脸部上色。

说句实话，作为一只猫儿，我确实其貌不扬，无论身材、毛色，还是五官，我都不认为自己比其他猫儿好看。但就算我长得再丑，也不至于像主人现在画出来的这么古怪呀。首先毛色就不对。我的毛色很像波斯猫，浅浅的黄灰色上面带着黑漆一样的花纹。这是谁都无

1　安德烈·德尔·萨托（1486—1530），文艺复兴时期意大利的著名画家。

法否认的事实。可现在主人涂的色彩，既不是黄色也不是黑色，既不是灰色也不是褐色，甚至也不是它们的混合色。只能说这是“一种颜色”，除此之外无法评价。而且，不可思议的是，画上面的猫竟然没有眼睛。虽说他画的是我睡觉时的样子，没画眼睛也情有可原，但连个像眼睛的部位都看不出，根本分不清这是只瞎猫还是睡猫。

我心中暗自嘀咕：按这样子，再怎么效法安德烈·德尔·萨托也画不出什么名堂呀。但我又不能不为他的热情而深感佩服。我本来想尽量保持不动，但因为老早就憋着一泡尿，全身筋肉发痒，连一分钟也忍耐不住了。无奈之下，我也就顾不上客气了，把两腿尽情地往前伸，脖子压低，“啊——”地打了个长长的呵欠。事到如今，再老老实实地待下去也无济于事了。反正主人的计划已经泡汤，我不如顺便到屋后去解决内急吧。我一边想着，一边慢吞吞地迈开步子。

这时，客厅里传来主人既失望又愤怒的吼叫声：“你这混蛋！”

我家主人有个坏毛病——骂人的时候一定要用“混蛋”这个字眼。既然不会用其他字眼，那也没法子。可是，人家憋了这么久，他却没有一点体谅之心，而是乱骂“混蛋”，这真是太无礼啦。如果平时我趴在他背上时他能稍微给个好脸色的话，我还可以忍受这种谩骂，然而他却从来没对我好过。现在我要去撒泡尿就被骂作“混蛋”，这未免太过分啦。人类总是以为自己很强大，所以变得越来越骄傲。如果比人类更厉害的家伙不跳出来教训一下他们的话，还不知道他们要变得如何狂妄呢。

如果他们只是这么任性的话，倒还可以容忍。但我听说，人类干过的许多缺德事儿，要比这可恨得多呢。

我家屋后有个三十多平方米的茶园。虽然地方不大，但却颇为雅致，阳光也舒适宜人。每当家里的小孩吵得我不能好好睡午觉时，或者当我无聊得肚子难受时，就会来到这里颐养浩然之气。

十月小阳春的某日，天气和煦。午后二时，我吃过午饭并舒舒服服地睡了个午觉。然后信步来到茶园，当作运动。我嗅着一株株茶树的树根，来到西侧的杉树篱笆旁边时，看见有一只大猫躺在枯菊丛上呼呼大睡。它似乎根本没发现我正走近，又或许是发现了却不以为意，仍然伸直身体躺卧着，发出巨大的鼾声。我不由得为它的胆量暗暗吃惊：溜进人家院子里，居然还能睡得这么舒坦。这是只纯种黑猫。刚过正午的太阳把透明的光线照射在它身上。它那闪闪发亮的柔软皮毛间似乎燃烧起无形的火焰。它的体格十分强壮，堪称“猫大王”。至少比我强壮一倍吧。在赞叹和好奇心的驱使下，我忘乎所以地站立在它面前，全神贯注地盯着它。

这时，微风吹拂，从杉树篱笆上方伸出的梧桐枝稀稀落落地飘下两三片叶子，落在枯菊丛中。大王突然睁开它那圆溜溜的眼睛——我至今还记得，那双眼睛比人们珍爱的琥珀更加美丽，更加熠熠生辉。它一动不动，从双眸深处射出的目光扫在我那狭小的额头上。它开口问道：“你是个什么玩意儿？”作为大王来说，这样的措辞未免不太文雅。但在那声音深处，却自有一股足以震慑猛犬的威力。

我十分害怕，但又觉得不打声招呼的话恐怕不妙。于是就尽量装作若无其事的样子，冷冷地回答道：“我是猫，还没有名字。”老实说，此时我的心脏比平时跳动得更加剧烈。

它非常轻蔑地说道：“什么？猫？就你这样的也叫猫？你住在哪里？”那语气简直是目中无人。

“我就住在这个教师的家里。”

“俺早就猜到啦。看你瘦成这个鬼样！”

真不愧是猫大王，竟然如此盛气凌人。从它的谈吐来看，总觉得不像是良家之猫。不过，看它那脑满肠肥的样子，可想而知平时吃的是好饭好菜，过着滋润的日子。

我不由得问道：“那么你是谁呢？”

“俺是车夫家的大黑！”他昂然答道。

车夫家的大黑以粗野而闻名，在这附近可谓无人不知。不过，正因为是车夫家的猫，所以尽管勇猛好斗，但却缺乏教养，和谁都没有来往。大家对它都采取敬而远之的态度。我一听到它的名字，顿时感觉无地自容，但同时又生出一丝轻蔑之心。我决定先考考它，看它到底无知到什么程度。于是就问道：

“车夫和教师，到底谁更厉害呢？”

“当然是车夫厉害嘛。瞧你家主人，瘦得跟皮包骨头似的。”

“你真不愧是车夫家的猫儿，长得这么强壮。看来，住在车夫家里，就能吃上好饭好菜咯。”

“这叫什么话！俺不管去到哪里都不愁吃喝。你这家伙也别光在茶园里转悠，跟在俺后边瞧瞧吧。不出一个月，保管你胖得叫人认不出来。”

“这事回头再说吧。不过，我觉得，就住处来说，教师家总比车夫家宽敞呀。”

“你这笨蛋，就算房子再大，能填饱肚子吗？”

它勃然大怒，不停地抖动着像削尖的方竹似的耳朵，暴躁地走开了。我和大黑成为知己，就是从这次相识开始的。

这以后，我经常碰见大黑。每次见面时，它都摆出一副无愧于车夫家的气势汹汹的派头。我刚才所说的人类干过的“缺德事儿”，其实就是从大黑那儿听来的。

有一天，我照例和大黑躺在暖和的茶园里闲聊。它又把平时经常吹嘘的威风史当作新鲜事重复了一遍，然后问我：“你至今捉过多少只老鼠呢？”

我虽然觉得自己比大黑更有文化，但若论力气和勇气，却自知绝不是他的对手。即便如此，当我被问到这个问题时，还是感觉很羞愧。不过，事实终究是事实，容不得撒谎的。于是我回答道：“我一直想着要捉老鼠，但还没捉到过。”

大黑抖动着鼻尖旁翘得高高的长胡须，哈哈大笑起来。其实，既然它这么喜欢自吹自擂，想必会有些愚钝。我只须一边倾听一边假装佩服似的发出呜噜呜噜的声响，就很容易驾驭它。我认识大黑不久就琢磨出了这个窍门。所以，像眼下这种情形，如果非要为自己辩解的话，只会越来越陷于被动，自然是很不明智的。不如干脆让它吹嘘一通自己的威风史，应付过去算了。

打定主意后，我就顺从地挑起话头："你是老前辈，肯定捉过很多老鼠吧。"

它果然接过话茬，得意洋洋地回答道："哪里哪里，也就捉过三四十只而已。"接着又继续说道："老鼠嘛，俺自己随时对付一两百只都不在话下；但黄鼠狼却很难对付。俺和黄鼠狼交过一次手，可吃了大亏。"

"哦，是吗？"我附和道。

大黑眨巴着大眼睛说道："那是去年大扫除的时候。俺家主人拿着一袋石灰钻到檐廊下时，你猜怎么着？一只大黄鼠狼慌里慌张地跳了出来。"

"嗬！"我故作惊讶。

"说是黄鼠狼，其实也只不过比老鼠稍大一点儿。这混蛋！俺一边骂一边奋力追赶，把它追进泥沟里去了。"

"你真行啊！"我为它喝彩。

"可是，你猜怎么着？在这紧要关头，那家伙使出最后一招，放了个屁。那屁简直臭得要命！从那以后，俺一看见黄鼠狼就觉得恶心。"说到这里时，它仿佛又闻到了去年的臭气似的，举起前爪在鼻尖上来回抚摸了两三次。连我都有点同情它了。

为了给它鼓劲，我说道："但凡老鼠被你盯上就别指望活命啦。你这个捕鼠能手太厉害了，就因为经常捉到老鼠吃，所以才长得这么肥胖，气色这么好吧？"

我本想讨好大黑才这么问的，不料结果却适得其反。

它喟然长叹一声，说道："想想真没劲。就算再卖力捉老鼠也没用……世上没有比人类更蛮不讲理的了。俺捉到的老鼠，全被他们抢走上交到派出所啦。[1]派出所也不管是谁捉的，反正每只老鼠奖励五分钱。托俺的福，俺家主人已经赚了一元五角钱，但却从来没有给俺吃过一顿好吃的。跟你说吧，人类其实就是体面的小偷罢了。"

看来，连没文化的大黑也明白这个道理。它满脸愤怒，连背上的毛都倒竖起来了。我有点害怕，随便敷衍几句就回家了。从那以后，我决心绝不去捉老鼠。当然，也没有以喽啰的身份跟着大黑到处寻觅除了老鼠之外的美食。与其吃美食，倒不如睡大觉舒服呢。看来，住在教师家里，连猫儿也会沾染上教师的习性。若不注意的话，说不定很快也会得胃病的。

提起教师，我家主人最近似乎也意识到自己在水彩画上没什么指望了。他在十二月一日的日记里这样写道：

> 今天的聚会上第一次遇见〇〇。据说他曾经是个寻花问柳之人。果然，一看便颇有风流名士之风采。这种人自然很有女人缘。所以，与其说他风流，倒不如说他是身不由己更为贴切吧。听说他的妻子原为艺伎，叫人好生羡慕。其实，那些对风流名士说三道四的人，多半是因为自己没有风流的资格。而以风流名士自居的人里头，也有很多并不具备风流的资格——他们并非身不由己，却非要故作风流。就像我画的水彩画一样，终究是整不出什么名堂的。然而，他们却以风流名士自居，装腔作势。如果仅凭去酒馆饮酒召妓就可称为风流名士，那么我也可算是出色

1　明治三十二年（1899年），为了防鼠疫，东京市开展了奖励捕鼠的活动。市民上交一只老鼠可到派出所领取四五分钱的奖金。

的水彩画家了。正如我最好放弃画画一样，那些愚昧的假风流名士，同样也远逊于不懂风情的乡巴佬。

我不太赞同他的“风流论”。而且，身为教师，不应该说出羡慕别人娶艺伎为妻这么愚蠢的话来。唯独对于自己的水彩画的批评，还是很有眼光的。虽然主人这么有自知之明，但却很难摆脱自我陶醉的情结。隔了两天后，他又在十二月四日的日记里写道：

昨晚我梦见自己画了一幅水彩画，觉得很不满意，便扔在一边，结果有人把它镶进漂亮的画框里，悬挂在楣窗上。配上画框一看，连我自己都觉得这画突然变得漂亮起来，不由得感到欣喜。我独自欣赏着，越看越觉得画作之佳妙……这时，天亮了，我醒过来。清晨的阳光把一切照得分明——我的画仍然像原来一样糟糕。

看来，主人甚至在睡梦中也仍然对水彩画恋恋不舍。瞧他这副德性，别说当画家，就连他自己所说的“风流名士”也当不成呀。

主人梦见水彩画的第二天，那位多日未见的戴金丝眼镜的美学家再次来访。

他刚一坐下，就开口问道：“画得怎么样了？”

主人若无其事地回答说：“按照你的建议，我正在努力练习写生。确实，在写生的过程中，我好像领会到了以前所忽略的物体形状以及色彩的细微变化。在西方很早就提倡写生，所以绘画艺术才能像今天这么发达。真不愧是安德烈·德尔·萨托。”主人又对安德烈·德尔·萨托表达了一番敬仰之情，而对日记上的事只字不提。

美学家笑着挠挠头：“其实，那是我瞎说的。”

“什么瞎说？”主人还没意识到自己被骗了。

"就是让你佩服得五体投地的安德烈·德尔·萨托呀。那句话嘛，是我自己瞎编的。想不到你居然信以为真了，哈哈哈哈……"美学家乐不可支。

我在檐廊上听到这番对话，不由得猜测起来："主人会怎么写今天的日记呢？"

这位美学家唯一的乐趣就是信口开河地骗人。他根本没顾及"安德烈·德尔·萨托事件"会给别人的心情造成什么影响，而得意洋洋地继续说道："哎呀，我有时随便开个玩笑，别人就信以为真，很有一种滑稽的美感，真是有趣极了。前几天，我告诉一个学生：'吉本听从了尼古拉斯·尼克尔贝的建议，在撰写其毕生大作《法国革命史》时没用法语，而是最终改用了英文出版。'[1]谁知这个学生记性特别好，竟然在日本文学会的讲座中把我的话一本正经地复述了一遍，真是太滑稽了。而且，当时的一百多名听众都在认真地聆听呢。还有另一件有趣的事儿。前几天在一个文学家的聚会上，有人提起哈里森[2]的历史小说《塞奥法诺》时，我评论说：'这部作品是历史小说中的杰作，尤其是女主人公之死的部分，写得阴森恐怖，令人毛骨悚然。'坐在我对面的一位学识渊博、无所不知的先生随口附和道：'没错，那部分确实相当精彩。'我由此得知，这家伙也和我一样，并没有读过这部小说。"

听了这话，患有神经性胃炎的主人双眼圆睁，问道："你这样信口开河，万一对方读过那本书怎么办呢？"

看主人这话的意思，似乎是觉得骗人倒无所谓，只是担心被拆穿

1　爱德华·吉本（1737—1794）是英国历史学家，著有《罗马帝国衰亡史》，而非《法国革命史》。《法国革命史》是卡莱尔出版于1837年的著作。"尼古拉斯·尼克尔贝"则是狄更斯（1812—1870）小说中的主人公。可见，"美学家"说的这句话明显有时间和人物错乱，是荒诞不经的杜撰。

2　哈里森（1831—1923），英国哲学家、法学家、作家。

时下不了台而已。

美学家却无动于衷地说道："怕什么呀，碰上这种情况，只需说记成了另一本书即可。"

随即咯咯咯地笑了起来。别看这位美学家戴着金丝眼镜，论其德性却跟车夫家的大黑有得一拼。

主人默默地吸着"日出牌"香烟，吐着烟圈，脸上的表情似乎在说：我可没这样的勇气。

美学家的眼神流露出"所以你才画不出什么名堂"的嘲讽之意，随即说道："不过，玩笑归玩笑，画画确实是件很难的事。据说，列奥纳多·达·芬奇曾让他的学生画教堂墙壁上的污迹。确实，上茅房时，如果心无杂念地盯着那漏雨的墙壁，就会看见一幅浑然天成的美妙图案哟。你不妨多留心，尝试写生，肯定能画出有趣的东西来。"

"你又在骗我吧？"

"不，这次是真的。这话多么精辟啊，一看就像出自达·芬奇之口。"

"确实说得很精辟。"

主人算是甘拜下风了。不过，他好像至今还没去过茅房里写生呢。

车夫家的大黑后来脚瘸了。它那有光泽的皮毛逐渐褪色、脱落。曾让我觉得比琥珀更美的那双眼睛，也粘满了眼屎。我还特别留意到，它变得意志消沉、身体衰弱。我在那个茶园最后一次碰见它时，问它怎么回事。它说："俺可受够黄鼠狼的臭屁和鱼店老板的扁担了。"

点缀在赤松林间的两三层红叶，犹如旧梦一般凋谢了。后院洗手盆旁边那些接二连三飘落的红白山茶花，现在也已经落尽。六米多长的朝南的檐廊上，冬日的阳光早早西斜，和煦无风的日子越来越少。从这时起，我的午睡时间似乎也一下变短了。

主人每天到学校去，一回来就躲进书房里。每当有客人来访，他总是抱怨说：“我已经厌倦了教书啦。”水彩画已经很少画了。胃药也觉得没什么疗效，不再吃了。孩子们倒是精神可嘉，每天都去幼儿园，从不旷课。放学回来后，经常唱歌、拍球，还时不时抓住我的尾巴倒提起来。

我无缘吃到美食，所以长不胖。但至少身体还健康，腿脚也没有瘸，就这样一天天地混下去。老鼠我是绝不捉的。阿三还是一样的讨厌。至于名字嘛，仍然没有人给我起。不过，欲望是永无止境的，还是知足常乐吧。所以，我打算在这个教师的家里当一只无名的猫儿，就这么过一辈子。

第二章

新年以来，我多少算出了点儿名。作为一只猫儿，也颇有些得意洋洋。这真是值得庆贺之事。事情是这样的。

元旦一大早，主人就收到了一张明信片。这是他的一位画家朋友寄来的贺年卡，上方涂着红色，下方涂着深绿色，中间用粉蜡笔画了一只蹲着的动物。主人在书房里，对它横着看、竖着看，并喃喃说道：“这色彩真漂亮啊。”我本来以为，既然已经赞叹一番，也该放下了吧，没想到他却仍然横看竖看地摆弄个不停。时而扭转身体；时而伸长胳膊把照片拿远些看，像算命老先生给人相面似的；时而又转向窗口，把明信片拿到鼻尖前端详。他一直这么摆弄个不停，大腿晃来晃去。我在他腿上坐得提心吊胆。他好不容易才放缓了动作，小声嘀咕了一句：“这画的到底是什么呀？”

看来，主人虽然欣赏这明信片的色彩，却弄不清上面的动物是个啥东西，所以才一直苦思冥想。我心想：“有这么难懂吗？”随即优雅地半睁开睡眼，气定神闲地一看——这分明就是我的肖像嘛！虽然这位画家可能并未像主人那样以安德烈·德尔·萨托自居，但画家笔下自是不同，形体和色彩都很到位。至少谁都能看出画的是只猫儿。如果稍有眼光的话，甚至能一下认出这画的正是我，而不是别家的猫。这样明摆着的事，主人竟然看不出来，还在苦思冥想……这么一想，我顿时觉得人类有点儿可怜。如果可能的话，真想告诉他这画的就是我。即使认不出是我，至少也得让他知道是只猫儿吧。然而，人类毕竟没有得到老天爷的恩赐，不可能听得懂我们猫族的语言。所以，尽管遗憾，也只好随他去了。

在这里，我得向读者声明一句：人类有个非常恶劣的习惯——动不动就满不在乎地使用轻蔑的语气来评价我们猫族。那些趾高气扬、从未意识到自己无知的教师总是认为：人类的渣滓中生出牛马，而牛马的粪便中又制造出猫族……在我看来，这种论调简直荒谬至极。就算是猫儿，也绝不是随随便便就能制造出来的。从外人的眼光来看，似乎所有的猫都是大同小异，没有差别，每只猫儿都毫无特色。然而，只要你走进猫族社会看一看，就会发现情况相当复杂。人类所谓的“十人十面”也同样适用于猫族社会。无论眼神、鼻子、毛色还是脚步，都各不相同。无论是胡须翘曲、耳朵竖立，还是尾巴下垂的程度，都没有两只猫儿是完全一样的。可以说，模样美丑、兴趣好恶、品位雅俗等等简直就是千差万别。

尽管存在这么明显的差别，但人类一心“向上”，眼睛只是一味地仰望天空，所以别说了解我们的性格，就连我们的相貌也无法分辨，真是太可怜了。据说他们自古有句老话叫作“同类相求”。确实是这样，卖年糕的有卖年糕的门道，猫儿有猫儿的门道。关于猫儿的事，只有我们自己才清楚。无论人类如何进步，这一点还是不行。更何况，其实他们并不像他们自己认为的那么伟大，所以就更难做到。

而且，我那缺乏同情心的主人，甚至还不明白“彼此充分了解是爱的第一要义”，所以就更加指望不上了。他活像一只性格乖僻的牡蛎[1]，整天吸附在书房里，从来没有放眼外界。所以，他这副自以为洞察世事

1　在英语中，“oyster”（牡蛎）这个单词还可表示“沉默寡言之人”的意思。

的嘴脸就显得尤为可笑。比如说，我的肖像画明明摆在眼前，他却死活认不出来，还一本正经地说着些莫名其妙的话："今年是和俄国开战的第二年，这画的大概是北极熊吧。"[1]由此可见他的眼力之差。

我正趴在主人的大腿上闭目沉思时，不一会儿女佣又送来了第二张明信片。我一看，只见上面印着四五只排成一行的外国猫儿，有的手握钢笔，有的翻开书本，正在用功学习。其中有一只猫离开座位，在桌角旁边跳着西洋的"猫猫舞"[2]。明信片上端用日本墨汁写着"我是猫"几个黑乎乎的字，右侧还赫然写着一首俳句："读读书，跳跳舞，猫儿元日闹新春。"这是主人以前的学生寄来的，按说应该谁都能一下就看懂这画是什么意思。但我这位愚蠢的主人却似乎仍没领会，一脸诧异地沉吟着，并自言自语地说道："咦，莫非今年是猫年？"看来，他还没有意识到我已经声名在外了。

这时，女佣又送来了第三张明信片。这张上面没有画，只是写着"恭贺新年"之类的字，旁边还加了一句："谨向您府上的猫儿问安。"写得这么清楚，饶是主人生性迟钝，也总算明白过来，哼了一声，看着我的脸。这眼神和原来不一样，感觉似乎多了几分敬意。此前一直被世间冷落的主人，现在突然变得面目一新，这完全是拜我所赐。这么想来，给我个好脸色也是应该的吧。

这时，大门口的铃铛"丁零零、丁零零"地响起来。大概是有客来访吧。要是客人的话，就由女佣出去接待。而我嘛，除了鱼店的老梅上门之外，其他时候都是不出去迎接的。所以我仍然若无其事地坐在主人的大腿上。主人却一脸不安地望向门口，仿佛看见高利贷者上门讨债似的。看来，主人很讨厌接待上门拜年的来客，讨厌陪他们喝酒。一个人竟然如此孤僻，真是无语。既然这样，不如早一点出门躲

1　1904年日俄战争爆发，当时俄国常被比喻为北极熊。《我是猫》是从1905年开始在杂志上连载的。

2　明治初年很流行的一种歌舞。

避得了，但他又没有勇气这么做。可见，他的“牡蛎性格”越发显露无遗。过了一会儿，女佣前来禀报说：“寒月先生来了。”[1]

这个叫寒月的人，据说也是我家主人以前的学生，现在从学校毕业了，好像比主人混得更有出息。不知为什么，这个人经常到主人家来玩。每次来，都大谈一番有哪个女人仰慕他、社会上有哪些趣闻琐事、风流艳事，然后才回去。他特意找主人这种行将枯萎的人来聊这些话题，本来就很莫名其妙。而牡蛎式主人一边听还一边附和，则显得更滑稽了。

“好久没来拜访您了。从去年年底就一直很忙，本想着要来看看您，但始终没机会到这边来。”客人一边摆弄着礼服外褂的带子，一边说着故作玄虚的话。

“那你经常去哪边呢？”主人一本正经地问道，随即拉了一下身上那件黑棉布礼服外褂的袖口——这件外褂是棉布做的，袖子很短，左右两边袖口都露出了半寸长的旧绸布衣服。

“嘿嘿嘿，我去的地方可有点不一样。”寒月笑道。我发现他今天有一颗门牙豁了。

“你的牙齿怎么回事？”主人换了个话题。

“唉，都因为吃香菇来着。”

“你说吃什么？”

“吃香菇。我想用门牙咬断香菇伞盖时，却‘咯嘣’一下豁了牙。”

“吃香菇豁了牙？怎么跟个糟老头子似的？这要写成俳句也许还行，要谈恋爱的话可就泡汤啦。”主人说着，用手掌轻轻地拍了一下我的脑袋。

1　据日本研究者考证，寒月的原型是寺田寅彦。寺田寅彦（1878—1935），物理学家，散文家，读高中时曾是夏目漱石的学生。

“哦，这就是那只猫吗？挺肥的呀。看起来跟车夫家的黑猫有得一拼嘛。真不错。”寒月对我大加赞赏。

“最近又长大了很多。”主人十分得意，啪啪地拍着我的脑袋。得到夸奖，我自然高兴，但脑袋却被拍得隐隐作痛。

“前天晚上我参加了一场演奏会。”寒月又回到刚才的话题。

“在哪儿？”

“地点嘛，您还是别问了。三把小提琴加钢琴伴奏，挺过瘾的。既然有三把小提琴，就算拉得差一些，也还能听。其他两位小提琴手是女的，我站在中间，自我感觉拉得不错。”

“嗯，那两个女的是什么人呢？”主人羡慕地问道。

虽然他平时经常摆出一副枯木寒石般的冷漠神情，但其实并非对女人不感兴趣。他曾经读过一本西洋小说，小说里有个人物，几乎对每个女人都一见钟情。小说中还写了这么一句讽刺的话：“算起来，但凡走在街上的女人，将近十分之七都能让他心生爱意。”主人看到这里时，竟然佩服地说道：“这才是真理呀。”至于如此多情的男人为什么过着牡蛎式的生活，我这只猫儿就不得而知了。有人说是因为他失恋过，有人说是因为他肠胃不好，也有人说是因为他既没钱又没胆……唉，管他呢，反正又不是什么明治历史上的大人物，何必深究。不过，有一点倒是可以肯定：他向寒月打听那两个女提琴手时，语气十分羡慕。

寒月饶有兴致地用筷子夹起下酒的鱼糕，用门牙咬下半块来。我担心他又要把牙齿咬豁了，但这次却安然无恙。

“那两个女人都是别人家的闺秀，您不认识的。”寒月的回答颇为冷淡。

“原来——”主人一边拖长话尾一边沉吟着，结果把后半句“如此”又给咽回去了。

寒月大概觉得时间差不多了，就提议道：“今天天气不错啊，您要有空的话，我陪您一起散散步吧。旅顺攻下来了[1]，街上可热闹哩。”

主人又沉思了一会儿。从他的表情来看，比起攻陷旅顺，他显然对那两个女人的身份更感兴趣。

终于，他下定决心，起身说道：“那就出去走走吧！”

他身上那件黑棉布外褂里面，是一件已经穿了二十年的结城绸棉袄——这件棉袄据说是他哥哥留下的遗物。虽说结城绸很结实，但连续穿这么多年，肯定也破旧不堪了。很多地方已经变薄，透过阳光可以看见里面接缝处的针脚。主人穿衣服不分腊月和正月，也不分便装和正装。每次出门时，把两手揣在怀里就走。我不知道这是因为他没有别的衣服可穿，还是因为嫌麻烦而懒得换。不过，这点我倒觉得不是出于失恋的缘故吧。

两人出门后，我也就不客气地把寒月咬剩下的半块鱼糕吃掉了。如今，我已经不是一只普通的猫儿。我觉得，自己的资格已经足以和桃川如燕[2]的猫儿，以及格雷[3]笔下那只偷吃金鱼的猫儿相提并论了。至于车夫家的大黑之流，当然早就没被我放在眼里了。即便偷吃了一块鱼糕，人们也不会对我说三道四吧。

而且，这种偷吃零食的习惯，也并非只有我们猫族才有。比如说，厨房女佣阿三就经常趁女主人不在时偷拿点心吃，吃完又再拿。不只阿三，就连女主人自夸说“很有家教”的小孩子也有这种倾向。

四五天前的一个清早，主人夫妇还没起床时，两个小孩子早就醒来，面对面地坐到饭桌旁边。她俩每天早上都会拿几块主人吃的面包蘸着白糖吃。这天白糖罐子刚好放在桌上，而且还有勺子。因为没人像平时那样给她俩分白糖，那个大点儿的孩子就从罐子里舀了一勺白

1　1905年1月，旅顺要塞的俄军向日军投降。

2　桃川如燕（1835—1898），江户时期的说书艺人，代表作品有《百猫传》等。

3　汤姆斯·格雷（1716—1771），英国诗人。曾在诗中写过一只猫想偷吃金鱼而淹死在鱼缸里的事。

糖，倒在自己的碟子里。于是，那个小的也学着姐姐的做法，把白糖舀在自己的碟子里。两人对视了一会儿，那个大的又舀了一勺加在自己碟子里。那个小的也马上拿过勺子，和姐姐一样加了一勺。接着，姐姐又舀了一勺。妹妹也不甘示弱，又加了一勺。姐姐又去拿罐子，妹妹又去抢勺子……这样一勺一勺地舀下去，两人的碟子里都堆起了小山似的白糖，而罐子里却连一勺白糖也不剩了。这时，主人一边揉着惺忪睡眼，一边从卧室走出来，把孩子们好不容易舀出来的白糖又装回罐子里。我看着这情形，心想："人类由利己主义而产生的所谓公平观念，也许比我们猫族强。但若论智慧，却反而不如我们哩。在白糖堆成小山之前就趁早吃掉，这样岂不更好吗？"不过，既然语言不通，我虽然深感同情，也只得默默地蹲在饭桶上作壁上观了。

主人和寒月也不知是去哪里逛了，那天晚上很晚才回来。第二天坐到饭桌前已经是九点多了。我照例蹲在饭桶上，看着主人默不作声地吃着煮年糕。吃完又盛，接连吃了好几碗。虽然年糕很小块，但好歹也吃了六七块。最后，还剩下一块在碗里，他就放下筷子不吃了。如果别人如此任性，他肯定是不允许的。而他自己嘛，却摆出一家之主的威风，看着混浊汤汁里那焦烂的年糕残骸而不为所动。

女主人从壁橱里拿出胃药，放在桌子上。主人却说："这药没什么效果，我不吃。"

"你真是的。听说这药对帮助消化淀粉食物很有疗效的，快吃吧。"女主人劝说道。

"管他什么淀粉不淀粉的，不吃。"主人却很固执。

"你这个人真是没常性。"女主人自言自语地嘀咕着。

"不是我没常性，而是因为这药根本没效果。"

"前几天你不是说真有效、真有效，还每天都吃吗？"

"之前有效，现在没效。"主人的回答像对偶句一样。

"像你这样吃吃停停的，无论多好的药都不管用呀。胃病跟别的病不一样，没有耐心是治不好的哦。”女主人说着，回头看了看端着托盘站在一旁的阿三。

阿三马上附和道：“确实是这么回事。不坚持吃的话，就没法知道这药到底是好是坏呀。”

“管他是好是坏呢，我说不吃就是不吃。女人家懂什么，少废话！”

“女人家又怎么样？”

女主人说着，把胃药推到主人面前，想强迫他吃。主人却一声不吭地站起身来，走进了书房。女主人和阿三面面相觑，露出了笑容。

这种时候，我如果跟着主人进去坐到他大腿上的话，准会倒大霉。所以我悄悄地从后院绕过去，爬到书房外的檐廊上，从纸窗的缝隙往里一瞧——只见主人正打开爱比克泰德[1]的书在看。如果他能像往常一样读懂这本书的话，那当然很厉害。但没过五六分钟，他就把书狠狠地扔到桌上——我早就知道会是这样的结果。我继续留心观察，只见他又拿出日记本，记录了如下内容：

> 与寒月到根津、上野、池之端、神田附近散步。在池之端的茶室前，艺伎们穿着衣裾带花纹的春装，在打羽毛毽子。服装很漂亮，但容貌颇为丑陋。感觉有点像家里那只猫。

说别人丑的时候，又何必带上我呢？别看我这样，只要去理发店刮个脸，也不会比人差到哪里去。人类总是这么自以为是，真受不了。

> 转过宝丹药店拐角时，又走来一个艺伎。这个艺伎身

1　爱比克泰德（约55—约135），古罗马斯多葛学派的哲学家。

形苗条，肩膀纤弱柔美，身上穿着很合身的淡紫色衣服，看起来十分优雅。她露出雪白的牙齿，笑着说道：“阿源哥，昨天晚上呀……我太忙啦。”她一开口，那声音却像乌鸦啼叫一般沙哑，感觉有损于她的姿色。所以，我也懒得回头去看所谓的“阿源哥”到底长什么样，只是把双手揣在怀里，朝御成路的方向走去。不知为什么，寒月似乎有些魂不守舍。

人的心理真是捉摸不透。我压根儿不明白，主人此刻的心情到底是气愤还是快活，或者是想从先贤的遗著中寻求一丝慰藉？我也完全猜不出，他是对世间冷嘲热讽，还是想同流合污？是对无聊小事大动肝火，还是超然物外？

在这方面，我们猫族是很单纯的。想吃就吃，想睡就睡，生气时就大发雷霆，难过时就哭他个天昏地暗。最起码，像日记这样没用的东西，我们是绝不会写的。因为没有必要。也许，像主人这种表里不一的人才需要写日记，以便在暗室中展示一下自己那不可告人的本来面目。至于我们猫族嘛，行住坐卧、拉屎撒尿等种种行为就是真实日记，所以没必要费那么多工夫把自己的真面目保存起来。有那闲工夫写日记，还不如在檐廊上睡一觉。

在神田区的某家餐馆吃晚饭，喝了两三杯久违了的正宗酒[1]。结果，今早的胃口特别好。可见，对于肠胃不好的人，晚上喝点酒是最好的。胃药当然不吃了。谁说都不管用。没效的东西，怎么说都是没效。

1 一种日本酒的品牌。

主人大肆攻击胃药，好像在跟自己吵架似的。今早的怒火蔓延到了日记里。也许，人们写日记的本色就在于此吧。

前几天，○○说："不吃早餐的话，就能治好胃病。"所以，我试了两三天不吃早餐，结果肚子饿得咕噜咕噜直响，却毫不见效。

△△则劝我不要吃咸菜，据他所说，所有胃病都源自咸菜。只要不吃咸菜，就能从源头上遏制病根，这样胃病就一定能痊愈。之后的一个星期，我都没有再沾过咸菜，但也没见有什么效果。所以最近又开始吃了。

我问了××，他则主张："最好是按摩腹部。不过，一般的按摩法可不灵，要用'皆川派'古法才行。让人按摩个一两次，大多数胃病都能根治。安井息轩[1]就很喜欢这种按摩术。甚至连坂本龙马[2]这样的好汉也经常用这种疗法。"于是，我立刻跑到上根岸，让人给我按摩了一次。但那按摩师却说什么"不按摩骨的话就没效果""不翻转一下内脏的位置就很难根治"……哎哟，那种按摩法实在是残酷。按摩之后，我浑身软绵绵，感觉像得了昏睡病似的。领教过一次我就怕了，之后就没有再去过。

A君说："千万别吃固体食物。"然后我就喝了一整天的牛奶。结果只听见肠子里咕咕直响，感觉像在发大水似的，闹得我整晚睡不着觉。

B先生说："用横膈膜呼吸，经常活动内脏，胃功能自然就能恢复。你不妨试试吧。"这个方法我也尝试了一下，但总觉得肚子难受。有时我突然想起时，也能专注于

1　安井息轩（1799—1876），江户末期的儒者。

2　坂本龙马（1835—1867），江户末期的土佐藩武士。

此，但过个五六分钟就立刻忘掉了。为了做到不忘，就得整天惦记着横膈膜，根本无法读书和写文章了。美学家迷亭见此情形，嘲笑道："你一个大男人，又不是要生孩子，还是别练了吧。"于是我最近也放弃了。

C先生说："你多吃些荞麦面就行。"于是我就天天交替着吃蒸面和汤面。结果除了腹泻之外，并无其他效果。

这一年来，我为了治胃病而想尽了各种方法，但全都不管用。倒是昨晚和寒月一起喝了三杯正宗酒颇为见效。我决定今后每晚都要喝他个两三杯。

这个方法肯定也坚持不了多久吧。主人的心就像我们猫儿的眼球一样，一直不停地变化。他这个人无论做什么都没有常性。而且，他在日记里明明对自己的胃病如此担心，在别人面前却要硬充好汉，实在可笑得很。

前几天，他的某位学者朋友来访，阐述了一种不同的观点："所有疾病都是由祖辈的罪孽和自身的罪孽造成的结果。"其论点条理清晰、思路严整，可见这位朋友对此颇有研究。可怜我家主人的头脑和学识根本就无法做出反驳。但因为他正受着胃病折磨，为了面子，只得进行百般辩解："你的观点挺有意思的。不过，那位卡莱尔[1]也患有胃病哟。"这样答非所问，似乎表示说：既然卡莱尔有胃病，那么自己有胃病也是很光荣的。对方反驳道："即使卡莱尔患有胃病，也不见得胃病患者就一定能成为卡莱尔呀。"主人顿时哑口无言。

别看他那么爱慕虚荣，其实心里大概还是觉得不患胃病为好，所以才说什么"今后每晚都要喝他个两三杯"吧。真滑稽。看来，今早他之所以吃了那么多年糕，也许正是因为昨晚和寒月同饮正宗酒的缘

1 卡莱尔（1795—1881），英国的评论家、历史学家。

故。说到这里，我也有点儿想吃煮年糕了。

我虽然是只猫儿，但几乎什么都吃。因为我不像车夫家的大黑那样有力气远征到胡同口的鱼店，也不像小胡同里的二弦琴师傅家的小花那样身份高贵，所以我从不挑食。小孩子吃掉下来的面包渣吃，点心馅也吃。至于咸菜嘛，虽然难吃，但为了多体验生活，我也曾嚼过两块腌萝卜。说来也奇怪，只要尝一下，就发现几乎什么都能吃。而挑三拣四的任性要求，一只住在教师家里的猫儿是无论如何也说不出口的。

据主人所说，法国有个叫作巴尔扎克的小说家，为人很挑剔。不过，作为小说家，他并不是对吃的挑剔，而是对写文章挑剔。有一天，他想给自己小说中的人物取名，但想了很多名字都不满意。这时，有个朋友来玩，于是两人就一起外出散步。这位朋友当然并不知情，只是跟着他走。而巴尔扎克却想物色一个绞尽脑汁也没想出来的名字。所以，他来到大街上时，只是一边走一边看那些店铺的招牌。但仍然没找到满意的，于是就带着朋友一路瞎逛。他的朋友则稀里糊涂地跟着走。结果，他俩从早上走到晚上，逛遍了整个巴黎。在回来的路上，巴尔扎克偶然看见一家裁缝店的招牌——上面写着“马卡斯”这个名字。他当即拍手叫道：“这个好！这个好！马卡斯，多好的名字啊。在‘马卡斯’前面再加上字母‘Z’，就是一个最贴切的名字啦。只能用‘Z’，别的都不妥。‘Z. Marcus’真是太妙了。自己生造出来的名字嘛，就算自己觉得满意，也难免会有些矫揉造作，没什么意思。这下总算找到满意的名字啦。”他只顾着自己高兴，却把那位可怜的朋友完全晾到了一边。

为了给小说中的人物取名而在巴黎逛一整天，这也未免太费周折了。挑剔到如此程度，那确实厉害，但像我这牡蛎式主人家里养的猫，当然就无心于此了。我的想法是“不管什么东西，只要有的吃就行”——这大概是境遇使然吧。所以，我现在突然想吃煮年糕，也绝不是因为挑剔，而是出于“不管什么东西，趁着有的吃的时候赶快吃”的想法。所以，我才想到主人吃剩的那块年糕说不定还放在厨房里……于是，我就绕回厨房去看。

今早见过的那块年糕，颜色丝毫没变，仍然像原来那样粘在碗底。坦白地说，我至今还从来没吃过年糕这种玩意儿。看样子似乎很好吃，但又有点儿可怕。我用前脚扒拉了一下年糕上面的菜叶。仔细一看，爪子上沾了些年糕的表皮儿，黏糊糊的。我闻了闻，嗅到一股把米饭从锅里盛到饭桶时的香味。

到底吃不吃呢？我看了看周围——不知是幸运还是不幸，厨房里谁也不在。阿三正在外面打羽毛毽，那脸上的表情一整年都是老样子。小孩子们在里屋唱着儿歌：“小兔子，你说什么？”要吃的话，现在正是大好时机。如果错过这个时机，在接下来的整整一年里，我都没机会尝到年糕是什么滋味啦。

作为一只猫儿，我在这一刹那间悟出了一个真理：“在难得的机会面前，所有动物都敢于去做原本不愿做的事。”

说实话，我并没有那么想吃年糕。不，应该说，我越端详碗底的那块年糕越觉得可怕，越不想吃了。这时，如果阿三打开厨房门的话，或者传来小孩子走近的脚步声的话，我就会毫不吝惜地放弃那块年糕，而且在接下来的一整年都不会再想起年糕来。

可是并没有人过来。我犹豫了好久，可还是没人过来。我感觉到似乎有个声音在催促自己：“还不赶快吃！还不赶快吃！”我一边注视着碗里，一边盼望着有人过来。

可还是没有人过来。

那我只能非吃掉它不可了。最后，我仿佛把全身重量都投入碗底似的，张大嘴巴，往年糕角上咬了一寸左右。

像我用力这么猛，按说应该能咬断大多数东西的。但这年糕太吓人了！我想松开牙齿却拔不出来。想再咬一口嘛，牙齿又动不了。当我意识到年糕是个怪物时，已经太迟了。就像掉进沼泽里的人急于拔出腿来却越陷越深一样，我越咬嘴巴越吃力，牙齿也越发动弹不得。虽然感觉咬住了东西，但却怎么也咬不断。美学家迷亭先生曾经这样评价我家主人："你是个不干脆的男人。"真是一语中的。而这块年糕也和主人一样不干不脆，无论怎么咬，都像用"三"除"十"除不尽一样，永远也无法了断。

在这烦闷之时，我又悟出了第二个真理："所有动物都能凭直觉预知事物是否妥当。"

虽然已经发现了两个真理，但因为没能甩掉年糕，所以我没有丝毫欣喜之情。牙齿被年糕牢牢吸住，像要被拔掉一般疼。如果不赶快咬断逃跑的话，阿三马上就会过来。孩子们好像已经没在唱歌了，一会儿肯定也会跑到厨房里来。我烦躁至极，试着来回摆动尾巴，但并没有半点作用。我又试着把耳朵竖起、放下，但还是不管用。转念一想，其实自己的尾巴、耳朵和年糕没有半点关系，任凭我怎么摇尾巴、竖耳朵也不过是徒劳而已。意识到这一点之后，我就停住了。我好不容易又想到一个好办法：借助前脚挣脱这块年糕。我先抬起右前脚，在嘴巴周围来回抹。光这么抹，当然不可能挣脱。于是我又伸出左前脚，以嘴巴为中心迅速地画圆圈。但这样的念咒法同样无法驱除怪物。我想：关键是要有耐心。于是就用左右脚轮番出击，可牙齿依然深陷在年糕里。我渐渐不耐烦了，就左右前脚一齐上。

这时，不可思议的事情发生了——我竟然能用两条后腿站立起来。我感觉自己好像已经不是猫儿了。不过，情急之下，谁还管他是不是猫儿呢。我只顾在脸上乱抓，决心非把这个怪物弄掉不可。因为前脚动作太猛容易失去重心，我险些摔倒。每次要摔倒时，我就不得不用后脚调整平衡，所以不能站定在一个地方，只能在厨房里到处蹦跳。连我自己都为这灵巧站立的本领感到惊讶。

这时，第三个真理突然冒了出来："临危之际，能做到平常所不能做到之事。可谓天助我也。”

我正在老天爷的保佑下与年糕怪物殊死搏斗时，忽然听到了脚步声，好像有人从屋里向这边走来。我心想：要是走进厨房里来就糟啦。于是更加奋力跳跃，在厨房里团团乱转。脚步声渐渐走近。唉，可惜老天爷的保佑还是差了一点点。终于还是被小孩子们发现了。

“哎哟，猫吃了年糕在跳舞哩！”她们大声叫唤起来。

头一个听到叫声的是阿三。她扔下羽毛毽和球拍，一边嚷着“哎呀呀……”一边冲进厨房里来。

穿着绉绸礼服的女主人说道：“这只猫真讨厌！”

连主人也从书房走出来骂道：“这个混蛋！”

只有孩子们一直叫嚷着：“真好玩！真好玩！”

然后，大家不约而同地哈哈大笑起来。

我又气恼，又难受，但又停不下来，简直狼狈不堪。笑声刚要停时，那个五岁的小女孩说了一句：“妈妈，这只猫也太淘气啦。”于是大家又以力挽狂澜之势大笑了一番。

关于人类缺乏同情心的行径，我曾耳闻目睹过不少，但从来没有像这次一样感到愤恨。

终于，老天爷的保佑也消失了，我又像原先一样四脚趴地，而且翻起白眼，丑态毕露，真是难堪至极。

主人大概不忍心见死不救，就吩咐阿三：“帮它把年糕拿下来吧。”

阿三看了一眼女主人，那眼神仿佛在说：不如让它再跳一会儿？

女主人虽然想看我跳舞，但还不至于因此而眼睁睁地看着我死掉，所以并没有吭声。

主人再次回头看看阿三：“不帮它拿掉会死的，快拿下来！”

阿三满脸不情愿，仿佛正在梦中吃着美食而被叫醒似的。她抓住年糕，用力地往下一扯。我虽然不是寒月，但也担心自己的门牙全被扯断。哎哟，痛死了。我的牙齿本来牢牢地嵌进年糕里，被她这么毫不留情地使劲一扯，实在疼痛难忍。

此刻，我又悟出了第四个真理："所有安乐，都必须先经历过痛苦才能获得。"

当我平静下来，环顾四周时，家里的人都已经走进里屋去了。

出了这次洋相之后，在家里被阿三她们看到时，我都觉得很难为情。我心想：不如出去散散心吧。于是就从厨房溜到屋后，打算去拜访一下小胡同里的二弦琴师傅家的小花。

小花的美貌在这附近是出了名的。我虽然是只猫儿，却也略懂风情。每当我在家里看见主人的苦瓜脸或被阿三臭骂而感到郁闷时，就一定会去找这位异性朋友聊聊天。聊着聊着，心情就会逐渐变得快活起来，忘掉之前的忧虑和痛苦，仿佛重获新生。可见，女性的影响力实在是太大了。

我从杉树篱笆的空隙向对面张望，想看看小花在不在。——只见它戴着新年的新项圈，端端正正地坐在檐廊上。它那浑圆的背部简直无法形容，可谓极尽曲线之美。还有尾巴弯曲、腿脚盘坐、偶尔忧郁地耸起耳朵的姿态，都美得无法形容。特别是此刻它优雅地坐在暖和的阳光下时，尽管态度端庄沉静，尽管无风吹拂，但那像天鹅绒一样光滑的皮毛，却似乎在春光的映照下轻轻抖动。

我看得着了迷，老半天才回过神来，一边举起前脚打招呼，一边小声唤道："小花，小花！"

小花回答道："哎哟，先生呀！"随即从檐廊上走下来。系在红色项圈上的铃铛发出"丁零当啷"的响声。

我不由得心生赞叹：新年还给戴上铃铛呀，这声音真好听。

小花来到我身边，说了句："先生，新年好！"并向左摇了摇尾巴。

我们猫族之间互相打招呼时，总是先笔直地竖起尾巴，然后向左甩一圈儿。

在这条街上，只有这位小花称呼我为“先生”。我在前面已经声明过：我还没有名字。不过，因为我住在教师家里，所以小花总是“先生、先生”地尊称我。被这样称呼，我当然满心欢喜，连忙应声说道：

“新年好！你打扮得真漂亮啊。”

“嗯，去年年底师傅给我买的。不错吧？”小花摇动着铃铛向我展示，发出丁零当啷的响声。

“声音真好听。我有生以来还从没见过这么漂亮的铃铛呢。”

“哎哟，瞧你说的。大家都挂着呀。”它又丁零当啷地摇动铃铛，“好听吧？我真开心。”说完又丁零当啷地摇了一会儿。

“看来，你家师傅很疼爱你呀。”我联想到自身境遇，不由得暗生羡慕之意。

小花的性格很单纯。她回答道：“是呀，简直就像对待自家孩子一样。”随即露出了天真无邪的笑容。

其实，猫未必就不会笑。人类总以为，除了他们之外别的动物都不会笑。这种想法是错误的。我们笑的时候，只是鼻孔呈三角形状、喉结颤动，所以人类并不知晓。

“你家主人到底是什么来头呀？”

“哎哟，‘主人’这称呼好像怪怪的，应该叫‘师傅’才对。她是教二弦琴的师傅哟。”

“这我知道。我是想问她的身份。她以前准是个身份高贵的人吧？”

“是呀。”

“白松苍翠，等君归来……”

屋里的那位师傅边唱边弹起了二弦琴。

小花得意洋洋地说：“这声音好听吧？”

"好像挺不错的，可是我也听不懂呀。她到底在唱什么呢？"

"你说这首曲子？这首就是那个什么嘛。师傅最喜欢这首曲子了……师傅已经六十二岁了，身体还这么好。"

六十二岁还活着，当然不得不承认她身体好吧。我回答了一声："嗬！"虽然感觉有点傻里傻气的，但又想不出其他更妙的回答。

"听说她原本出身很高贵的。她自己经常这么说。"

"哦，她原来是什么身份呢？"

"听说是天璋院[1]的秘书官的妹妹的婆家的外甥的女儿。"

"你说什么来着？"

"天璋院的秘书官的妹妹的婆家……"

"原来如此。等等，天璋院的妹妹的秘书官的……"

"唉，不对，是天璋院的秘书官的妹妹……"

"哦，我懂了。是天璋院的……"

"没错。"

"秘书官的……"

"没错。"

"婆家……"

"不对，是妹妹的婆家……"

"哦，哦，我弄错了。是妹妹的婆家的……"

"外甥的女儿。"

"哦，是婆家的外甥的女儿呀。"

"嗯，这下懂了吧。"

"不，感觉有些混乱，没什么头绪。说到底，她是天璋院的什么人呢？"

"你怎么这么笨？我刚才不是说过了吗？她是天璋院的秘书官的

1　天璋院（1835—1883），德川幕府第十三代将军德川家定之妻岛津敬子。德川家定死后，她落发为尼，号"天璋院"。

妹妹的婆家的外甥的女儿。”

“这我知道呀，不过……”

“知道不就得了吗？”

“嗯。”我无奈地认输了。

我们有时候也不得不说些强词夺理的谎话。

屋里那二弦琴的声音戛然而止，随即传来了师傅的叫唤声：“小花，小花，开饭咯。”

小花快活地说道：“哎呀，师傅在叫我呢。我要回去了，可以吗？”

唉，就算我说不可以也无济于事呀。

“那下次再过来玩吧。”它丁零当啷地摇晃着铃铛跑到院子前面时，忽然又折回来，担心地问道：“你的脸色很不好哦，怎么啦？”

我总不能说出自己偷吃年糕跳舞的事，于是就说：“也没什么事，只是想东西想得头疼。我想着跟你聊聊天就能治好头疼吧，所以才出来溜达一下。”

“是吗？那请多保重啦。再见！”它似乎有点依依不舍。

就这样，因年糕而一蹶不振的精神又完全恢复过来，心情也快活了许多。

回家时，我想走茶园那条路，就踏着即将融化的霜柱，从建仁寺的残垣间钻出去。这时，我又看见车夫家的大黑正在枯菊丛上弓起背部打呵欠。如今，我已经不是那个一见到大黑就害怕的小喽啰了，但也懒得和它搭话，于是想装作没看见就走过去。然而，以大黑的脾气，如果认定谁瞧不起它，就绝不会善罢甘休。

“喂，你这连名字都没有的小子，最近摆起架子来了呀。就算你吃的是教师家的饭，也不用这么装模作样嘛。还瞧不起人呢，真没劲！”

看来，大黑还不知道我已经出名了。我本想向它说明一下，但恐怕说了它也听不懂。于是我决定，先和它随便寒暄几句，然后赶快溜之大吉。

“哦，原来是大黑哥呀。新年好！你总是这么精神呀！”

我竖起尾巴，向左甩了一圈儿。大黑却只是竖起尾巴，并不还礼。

“好什么呀！要是新年就好，那你这小子岂不是一年到头都好？[1]你这个倒霉蛋，给我当心点！”

我不太明白“倒霉蛋”是什么意思，大概是句骂人的话吧。

“请问，‘倒霉蛋’是什么意思呢？”

“哼，你这小子，挨了骂还要问什么意思，真是没救了。倒霉蛋嘛，就是缺心眼的意思！”

“缺心眼”这个词好像蛮有诗意的。至于意思嘛，却比那什么“倒霉蛋”更难懂。我本想再问，以备日后参考，但无论怎么问都肯定得不到明确的回答，于是我和大黑就这么相对无言地站着，有些不知所措。

这时，大黑家的女主人突然大声怒吼：“哎呀，我放在架子上的鲑鱼不见了。糟了糟了，又被大黑那只畜生给偷吃掉啦。真是讨厌死了。等下回来，看我怎么收拾你！”她的叫骂声肆无忌惮地震颤着初春的悠闲空气，把“枝叶不动的太平盛世”[2]一下变得庸俗不堪。

大黑摆出一脸满不在乎的神情，似乎在说：“你爱怎么骂就怎么骂呗，随便你。”它把棱角分明的腮帮向前伸了伸，仿佛在向我示意：“你听到了吧？”刚才我和大黑谈话时并没有注意到，现在一看，它脚下果然扔着黏满泥巴的鱼骨头——这种鲑鱼，一块要两分三厘钱呢。

“你还是宝刀未老啊！”我不由得忘掉刚才的话不投机，献上了

---

1 原文此处所用的“おめでたい”一词，在日语中既有“可喜可贺”也有“傻里傻气”之意。

2 这是谣曲《高砂》中的一句唱词。

一句赞美之词。但大黑可不会因为一两句奉承话就消气。

“什么‘宝刀未老’！你这小子。不就是一两块鲑鱼吗？就说什么‘宝刀未老’，什么意思嘛。尽说些瞧不起人的话！不是俺夸口，俺可是车夫家的大黑呀！”说着，它把右前脚举到肩头——相当于人类的捋起袖子吧。

“我当然知道你是大黑哥呀。”

“既然知道，那还说什么‘宝刀未老’，你这是什么意思嘛！”它不依不饶地叫嚣着。按人类的做法，大概就要揪住胸口推推搡搡了吧。

我不知如何是好，正发愁的时候，又听到了大黑家女主人在大声叫唤：“喂，西川老板，西川老板！喊你有事哟。马上给我送一斤牛肉过来，听见没有？明白了没有？一斤牛肉，挑嫩一些的。”她向牛肉店订货的声音，打破了四邻的寂静。

大黑四脚用力撑地，嘲笑道：“哼，她一年也就买一次牛肉，所以才故意这么大声吆喝的。买斤牛肉就向邻居炫耀，真受不了这婆娘！”

我不知怎么回答，只得默默地看着它。

“一斤哪里够呀？不过也没办法，凑合吧。等送过来，俺就马上吃掉它！”大黑嚷嚷着，似乎觉得这斤牛肉就是专为它准备的。

“这回你可以大饱口福啦，真不错。”我想尽快打发它回去。

“关你什么事！闭嘴，少啰嗦！”大黑说着，突然后脚一蹬，把地上的半截霜柱劈头盖脸地踢到我身上。我吓了一跳，连忙抖落身上的泥土。这时，大黑已经钻过篱笆墙，跑得无影无踪了。大概是去窥探西川老板的牛肉了吧。

我回到家时，感觉客厅里春意盎然，气氛跟平时截然不同，甚至还听到了主人爽朗的笑声。咦，真奇怪。我从敞开的檐廊爬进去，走近主人身旁一看，原来来了一位面生的客人。这人梳着漂亮的分头，上披棉布和服外褂，下穿小仓出产的裙裤，一副正儿八经的书生模样。主人的手炉旁边，放着春庆漆[1]的香烟盒，还有一张名片，上面写着："谨此介绍越智东风君，敬请接见为盼。水岛寒月。"我由此得知这位客人的姓名，同时还明白了他是寒月君的朋友。我是中途进来的，不太清楚主人和客人正在聊什么。不过，好像是关于我上回介绍过的那位美学家迷亭的事。

"他说有个好玩的新花样，让我一定要去。"客人不紧不慢地说道。

"什么？去西餐馆吃顿午饭，能有什么新花样？"主人往杯里加上茶水，推到客人面前。

客人说道："嗯，当时我也不知道他所说的'新花样'是什么意思。不过我想，按他的一贯做派，总能整出些好玩的东西来吧……"

"那你真的和他一起去了？"

"去了一看，还真吓了一跳。"

听了这话，主人拍了一下坐在他大腿上的我的脑袋，似乎在说："你瞧，我就知道准没好事嘛。"我的脑袋被拍得隐隐作痛。

"肯定又是什么恶作剧吧。那家伙就喜欢搞这些名堂。"主人大概突然想起了上次的"安德烈·德尔·萨托事件"吧。

"嗯，他问我想不想吃点什么特别的东西？"

"那你们吃了什么呢？"

"他先是看着菜单，跟我大谈了一番各种美食的话题。"

"是在点菜之前吗？"

"嗯。"

"然后呢？"

"然后他转过头，看着服务员说：'好像没什么特别的菜式嘛。'那服务员很不服气地说：'鸭脯肉或小牛排，您看怎么样

1 一种涂漆工艺。相传由古代漆工春庆发明而得名。

呢？’迷亭先生却说：‘我们才不会特地跑到这里来吃这种老一套的东西呢。’服务员没听懂‘老一套’是什么意思，一脸莫名其妙，没有吭声。”

“可不是吗？”

“然后，迷亭先生回过头对我说：‘在法国或英国，到处都能吃上“天明调”或“万叶调”[1]。而在日本，无论去到哪里，全都好像一个模子做出来似的，所以我不爱去西餐馆。’那口气甭提有多大了……对了，他到底有没有留过洋呢？”

“什么？他哪里有留过洋呀？不过，他既有钱，又有空，想去的话倒是随时都能去。他大概是在开玩笑，把今后的打算当成了过去的经历来讲吧。”主人自以为这话说得很妙，自己先笑了起来。客人却不以为然。

“是吗？我还以为他什么时候留过洋呢，所以听得很认真。后来，他还大讲了一通什么鼻涕虫汤、炖青蛙之类，说得好像自己亲眼见过似的。”

“大概是道听途说的吧。他本来就是个牛皮大王嘛。”

“很有可能。”客人看着花瓶里的水仙，脸上略有几分失落。

“那他所谓的新花样，就仅此而已吗？”主人追问道。

“不，这只是个开头。正文还在后面呢。”

“哦——”主人发出了好奇的感叹声。

“后来，他和我商量说：‘鼻涕虫和青蛙嘛，咱是想吃也吃不到啦。那不如凑合一下，来个橡面坊[2]吧，你觉得怎样？’我当时心不在

---

1 “天明调”是指日本天明年间与谢芜村等人的俳句风格。“万叶调”是指《万叶集》的和歌风格。此处迷亭故意把这两个术语说成菜名，借以调侃俳句。

2 “橡面坊”是明治时期俳句诗人安藤炼三郎的笔名。在日语中，“橡面坊”和“肉丸子”发音相近。迷亭故意用这种发音相近的词进行调侃。为了符合这一语境，此处将“肉丸子”译为“橡面丸”。

焉的，就回答了一句：‘好呀。’”

“啊，要吃‘橡面坊’？那也太奇怪了。”

“是呀，确实很奇怪。不过，因为迷亭先生说得一本正经的，所以我一时没有留意。”客人似乎在为自己的疏忽大意而向主人道歉。

“然后呢？”主人满不在乎地问道，并没对客人的道歉表示同情。

“然后，迷亭先生对服务员说：‘喂！来两份橡面坊。’服务员确认道：‘您是要橡面丸吗？’迷亭先生越发严肃地纠正他：‘我要的不是橡面丸，而是橡面坊。’”

“哦，真的有橡面坊这道菜吗？”

“我本来也觉得有些奇怪，但看他那么沉着冷静，又是个西洋通，而且我当时完全相信他留过洋，所以我也附和着对服务员说：‘是橡面坊，橡面坊。’”

“那服务员怎么说呢？”

“那服务员嘛，现在想来可真是滑稽，他想了一下，然后说：‘非常抱歉，今天真不凑巧，没有橡面坊。如果要橡面丸的话，倒是可以马上给您做两份的。’迷亭先生满脸遗憾地说：‘这样我们岂不是白来一趟了吗？能不能想想办法，给我们弄点橡面坊吃呢？’说完，他拿出两角钱银币塞给服务员。服务员说：‘那我先和厨师商量一下。’然后就走进里面去了。”

“看来，他是真想吃这橡面坊哩。”

“过了一会儿，服务员走出来说：‘真不巧，现在没有这道菜。您要是想点的话，可以现做，不过得花点儿时间。’迷亭先生镇定自若地说道：‘反正现在是正月，我们也没啥事，那就等一会儿，吃过再走吧。’说着，他就从口袋里掏出雪茄，开始吞云吐雾。我没办法，也只得从怀里拿出《日本新闻》来读。于是，那个服务员又走进里面去商量了。”

“还挺费工夫的嘛！”主人听得兴致盎然，仿佛在读战地通讯似的，还往前凑近了些。

“没过一会儿，服务员又走出来，满脸歉意地说道：‘最近橡面坊的原料缺货，无论去龟屋还是去横滨的十五号店都没买到，所以暂时做不成这道菜啦。’迷亭先生一边看着我，一边反复嘀咕道：‘那怎么办呢？我好不容易来一趟呀。’我当然也不好不吭声，就附和着说：‘太遗憾了，简直是遗憾至极啊。’”

主人表示赞同：“有道理。”至于有什么道理，我就不太明白了。

“那个服务员也显得很遗憾似的，说道：‘等下次采购到原料了，再恭候光临。’迷亭先生问道：‘原料会用到什么呢？’服务员只是呵呵地笑着，没有回答。迷亭先生又追问了一句：‘原料恐怕会用到日本派俳人[1]吧？’服务员回答说：‘嗯，是的，所以最近跑到横滨去也没买到，真的非常抱歉。’”

“哈哈哈，这就是最后的抖包袱吗？太有意思了！”主人一反常态地放声大笑，笑得大腿乱晃，险些把我摔下去。主人当然不以为意，仍然笑个不停。看来，他是因为发现被迷亭捉弄的不只是自己一个人，所以才突然变得快活起来吧。

“然后，我俩走出店外时，迷亭先生得意洋洋地说：‘怎么样，很成功吧？用橡面坊作为笑料，很有趣吧？’我说了句：‘佩服之至。’然后就和他分开了。其实，当时午饭时间已过，我却还饿着肚子，甭提有多难受了。”

“那可真够呛。”主人这才表示同情。我对此也没有异议。两人一时无话。只有我喉咙发出的咕咕声响传入他们耳中。

东风君把放凉了的茶一饮而尽，然后一本正经地说道：“我今天登门拜访，其实是有事相求。”

“哦，有何贵干？”主人也同样一本正经起来。

1　日本派是明治时期的一个俳句流派。橡面坊即为“日本派俳人”之一。

“您知道，我一向喜好文学和美术……”

“很高雅嘛。”主人奉承道。

“前些日子，我们几个同好聚在一起，组织了一个朗读会。我们打算以后每月聚一次，继续开展这方面的研究。去年年底已经举行了第一次。”

“我想问一下，一提到‘朗读会’，印象中通常是按某种节奏来朗诵诗歌或文章之类，那你们是怎么个做法呢？”

“我们打算先从古人的作品开始，然后再逐渐扩展到同人们创作的作品。”

“所谓古人的作品，是指白乐天的《琵琶行》之类吗？”

“不是。”

“与谢芜村[1]的《春风马堤曲》之类？”

“不是。”

“那你们朗读了些什么作品呢？”

“上次朗读了近松[2]的殉情剧。”

“近松？就是那个写净琉璃[3]剧本的近松吗？”

怎么可能有两个近松嘛。既然说到近松，那当然是指剧作家近松了。主人却还要问来问去，真愚蠢。当然，主人看不透我的心思，还亲切地抚摸着我的脑袋。在这世上，误把斜视眼当作暗送秋波的都大有人在，主人的这点疏忽也就不足为奇了。所以，我也就气定神闲地任由他抚摸着。

“是的。”东风先生一边回答，一边偷看主人的脸色。

---

1 与谢芜村（1716—1783），江户时期的俳句诗人、画家。《春风马堤曲》是其创作的长篇俳诗。

2 近松门左卫门（1653—1724），江户时期的净琉璃及歌舞伎剧作家，以创作殉情剧而闻名。

3 在三味线伴奏下说唱的一种日本传统曲艺。

“那你们是一个人朗读，还是分角色朗读呢？”

“分角色，交替着朗读。重点在于尽可能对作品中的人物投入情感，充分表现其性格，而且还要加入手势和身体动作。至于对白，则要体现出时代特点，无论是大小姐还是小学徒的角色，都要表演得活灵活现。”

“那不就跟演戏差不多了吗？”

“嗯，只是没穿戏装、没搭布景而已。”

“我冒昧地问一下，这朗读会办得成功吗？”

“嗯，作为第一次来说，我觉得还算成功吧。”

“你说上次朗读了殉情剧，具体是哪一场呢？”

“是船老大载着客官去吉原[1]的那一场。”

“那场戏可了不得啊。”主人不愧是教书的，侧着脑袋沉吟着。从他鼻孔喷出的“日出牌”香烟的烟雾，掠过我耳边，在一旁弥漫开来。

“也没什么大不了的。出场人物不过是客官、船老大、花魁、女侍、老鸨和总管这几个角色而已。”东风先生若无其事地说道。

主人听到“花魁”时皱了一下眉头，而对于“女侍”“老鸨”“总管”等行话却显然不太了解，于是就提出了疑问。

“所谓‘女侍’，是指妓院里的女佣吗？”

“我还没有仔细研究过。我想，‘女侍’大概是茶馆的女佣，‘老鸨’则可能是女佣房间的助理吧。”这位东风先生刚才还说要表现出各种人物的特色，但看来他并不了解“老鸨”和“女侍”这些人物的性质。

“原来如此，‘女侍’是隶属于茶馆，而‘老鸨’是住在妓院里的呀。那么‘总管’是指人还是指某个场所呢？如果是指人的话，是男人还是女人呢？”

1　日本江户时期位于江户的妓院街。

“总管嘛，我觉得多半是男的吧。”

“那他管什么呢？”

“哎呀，我还没研究得这么仔细呢。我过后再查一查吧。”

我心想：“照这样子，分角色朗读的时候肯定是前言不搭后语吧。”抬头看看主人，没想到他却一脸认真。

“朗读者除了你之外还有些什么人呢？”

“各种人都有。演花魁的是法学士K君，他满脸胡子，却要装成女人娇滴滴的说话声，简直太可笑了。而且还有一段花魁肚子疼的场景……”

“朗读时也非得表演肚子疼不可吗？”主人担心地问道。

“嗯，因为表情很重要嘛。”东风先生摆出一副艺术家的派头。

“肚子疼得顺利吗？”主人妙语频出。

“第一次嘛，难免疼得不太成功。”东风先生也以妙语作答。

“对了，你演什么角色呢？”主人问道。

“我演船老大。”

“啊，你演船老大？”

听主人的语气，似乎是说：你要是能演船老大，那我好歹也能演个总管吧。

主人坦率地说道：“船老大恐怕很难演吧。”并没有半句恭维的话。

东风先生倒也没有生气，仍然不紧不慢地回答道：“就因为这船老大，把我们好端端的一次活动弄成了虎头蛇尾。事情是这样的：会场隔壁住了四五个女学生，她们不知从哪里打听到当天有朗读会，就跑到会场的窗边旁听。我模仿着船老大的腔调，好不容易找到感觉，念得正起劲时……可能是我的动作太夸张了吧，刚才忍着没笑的那几个女学生突然一起哈哈大笑起来。我吓了一跳，而且又觉得有些难为情，结果就被打断了，怎么也接不回去，最终只得草草收场。”

东风先生声称“作为第一次来说还算成功”的朗读会，竟然是这个样子。那如果是“不成功”的话，又会是什么样呢？想到这里，我忍不住笑起来，喉咙咕噜咕噜作响。主人却更加温柔地抚摸着我的脑袋。嘲笑人而能得到宠爱，这固然值得感激，但同时也感觉有些可怕。

“这真是飞来横祸呀。”主人竟然在正月里说出这种不吉利的话。

“我打算下一次要努力办得更隆重些。今天正是为了此事而登门拜访，想请先生加入并鼎力相助。”

“我可演不了肚子疼啊！”性格消极的主人马上就想拒绝。

“不，您无须表演肚子疼。这是赞助会员的名册……”客人一边说着，一边从紫色包袱里小心翼翼地取出一本小册子，并打开摆放在主人面前，“请您在这里签名并盖章。”

只见上面整整齐齐地列着一长串当今知名的文学博士、文学学士的名字。

“哦，当个赞助人嘛，倒也并无不可。不过，赞助人有些什么义务呢？”牡蛎先生似乎有点担心。

“也没什么非尽不可的义务，只要您签个名，表示同意就可以了。”

“那我就加入吧。”一听说不须尽义务，主人立刻轻松起来。那表情似乎在说：“只要不用负责任，哪怕让我在谋反的联名状上签名都行。”而且，能把自己的名字和这些知名学者排列在一起，对于从未遇到过这等好事的主人来说，自然是无比荣幸。也难怪他会答应得这么痛快了。

“请稍等。”主人起身进去书房拿印章，把我扑通一下摔在榻榻米上。东风先生从果盘里抓起一块蛋糕，一口吃进去。然后闭着嘴咀嚼着，表情似乎有些痛苦。我不由得回想起了今早偷吃年糕的事。等主人从书房里拿了印章出来时，东风先生已经把蛋糕吞进了肚子里。主人好像并没发现果盘里的蛋糕少了一块。假如他发现了的话，肯定第一个怀疑我吧。

东风先生回去后，主人走进书房里，看见桌子上放着一封迷亭先生的信，也不知是什么时候寄来的。

谨贺新年，诸事顺利……

主人心想："这么一本正经的开头，很少见嘛。"迷亭先生的来信，几乎没有一封是正经的。比如上次寄来的信就这么写着："其后，既无心仪之女人，亦未收到任何情书，因而得以平安度日，勿念为盼。"相比之下，今天这封贺年信中规中矩，实属例外。

本欲登门拜访，但小生与仁兄之消极主义相反，唯愿尽可能以积极主义方针迎此千古难逢之新岁，故每日忙得不可开交，还请仁兄见谅……

主人在心里表示赞同："确实，按这家伙的德性，正月里肯定忙着四处游玩吧。"

昨日忙里偷闲，欲请东风君享用橡面坊美食。不巧食材告罄，未能如愿，遗憾至极也……

主人默默地微笑着，心想："这家伙一下就原形毕露啦。"

明日有某男爵之和歌纸牌会，后日有美学协会之新年宴会，大后日有鸟部教授之欢迎会，再往后有……

主人看得不耐烦了，就跳过这段往下读。

如上所述，谣曲会、俳句会、短歌会、新体诗会等活动接连不断，近期每日忙于出席，不得已而以贺年信代替拜趋之礼。失礼之处，万望见谅……

主人对着书信回了一句："谁稀罕你来嘛。"

下次您光临寒舍时，当共进晚餐，畅叙阔别之情。寒厨虽无珍馐美味，但至少亦可以橡面坊飨客也……

迷亭居然还在显摆他的橡面坊。主人有些恼火了："这个无礼的家伙！"

然而，因近期橡面坊食材告罄，或来不及供应亦未可知。倘若如此，到时则以孔雀舌代之可也……

"还有两手准备哩！"主人不由得对下文产生了兴趣。

如您所知，一只孔雀之舌肉分量尚不及半根小指。为满足仁兄之旺盛食欲……

"胡说八道！"主人无奈地说道。

小生以为，非捕获二三十只孔雀不可。然而，孔雀虽于动物园、浅草花园等处偶尔可见，但于普通肉禽店中却从未见之。为此，小生正煞费苦心……

"你这不是自寻烦恼吗？"主人却毫不领情。

此孔雀舌之珍馐，于往昔罗马全盛时曾一度广为流传。因其豪奢风流至极，小生向来亦垂涎已久，此情还望仁兄多加体谅……

"什么体不体谅的，一派胡言！"主人的态度颇为冷淡。

至十六七世纪时，在整个欧洲，孔雀已成为宴席中不可或缺之美味。记得莱斯特伯爵[1]于肯纳尔沃思堡宴请伊丽莎白女王时，就曾使用过孔雀。著名画家伦勃朗[2]所绘之《宴会图》中，亦可见孔雀展开尾部横躺于餐桌上……

"你既然有这闲工夫写孔雀宴的历史，可见也并不是太忙吧。"主人不满地嘀咕道。

总而言之，倘若像近期一般连日享用美食，恐怕没过多久，小生亦将步仁兄之后尘，患上胃疾矣……

"'步仁兄之后尘'实属多余。何必以我作为胃病的标准呢？"主人喃喃自语。

据史学家所说，罗马人每日设宴两三次。每日两三次坐在满桌食物前，纵使肠胃极好之人，亦变得消化不良，从而步仁兄之……

1　莱斯特伯爵（1532—1588），是伊丽莎白女王的宠臣，据说也是她的情夫。

2　伦勃朗（1606—1669），荷兰著名画家。

“又说什么‘步仁兄之后尘’，这个无礼的家伙！”

然而，他们充分研究了兼顾美食与健康的两全之策，认为在享用大量美食的同时还需维护肠胃之常态，于是想出一个秘法……

“咦，是什么秘法呢？”主人突然又产生了兴趣。

他们用餐后必定入浴。入浴后，以某种方法使先前咽下之食物悉数呕吐，以此清理肠胃。待肠胃清洁之后，则又重新坐回餐桌旁，尽情享用美食。饱餐之后，又再入浴呕吐。如此这般，则可随心所欲地享用美食，而内脏器官毫无损伤。以小生之愚见，此秘法可谓一举两得也……

“确实是一举两得啊。”主人流露出羡慕的神色。

二十世纪之今日，交际频繁，宴会增加，自不待言。而且，值此军国繁忙、征讨俄国翌年之际，小生深信，吾侪战胜国之国民效仿罗马人、研究此入浴呕吐法之时机业已成熟。否则，不久之将来，我大国国民亦将步仁兄之后尘，悉数变为胃病患者。每念及此，小生常深感忧虑也……

“又是‘步仁兄之后尘’。这家伙真讨人嫌。”主人心想。

当此之际，我辈深谙西洋文化者，若能考究古史传说，发现久已失传之秘法，将其应用于明治社会，则可成就防患于未然之功德，亦可回报平日纵情享乐之恩也……

主人侧着脑袋沉吟着，感觉有些纳闷。

为此，近日小生已涉猎了吉本[1]、蒙森[2]、史密斯[3]等诸家之著述，然尚未寻得端倪，实属遗憾。然而，诚如仁兄所知，以小生之性格，一旦欲做某事，则绝不半途而废。因此，自信于不久之将来，必将重新发现呕吐之秘法。一经发现，定会立即禀报。以上情由，还望仁兄知悉。而上述橡面坊以及孔雀舌之美餐，亦等发现此秘法之后再行款待。如此，则不但于小生为便，对于平日受尽胃病烦扰之仁兄而言，似亦颇为适宜。言不尽意，就此搁笔。

"哎呀，又被耍了。因为看他写得这么认真，所以就信以为真，从头到尾给看完了。新年伊始就搞这种恶作剧，迷亭也真是闲得慌哩。"主人笑着说道。

之后的四五天，都没发生什么特别的事。白瓷盘里的水仙逐渐枯萎，花瓶里的绿萼梅含苞待放。整天盯着这些花也觉得无聊，于是我就去拜访小花。但去过一两次都没见着。刚开始我以为它不在家，第二次去时才知道她病倒了。我躲在后院洗手盆旁边的叶兰后面，听到了那个二弦琴师傅和女佣在屋里的对话。

"小花吃饭了吗？"

"没有，从今早开始就什么也没吃。俺烧热了被炉，让它睡到上

1 吉本（1737—1794），英国历史学家。

2 蒙森（1817—1903），德国历史学家。

3 史密斯（1813—1893），英国古典学者，《圣经》研究者。

面了。”

这哪里还像猫呀，简直就是人的待遇了。

和自己的境遇相比，我不由得心生羡慕。但与此同时，一想到心爱的小花受到这样的优待，我又感到十分高兴。

“这就麻烦了。不吃东西的话，身体只会越来越虚弱。”

“是啊。就拿俺这些下人来说，一天不吃饭，第二天可就干不了活儿啦。”

听这女佣的语气，感觉似乎猫是更为高贵的动物。不过说实话，在他们家里，说不定猫的地位确实就在女佣之上呢。

“带它去看医生了吗？”

“去了。那个医生真可笑。俺抱着小花走进诊室时，他竟然问俺说：‘是感冒吗？’还要给俺把脉。俺说：‘您搞错啦，病人不是我，是它。’并把小花放到大腿上坐好。那医生却冷笑着说：‘猫儿的病我可看不了。不用管它，它自己很快就会好的吧。’您说过不过分？俺生气地说：‘您不给看就算了。这可是俺家里的宝贝猫儿呢。’然后就抱起小花，赶紧回来了。”

“确乎如此啊。”

这句“确乎如此”，在我家是从来没听到过的。不愧是天璋院的什么什么人，说起话来也这么文雅。我不由得感到佩服。

“它的嗓子好像有点抽抽搭搭的。”

“嗯，肯定是得了感冒，嗓子疼哩。无论是谁，一感冒都会罹患咳嗽的……”

不愧是天璋院的什么什么人的女佣，说起话来也这么谦恭。

“听说最近有种什么肺病闹得可厉害了。”

“是啊。最近冒出了很多新的病，什么肺病啦，鼠疫啦。可不能大意啊。”

“这种幕府时期没有过的新东西，哪有一件好的？你也得当心呢！”

“师傅所言极是啊。”女佣十分感动。

“小花也没怎么出去呀，怎么会得感冒呢？”

“唉，师傅，最近它交了个坏朋友哟。”

女佣一脸得意，好像要说出什么国家机密似的。

“坏朋友？”

“嗯，就是住在邻街的那个教师家里的那只邋里邋遢的公猫啊。”

“你说的教师，就是每天清早都会发出粗鲁声音的那位吗？”

“嗯，就是每次洗脸都会发出像鹅被掐死似的声音的那位。”

“鹅被掐死似的声音”，这话形容得真妙。我的主人有个怪癖——每天清早在浴室漱口时，总要用牙刷捅自己的喉咙，毫无顾忌地发出奇怪的声音——心情不好的时候“嘎嘎”叫，心情好的时候同样是“嘎嘎”地叫得起劲。也就是说，无论心情好坏，每天都会发出气势十足的“嘎嘎”声，没有一天安宁。据女主人说，在搬来这里之前，他并没有这个怪癖，但自从某一天突然开始之后，就再也没有停止过。这确实是个讨厌的坏毛病。至于他为什么要坚持这么做，我们这些猫儿自然是猜想不出来的。这倒也罢了，但所谓“邋里邋遢的公猫”就未免说得太刻毒啦。我又竖起耳朵，继续往下听。

“他发出那样的怪声，说不定是一种咒语呢。在维新之前，无论仆役还是提鞋小厮，都会遵守各自的规矩，武士府邸里可从来没有人这样洗脸的哟。”

“师傅所言极是啊！”

女佣每次大加赞叹时，都会大肆地用上“啊”字。

“既然猫的主人是这副德性，那猫肯定也没什么好货色。反正是只野猫，下次再来的话，你就揍它！”

“当然得揍它一顿。小花这次生病，肯定是拜它所赐。我一定会给小花报仇的。”

这实在是太冤枉了！我心想：还是离她们远些为妙。于是没见着小花就回家了。

回家一看，主人正在书房里握着笔，一脸沉吟之状。要是我把在二弦琴师傅家听到的评价告诉他，他肯定会勃然大怒的。俗话说："眼不见心不烦。"不知道也好，还能哼哼唧唧地装成神圣的诗人。

正在这时，那个自称最近无暇登门拜访而特地寄来贺年信的迷亭君，却飘然而至。

"你在写新体诗吗？写出什么好诗的话就让我拜读一下。"他说道。

"嗯，我看到一篇文章觉得不错，正打算翻译出来呢。"主人懒洋洋地开口说道。

"文章？谁写的文章？"

"不知道是谁写的。"

"无名氏写的呀？无名氏写的也有佳作，不容小觑哟。在哪儿看到的？"

"《第二册英语读本》。"主人从容地回答道。

"《第二册英语读本》？怎么回事？"

"我是说，我要翻译的那篇佳作就收在《第二册英语读本》里。"

"别开玩笑了。你是想借此机会来报孔雀舌之仇吧？"

"我可不像你那样会吹牛。"主人捻着胡须，神情泰然自若。

"从前，有人问赖山阳[1]：'请问先生，近来可看到什么名文佳作吗？'赖山阳就拿出马车夫写的催款书，说道：'要说近来的名文佳作，当首推这篇。'说不定，你的审美眼光也和赖山阳一般独到哩。快念来听听，我给评论一下。"迷亭先生摆出一副审美行家的架势。

1 赖山阳（1780—1832），江户后期的儒学者、汉诗人、历史学家。

于是主人就用禅师诵读大灯国师[1]遗训似的声音开始念起来：

“巨人，引力。”

“巨人引力？啥意思？”

“这篇文章的标题就叫《巨人引力》。”

“这题目真奇怪。我不明白是什么意思。”

“我觉得是说一个名叫‘引力’的巨人吧。”

“这解释有点牵强呀。不过，既然是文章标题，也就算了。快往下念正文吧。你的嗓子不错，很好听。”

“可别乱打岔哟。”主人先叮嘱了一句，然后才开始念起来。

凯特望向窗外，只见一群小孩正在玩抛球。他们把球高高地抛向空中。球越飞越高，过了一会儿才落下来。他们又把球高高地抛起。就这样重复了三次。每次抛起后，球都会落下来。

凯特问道：“球为什么会落下来呢？为什么不一直往天上飞呢？”

“因为有个巨人住在地底下。”母亲回答说，“他就是巨人引力。他很强大，能把万物都拉向自己那边。他把房屋拉到地上。如果不拉住的话，房屋就会飞走的。小孩子也会飞走的。你看见过树叶落下吧，那就是巨人引力在召唤它。你有时会把书掉到地上吧，那也是巨人引力召唤说‘快过来’的缘故。球升到空中，巨人引力一召唤它，它就落了下来。

“这就完了？”

1 大灯国师（1282—1337），即宗峰妙超，镰仓末期的临济宗高僧。

“嗯，写得不错吧？”

“哎呀，我甘拜下风啦。想不到你突然就回敬了‘橡面坊’之礼。”

“这可不是什么回敬哟。我是真觉得好才翻译出来的。难道你不觉得吗？”主人盯着对方的金丝眼镜后面的眼睛。

“太意外了，想不到你居然还有这一手呀。这次，我算是被你耍啦。甘拜下风，甘拜下风。”迷亭自说自话。但主人却没领会他的意思。

“我可没打算耍你呀。我只是觉得这篇文章挺有意思，所以才翻译出来罢了。”

“哎呀，确实有意思。你不来这一手就没意思了。果然厉害。佩服。”

“有什么好佩服的？我也是最近放弃了水彩画，所以才打算写点文章什么的。”

“你那远近不分、黑白不分的水彩画，怎能跟这相提并论呀？佩服之至。”

“被你这么一夸，我就更来劲啦。”主人似乎始终还没跟上对方的思路。

正在这时，寒月君来了，说道：“上次多有打搅。”

“哎呀，失敬失敬。我刚聆听了一篇奇文佳作，把‘橡面坊’的阴魂给驱散啦。”迷亭先生说了句莫名其妙的话。

“哦，是吗？”寒月也莫名其妙地回应着。

唯独主人有些闷闷不乐。

“前几天，你介绍的那个叫越智东风的人来了哟。”

“来过啦？这个叫越智东风的，为人很老实，只不过稍有些古怪。我本来怕给您添麻烦，可是他非让我引见不可，所以……”

“倒也没添什么麻烦……”

“他上门拜访时，有没有说关于他的姓名的事？”

“好像没有说吧。”

“是吗？他有个坏毛病，无论到哪儿，都会跟初次见面的人解释一番自己的名字。”

“解释什么呢？”好事的迷亭插嘴问道。

“他很怕别人念错自己的名字‘东风’的读音。”

“咦？”迷亭先生从他那泥金皮制烟盒里拈出一些烟丝。

“每次他都会事先声明说：‘我的名字不是越智tofu，而是越智koti哟。’”[1]

“真有趣！”迷亭把一口烟深深地吸进肚子里。

“这完全是出于对文学的执着——念成koti的话，姓名连起来念成oti koti，就和‘远近’同音[2]，而且姓和名还押韵呢。他对此十分得意。所以，他经常抱怨说：如果把‘东风’念成tofu，就枉费自己的一片苦心了。”

“这家伙果然是有些古怪。”迷亭先生说完，顺势把吸进肚子里的烟从鼻孔喷出来。烟雾中途徘徊，在喉咙处呛住了。迷亭先生手握烟管“吭吭吭”地咳起来。

“前几天他来的时候还说，在朗读会上扮演船老大，结果被女学生们取笑了一番。”主人笑着说道。

“对了，对了。”迷亭先生用烟管磕了磕膝盖。我感觉到危险，就把身子挪开了些。“关于这个朗读会，前几天我请他吃‘橡面坊’的时候，他也提起过呢。说是第二次打算请有名的文人来参加，办得更加隆重一些。他还对我说：‘请先生也务必光临。’我问他：‘下次还是演近松的戏剧吗？’他说：‘不，下次选个新潮得多的剧本——

1 在日语中，“东风”有tofu和koti两种读音。

2 在日语中，“远近”一词可读成otikoti。

《金色夜叉》[1]。’我又问他：‘那你演什么角色呢？’他说：‘我演阿宫。’东风君演的阿宫想必很有意思。我一定会去出席，给他捧场的。”

“真有意思。”寒月一脸怪笑。

“不过，他怎么说也是个老实人，并不轻浮，跟迷亭之流大不一样呀。”主人这一句话，把“安德烈·德尔·萨托”“孔雀舌”和“橡面坊”的仇一起给报了。

迷亭先生却满不在乎地笑道：“反正我这种人就是‘行德之俎’[2]嘛。”

“差不多吧。”其实主人并不知道这句“行德之俎”是什么意思，但他好歹从教多年，懂得如何蒙混过关。所以在这种场合下，就能把从教经验应用到社交方面了。

寒月却坦率地问道：“‘行德之俎’是什么意思呢？”

主人朝壁龛望去，说道：“那水仙是我年底去澡堂回来时买的，插上后竟然一直养到现在。”就这样硬生生地把“行德之俎”给岔开了。

“说到年底嘛，去年年底我还遇上了一件离奇的事呢。”迷亭用指尖转动着烟管，仿佛在玩杂耍似的。

“什么事，快说来听听。”主人总算把“行德之俎”远远地抛开了，呼地松了一口气。

迷亭先生所谓的离奇事是这样的：

“我记得大概是在年底二十七号那天吧。东风先生事先打过招呼说，想登门聆听文艺方面之高见，请我在家等候。于是我从一大早就在家中翘首以盼，但却迟迟不见他上门。我吃过午饭后，坐在炉子前读了一会儿巴里·潘恩[3]的幽默小说。这时，住在静冈的母亲

1　明治时期小说家尾崎红叶创作的长篇小说，在当时非常畅销，被搬上了新剧舞台。

2　日本俗语，意为既愚笨又老于世故。

3　巴里·潘恩（1864—1928），英国的幽默作家。

寄来了一封信，我就打开来看。上了年纪的人嘛，无论什么时候都把我当小孩子看，在信里叮嘱说：‘冬天夜里不要出门；还有，洗冷水澡也行，但必须生炉子，让屋里暖和起来，不然会感冒的。’我一向大大咧咧的，但看了信却颇为感动，觉得还是父母关心我，别人是绝对不会这样千叮万嘱的。想到这里，我决心不能再这样游手好闲了，非得写出一部皇皇巨著来光宗耀祖不可。趁母亲在世时，让天下人都知道明治文坛上还有迷亭先生这号人物。我接着往下读，信里写道：‘你这小子太幸运了。和俄国开战后，很多年轻人都为国效力，历尽艰辛。而你呢，在这年底忙碌之际，却像过新年似的吃喝玩乐。’其实，我并没有像母亲所说的那样吃喝玩乐呀。接着，信里还列举了一长串我读小学时的朋友的名字——他们都在这次战争中负伤或死去。我看着上面的一个个名字，不由得觉得世间索然无趣，人活着也没什么意思。在信的末尾，母亲还写道：‘我年纪也大了，恐怕今年是最后一次吃年糕、贺新春了吧……’看到这些泄气话，我的心情就更加郁闷了。我盼着东风先生早点来，可他就是迟迟不到。这时，我已经吃过晚饭，想起要给母亲写封回信，就写了十二三行。母亲写的信长达六尺多[1]，我可没这种本事，经常写个十行左右就写不下去了。因为一整天没活动，我觉得胃不太舒服。于是打算出去寄信，顺便散散步。要是东风上门来的话，就让他等着好了。和往常不同，我没有往富士见町的方向走，而是不由自主地走向土手三番町。那天晚上刚好天色有点阴沉，干燥的寒风从护城河对岸直刮过来，冷得要命。火车从神乐坂那边驶过来，“呜——”地呼啸着，从河堤下飞驰而过。一种凄凉的感觉油然而生。岁暮、战死、衰老、人世无常等词语在脑海中来回萦绕着。我忽然想起来，老是听说有人上吊自杀——他们也许正是受了这种气

1 当时的书信多写在卷纸上，不分页，所以有“长达六尺多”之说。

氛的蛊惑而产生了轻生的念头吧。我抬头望了望河堤上，才发现自己不知不觉间已经走到那棵松树底下了。”

“那棵松树？什么来的？”主人插嘴问道。

“就是那棵‘吊颈松’呗。”迷亭缩了缩脖子。

“‘吊颈松’是在鸿台吧？”寒月也加入了讨论。

“鸿台的那棵是‘吊钟松’，土手三番町这棵才是‘吊颈松’哩。为什么会起这么个名字呢？这是因为自古相传：无论谁，一来到这棵松树底下，就想上吊自杀。河堤上明明有几十棵松树，但只要发现有人上吊，赶来一看，准是吊在这棵松树上。每年总会有两三个人吊死在这里。似乎非这棵不可，其他松树都不成。我一看，那棵松树的树枝正好横着伸向路边。那姿态真优美。空着太可惜了，总得找个人吊在那里才像样。我环顾四周，希望有人过来。可不巧连个人影都没有。没办法，要不我自己吊上去？不行，不行，我自己吊上去的话可就没命啦。太危险，还是算了吧。不过，听说古希腊人会在宴席上模仿上吊来助兴——某个人站到踏台上，把脖子伸进绳套里，其他人立刻把踏台踢翻。而这个把脖子伸进绳套的人，在踏台被踢掉的瞬间，立刻松开绳套跳下来。如果真是这样的话，倒也并不可怕。我也想试一试，于是把手攀在树枝上。树枝弯得恰到好处，而且那姿态极具美感。当我想象到自己脖子悬挂在上面轻轻摇晃的情景，简直喜不自胜。我本想要实践一下，但转念一想：如果东风已经上门在家等着我的话，未免过意不去。于是我打定主意，决定先和东风见上一面，按约定谈完事情后再来。所以我就回家了。”

“这就讲完啦？”主人问道。

“真有意思啊。”寒月微笑着说道。

“我回到家一看，发现东风还没来。不过他倒是寄来了一张明信片，上面写着：‘今日无奈有事，无法出门，改日再登门拜访。’我这才放心，心想：这下我总算可以了无牵挂地去上吊了，真叫人高兴。于是我立刻趿拉着木屐，快步赶回原处，一看……”迷亭说到这里，像煞有介事地看着主人和寒月。

“一看，然后呢？”主人有点等不及了。

“总算渐入佳境了呀。”寒月摆弄着礼服外褂上的带子。

“我一看，已经有人先挂在那里啦。就差了一步，太遗憾了。现在想来，当时我大概是被死神附体啦。按詹姆斯[1]之流的说法，下意识的幽冥界和我所在的现实世界以某种因果关系而互相感应着。你们不觉得很不可思议吗？”迷亭一本正经地说道。

主人心想这次又被耍了，不过他并没吭声，只是大口大口地吃着空也饼[2]。

寒月小心翼翼地拨弄着火盆里的灰，低头暗笑。随即以极其平静的语调说道：“这事听起来确实有点不可思议，感觉似乎没可能发生。不过，我自己最近也有过类似的经历，所以对你说的事情深信不疑。”

“咦，你也是突然想上吊吗？”

“不，我可不是想上吊。这也是去年年底的事，而且和您刚才所说的事竟然发生在同一天、同一时刻，更让人觉得不可思议了。”

“真有意思。”迷亭也嚼起空也饼来。

“那天，向岛的一个朋友家里举办年底聚会兼演奏会。我也带上小提琴去了。场面很隆重，有十五六位小姐和太太出席，一切都安排得妥妥帖帖，可谓是近期难得的一大盛事。吃过晚餐，乐器合奏也结束之后，大家开始谈天说地地闲聊起来。我看时间已晚，就想向主人告辞回家。这时，某博士的夫人来到我身边，小声地问道：‘您知道某某小姐病倒了吗？’我两三天前见到那位小姐时，感觉和平常差不多，也没看出有什么异样。所以我听了大吃一惊，连忙问起详情。说

1 威廉·詹姆斯（1842—1910），美国哲学家、心理学家。

2 一种带馅的糯米点心。

是在我见到她的那天晚上，她突然开始发烧，嘴里不停地说着胡话。如果光是这样，那倒也罢了。但问题是，她说的胡话里竟然不时出现我的名字。”

这时，别说主人，就连迷亭先生也没吭声，没有打趣说“有点暧昧哟”之类的庸俗话。他俩都安安静静地听着。

“据说，请了医生来看，但医生也弄不清是什么病，只是说：高烧危及脑部，如果吃了安眠药还不管用的话，就会有危险。我听到这话时，一种不祥之感油然而生——就好像做噩梦时那种沉重的感觉，周围的空气仿佛突然凝固了，从四面八方把我紧紧勒住。在回家路上，我的头脑一直被这事占据着，痛苦不堪。那位美丽、活泼、健康的某某小姐，竟然……”

“对不起，稍等一下，刚才听你两次提到‘某某小姐’，如果方便的话，可否请教她的芳名呢？你说对吧？”迷亭一边说着，一边回头看了我家主人一眼。主人却只是冷冷地应了声“嗯”。

“不妥，说不定会给人家添麻烦的，还是不说为好。”

“那你是想一直这样朦朦胧胧、故作暧昧咯？”

“你就别取笑我啦。我可是很严肃地在讲哟……总之，一想到那位小姐突然患病，我心里就充满了飞花落叶之感慨，精神突然变得萎靡不振，仿佛浑身活力都一起罢工了。我踉踉跄跄地来到吾妻桥[1]上，倚着栏杆往下一看，只见一大片黑黝黝的河水正在涌动着，也不知是涨潮还是退潮。从花川户那边来了一辆人力车，从桥上跑过去了。我看着那车灯的光亮渐渐变小，最终消失在札幌啤酒广告牌的地方。我又继续凝望水面。这时，从远处上游方向传来有人呼唤我名字的声音。咦，这种时候，怎么会有人喊我名字呢？到底是谁呢？我注视着水面，但黑暗中什么都看不清楚。我心想：一定是心理作用，赶快回

1　东京隅田川上的一座桥。

去吧。可是，刚走出两三步，又隐约听到远处有个声音在呼唤我的名字。我又停下来，竖起耳朵仔细听。当那个呼唤声第三次传来时，我抓紧栏杆，两腿直打哆嗦。那个声音好像是从远处或是从河底发出来的，千真万确——就是那位某某小姐的声音。我不由自主地回答道：'哎——'我的声音很大，在平静的水面上产生回响。连我自己都吓了一跳，猛地环顾四周。没有人，没有狗，也没有月亮。此刻，我被这'黑夜'所吞没，一个念头油然而生：去那个传来呼唤声的地方！那个像在痛苦地倾诉，又像在求救的声音穿透了我的耳膜。我不由得应声说道：'我马上就来！'随即从栏杆上探出半个身子，眺望着黑黝黝的河水。我总觉得那个呼唤声像是用尽全力从水下冒出来似的，应该就在这水的下面吧。我一边想着，一边爬上栏杆，注视着河水，心里打定主意：如果再听到呼唤声就跳下去。这时，那个哀婉的声音又像细丝一般浮了上来。我认准了地方，用力往上一跳，随即就像一块小石头似的，干脆利落地掉了下去。"

"最终还是跳下去啦？"主人眨眨眼问道。

"真没想到会发展成这样呢。"迷亭抓了一下自己的鼻尖。

"跳下去之后，我就不省人事了。昏迷了一会儿。等睁开眼睛时，觉得有些冷，但身上并没有湿，也没有呛过水的感觉。我刚才明明是跳下去了呀，真奇怪。我意识到不对劲，往四周一看，不由得大吃一惊。我一直以为自己跳进河里了，其实是弄错了方向，跳到桥面上去啦。这真是太遗憾了。就因为弄错了前后方向，结果没能去成那个发出呼唤声的地方。"寒月嬉皮笑脸的，一直摆弄着礼服外褂上的带子。

"哈哈哈哈，真有意思。和我的经历很像，这太奇妙了。恐怕又能成为詹姆斯教授的案例了。如果以《人的感应》为题写篇写生文[1]的话，肯定能震惊文坛哟……对了，那位某某小姐的病，后来怎样了

1 对客观对象如实进行描写的文章。是夏目漱石的好友正冈子规所提倡的。

呢？”迷亭先生追问道。

“两三天前，我上门去拜年的时候，看见她在院子里和女佣玩羽毛毽子呢。想来已经痊愈了吧。”

刚才一直做沉思状的主人，这时终于也开口了，很不服气似的说道：“我也有。”

“你也有？有什么呀？”迷亭自然没把我家主人放在眼里。

“我这事也是发生在去年年底的。”

“大家都是去年年底嘛，真巧合。”寒月笑道。豁了的门牙里还粘着一小块空也饼。

“莫非又是同一天、同一时刻？”迷亭打趣道。

“不，不是同一天。好像是二十号左右。我妻子提出说：‘你带我去听摄津大掾[1]吧，就当是年末礼物好了。’我心想不妨就带她去听听吧，于是问她今天演什么剧目。她查了查报纸，说：‘今天演《鳗谷》。’我说：‘我不喜欢听《鳗谷》，改天再去吧。’结果当天就没有去。第二天，妻子又拿出报纸说：‘今天演《堀川》，可以去看吗？’我说：‘《崛川》主要是演奏三弦，光是热闹，没什么内容。今天就不去了吧。’妻子不满地走开了。到了第三天，妻子又走过来，态度强硬地和我进行谈判：‘今天演《三十三间堂》。这摄津大掾的《三十三间堂》，我是很想去听的。你就算不喜欢，也该陪我去听一次吧。’我说：‘你既然这么想去，那我陪你去也可以。不过，这次据说是他的告别演出，观众肯定特别多，你这样贸然前去，根本就没法进场嘛。去那种地方，应该先联系剧院茶馆[2]订座位才对。这才是正常手续，违背常规是不好的。很遗憾，今天还是别去了吧。’妻子恶狠狠地瞪着我，说道：‘我一个女人家，不懂得这些复杂的手续。可是，大原家的老太太、铃木家的君代，都没按什么正

1　摄津大掾（1836—1917），明治时期演唱义太夫调净琉璃的著名艺人。

2　剧院附设的茶点铺，为观众提供休息、饮食、售票等服务。

常手续呀，还不是照样听完回来了吗？你就算是个教书的，也用不着把看场戏整得这么麻烦吧。你太过分了！’听那声音，好像快要哭出来了。我只得妥协：‘那去就去吧，不管能不能看成。吃完晚饭就坐电车去。’妻子一听，顿时来了兴致，说道：‘去的话，就一定要在四点钟前赶到那里。这样磨磨蹭蹭可不行。’我问道：‘为什么一定要在四点钟前到呢？’她说：‘如果不这么早去占座的话，就进不了场了。这是铃木家的君代说的。’我又确认了一句：‘也就是说，过了四点钟的话就不行了，对吧？’她回答道：‘嗯，当然。’说来也怪，这时，突然感觉浑身发冷……”

“是您夫人吗？”寒月问道。

“怎么可能？她可精神着呢。是我浑身发冷呀。感觉像漏气的气球似的，一下子就蔫了。然后头昏眼花，身体也动不了啦。”

“这是突发急病吧。”迷亭加了句注释。

“唉，这下可糟了。我妻子一年到头也就提这么一个要求，我很想答应她的。平时我总是责骂她、冷落她，只知道让她辛辛苦苦地维持家计、照顾孩子、操持家务，而我却从来没有犒劳过她。今天正好有空，而且兜里又有点余钱，本来是可以带她去的。她既想去，我也很想带她去。可是，像这样浑身发冷、头昏眼花，别说坐电车了，甚至连走到门口穿鞋都难。唉，真是太遗憾了，太遗憾了。我越是这么想，就越觉得浑身发冷、头昏眼花。我想尽快看看医生，吃点药，赶在四点钟之前把病治好。于是就和妻子商量，派人去请甘木医生。但不巧的是，他昨晚值夜班，现在还在学校没回家。说是下午两点回家，一回家就马上过来。真是太倒霉了。如果现在有杏仁水喝的话，四点钟前肯定能好。但人在倒霉的时候，什么事情都不顺利。本来想讨妻子欢喜一下，自己也感到欣慰。可现在看来又要落空了。妻子一脸怨恨地问道：‘又去不成了吧？’我连忙说：‘去，一定去。四点钟前肯定会好的，你尽管放心。你赶快先洗脸、换衣服吧。’我嘴上这么说，心里却无限感慨。发冷越来越严重，头也越来越晕了。如果四点钟前我的病好不了、不能履行诺言的话，她这个小气的女人还不知会干出什么事来呢。闹到这样可悲的地步，该如何是好？为防万一，还是应该趁早向她说明‘世事无常，生者必灭’的道理，让她有一定的思想准备，不至于在发生意外时惊慌失措。这也是丈夫对妻子应尽的义务吧。于是我立即把她叫到书房，说道：‘你虽然是个女人，但总该知道many a slip twixt the cup and the lip[1]这句西方谚语吧。’妻子一听就来气了：‘这种洋文，谁听得懂呢？你明知我不懂英语，还故意用英语来嘲笑我。行，反正我是不懂英语的了。既然你这么喜欢英语，为什么不娶个教会学校毕业的女学生呢？没见过像你这样冷酷无情的家伙！’她怒不可遏，把我好端端的计划给打破了。我得向你们声明一句：我说那句英语绝对没有恶意，完全是出于爱护妻子的想法。现在却被妻子那样理解，这让我感到无地自容。其实，我刚才是因为发冷和头晕而有些恍惚不清，再加上急切地想把‘世事无常，生者必灭’灌输给她，一时忘记了她不懂英语，所以才在无意中脱口而出。仔细一想，这确实是我的错，是我疏忽了。因为这么一句失言，我越来越觉得浑身发冷、头昏眼花。妻子则按照我的吩咐，跑到浴室里，脱掉上衣化妆打扮，从衣柜里取出衣服换上。然后就摆出一副‘我随时都能出发了哟’的架势在旁等候。我心里十分焦急，盼望着甘木医生早点过来。一看时钟，已经三点了。距离四点只剩一个钟头了。妻子拉开书房的门，把头探进来，说道：‘准备出门了吧。’虽然当着你们面夸赞自己妻子有点可笑，但当时我确实觉得，从来没看见过她这么漂亮。她那用香皂搓洗过的皮肤晶莹润泽，和黑色绉绸外褂互相映衬着。她的脸庞，在香皂效应

1　意思是杯到嘴边还会失手，世事往往会功亏一篑。

和对于听戏的期待感——这有形和无形的双重作用下，显得容光焕发。我当即打定主意：无论如何也要满足她的愿望，陪她出去。我一边吸烟，一边为自己鼓劲。这时，甘木医生来了。正合我意。我说明病情之后，甘木医生给我看舌头、把脉、敲敲胸口、摸摸后背、翻眼皮、摸头盖骨，然后沉思了好一会儿。我说：‘我觉得病情好像有点危险。’甘木医生却镇定自若地说道：‘不，应该没什么事的。’我妻子问道：‘稍微出去一下也不要紧吧？’‘嗯。’甘木医生又沉吟起来，‘只要他不觉得难受……’我说：‘我觉得难受呀。’‘那我先给你开一剂药和药水吧。’‘嗯，我总觉得病情有点危险呢。’‘没有的事，不必担心。别太紧张了。’说完，甘木医生就回去了。这时，已经过了三点半。我派女佣去取药。在妻子的严格命令下，女佣跑着出去又跑着回来。回来时，已经是三点四十五分，距离四点还有十五分钟。刚才我还是好端端的，可就是从这时候起，突然感觉恶心想吐。妻子把药水倒在碗里，放在我面前。我端起碗来正要喝时，胃里突然‘呃——’地发出一声呐喊。我不得不放下碗。妻子催促道：‘快喝吧。’要是我不赶快喝下、赶快出门的话，从情理上也说不过去。我下定决心，把碗端到嘴边。这时，那一声‘呃——’又顽固地跳出来阻挠我了。就这样，端起又放下，放下又端起……终于，客厅里的挂钟‘当、当、当、当’地敲了四下。哦，已经四点钟了，不能再磨磨蹭蹭啦。于是我又端起碗来。说来也奇怪，这就是所谓的不可思议吧——当钟声一响起时，我立刻觉得不恶心了，毫不费劲地就把药水喝了下去。然后，到四点十分时，我才明白过来：甘木医生是一位名医。——我后背发冷、头昏眼花的症状，一下全都消失了。本以为这病严重得可能站都站不起来，没想到这么快就治好了，真是喜出望外。”

“后来你和夫人一起去剧场了吗？”迷亭的脸上流露出一副不得要领的表情。

“我倒是想去的，不过我妻子却说：‘过了四点就进不去了。’没办法，结果还是没去成。如果甘木医生能早来个十五分钟的话，我就能遵守信用，妻子也能心满意足。就差这十五分钟，真是太遗憾了。现在回想起来，仍然觉得当时的情况挺危险的呢。”

主人说完，脸上流露出一种总算完成任务了的神情。他大概是认为：讲了这个故事，就能在迷亭与寒月两人面前挣回点面子吧。

寒月又露出他那豁了口的门牙，笑着说道：“这真是太遗憾了。”

迷亭则故意装糊涂，喃喃自语地说道：“有你这么一位体贴的丈夫，你的夫人可太幸福啦！”

“嗯哼！”这时，从房门外传来女主人的干咳声。

我乖乖地依次听完了这三个人的故事，但既不觉得可笑，也不觉得可悲。人这种东西嘛，为了打发时间，只会拼命耍嘴皮子，为并不可笑之事而笑，为无聊之事而欢喜。我虽然早就知道主人任性而小气，但因为他平时沉默寡言，让我觉得有些难以捉摸。这难以捉摸之处，难免还是会让人感到畏惧。不过，听过他刚才讲的一番话后，我突然有些瞧不起他了。他在听完另外两人的故事之后，为什么不能保持沉默呢？为什么非要不甘示弱地说一些无聊透顶的废话呢？这到底有什么好处呢？难道在爱比克泰德[1]的书里头写着应该这样做的吗？总之，无论主人也好，寒月也好，迷亭也好，都是太平盛世的逸民，他们就像随风摇摆的丝瓜一样，装出一副超然物外的风骨。但实际上，他们同样有着世俗之心，有着贪婪的欲念。在他们的日常谈笑之中，不时隐约流露出争强好胜的心理。如果再往前一步，就会和他们平时所鄙视的俗物成为一丘之貉。在我们猫族看来，这真是可怜之至。不过，他们的言行举止倒是不像一般的“半瓶醋”那样僵化，不至于那

1　前文提到主人看这位哲学家的书。

么令人讨厌。还算稍有一点可取之处吧。

想到这里，我忽然对他们三人的谈话失去了兴趣，于是就绕到二弦琴师傅家的院子门口，想去探望一下小花。正月已经过了十天，门松和注连绳[1]都已经被撤掉了。高远的天空万里无云，明媚的阳光照耀着四海大地，那三十来平方米的院子也显得比元旦曙光初照时更有生气。檐廊上摆放着一个坐垫，但并没看见人影，房门也关上了。看来，那位师傅大概是去澡堂了吧。师傅不在家倒无所谓，我只是惦记着小花，想看看它身体好了些没有。四周静悄悄的，没见有人的动静。我不顾脚上沾着泥巴，就直接爬到檐廊上，往坐垫当中一躺，别提有多舒服了。我不由得把小花的事给忘了，迷迷糊糊地打起盹来。这时，房门里突然传来了人声。

“辛苦你啦。做好了吗？”原来师傅并没有外出。

“是的，让您久等了。我去到佛像店时，他说刚刚做好。”

“快让我看看。啊，做得挺漂亮的呀。这样的话，小花也能瞑目啦。这金漆不会脱落吧？”

“嗯。我问过他，他说用的是上等材料，比人的灵牌更耐用呢……然后，他还说‘猫誉信女’[2]的‘誉’字用草书体更好看，所以稍微修改了一下笔画。”

“那赶快把它摆到佛龛里，上一炷香吧。”

小花到底怎么了？这情形好像有点不对劲呀。我从坐垫上站起来。这时，传来二弦琴师傅的诵念声：“南无猫誉信女，南无阿弥陀佛，南无阿弥陀佛……你也来给小花祈祷冥福吧。”

“南无猫誉信女，南无阿弥陀佛，南无阿弥陀佛……”这次是女佣的声音。

我的心突然狂跳起来。我呆呆地站在坐垫上，仿佛成了一尊木

---

1 按日本传统习俗，新年时会在大门装饰松枝和稻草绳。

2 按日本习俗，人死后的灵牌上会写上“某某居士”“某某信女”等法号。

雕，连眼珠都不眨一下。

“真是太可怜了。一开始只是有点感冒而已呀。”

“要是甘木医生肯开点药就好了。”

“还是得怪那位甘木医生，他也太不把小花当回事啦。”

“别乱说人家的坏话。这都是命呀。”

看来，她们也请甘木医生给小花看过病。

“我觉得嘛，说到底还得怪邻街的那个教师家的野猫，老是勾引小花出去。”

“没错，那畜生就是害死小花的仇人。”

我本来想申辩几句，但转念一想，现在正是需要忍耐的时候。于是就咽了一口唾沫，继续往下听。她俩的谈话声停了一会儿，然后又再继续。

“这世道真是不尽如人意啊。小花长得这么标致，偏偏死得早；而那只难看的野猫，却活得好好的，到处瞎闹腾……”

“您说得对。像小花那么可爱的猫儿，就是打着灯笼找，也找不出第二个人来呀……”

这女佣不说“第二只”，却说“第二个人”，看来她是把猫和人当作同一种族啦。这么说来，她的脸倒是和我们猫族长得颇为相似呢。

“要是能够让那只野猫代替小花去死就好了……”

“要是那个教师家的野猫死掉，那可真是天遂人愿啦。”

要真是“天遂人愿”的话，那可不太妙。对于“死”这事儿，我还没有经历过，所以谈不上喜欢还是讨厌。不过，前几天因为天气很冷，我钻进灭火罐[1]里取暖时，阿三不知道我在里面，就盖上了盖子。现在回想起那种憋闷之苦，还有些后怕。听白太太说，那种

1 把炭火放进去并盖上盖子以使其熄灭的罐子。

憋闷再持续一会儿就会死掉的。如果是替小花去死，那我本该没什么怨言。但如果非得受那种苦才能死的话，那我可不想死呀，无论是为了谁。

“不过，对一只猫儿来说，既请了和尚给它念经，还给它取了法号，应该也没有什么遗憾了吧。”

“是呀，它也算有福气啦。唯一可以挑剔的是，那个和尚念的经有点偷工减料呢。”

“好像是太短了些。我还问月桂寺的法师说：‘怎么这么快就念完了？’他说：‘嗯，我挑了一段最有用的念了一下。反正是只猫儿嘛，念这段就足以让它升天啦。’”

“唉，这真是……不过，要换作那只野猫嘛……”

虽然我多次声明自己还没有名字，但这个女佣动不动就叫我“野猫”“野猫”的，也实在是太无礼了。

“……罪孽太深，就算给它念再好的经文也升不了天吧。”

在这之后，她们又反复念叨了几百遍“野猫”，我就不得而知了。因为我中途走掉了，没再听她俩那没完没了的谈话。我从坐垫滑下来，又从檐廊跳下去时，全身的八万八千八百八十根毛发一起竖了起来，打了个哆嗦。从此以后，我再也没有走进过这位二弦琴师傅的院宅。如今嘛，师傅本人也许已经在接受月桂寺法师诵念的偷工减料的超度经文了吧。

最近，我没什么勇气出门，总觉得世间烦闷无聊。我变成一只跟主人有得一拼的懒猫了。我渐渐明白：别人说主人整天躲在书房里是因为失恋——这种说法看来也是有道理的。

我还从来没捉过老鼠，所以阿三甚至提出过要把我赶出家门。不过，主人毕竟知道我并非寻常之辈，所以我至今还得以游手好闲地在这个家里混下去。在这一点上，我要对主人的大恩大德表示感谢，同时又对他的独具慧眼深感敬佩。至于阿三嘛，则是有眼不识泰山，经常虐待我，不过我也不跟她计较。等着瞧吧，过不了多久，左甚五郎[1]就会重出江湖，把我的肖像雕刻在楼门柱子上，日本的史太因林[2]之辈也会乐于把我的肖像画在画布上——到时候，他们这些有眼无珠的人一定会为自己的无知而羞愧的。

1 江户初期有名的建筑雕刻师。据传日光东照宫里的“睡猫”雕像就是出自他之手。

2 史太因林（1859—1923），瑞士画家，以擅长画猫而闻名。

第三章

小花死了，和大黑又合不来，这让我多少感到有些寂寞。幸亏在人类中找到了知己，才不至于觉得太无聊。前几天，有人写信给我家主人，索要我的照片。最近，还有人特意给我寄来了冈山县的特产吉备团子[1]。人类渐渐对我寄予同情，我也开始忘记自己是只猫儿。不知不觉间，我感觉自己正逐渐脱离猫族，向人类靠近。我原先曾想过要纠集猫族与双脚行走的先生们决一雌雄，但现在早就打消了这念头。不仅如此，我有时甚至感觉自己已经进化为人类世界中的一员，并为此而欢欣鼓舞。我倒不是鄙视同类，而只是向性情相近者寻求慰藉而已。这是势之使然。如果因此而指责我变心、轻浮、背叛的话，那可就太冤枉了。其实，用这种字眼谩骂别人者，往往是些顽固死板的小气鬼。

我既然已经脱离了猫族的习性，就不应该整天惦记着小花和大黑的事，而要以与人类同等的气度来评判他们的思想言行。这也是理所当然的吧。但遗憾的是，我这只具有如此见识的猫儿，在主人眼中，却只是聊胜于寻常猫儿而已。他连声招呼都不打，就把别人寄给我的

1　冈山县的特产，用糯米粉加白糖制成。因冈山县的古国名“吉备”而得名。

吉备团子占为己有，吃了个精光。而且，也没有拍我的照片寄给别人的意思。我对此自然是心怀不满的。但毕竟主人是主人，我是我，彼此见解不同，也是无可奈何之事。如今，我已经完全以人自居，和其他猫儿不再来往。所以，对它们的情况，也就难于形诸笔墨了。只好继续讲讲迷亭、寒月这几位先生的事情，还望各位读者见谅。

今天是星期天，天气晴朗，所以主人也慢悠悠地走出书房，来到我身边，摆上毛笔、砚台和稿纸，然后趴在地上，口中念念有词。我在旁边注视着，心想：大概是动笔之前需要先发出一些古怪的声音吧。过不一会儿，只见主人用粗笔浓墨写下了“一炷香”三个字。咦，他这是要写诗还是写俳句呢？对于主人来说，“一炷香”也未免太过风雅了吧。我正暗自思忖时，却见他已放弃这“一炷香”，另起一行写道：“我早就想写关于天然居士[1]的事了。”写完这句，笔就停住不动了。主人拿着笔，歪着脑袋沉吟着。但似乎是没想出什么佳词丽句，便舔起了笔尖，连嘴唇都变得一片乌黑。这时，他才在那句话下面画了个圆圈。圆圈里点上两点，算是眼睛。然后，往圆圈正中间画了个鼻孔张开的鼻子，再画上一横，算是嘴巴。原来，他既不是在写文章，也不是在写俳句。但他很快又把这张脸涂掉了，大概是连自己也觉得寒碜吧。

主人又开始改行另写。看来，他似乎有个不着边际的想法：只要改行，就能写出什么诗赞语录[2]之类的妙语来吧。然后，他用“言文一致体”[3]一气呵成地写道：“天然居士是个研究空间、读《论语》、吃烤红薯、流鼻涕的人。”简直是东拉西扯，杂乱无章。

写完之后，主人毫无顾忌地朗读起来，而且还一反常态地哈哈大

1　是夏目漱石好友米山保三郎的法号。米山保三郎在东京大学研究“空间论”的哲学观，1897年因病去世。

2　在日语中，“诗赞语录”和“四三五六”发音相同。作者以此进行调侃。

3　明治初期兴起的用口语体代替文言体来写文章的改革运动。

笑，说道：“真有趣！”但随即又说：“‘流鼻涕’这句太损了，删掉吧。”说完便在这几个字上画线。本来画一条线就够了，但他却接二连三地画上整齐的平行线，甚至画到另外一行去也毫不在乎。线已经画了八条，但接下来要写什么却还没想好。于是他就扔下笔，拼命地捻起胡须来，时而向上扯，时而向下捋，那气势似乎是表示说：我非得从胡须里捻出些佳词丽句来不可。

这时，女主人从客厅走出来，扑通一下坐到主人面前，说道：

“喂，我跟你说。”

“什么事？”

主人的声音就像在水里敲锣似的，瓮声瓮气。女主人显然对他的回答很不满，又重复了一遍：

“喂，我跟你说。”

“什么事嘛？”

主人把拇指和食指伸进鼻孔里，猛地拔下了一撮鼻毛。

“这个月钱不够用啦……”

“不可能不够用呀。给医生的药费之前已经付过，书店那边的书款也在上个月结清了。这个月应该还有盈余才对。”

主人像煞有介事地端详着拔下来的鼻毛，仿佛在欣赏什么天下奇观似的。

“可是，你又不吃米饭，净吃面包，还要抹上果酱。”

“我吃了几瓶果酱？”

“这个月已经吃了八瓶啦。”

“八瓶？我记得没吃这么多呀。”

“不光是你吃，孩子们也吃嘛。”

“再怎么吃，也不过五六元钱吧。”

主人一边说着，一边气定神闲地把鼻毛一根一根地移植到稿纸上。鼻毛上好像带着肉，所以像针一样笔直地竖立起来。主人似乎为这意外的发现而感动，还“噗”地吹了一下。这鼻毛粘得很牢，纹丝不动。

“这么顽固呀。”主人拼命地吹着。

“不光是果酱，还有很多必需品要买呀。”女主人的脸上流露出了不满之色。

“也许吧。”主人又把手指伸进鼻孔里，猛地拔下一撮鼻毛。在这些红黑各色的鼻毛当中，夹杂着一根白色的。他大吃一惊，目不转睛地盯着，随即用手指拈起这根鼻毛，递到对方面前。

“哎呀，真讨厌！”女主人皱起眉头，把他的手推了回去。

“你看一下嘛，鼻毛也长白头发啦！”主人似乎十分感慨。

原本气势汹汹的女主人，也只得笑着走回客厅去了。对于经济问题，她大概已经不抱希望了吧。主人则又重新开始鼓捣他的天然居士。

用鼻毛击退妻子之后，主人总算松了一口气，想一边拔鼻毛一边写，但还是迟迟无法下笔。

“‘吃烤红薯’也有点画蛇添足，不如忍痛割爱吧。”他把这句也涂抹掉了。

“‘一炷香’太突兀，也删掉吧！”他毫不留情地把这句也枪毙了。

于是，就只剩下了“天然居士是个研究空间、读《论语》的人”。主人好像又觉得这样太简单了，想了一会儿，便喃喃自语道：“唉，真麻烦！文章不写也罢，只写个墓志铭吧。”他挥动毛笔，在稿纸上打了几个交叉，就像蹩脚的文人画兰花一样。费了半天工夫，结果却交了白卷。然后，他把纸翻到背面，写了一句莫名其妙的话：“生于空间，钻研空间，死于空间。空哉间哉，天然居士噫！”

这时，迷亭又和往常一样出现了。他大概是把别人家当成自己家一样吧，老是不请人通报就大摇大摆地走进来，有时甚至还从后门飘然而入。他这个人，刚生下来时就把担忧、客气、顾虑、辛劳等统统抛到九霄云外去啦。

“还在研究‘巨人引力’吗？”迷亭站着问道。

“也不能老是写‘巨人引力’嘛。我这是在写天然居士的墓志铭呀。”主人像煞有介事地说道。

“这个所谓的天然居士，是类似于‘偶然童子’那样的法号吧。”迷亭还是老样子，动不动就信口开河。

“有叫‘偶然童子’的吗？”

“怎么可能有嘛。我只不过是打个比方而已。”

“反正我不认识有谁叫什么‘偶然童子’的。不过，这位‘天然居士’可是你认识的哟。”

“到底是谁呀，得了‘天然居士’这么个一本正经的法号？”

“就是那个曾吕崎呀。他大学毕业后继续读研究生，研究‘空间论’的课题。因为学习太用功，得腹膜炎死掉了。别看他这样，他可是我的好朋友呀。”

“好朋友就好朋友呗，我又没说不行。不过，把‘曾吕崎’变成‘天然居士’，这到底是谁干的？”

“就是我呀，是我给他起的。一般和尚起的法号嘛，总是那么俗气。”

主人一脸得意洋洋，似乎自以为“天然居士”这个法号很高雅。

迷亭笑道：“好嘛，那么把你写的所谓墓志铭拿来看看吧。”

说完，他就拿起那张稿纸，大声地念起来：“这是什么呀……‘生于空间，钻研空间，死于空间，空哉间哉，天然居士噫！’果然不错，配得上天然居士。”

主人高兴地说：“不错吧。”

“应该把这墓志铭雕刻到腌萝卜的镇石上，再当作石墩子随便扔到正殿后院里，这样才更风雅。天然居士也就可以瞑目啦。”

“我也正有此意哩。”主人一本正经地回答道，随即又说：“我先失陪一会儿，很快就回来。你先逗逗这猫玩吧。”没等对方回答，主人就像一阵风似的出去了。

没想到我竟然会被委以重任，接待迷亭先生。既然如此，也就不好再一直黑着个脸了。于是，我讨好似的“喵喵”地叫着，然后爬到他的大腿上。迷亭说道：“哎哟，肥了不少嘛！”随即粗鲁地抓住我脖子上的皮毛，把我拎到半空。

“后腿这么耷拉着，显然捉不了老鼠嘛……太太，怎么样，这只猫能捉老鼠吗？”

看来，由我接待他还不满意，所以和隔壁房间的女主人攀谈起来。

“别提什么捉老鼠了，吃年糕跳舞倒是有一套。”

女主人冷不防又提起我的丑事。我虽然悬在半空，但还是觉得很难堪。迷亭仍然不肯放我下来。

“确实，看它这张脸，就像是会跳舞的。太太，这猫长这副模样，可不能大意呀——它像极了以前草双纸[1]里的猫怪哩。”

迷亭又信口开河地对女主人说个不停。女主人很不耐烦地放下手中的针线活儿，走进客厅来。

“您久等啦，他应该快回来了吧。”她重新倒了杯茶，端到迷亭面前。

“他去哪里啦？”

“我也不知道。他无论去哪里都从来不跟我打招呼的。可能是去看医生了吧。”

“是甘木医生吗？甘木医生被他这样的病人缠上，也真够倒霉的。”

“唉。”女主人不知该怎么回答，只得随口应了一声。

迷亭却满不在乎地继续问道：

“他最近怎么样？胃好点儿了吗？”

1　江户时期流行的一种带插图的通俗读物。

“谁知道好没好呢。像他这么拼命吃果酱的，就算整天往甘木医生那里跑也好不了呀。”

女主人暗暗地发泄刚才的不满。

“他这么爱吃果酱吗？怎么跟小孩子似的？”

“不光吃果酱，他最近还猛吃萝卜泥呢，说是能治胃病……”

“好家伙！”迷亭大为感叹。

“他在报纸上看到的，说是萝卜泥里含有淀粉酶。”

“原来如此。他是想以此抵消果酱的害处吧。亏他能想出这名堂来，哈哈哈……”

迷亭听了女主人的抱怨，却显得十分快活。

“前几天他甚至还让孩子们吃呢……”

“果酱吗？”

“不，萝卜泥……他说：‘喂，爸爸给你们好吃的，快过来。’我心想难得他肯陪孩子玩，谁知道他却净干这样的傻事。两三天前，他还把二女儿抱到衣柜上面……”

“他这次又要整什么名堂？”

无论听到什么，迷亭都一律解释为某种“名堂”。

“哪有什么名堂呀？他是让孩子从上面跳下来。才三四岁的小女孩，怎么做得出这种疯丫头的举动嘛。”

“确实，这也太不像名堂了。不过，他这个人嘛，还是没什么坏心眼的。”

“有坏心眼的话，这日子就没法过啦！”女主人气势汹汹地说道。

“你也不必发牢骚嘛。像这样，每天衣食无忧地过日子，已经算很好啦。苦沙弥[1]这个人，既不爱吃喝嫖赌，也不讲究衣着，是个适合过日子的老实人哩。”迷亭多管闲事地劝说着，语气颇为快活。

---

1 这是本书首次出现“主人”的名字。在日语中，“苦沙弥”与“打喷嚏”谐音。

“唉，其实根本不是这么回事……”

“他在背地里干坏事了？这世道，真是人心难测啊。”迷亭随口说了一句不着调的话。

“吃喝嫖赌倒没有，但就是要拼命买书，买回来又不看。如果适量地买，那倒也罢了。但他老爱往丸善书店跑，每次去都买一大堆回来。到月底时，他却跟没事人似的[1]。比如说去年年底，就欠了人家好几个月的书款，真把我急坏了。”

“唉，原来是书呀，你就只管让他买呗，有什么关系呢。人家来要账的话，你只需说‘马上还，马上还’，打发他回去就是了。”

“那也不能这么一直拖下去不付呀。”女主人面露不快。

“那你就跟他说明理由，让他节省一点购书费用嘛。”

“我说他又怎么肯听呢？上次他还数落我：‘你一点都不像是学者的妻子，根本不懂得书的价值。古罗马有这么一个故事。我讲给你听听，你学着点儿。’”

“真有意思，是什么故事呢？”

迷亭立刻来了兴致。当然，并不是出于对女主人的同情，而是出于好奇心。

“说是古罗马有个叫‘樽金’的国王……”

“樽金？这名字可真够古怪的。”

“反正我是觉得外国人的名字太复杂了，老记不住。据说这是第七代国王。”

“哦，第七代樽金，有点意思。这位第七代樽金干什么了？”

“哎呀，连您都取笑我，那我就更抬不起头啦。您要是知道的话，就请告诉我呗。真讨厌！”女主人不依不饶地说道。

“怎么会取笑你呢？我可不会做这种讨人嫌的事。我只是觉得

1　当时在日本书店购书并不当场付款，而是到月底或年底才由店员上门收账。

‘第七代樽金’这个说法有点奇怪而已……嗯，稍等一下，你说的是罗马的第七代国王吧……嗯，我记不太清楚了，应该就是傲慢者塔克文[1]吧。算了，管他是谁呢，到底这个国王干什么了？”

“说是有个女人带着九本书来到王宫，向这个国王推销。”

“这样啊。”

“国王问她卖多少钱，她说了个非常高的价格。国王说：‘太贵了，能不能便宜点儿？’那个女人突然把其中的三本书扔进火里烧掉了。”

“太可惜啦。”

“据说那三本书里写着在别处看不到的预言什么的。”

“啊——”

“国王心想：九本变成了六本，总该便宜些了吧。就问她这六本书多少钱。结果却还是原来的价格，一分钱也没少。国王说：‘这太荒唐了。’于是那个女人又拿起三本扔进火里。国王似乎还不死心，又问她剩下的三本卖多少钱。但那女人还是坚持要原先开的价。九本变成六本，六本又变成三本，但价钱还是和原来一样，一分钱都不少。如果再砍价的话，说不定她会把剩下的这三本也扔进火里去的。最后，国王只得出高价把烧剩的这三本买了下来……讲完后，他神气活现地问我：‘怎么样，通过这个故事，你多少也能体会到一点书的可贵了吧！’可我还是不明白，那些书到底有什么好的。”

女主人表达了自己的看法之后，就催促迷亭回答。

这下，就连一向能说会道的迷亭也无言以对了。他从袖兜里掏出手帕，逗我玩了一会儿。

“对了，太太。”他好像突然想到什么似的，大声地说道，“太太，苦沙弥君就是因为如此疯狂地买书回来看，所以才有人说他具

1　罗马王政时代的第七代国王卢修斯·塔克文·苏佩布，又被称为“高傲者塔克文”。在日语中，“塔克文”和“樽金”发音相近，所以女主人记成了“樽金”。

有学者气质啦。前几天我还在一本文学杂志上看到了关于他的评论呢。”

“真的？”女主人转过身来。她挺在意丈夫的名声的，毕竟还是两口子嘛。“那上面是怎么说的？”

“唉，也就是两三行字而已。说苦沙弥君的文章有如行云流水。”

“就这些吗？”女主人面露微笑。

“后面还有——说什么‘初露端倪而忽然消逝，久而忘归。’”

女主人一脸疑惑：“这是夸奖的话吗？”似乎没什么把握。

“嗯，算是夸奖吧。”迷亭若无其事地回答。然后又把手帕垂到我眼前。

“他是吃这碗饭的，也只能任由他买书吧。不过，他这人的性格也太古怪了。”

迷亭心想：又从其他方面开始抱怨啦。便回答道：“要说古怪嘛，确实是有点古怪。不过，读书人都是这样的呀。”他的态度模棱两可，既像在附和女主人，又像是为主人辩解。

“就拿前些天来说，他从学校回来，然后又要马上出去，嫌换衣服麻烦，所以连外套都没脱，就坐到书桌上吃饭，餐盘则搁在被炉架上……我抱着饭桶坐在旁边看着，感觉真滑稽……”

“听起来像是新式的查验首级[1]嘛。不过，这正好能体现出苦沙弥君的特立独行之处呀——总之，他不是一个庸俗的人。”迷亭的赞美颇为牵强。

“我一个女人家，不懂得什么庸俗不庸俗的。不管怎么说，他这样也太粗鲁啦。”

“但总比庸俗好吧。”

1　古代战斗结束后，将割取的敌人首级放在木桶里，由将领进行查验，论功行赏。

见迷亭一味地偏袒主人，女主人似乎有些不满，板着脸追问起“庸俗”的定义来：“你们老说什么‘庸俗’‘庸俗’的，到底怎样才算是‘庸俗’呢？”

“你问‘庸俗’吗？这‘庸俗’嘛，可不太容易说得清楚……”

“既然这么稀里糊涂的，那么就算‘庸俗’也无所谓呀。”女主人用女人最擅长的逻辑步步紧逼。

“倒也不是稀里糊涂。我心里清楚得很，只是不太容易说明罢了。”

“反正，你就是把自己讨厌的东西都说成是‘庸俗’的，对吧？”

女主人无意中说出了这句一针见血的话。这么一来，迷亭也就不得不认真应付这“庸俗”的问题了。

“太太，所谓‘庸俗’嘛，就是指那些遇见妙龄女子就神不守舍、朝思暮想，遇上好天气就必定拎上酒瓶前往墨堤游玩的家伙。”

“真有这样的家伙吗？”女主人听得一头雾水，只得随口附和着。随即又说道：“怎么感觉乱七八糟的？我听不懂。”她总算认输了。

“打个比方吧，就像在马琴[1]的躯体装上潘登尼斯少校[2]的脑袋，然后再用欧洲的空气熏陶个一两年。”

“这样就能变得‘庸俗’吗？”

迷亭笑而不答。过了一会儿才说道：“其实也不用这么费事。只要把初中生和白木屋[3]的掌柜相加并除以二，就能得到像模像样的‘庸俗’啦。”

“这样啊？”女主人侧着脑袋，一副莫名其妙的样子。

1　曲亭马琴（1767—1848），江户后期的小说家。

2　英国作家萨克雷（1811—1863）的自传体小说《潘登尼斯》中的主人公，是一位性格风流而庸俗的纨绔少爷。

3　创立于1662年的绸布店，1886年后也兼营西服。

“咦，你还在呀？”

主人不知什么时候已经回来了，在迷亭身旁坐下。

“什么叫‘你还在呀’嘛，太过分了。明明是你说马上就回来，让我在这里等的呀。”

“你瞧，他这人老是这样。”女主人回头对迷亭说道。

“刚才你不在的时候，你太太已经把你的趣事一五一十地告诉我啦。”

“女人就是多嘴，很讨厌。人们要是都像这只猫儿一样保持沉默该多好呀。”

主人一边说着一边抚摸我的脑袋。

“听说你还让小孩子吃萝卜泥呢。”

“嗯。”主人笑了一下，“如今的小孩子可机灵啦。从那之后，只要问她：‘小家伙，哪里辣？’她就会吐出舌头来，真好玩。”

“这简直跟驯狗一样嘛，太残忍啦。对了，寒月应该快到了吧。”

“寒月要来吗？”主人一脸诧异。

“要来的。我事先给他寄了一张明信片，让他下午一点之前到苦沙弥君家里。”

“你这家伙，也不问一下我方不方便就自作主张。你叫他过来做什么呢？”

“哎呀，今天可不是我出的主意，而是寒月本人要求的——说是到时要在物理学会上演讲，现在想排练给我听听看。我说：‘刚好，也让苦沙弥君听一下吧。’于是就邀请他过来。反正你也是个闲人，不会妨碍你什么事，你就给他听听看吧。”迷亭自作主张地说道。

“什么物理学的演讲，我可一窍不通呀。”主人似乎对迷亭的独断专行颇为不满。

“不过，寒月演讲的题目，可不是什么‘磁化喷嘴’之类枯燥乏味的东西，而是《上吊力学》。如此超凡脱俗的题目，值得一听。”

“你这家伙，差点儿就上吊死了，当然可以去听听。我嘛……”

“去个戏院就发冷的人，也不见得不能去听呀。”

迷亭像平时一样地打趣说道。女主人嘿嘿笑着，看了丈夫一眼，就回隔壁房间里去了。主人默不作声地抚摸着我的脑袋。只有在这种时候，他的动作才会这么轻柔。

大约过了七分钟之后，寒月果然如约而至。因为今晚要演讲，所以他例外地穿了一身气派的长礼服。那刚刚浆洗过的白衣领十分笔挺，为他平添了几分男人味。他从容地打了个招呼：“对不起，迟到了些。”

“我们俩已经等你老半天啦，赶快开始吧。喂，你说是吧？”

迷亭看着主人说道。主人也只得冷冷地应了一声：“嗯。”

寒月却不慌不忙地说：“请先给我倒杯水吧。”

“哎哟，还这么正儿八经的呀。接下来还得让我们鼓掌，对吧？”

迷亭一个人在那儿起哄。寒月从西装内袋取出演讲稿，慢条斯理地说了一句：“现在只是练习，请批评指正，不必客气。”然后，才总算开始了。

“对犯人处以绞刑，主要是盎格鲁–撒克逊民族的做法。而追溯到古代的话，上吊主要是一种自杀的方法。据说，按犹太人的习惯，是用扔石头来处死犯人的。我研究《旧约全书》时发现，hanging这个词，本意是指把犯人的尸体吊起来给野兽或食肉鸟吃。按照希罗多德[1]的观点，犹太人在离开埃及之前，就非常忌讳夜间暴尸。据说埃及人把犯人斩首之后，会将其躯体钉到十字架上，在夜间暴尸示众。而波斯人嘛……”

1 希罗多德（公元前484—前420），古希腊历史学家。

“寒月君，你好像有点跑题了，离上吊越来越远啦，不要紧吗？”迷亭插嘴问道。

“接下来就要进入正题啦，请少安毋躁……而波斯人又如何呢？他们也是对犯人处以磔刑——不过，究竟是活生生地钉到刑柱上，还是杀死之后再钉上去呢，就不得而知了……”

“这个不知道也无所谓。”主人无聊地打了个呵欠。

“我本来还想说得更详细些，但考虑到二位可能会感觉不耐烦……”

“与其说我俩‘不耐烦’，不如说会给我俩‘添麻烦’，这样听起来更顺耳。喂，苦沙弥君，你说对吧？”迷亭又在挑刺儿。

主人却懒洋洋地回答道：“都差不多。”

“闲话休提，言归正传……”

“‘言归正传’是说书人的腔调。演讲嘛，还是使用高雅一些的语言为好。”迷亭又在打岔了。

“既然嫌‘言归正传’低俗，那怎么说才好呢？”寒月有些恼火地问道。

“迷亭这家伙，也不知道是在听演讲还是在故意打岔。寒月君，你不用理他，只管说你的就是。”主人想尽快把这难熬的时间对付过去。

“‘气呼呼，言归正传说杨柳。’[1]是这意思吧？”迷亭又在信口开河了。

寒月不由得笑出声来，然后接着往下说：

“据我调查，真正使用绞刑来处死犯人的，最早出现在《奥德赛》[2]第二十二卷里。就是讲到那位忒勒玛科斯绞死帕涅罗帕的十二个侍女的那一段。我本来可以用希腊语朗读原文的，不过似乎有炫耀之嫌，所以就不念了。您只要去看看第465行到473行就会明白。”

1　此处化用了江户时期俳句诗人大岛蓼太的俳句：气呼呼，归家闲庭看杨柳。

2　古希腊长篇叙事诗，相传为荷马所作。

“希腊语什么的还是算了吧。好像故意显摆自己会说希腊语似的。喂，苦沙弥君，你觉得呢？”

“我也赞同。这种卖弄的话还是不说为好，反而显得高雅一些。”

主人破例站在迷亭一边。因为他俩都不懂希腊语。

“那今晚就删掉这两三句吧。接下来，言归……不，我继续往下讲。这种绞刑，按今天的想象，应该有两种方法。第一种方法是这样的：那位忒勒玛科斯在欧迈俄斯和菲洛提奥斯的帮助下，把绳子的一端绑在柱子上，并在绳子中间结成一个个圆圈，每个圆圈套住一个侍女的头，最后用力拉起绳子的另一端，就把人吊起来了。”

“就像西式洗衣店晾衬衫那样把那些侍女并排着吊起来，对吧？”

“没错，就是那样。第二种方法嘛，是把绳子的一端像第一种办法那样绑在柱子上，然后把另一端也高高地挂到天花板上。然后在这根高悬的绳子上另外系上许多根绳，结成一个个圆圈，套住侍女们的脖子。行刑时，就把她们脚下的板凳抽走。”

“打个比方，就跟小酒馆门前挂着的一排灯笼球差不多，对吧？”

“我没见过你所说的灯笼球，所以没法回答你。如果真有这种东西的话，我想应该差不多吧。接下来，我想从力学的角度论证：第一种方法是不能成立的。”

“真有意思啊。”迷亭说道。

“嗯，有点意思。”主人也表示赞同。

“首先，假设以相同的间距把这些侍女吊起来，同时假设最靠近地面的两个人头之间的绳子与地面平行。然后，用α_1、α_2……α_6表示绳子与地平线形成的角度，用T_1、T_2……T_6表示绳子各部分所受的力，$T_7=X$表示绳子最低部分所受的力。W嘛，自然就表示侍女的体重。怎么样，听懂了吗？”

迷亭和主人面面相觑，回答道：“大概明白了。”——不过，这个“大概”所表示的程度是他俩随意设定的，也许对别人并不适用。

“然后，根据大家都知道的多边形平均理论，可列出以下的十二个方程式：

$T_1\cos\alpha_1=T_2\cos\alpha_2$……（1）

$T_2\cos\alpha_2=T_3\cos\alpha_3$……（2）

……”

“够了，不用列举这么多方程式。”主人很不客气地打断了他。

“说实话，这些方程式正是这次演讲的核心部分呀。”寒月似乎不忍割舍。

“这个核心部分，我们下次再请教吧。”迷亭似乎也有些惶恐。

“可是，如果把这些方程式完全省略掉的话，这个煞费苦心的力学研究就站不住脚啦……”

“哎呀，不必多虑，快省略掉吧！”主人满不在乎地说道。

“虽然有些勉强，但还是按照您的吩咐省略掉吧。”

“太好了。”

迷亭不合时宜地“啪啪”鼓起掌来。

“接下来谈谈英国的情况。在《贝奥武甫》[1]里出现过绞首架——即galga一词，所以我认为绞刑肯定是从这个时代开始的。根据布莱克斯通[2]的观点，被处以绞刑的犯人万一因为绳子出问题而没有死成的话，应该再次接受同样的刑罚。但奇怪的是，在《农夫皮尔斯》[3]里却有这样一句话：‘即使是恶棍也不应该受两次绞刑。’我也不知道哪种说法才是对的。不过，受一次绞刑而没死成的情况确实经常

1　英国的英雄史诗，据传成书于公元700年至公元750年之间。

2　布莱克斯通（1723—1780），英国法学家、法官、议员。

3　英国的寓言宗教诗，成书于14世纪。

发生。1786年，臭名昭著的恶棍菲茨·杰拉德被处以绞刑。但说来也怪，第一次他从绞刑台上跳下来时，绳子断了。再来第二次时，绳子又太长，两脚碰到地面，还是没有死成。然后又来第三次。据说在围观者的帮助下才终于送他去见了上帝。”

“嘿，好家伙！”迷亭一听到这里，就突然变得精神抖擞。

“真是命不该绝啊。”连主人也来了兴致。

“还有个好玩的事——人吊死之后，身高会增加一寸。这是医生测量过的，不会有错。”

“这倒是个新办法嘛。苦沙弥君，你也去吊一下，如何？要是能长高一寸，也就和平常人差不多啦。”迷亭对主人说道。

主人竟然很认真地问道：“寒月君，长高一寸之后，还能死而复生吗？”

“那当然是不行啦。一吊起来，脊髓被拉长了——简单地说吧，并不是长高了，而是被拉坏了。”

“既然这样，那还是算了吧。”主人这才死了心。

演讲的下文还有很长，寒月本来还打算论述上吊的生理作用，但因为迷亭经常东拉西扯地打岔，主人又毫无顾忌地打呵欠，所以寒月就草草收场，告辞回去了。至于那天晚上的正式演讲，寒月君如何神采飞扬，说得如何天花乱坠，我没在现场，自然也就无从知晓了。

之后，大家相安无事地过了两三天。这天下午两点，迷亭先生又照例像“偶然童子”似的飘然而至。他一坐下，就立刻问道：“喂，你听说越智东风的高轮事件了吗？”看那劲头，简直就像来报告攻陷旅顺的捷报似的。

“没听说。最近没碰见他哩。”主人和平时一样无精打采。

“我今天特地从百忙之中抽空前来，想向你汇报东风先生的丑事。”

“又这么咋咋呼呼的，你真是个胡作非为的家伙。”

“哈哈哈哈……哪里是什么‘胡作非为’嘛，我只不过经常‘胡说八道’而已。这点可得分清楚哟，不然会有损我的名誉呢。”

“都一样。”主人若无其事的样子，简直就像是天然居士转世再生。

“听说上个星期天东风先生去了一趟高轮的泉岳寺[1]。天气这么冷，有什么好去的？而且，现在都这时代了，只有第一次来东京的乡巴佬才会去什么泉岳寺吧。”

“那是他的自由，你没有权力阻止他。”

“当然，我是没有权力。唉，先别管什么权力了，你知道那寺院里有个‘义士遗物保存会’的展览吗？”

“不知道。”

“不知道？那泉岳寺你总该去过吧？”

“没有。”

“没去过？这太不可思议了。难怪你一直帮着东风说话呢。江户人竟然不知道泉岳寺，这也太丢人了吧。”

“不知道又何妨，我还不是照样当老师？”主人越来越有天然居士的气度了。

“好吧，先不扯这个了。且说东风在那展览馆里参观时，来了一对德国夫妇。他们一开始是用日语向东风打听什么的。可是这位东风先生呀，不是一直都想试试自己的德语吗？于是就叽里咕噜地说了两三句。想不到还说得挺好的——过后一想，真是祸从口出呀。”

“后来怎么啦？”主人被这话题吸引住了。

“那德国人看见大高源吾[2]的泥金印盒，说很想买，不知道展览馆能否把这个卖给他。当时，东风回答得很有意思。他说：‘日本人

1 位于东京都港区高轮的曹洞宗古寺。为主公报仇尽忠的“赤穗四十七义士”的墓地就位于泉岳寺里。

2 大高源吾（1672—1703），赤穗四十七义士之一。

都是清廉君子，肯定不会卖的。’这几句话说得像模像样的，那德国人以为遇到了一位好翻译，于是就开始问个不停。”

“问什么呢？”

“要是能听懂问什么就不用发愁啦。但那德国人语速很快，而且又拼命问个不停，简直让人听得一头雾水。偶尔能听懂一两句时，却又是关于消防钩和木榔头的问题。他没学过这些词，自然不知道该怎么翻译，所以就只能干瞪眼了。”

“这也是情有可原的嘛。”主人身为教师，当然可以设身处地地表示同情。

“这时，看热闹的围观群众越来越多，最后把东风和那两个德国人团团围住了。东风先前那么得意洋洋，现在却满脸通红，结结巴巴，简直狼狈不堪。”

“最后怎么办呢？”

“最后，东风实在招架不住了，就用日语说了句‘沙伊那拉’[1]，然后仓皇逃走。我问他：‘沙伊那拉’也太别扭了，你们老家是把‘沙哟那拉’说成‘沙伊那拉’的吗？他回答道：哪里，我老家也是说‘沙哟那拉’的，不过考虑到对方是洋人，为了让他觉得声调和谐，我才改说成‘沙伊那拉’的。——你看，这位东风先生，即便在危急之中也没忘记和谐，真叫人佩服！”

“管他什么‘沙伊那拉’呢。那个德国人呢？”

“听说那个德国人目瞪口呆地愣在那里，一脸茫然……哈哈哈哈，可笑吧？”

“也没什么可笑的。我倒是觉得，你特意来汇报这事才显得可笑呢。”

主人说着，把烟灰弹落在火盆里。这时，门口的铃声突然响起，

1　在日语中，“再见”发音为“沙哟那拉”。东风情急之下说成了“沙伊那拉”。

吓人一跳。随即传来一个刺耳的女人声音：“有人在吗？”迷亭和主人不由得对视了一眼，谁都没有吭声。

我心想：咦，主人家难得来女客人呀。一看，那个声音刺耳的女人走了进来，身上的双层绉绸礼服直拖到榻榻米上。她大概四十岁刚出头，发际线已经爬得很高，额发像一道堤坝似的向天空高高耸起，至少有半张脸那么长。她的眼睛像凿开的陡坡一样，眼角吊起呈直线，左右对峙。所谓“直线”，是形容她的眼睛比鲸鱼眼更细。鼻子倒是大得出奇，好像是把别人的鼻子偷来装在自己脸上似的，感觉就像把靖国神社的石灯笼移到十平方米的小院子里一样，虽然威风凛凛，但却总让人觉得不协调。她的鼻子属于鹰钩鼻——先是高高地耸起，在途中忽然又觉得这样太夸张，便开始收敛，到鼻尖处已经完全没有了原先的势头，往下耷拉着，窥伺着嘴唇。这鼻子如此抢眼，以至于她在说话时，会让人觉得不像是用嘴说话，而像是用鼻子在说话。为了向这个伟大的鼻子表示敬意，我决定以后都把这个女人唤作“鼻子”。

初次上门的鼻子在打过招呼之后，环视了一下客厅，说道：“这房屋不错呀！”

主人心想：“简直是扯淡！”自顾自吧嗒吧嗒地吸起烟来。

“喂，你看那花纹多奇特，不知道是漏雨还是木纹？”迷亭仰望着天花板，暗暗催促主人快说话。

“当然是漏雨呀。”主人回答说。

“不错嘛。”迷亭一本正经地说道。

见这两人如此不善交际，鼻子心中暗生闷气。三个人鼎足而坐，沉默了好一会儿。

“我登门拜访是想打听点事情。”鼻子又开口了。

“哦。”主人的反应极其冷淡。

鼻子觉得这样下去可不行，于是连忙说道：

“其实，我家就住这儿附近——就是对面街角的那栋房子……”

“就是那栋带有库房的大洋房吗？难怪那里挂着‘金田’的门牌呢。”

主人似乎好不容易才想起那栋洋房和库房，但对于金田夫人的尊敬程度却丝毫没变。

“本来应该是我先生过来向您请教的，可他的公司实在太忙了……”

她的眼神似乎在表示：这次总该对我另眼相待了吧。但主人却不为所动，其实他早就觉得不满了——作为一个初次上门的女人，这样的措辞语气未免过于粗鲁。

“公司不止一家，而是有两三家呢。而且，他在这些公司里都身居要职——您大概也知道吧。”

她脸上的表情分明在说：看你服不服气。

我家主人每次一听到什么博士啦、教授啦，就会立刻服服帖帖的。可奇怪的是，对于实业家，他却颇有点看不上的意思。在他心目中，实业家甚至还不如中学教师。即便他不是抱有这种观念，凭他的古板性格，也别指望能从实业家或大财主那里得到什么好处。无论对方如何有权有势、腰缠万贯，既然自己已经断念，那么彼此之间也就没有什么利害关系了。所以，除了学者的圈子之外，他对其他方面的情况都漠不关心。尤其是对于经济领域，到底谁在哪里做什么，他都一无所知。即便偶有所知，也不会产生丝毫敬畏之感。

而站在鼻子的立场来说，则是做梦也没想到——世上居然有这样的怪人生活在同一片阳光下。她以前接触过很多人，只要自己亮出“金田夫人”的名头，对方就一定会另眼相待。无论出席什么宴会，无论对方的身份如何高贵，“金田夫人”的名头所向披靡。现在，要拿下这个穷酸秀才就更不在话下了。她本以为，自己只要一说出“我家就住在对面街角的那栋房子”，甚至都用不着告知职业，就能震慑住对方。

“你认识这个叫金田的人吗？”主人漫不经心地问迷亭。

“当然认识。金田老爷是我伯父的朋友，前几天他还出席过游园会呢。”迷亭认真地回答道。

“咦，你的伯父是谁呀？”

“牧山男爵。”迷亭的态度越发认真了。

主人正要开口时，鼻子突然转过身打量着迷亭。迷亭身穿大岛绸布礼服，外面披着一件古渡更纱布料做的外褂。

“哦，您是牧山先生的……什么来着？我连这都不知道，失礼了。我先生经常说，曾得到牧山先生的许多关照。”鼻子的语气变得恭敬起来，而且还鞠了个躬。

迷亭笑着说道：“哎呀，不客气，哈哈哈哈……”

主人顿时目瞪口呆，默默地看着这两个人。

“听说，关于我女儿的婚事，也让牧山先生费心了……”

“啊，是吗？”

迷亭有点吃惊，似乎是觉得对方所说的事太突然了。

“其实，也有很多人上门来提亲，但毕竟咱也是有身份的人嘛，总得找个差不多的人家才行。”

“那倒是。”迷亭这才放下心来。

“我今天过来，就是想问一下你。”鼻子转向主人，语气也变得不太恭敬，“听说有个叫水岛寒月的人经常到你家里来。这个人到底怎么样呢？”

“你打听寒月，是想干什么呢？”主人显得很不高兴。

“大概是为了令爱的婚事，想了解一下寒月君品行如何吧。”迷亭倒是反应很快。

“如果你能告诉我，那就帮我大忙了……”鼻子说道。

“这么说来，你是想把女儿嫁给寒月咯？”主人说道。

“谁说要把女儿嫁给他了？”鼻子反驳道，“还有很多人来提亲哟，又不是非要嫁给他不可。”

“既然如此，那又何必来打听寒月的事呢？”主人也来劲了。

“但你也用不着故意隐瞒吧。”鼻子气势汹汹地说道。

迷亭坐在两人中间，像拿着“军配团扇”[1]似的举起银烟管，心中呐喊道：加油，加油！

“那寒月有说过非要娶你女儿不可吗？”主人从正面发起进攻。

“他倒是没说过……”

“这么说来，是你自己认为他想娶你女儿咯？”主人大概意识到：对付这个女人，主动进攻是最好的招式。

“事情还没说到这个份上。不过，寒月先生也不见得不愿意吧。”被逼到擂台边的鼻子转守为攻。

“莫非寒月爱上了你女儿？”主人挺起胸膛，那架势似乎是表示：有什么证据，你倒是说出来呀。

“嗯，差不多吧。”

看来这次主人的出击并没奏效。迷亭刚才一直以裁判自居而兴致勃勃地观战，这时也被鼻子的话激起了好奇心，放下银烟管，凑上前乐呵呵地说道：

“寒月给令爱写情书了？太好啦。大过年的，又添这么一段佳话，又可作为谈资了。”

“情书倒没写过。不过，比写情书可热烈多了。您二位连这都不知道？”鼻子挖苦道。

“喂，你知道吗？”主人一脸迷惑地问迷亭。

迷亭也傻乎乎地回答说：“我可不知道。要知道也是你先知道嘛。”这种无关紧要的时候，他倒是挺谦虚的。

1　相扑比赛时裁判手中的指挥扇。

“不，您二位都知道的。”鼻子得意洋洋。

“啊？”那两位顿时愣住了。

“要是忘记了的话，那我就提示一下吧。去年年底在向岛的阿部先生家里举办过一次演奏会，寒月先生不也去参加了吗？那天晚上，在回家途中经过吾妻桥时，是不是发生过什么事呢——具体情况我就不说啦，因为可能会给当事人添麻烦的——我觉得这个证据已经足够了。你们觉得呢？”

说完，她把戴着钻石戒指的手指并排放在膝盖上，高傲地端坐着。她那伟大的鼻子，越发显得大放异彩。看她此刻的架势，根本就没把迷亭和主人放在眼里。

主人自不必说，就连迷亭也被她这突然一击吓傻了，像个疟疾病人似的呆坐着。过了好一会儿，两人从惊愕之中回过神来，才忽然感觉到无比滑稽，不约而同地哈哈大笑起来。鼻子似乎有些措手不及，恶狠狠地瞪着他俩，表示说：这种时候发笑是非常失礼的哟。

“原来那位就是令爱呀？噢，原来如此，太有意思了。您说得没错。喂，苦沙弥君，看来寒月确实是爱上人家女儿了。你也瞒不住啦，还是老实交代吧。”

主人只是哼了一声，没有说话。

鼻子又得意洋洋地说道：“就是呀，你也别替他隐瞒啦，都露出破绽了。”

“既然这样，那就没辙啦。凡是有关寒月的情况，都说出来供你参考吧。喂，苦沙弥君，你是这里的主人，怎么光顾着笑，又不说话，你以为这样就能蒙混过关吗？秘密这种东西，真是可怕。无论你如何隐瞒，都会露出破绽的。不过，这事也太不可思议了，金田夫人，您是怎么探听到这个秘密的？真叫人吃惊啊。”迷亭自顾自说个没完。

“我做事还是滴水不漏的嘛。”鼻子一脸得意。

"简直是太滴水不漏了。您到底是从哪里打听到的？"

"我是听住这屋后的车夫老婆说的。"

"就是养黑猫的那家？"主人瞪大了眼睛。

"是的。为了寒月先生的事，我可没少花钱哟。我想知道寒月先生每次来这里都聊些什么，所以就拜托了车夫老婆，让她向我一一汇报。"

"这太过分了！"主人提高了嗓门。

"着什么急呀？我又没有打听你做什么、说什么，我只是打听寒月先生的事。"

"我管你寒月还是谁，反正那个车夫老婆最让人讨厌了。"主人勃然大怒。

"不过，跑到你家篱笆墙外站着，可是别人的自由呀。要是你怕别人听见的话，那就小声点儿，要不就换个大房子住呗。"鼻子毫不脸红地说道，"除了车夫老婆，我还从新胡同的二弦琴师傅那里打听到好多事情呢。"。

"是关于寒月的？"

"也不光是关于寒月先生的。"这话说得有点狠。

我以为主人这次要认输了，不料他却骂道：

"那个师傅平时老是自命清高，装得人模人样似的，真是个龟孙子！"

"拜托，人家可是个女的，骂'龟孙子'就对不上号啦。"

鼻子的措辞越来越粗鲁，可谓原形毕露。她简直就是上门来吵架的嘛。但即使到了这份上，迷亭却仍然泰然自若，饶有兴致地听着两人拌嘴，那神态就像铁拐李正在观赏斗鸡一样。

主人发现自己在吵架方面终究不敌对手，于是不得不保持沉默。过了一会儿，他好像突然想起什么似的，开口说道："你一直说寒月爱上了你女儿，但据我所知，却并非如此。喂，迷亭君，你说对吧？”主人向迷亭求援。

“嗯，按寒月所说，一开始是令爱得了病，还满嘴说胡话呢。”

“哪里？根本没有这种事。”金田夫人断然否定。

“可寒月确实说过，他是从某某博士夫人那里听来的哟。”

“那是我故意设的计——我拜托那位博士夫人这么说，想试探一下寒月先生的心意。”

“那博士夫人明知如此还答应你的请求？”

“嗯。当然，她也不是白帮我的，我可送了她不少东西呢。”

“这么说来，你今天也是非要打破砂锅问到底，弄清楚寒月的事才肯回去咯？”

迷亭似乎也有些反感，语气少见地变得粗鲁起来。他接着又说道：

“算了，苦沙弥君，说也无妨，那咱就告诉她呗。——夫人，关于寒月的实际情况，只要不会对他造成影响的，我和苦沙弥都可以全部告诉你。——对了，你最好按顺序一件一件地问。”

鼻子总算满意了，开始提问。而且对迷亭说话时也没那么粗声粗气，而是变得像刚开始时一样客气了。

“听说寒月先生也是理学学士，那他到底是专门研究什么的呢？”

“他在研究生院里研究地球磁场。”主人认真地回答道。

但不幸的是，鼻子没听懂是什么意思。她“哦”地应了一声，脸上却露出诧异的表情。

“学这个东西，能当上博士吗？”

“你是说，如果当不上博士，就不打算把女儿嫁给他吗？”主人不高兴地问道。

“嗯，寻常学士嘛，可多的是。”鼻子满不在乎地回答道。

主人看了一眼迷亭，脸上流露出更加厌恶的表情。

迷亭也似乎有些反感：

“能否当上博士，我们也不能保证呀。你还是问些别的问题吧。”

“他最近还在研究那个叫地球……什么的吗？”

“两三天前，他在物理学会上做了个演讲，汇报关于‘上吊力学’的研究成果。”主人若无其事地说道。

“哎呀，真晦气，还研究什么‘上吊’呢。他可真是个怪人。研究上吊之类的玩意儿，恐怕是当不上博士咯。”

“如果他本人真的去上吊，那当然没戏了。但如果只是研究‘上吊力学’，倒也未必当不成博士吧。”

“这样啊。”

这次轮到鼻子偷看主人的脸色了。然而可悲的是，她不知道“力学”是什么意思，所以心里还是不踏实。她大概是觉得，为了这点问题而请教对方的话恐怕有损“金田夫人”的面子，所以只得通过观察对方的脸色进行猜测。主人却一直黑着个脸。

“除此之外，他还研究什么通俗易懂的东西吗？”

“嗯，前几天他写过一篇论文，题目叫作《论橡子的稳定性及天体的运行》。”

“大学里也会研究橡子什么的吗？”

“唉，我也是外行，不太清楚。不过，既然寒月正在研究的话，就说明有其研究价值吧。”

迷亭一本正经地嘲讽道。鼻子大概是觉得自己对学问方面没什么把握，于是就换了个话题。

“我问个别的事——听说今年正月时，他因为吃香菇而咬豁了两颗门牙，有这事吗？”

“嗯，那个豁了牙的地方还粘着空也饼呢。”迷亭突然活跃起来，似乎觉得回答这种问题是自己的分内之事。

“这样成何体统？也不懂得用一下牙签。[1]”

1 按一般习惯，吃日式点心时会先用牙签划分成四小块再吃，这样就不会粘到门牙上了。

“下次见到他的话，我会提醒他的。”主人笑嘻嘻地说道。

“吃个香菇就豁牙，看来他的牙齿很差吧。对不对？”

“说不上好吧。喂，迷亭，你觉得呢？”

“是不好，不过也挺可爱的。奇怪的是，从那之后，他也一直没去补。现在吃空也饼时还经常粘在那上面呢。简直就是奇观。”

“他没去补牙，是因为缺钱呢，还是想故意显得与众不同呢？”

“他并不打算一直这么‘门牙缺位’的，你尽可放心。”

迷亭的心情逐渐快活起来。鼻子又换了个问题：

“要是您家里有他本人写的书信之类的东西，能否让我拜读一下呢？”

“明信片倒是有很多，你看吧。”

主人从书房里拿来了三四十张。

“看不了这么多。只要看个两三张就行……”

“嘿，我给你挑几张好看的吧。”迷亭先生说着，拿起其中一张来，“这张挺有趣的。”

“咦，还会画画呢，手真巧啊。让我看看。”

鼻子一边端详着，一边说道：

“哎哟，狸子呀，真讨厌。为什么偏偏要画狸子呢？不过，说来也怪，一看就知道是狸子呢。”她的语气似乎颇为佩服。

“你读一下那上面的字吧。”

主人笑着说道。于是，鼻子就像女佣读报纸似的念了起来：

旧历除夕之夜，山中狸子举行游园会，尽情歌舞。其歌曰：来吧，除夕之夜，没人会进山的哟。咚锵咚锵咚咚锵！

“写的什么呀，这不是把人当猴耍吗？”鼻子不满地说道。

“这张仙女怎么样，喜欢吗？”

迷亭又拿出一张来。只见上面画着一个身穿羽衣的仙女在弹琵琶。

“这个仙女的鼻子好像太小了点儿。”

“哪里会？这样才是正常的呀。别管什么鼻子了，你还是念一下上面的字吧。”

那上面是这么写的：

从前，某个地方住着一位天文学家。一天晚上，他照例登上高台，专心致志地看星星。这时，天空中出现了一个美丽的仙女，开始演奏起世上从没听过的美妙音乐。天文学家听得入了神，以至于忘记了天气寒冷刺骨。第二天早上，人们发现天文学家的尸体上落满了白霜。这可是真事——那个经常撒谎的老头儿告诉我的。

“这写的什么呀，根本就没啥意思嘛。凭这水平，也能当上理学学士？他最好还是多读点《文艺俱乐部》之类的东西吧。”鼻子把寒月狠狠地批了一顿。

“那你看这张怎么样？”

迷亭半开玩笑地拿起了第三张。上面印着一艘帆船，下面照例写着潦草的字迹：

昨夜码头上，十六岁的小姑娘，没了爹和娘。岩滩上的小白鸻，你若半夜醒来，请听我哭泣。爹娘乘船出海去，葬身白浪里。

“写得真好，佩服佩服。他这人挺懂风情的嘛。”

“这能算懂风情吗？”

“嗯，写成这样，可以用三弦琴弹唱啦。”

“配上三弦琴应该不错。你再看看这张怎样？”迷亭一个劲儿地拿给她看。

“不用了，看这几张就够啦，其他的不用再看了。反正我已经知道，寒月先生并不是什么庸俗之人。”鼻子自以为是地说道。

关于寒月的情况，鼻子大概已经问得差不多了，于是就说道：

“今天打扰你们啦。请不要把我来过这里的事告诉寒月先生。”

这要求未免也太自私了。看来，她的策略是这样的：关于寒月的情况，什么都要问个清楚；而关于自己嘛，则一点都不能向对方透露。

迷亭和主人都冷冷地回应了一声：“哦。”

鼻子站起身来，小心翼翼地说道：“改天我再送谢礼过来。”

主人和迷亭把她送到门口，然后回到客厅。一坐下，两人就异口同声地叫嚷起来：“什么人嘛！”

在隔壁房间的女主人也忍不住“哧哧”地笑出声来。迷亭大声说道：“太太，太太，‘庸俗’模范刚来过啦。庸俗到这个地步，真是奇葩啊。你也无须顾虑，尽管笑就是了。”

主人愤愤不平地说道：“首先，她那张脸就看不顺眼。”

迷亭立刻接过话茬：“那鼻子占据了脸庞中间，样子也太奇特了。”

“而且还弯弯的。”

“跟驼背似的。驼背鼻子，真稀罕！”迷亭饶有兴致地笑着。

“一看就是克夫相！”主人似乎还余怒未消。

“她那副模样，就像是十九世纪卖剩下，然后拿到二十世纪又继续滞销似的。”迷亭就爱说些莫名其妙的话。

这时，女主人从里屋走出来，提醒道：“老说人家坏话，小心车夫老婆又去告密哦。”果然还是女人细心。

“太太呀，告密就告密吧，也好让那个家伙长长记性。”

“可是，你们一直在诋毁人家的长相，未免太低俗啦。谁愿意长那么一个鼻子呢？而且，对方毕竟是个女人嘛。你们也太过分了。”

女主人为鼻子的鼻子辩护，其实也是间接地为自己的容貌进行辩护。

“哪有什么过分的！那种人根本不是女人，而是个蠢人罢了。迷亭君，你说对吧？”

“蠢是蠢，不过倒也挺狠的。刚才不也在这儿胡搅蛮缠了半天吗？”

“她把教师看成什么人了？”

“肯定是把教师和屋后的车夫看成了同一类人吧。想让她尊敬你的话，最好是去当博士。本来嘛，没当博士就是你的错。太太，我说得对吧？”

迷亭一边笑着，一边回头看了看女主人。

“他才当不上博士呢。”连女主人都不抱希望了。

“你别小看我，我早晚都能当上的。谅你也不知道——从前有个叫伊索克拉底[1]的人，九十四岁时才写出伟大的著作；索福克勒斯[2]写出惊世之作时，已经差不多到百岁高龄了；西摩尼德斯[3]八十岁时才写出绝妙名诗。我肯定也……”

“胡说八道！像你这样的老胃病，能活这么久吗？”女主人对主人的寿命似乎心中有数。

“岂有此理！你去问一下甘木医生嘛。对了，都是你让我穿这种皱巴巴的黑棉布外褂和打满补丁的衣服，所以才被那个女人瞧不起。从明天起，我也要像迷亭那样穿得气气派派的，你给我把衣服找出来！”

“找出来？咱家可没有这么气派的衣服呀。再说了，金田夫人是

---

1 伊索克拉底（公元前436—前338），古希腊的教育家、雄辩家。

2 索福克勒斯（公元前496—前406），古希腊三大悲剧诗人之一。

3 西摩尼德斯（公元前556—前468），古希腊诗人。

听到迷亭先生伯父的大名之后才变得客气的，跟衣服没有关系。”女主人巧妙地推卸责任。

听到“伯父”二字时，主人好像突然回想起来似的，问迷亭道：“我今天还是头一次听说你有个伯父。你以前怎么从来没提起过呢？是真的有吗？”

迷亭迫不及待似的回答道：“嗯，我这位伯父呀，可是个老顽固哩——毕竟是从十九世纪一直活到今天的人嘛。”他来回打量着主人夫妇俩。

“哈哈哈哈，您说话真风趣。您伯父在哪里生活呢？”

“在静冈县。不过，他可不只是活着这么简单，而且脑袋上还一直留着个发髻，真让人发愁。我劝他戴顶帽子，他却得意洋洋地说：‘俺活了这么大岁数，还从来没感觉冷到需要戴帽子呢。’我劝他说：‘天冷您就多躺一会儿吧。’可他却说：‘人只要睡四个钟头就够了。超过四个钟头就是浪费。’仍然每天天没亮就起床。而且，他还自豪地说：‘俺可是经过多年修炼，才把睡眠时间缩短到四个钟头的。俺年轻时也很贪睡，直到最近才到达随心所欲的境界，这真叫人高兴啊。’他已经六十七岁了，当然睡得少，根本不关什么修炼的事。但他却自以为是努力自律的成果。还有，他出门的时候，一定要带上一柄铁扇。”

“用来干什么的？”

“我也不知道，反正他就那么拿着出门去。也许想用来当作手杖吧。对了，前几天，他还闹了个笑话。”

说着，迷亭转向了女主人。女主人只是模棱两可地应了一声：“哦？”

“今年春天，他突然来信，让我赶紧寄大礼帽和长礼服给他。我吓了一跳，写信去问怎么回事。他老人家回信说是自己要穿的。说是二十三日在静冈县举行庆功大会，命令我必须在此之前寄到。可笑的是，他在信里头这么说：‘帽子嘛，买个大小差不多的就行。礼服嘛，你估计一下尺寸，去大丸和服店定做吧……”

“大丸现在也做西装了吗？”

“哪里，他是把白木屋和大丸弄混啦。”

“让你估计尺寸定做，这怎么能行呢？”

“这就是我伯父的特立独行之处呀！”

“那你怎么办呢？”

“我没办法，只得估计着做了一套寄过去。”

“你还真敢胡来。后来赶上了吗？”

“嗯，好歹总算赶上了。看了当地的报纸，上面写着：‘当天，牧山翁难得一见地穿着长礼服，手上拿着那柄铁扇……”

“看来，这铁扇是不肯离手的啦。”

“嗯，他死的时候，我一定要把这铁扇给他放进棺材里。”

“话说回来，帽子和礼服都刚好合身，挺好嘛。”

“你可说错啦。我本来也以为事情顺利解决，正感到庆幸呢。可是没过多久，就收到从乡下寄来的包裹。我以为是谢礼之类的东西，打开一看，却是那顶大礼帽。还附了一封信，说：‘承蒙你费心购置，惜乎尺寸稍大，故烦请拿回帽店改小为盼。所需费用，我以邮政汇票寄去。’”

“真是不近人情啊。”主人似乎颇为欣慰，大概是因为发现天底下竟然还有人比自己更不近人情吧。接着他又问道：“后来怎么办呢？”

“还能怎么办？只能我自己拿来戴了呗。”

“你戴那顶帽子？”主人嬉皮笑脸。

“那位先生是男爵吗？”女主人诧异地问道。

“你指谁？”

“你那位铁扇不离手的伯父呀。”

“哪里呀？他是一位汉学家。年轻时曾经在圣堂[1]沉迷于朱子学什么的。所以，如今坐在电灯下，头上还留着那个发髻呢。真拿他没办法。”

迷亭一边说着，一边使劲捋下巴。

“可是，你刚才好像对那个女人说是‘牧山男爵’的呀。”

“您确实是这么说的，我在饭厅里也听到了。”

在这一点上，女主人倒是支持丈夫的意见。

“我这么说过吗？哈哈哈哈……”迷亭莫名其妙地笑起来，随即满不在乎地说道，“那是我瞎说的。如果真有个男爵伯父，那我早就当上局长啦。”

“刚才我就觉得有点不对劲嘛。”主人的表情显得既快活，又有几分担心。

“哎呀，您倒是能睁着眼睛说瞎话哩。真是个吹牛专家！”女主人十分佩服。

“那个女人可比我厉害多了。”

“别担心，您肯定不会落于下风的。”

“可是，太太，我只是纯粹吹牛而已。而那个女人却是别有用心的，性质极其恶劣。如果你把自作聪明的耍花招和浑然天成的幽默感混为一谈，那么，喜剧之神肯定会哀叹说：世人真是没有眼光啊。”

主人垂下眼帘，说道：“这可说不准。”

女主人笑道：“还不是一样嘛。”

我至今还从没去过对面的那条胡同，自然没见过所谓街角处的“金田家”是什么样的，连名字也是今天才头一次听说。在主人家里，从来没有谈论过关于实业家的话题。所以，连我这只寄人篱下的猫儿也觉得跟自己毫不相干，而且也漠不关心。可是，刚才鼻子突然

1　即汤岛圣堂，位于江户汤岛的孔子庙大成殿的别称。

来访，我在旁边聆听了他们的谈话之后，不由得开始想象她家女儿如何美貌、她家如何有钱有势……这么一来，连我这只猫儿也无法在檐廊上安心睡觉啦。而且，对寒月，我也深感同情。对方早就收买了博士夫人、车夫老婆、叫什么“天璋院”的二弦琴师傅，甚至把寒月咬豁门牙的事都侦察得一清二楚。而寒月本人却蒙在鼓里，光顾着笑嘻嘻地摆弄着礼服外褂上的带子。虽说他只是个刚刚毕业的理学学士，但未免也太窝囊了。话说回来，对方毕竟是个脸上长着伟大鼻子的女人，一般人是休想接近她的。对于这件事，我家主人本来就漠不关心，而且也没钱；迷亭嘛，倒是不缺钱，但看他那副没准性的样子，恐怕也不指望能给寒月帮上什么忙了。这么看来，只是苦了研究“上吊力学”的寒月先生啦。

我必须挺身而出，深入敌营，为他侦察对方动静，否则就太不公平了。我虽然是只猫儿，但我家主人毕竟是每次一读爱比克泰德著作就会把书怒摔在桌上的学者呀。我和世上其他傻猫、笨猫又怎能相提并论？我甘愿去冒这个险，因为我的侠义心肠本来就潜藏在我的尾巴梢里。我决定这么做，并不是因为受过寒月君的恩惠。我这一举动，本来就不是为了个人恩怨而意气用事——往大里说，是为了把热爱公平、崇尚中庸的天意付诸实施的义举啊。既然对方可以不经本人同意就把“吾妻桥事件”到处宣扬；可以派走狗躲到别人屋檐下，然后得意洋洋地把偷听来的消息逢人就讲；可以毫无顾忌地指使车夫、马夫、无赖、坏学生、女佣、接生婆、妖婆、按摩师、弱智白痴等形形色色的人来骚扰国家有用之材——那么，本猫也毅然决定要挺身而出了。

幸亏今天天气不错。虽然路上霜雪融化，有点难走。但为了道义，即使豁出性命也在所不惜。脚底沾泥的话，会在檐廊地板印上很多梅花印——不过那样只会给阿三添麻烦，对我来说倒是无所谓的。我等不及到明天了，决定现在马上就去。我斗志昂扬地鼓起勇气，跑到厨房，正准备出发时，突然转念一想：且慢。——作为一只猫儿，我不仅实现了高度进化，而且在智商程度方面，也自信不逊色于初中三年级学生。但可悲的是，我的喉咙构造始终没变，还是只能说猫语，不会讲人话。就算我能顺利地溜进金田家把敌情侦察得一清二楚，也无法如实向寒月本人报告。同样，也无法告知主人和迷亭。既然说不出来，那我的聪明才智就用不上了，就像埋在土里的钻石一样，无法在阳光下发光发亮。这太不明智啦，还是算了吧。我站在门口，迟疑不决。

然而，一旦做出决定而又中途放弃的话，就像眼看骤雨将至而最终乌云却飘向别处，没有下成雨一样，感觉有些失落。而且，如果是自己无理，那倒也罢了。但既然是为了正义，为了人道，那么，即使白白送死也义无反顾——这才是有担当的好男儿之气魄吧。作为一只猫儿，就算白跑一趟，白白弄脏了脚，也在所不惜。我生而为猫，无法用三寸不烂之舌与寒月、迷亭、苦沙弥三位先生互相交流思想。但也正因为我是只猫儿，若论隐身之术，则要比各位先生更有能耐。能做到别人做不到的事，这本身就很愉快。就算只有我自己了解到金田家的内情，那也比无人知晓要愉快得多。即便我无法告诉别人，但只要让鼻子他们知道事情已经泄露出去，那也足以令人称快。一想到可以接连不断地享受愉快，我就忍不住跃跃欲试。还是去走一趟吧。

来到对面的胡同一看，果然像传说中的那样——一栋洋房高傲地盘踞在街角。这里的主人恐怕也会像这洋房一般高傲吧。我走进大门，看着这栋二层楼的建筑物，觉得它只是毫无意义地竖立在那里，除了给人一种威严感之外，没有其他特色。这也许就是迷亭所说的“庸俗”吧。

我从正门向右转，穿过小树丛，绕到厨房门口。厨房确实很宽敞，肯定有苦沙弥先生家的厨房的十倍那么大。厨房里的厨具摆得整整齐齐，光亮如新，应该不会逊色于前几天在《日本新闻》上详细报道过的大限伯爵[1]的厨房吧。我心想："这简直就是模范厨房啊。"我继续往里走。

进去一看，只见在大约七八平方米的灰泥地上，那个车夫老婆正站着，跟厨房女佣和车夫不停地说着什么。

这家伙可不好惹。我连忙躲到水桶后面。

"那个教书的，还不知道我们老爷的大名吧？"他家的厨房女佣说道。

"怎么可能不知道？在这一带，要是不知道金田老爷的公馆，那肯定是瞎子和聋子！"这是车夫的说话声。

"这可说不准哩。那个教书的是个怪人，除了书以外，别的什么都不懂。他要是稍微知道点儿老爷的来头，应该会老实一些。有什么办法呢，他连自家小孩多少岁都不知道。"车夫老婆说道。

"连金田老爷都不怕？真是个不识时务的木头人！管他呢，咱一起去教训教训他吧。"

"好呀。那家伙说话可真损——说什么咱家太太的鼻子太大啦，看不顺眼啦……他也不瞧瞧自己那张活像陶瓷狸子的面孔，还以为自己人模狗样似的，真受不了！"

"别说那张面孔了，就连他那拎着浴巾去澡堂的样子，也高傲得不得了，好像以为自己有多了不起似的。"厨房女佣说道。看来，连她也对苦沙弥先生颇为不满。

"咱们一起到他家篱笆墙下，骂他个狗血淋头吧。"

"这样他肯定会老实点儿。"

"可是，刚才太太吩咐过：要是被他看见就没意思了——最好是让他只听到声音又看不到人，让他看不成书，干着急。"

"这我知道。"车夫老婆似乎是表示说：这骂人重任的三分之一

1　大限重信（1838—1922），日本明治时期的政治家。

就包在自己身上啦。

原来这帮家伙要来捉弄苦沙弥先生呀。我悄悄地从他们旁边溜过去，走进屋里。

猫族的脚虽有似无，无论走到哪里都不会发出笨拙的脚步声。犹如凌空踏步，犹如腾云驾雾，犹如水中击磬，犹如洞中鼓瑟——这种妙趣，无需别人诠释而冷暖自知。什么庸俗洋房、模范厨房、车夫老婆、男女佣人、千金小姐、鼻子夫人、金田老爷……全都不被我放在眼里。我想去哪儿就去哪儿，想打听什么就打听什么，然后伸伸舌头，摇摇尾巴，翘起胡须，悠然归家便是。更何况，我尤其精于此道，可谓日本第一能手。甚至连我自己都怀疑：莫非我真的继承了草双纸里的猫怪的血统？据说癞蛤蟆的额头上有颗夜明珠，而我这只猫儿嘛，尾巴上不仅收聚了神佛无常、七情六欲，而且还藏有足以睥睨天下众人的祖传妙药。对我来说，人不知鬼不觉地在金田家的走廊上横冲直撞，要比大力金刚踩烂一块凉粉更简单。

此刻，就连我都不由得佩服起自己的能耐来。我意识到这得归功于我那心爱的尾巴。既然如此，又怎能再冷落它？我心想：一定要好好拜一下这位可敬的“尾巴大神”，以祈求“猫运长久”。正要低头行礼时，又觉得有点不对劲——应该对着尾巴来个三叩首才行。于是就转动身体，想看看尾巴。但这么一来，尾巴自然也随着身体转动。我扭过头，想追上它，可它却又跑到前头去了，一直和我保持着相同的距离。看来，这尾巴不愧是把天地玄黄都收入三寸之中的灵物，不是我能对付得了的。我团团转地追了七圈半，累得筋疲力尽，只得作罢。

我觉得有点头晕，分不清方向，也不知道自己身处何方。正不管不顾地到处乱走时，忽然听到房门里传来鼻子的说话声。我心想：“就是这里了。”于是就停下脚步，斜斜地竖起两只耳朵，屏住呼吸。

“一个穷教书匠，竟然这么目中无人！”她的声音还是那么刺耳。

“哼，这也太目中无人啦，得给他点颜色瞧瞧。他所在的学校里有我的老乡。”

“谁呀？”

“津木品助和福地细螺都在里面，让他们好好捉弄一下他呗。”

我不知道金田君的老家是哪儿，不过听到他老乡的名字都这么古怪，不由得感到诧异。

金田君接着问道：“那家伙是教英语的吗？”

“嗯，听车夫老婆说，是专门教什么《英语读本》的。”

“反正也不是什么好鸟。”金田君的粗鲁语气令我深感佩服。

他接着说道：“前几天碰到品助，他对我说：‘我们学校有个古怪的家伙。学生问他：“老师，‘粗茶’用英语怎么说？”他一本正经地回答说是“Savage tea”[1]。结果在教师里传为笑柄。这样的教师，简直是丢光了其他教师的脸，真叫人不省心。’估计说的就是这个家伙吧。”

“肯定是这个家伙。一看他那样子，就知道狗嘴里吐不出象牙。而且还留着胡子！”

“真不像样！”

如果留胡子就是“不像样”，那我们猫族就没有一只像样的啦。

“还有那个叫什么‘迷亭’还是‘酩酊’的家伙，整个神神叨叨的，还说他的伯父是牧山男爵。看他那德行，怎么可能有个男爵伯父呢！”

“你也是的，怎么能把一个来历不明的家伙说的话当真呢？”

“这能怪我吗？是他们太欺负人了呀。”

鼻子愤愤不平地说道。但奇怪的是，他们根本就没提到一点关于寒月君的事。不知道是在我溜进这里之前就已经评论过了呢，还是已经确定落选而不再考虑他了呢？我虽然惦记着这事，却也无计可施。

---

1 savage是“粗野、野蛮”的意思。“粗茶”一般翻译为coarse tea。

我站了一会儿，忽然听见走廊对面的客厅里响起了铃声，不知道发生了什么事。于是我就抢先一步往那边走去。

走近时，只听见一个女人正大声地说着什么。她的声音和鼻子很像。据此推测，这位应该就是金田家的大小姐——即让寒月君投河自杀未遂的那个尤物吧。只可惜隔着房门，无法一睹芳容，因而也就不敢肯定她的脸上是否也供奉着一个大鼻子。不过，根据她的说话腔调和粗重的鼻息来综合考虑，应该不会是平淡无奇的塌鼻子吧。这个女人一直说个不停，但却没听到对方的声音——这大概就是传说中的电话了。

“你那边是大和茶馆吗？明天，我要过去，给我订个鹑三[1]。听到没有？明白了吗？什么，不明白？唉，真讨厌，我让你给我订个鹑三呀。你说什么？订不了？怎么会订不了呢？给我订嘛。‘嘿嘿嘿嘿，开玩笑’是啥意思？开什么玩笑！别逗了！你到底是谁呀？哦，长吉呀，难怪说得不清不楚呢。叫你老板娘来接电话！什么？你说你什么都能办？你真是太无礼了。你知道我是谁吗？我是金田呀。‘嘿嘿嘿嘿，我知道’是啥意思？你这个笨蛋。我说我是金田，你听明白了吗？什么？‘多谢您经常来捧场’？多谢个鬼啊？谁要听你道谢呢！哎哟，你还在笑！真是个笨蛋！‘您说得对’？你要再这么戏弄人的话，我可就挂电话啦。听明白了吗？你怕了吧？——你不吭声，我怎么知道你啥意思呢？你倒是说话呀！”

对方好像没有回答，可能是挂掉电话了吧。大小姐发火了，把电话铃拨得嘎嘎作响。她脚下的哈巴狗吓了一跳，突然吼叫起来。我心想：这可得小心了。于是赶紧跳下去，钻到了檐廊地板下。

这时，走廊上传来渐渐走近的脚步声，然后是打开房门的声音。我心想：有人过来了呀。就竖起耳朵仔细听——好像是女佣的声音：

1 戏院座位的名称，是上等席位。

“小姐，老爷和太太叫您过去。”

“我不去。”大小姐断然拒绝。

“老爷和太太说有事找你，所以才叫你过去的。”

“真烦人，我都说了不去嘛！”大小姐再次拒绝。

“……听说是为了水岛寒月的事找您呢。”女佣灵机一动，想以此讨好小姐。

“我管他什么寒月还是水月呢！真讨厌，整天一副傻里傻气的样子。”

可怜的寒月君，真是躺在家里也逃不过。

“哎哟，你什么时候梳成束发[1]的？”

女佣松了一口气，尽量简短地回答道：“今天。”

“你一个当女佣的，也这么臭美！”小姐冷不防地又训了她一句，“还戴上了新衬领嘛！”

“嗯，是您上次送给我的。我看着东西这么好，舍不得戴，就一直放在箱子里。不过，旧的那个太脏了，所以才换成这个新的。”

“我什么时候给过你呀？”

“今年正月时，您在白木屋买的呀——茶绿色的底子上印着相扑手排名表。您嫌它太土气了，不喜欢，就给了我。就是这个衬领呀。”

“唉，讨厌。你戴着倒挺好看的，真气人。”

“哪里哪里。”

“我又不是夸你，我是说‘真气人’哟。”

“啊？”

“这么好看的东西，你为什么拿了也不说一声？”

“啊？”

1 是一种流行于明治、大正时期的西式发髻。

"连你戴着都好看，那我戴也不会差到哪里吧！"

"您戴肯定好看。"

"既然知道好看，那你为什么一声不吭呢？而且还若无其事地戴着，什么人呀！"

她连珠炮似的训斥着女佣。我正仔细地聆听着，想看看局势如何发展时，对面客厅里传来金田老爷的大声呼唤："富子！富子！"大小姐只得应了一声，走出电话间。那条体格比我稍大的哈巴狗也紧跟在后头，眼睛和嘴巴都像挤到了脸中间似的。于是，我又蹑手蹑脚地从厨房侧门走到街上，快步赶回主人家里。这次探险，可以说是大获成功。

回到家时，因为突然从漂亮的豪宅转移到邋遢的地方，感觉就像从阳光明媚的山顶钻进了黑乎乎的山洞里似的。刚才在探险过程中，我一心专注于其他事情，并没有注意看那室内的装饰、隔扇、拉门是什么样子的。然而，此刻当我感觉到自家住处的寒碜时，不由得对他们所谓的"庸俗"充满了向往之情。甚至开始认为：实业家还是比教师了不起。我觉得有点不对劲，就向我的"尾巴大神"请教——尾巴大神昭示说："确实如此，确实如此！"

走进客厅里时，我吃惊地发现：迷亭先生竟然还没走，盘腿坐在那儿，说得正起劲呢。火盆里插着许多烟头，活像个蜂窝。寒月君也在，不知什么时候过来的。我家主人枕着胳膊，心无杂念地仰望着天花板上的雨渍。跟往常一样，又是太平盛世之隐者的聚会。

"寒月君，你上次说有个女人发烧说胡话都念叨着你。之前你还想保密，现在总可以说出她的名字了吧。"迷亭打趣道。

"如果只是跟我个人有关的话，那说也无妨。可这事说出来会给对方带来麻烦呀。"

"你还是不肯说呀。"

"而且，我答应过那位博士夫人的。"

"是答应不说出去吗？"

"是的。"

寒月又照例摆弄着礼服外褂上的带子。那带子是紫色的——现在应该没有卖这种颜色的了。

"这种颜色的带子，都成老古董了呀。"主人躺着说道。他对"金田事件"似乎毫不关心。

"可不是吗，根本不像日俄战争时代的东西。你要用这样的带子，就得戴上头盔、穿上印有葵纹家徽的开衩外褂[1]才行，否则就很不协调。据说，织田信长[2]去做上门女婿时，头上梳的茶筅髻[3]好像就是用这种带子扎的。"迷亭说的话总是那么冗长。

"事实上，这是我爷爷在征伐长州[4]时用过的。"寒月一本正经地说道。

"算了吧，还不如捐献给博物馆呢。你想想看，上吊力学的演讲者——理学学士水岛寒月，竟然穿得跟过时的旗本武士[5]似的，未免不成体统吧。"

"按你的意见去做也未尝不可。不过，有人说过这条带子跟我很相衬，所以……"

"谁呀？说出这么没品位的话来。"主人一边翻过身，一边大声说道。

"你们又不认识……"

"不认识也没关系，到底是谁嘛？"

"某个女人呗。"

1 这是日本古代武士骑马上阵打仗时的着装。

2 织田信长（1534—1582），日本战国时期的武将。

3 一种形如茶筅（即茶刷）的发髻。

4 江户末期，因长州藩发起"尊王攘夷"运动，德川幕府出兵讨伐长州藩。

5 江户时期的将军直属家臣中，俸禄在一万石以下并且有资格觐见将军的武士。

迷亭从旁插嘴道："哈哈哈哈，你真是个风流人士啊。我来猜一下吧——莫非就是在隅田川水底呼唤你名字的那个女人？要不，你就穿着这身外褂再来一次投水成佛吧？"

"嘿嘿嘿，她已经不在水底呼唤我了，而是在此处西北方向的那个清净世界……"

"恐怕也不太清净吧，那可恶的鼻子！"

"啊？"寒月满脸惊讶。

"对面街角那个大鼻子，刚才找上门来了哟，把我俩吓了一跳。喂，苦沙弥君，对吧？"

"嗯。"主人自顾自躺着喝茶。

"你说的鼻子是指谁呀？"

"就是你那位心爱的、永远美丽的姑娘的母亲大人呀。"

"啊——"

"刚才一个自称是金田夫人的女人，过来打听你的情况。"主人认真地解释道。

我偷偷瞅了一眼寒月的表情，想看看他是惊是喜还是难为情。但他却若无其事，语气平静如常地说道："是想让你们劝我娶她女儿吧。"说着，又摆弄起他的紫色衣带。

"这你就全猜错了。那位母亲大人可是有个伟大鼻子的主儿……"

迷亭刚说到一半，主人就牛头不对马嘴地接了一句：

"喂，我刚才正想着怎么给那个鼻子写一首俳体诗[1]呢。"

隔壁房间的女主人哧哧地笑出声来。

"你倒是挺有闲情逸致的嘛。诗写出来了吗？"

"想了几句。第一句是'脸上供着大鼻子'。"

1　一种由连句变化而来、具有俳谐趣味的新诗体。据说此名称就是夏目漱石起的，而且他本人也写过俳体诗。

“然后呢？”

“接下去是‘鼻前献美酒’。”

“下一句呢？”

“我只想到这两句。”

“有点意思。”寒月笑嘻嘻地说道。

“接下去是‘两只鼻孔多幽暗’，如何？”迷亭立刻想出一句。

“我也接一句：‘深邃不见毛’，这句怎样？”寒月说道。

他们正东一句西一句地胡诌时，忽然篱笆墙外的街道上传来四五个人的叫嚷声：

“陶瓷狸子！陶瓷狸子！”

主人和迷亭吃了一惊，透过篱笆墙的缝隙朝外看去。这时，外面却响起哈哈大笑的声音，随即脚步声逐渐远去。

“陶瓷狸子是什么意思？”迷亭疑惑地问主人。

“搞不清楚。”主人回答道。

“真新鲜。”寒月也加入评论。

迷亭似乎想到了什么，突然站起身，用演讲似的腔调说道：

“近几年来，本人从美学的角度对这种鼻子进行过研究。我愿在此披露一二，烦请二位聆听。”

这话题也太突然了。主人茫然地看着迷亭，没有吭声。

寒月小声地说道：“愿闻其详。”

“我查过各种资料，但仍然没弄清楚鼻子的起源。首先让人感到疑惑的是——假定鼻子是一种实用器官，那么只需要有两个鼻孔就足够了，根本没必要像这样不可一世地在脸盘中间凸起。然而，如各位所见，它现在却凸起得越来越高了，这是为什么呢？”

说完，迷亭仿佛展示一般地捏着自己的鼻子。

“你的鼻子也不见得很高呀。”主人毫不客气地指出。

“反正也没有凹陷下去嘛。要是您二位把我的鼻子看成只是两个并排着的鼻孔，那就可能会产生误解，所以我才事先提醒注意。——据本人之愚见，鼻子变得如此发达，是我们人类擤鼻涕这个小动作的结果，日积月累，就会呈现出这么明显的现象。”

“果然是名副其实的愚见。”主人又插了一句短评。

“众所周知，我们在擤鼻涕的时候，一定会捏着鼻子。而经常捏鼻子、特别是只刺激这一部位的话，根据进化论的基本原则，这一部位为了适应这种刺激，就会变得异常发达，甚至与其他部位不成比例。这个部位的皮肤自然会变硬，肌肉也逐渐变硬，最终凝固成骨头。”

“你说得也太……肌肉总不至于随随便便就一下变成了骨头吧。”

寒月君不愧是理学学士，当即提出了反驳。迷亭却面不改色地继续说道：“嗯，你的怀疑也有道理。不过，事实胜于雄辩——你看，骨头就在这里呀，有什么办法呢？骨头已经形成了。而且，骨头形成之后还是会继续流鼻涕，既然流鼻涕那就不能不擤掉呀。在这个作用力下，鼻骨左右两侧被削下去了，中间的鼻梁就形成了又细又高的隆起。——这作用力真是可怕啊，犹如滴水穿石，犹如宾头颅[1]的脑袋自会发光，犹如奇香恶臭自然形成一般，最后鼻子就变成了现在这个挺拔而坚硬的样子。”

“可是你的鼻子却胖乎乎的呀。”

“说到演讲者自己的身体部位，难免会有自我包庇之嫌，所以在此不做论述。至于金田家那位母亲大人的鼻子嘛，我倒是想把它当作最发达、最伟大的天下珍品介绍给二位。”

寒月君不由得“哎哟”地发出惊叹声。

“不过，事物若到达极限的话，固然很壮观，但却未免有些可怕，让人敬而远之。她的鼻梁正是如此，虽然出类拔萃无疑，但却过

1 十六罗汉之一。

于险峻了点儿。以古人苏格拉底[1]、哥尔德斯密斯[2]、萨克雷[3]为例，他们的鼻子从构造上来说虽然并不完美，但正因为不完美，才显得和蔼可亲。正所谓‘鼻子不以高为贵，而以奇为贵’，就是这个道理。而且，俗话说‘与其要鼻子，不如要丸子’[4]，所以就审美价值而言，我迷亭的鼻子还是比较合适的。”

寒月和主人都“嘿嘿嘿”地笑出声。迷亭自己也快活地笑了起来。

“闲话休提，言归正传……”

“先生，‘言归正传’是说书人的腔调，略嫌低俗。还是不用为好吧。”

寒月君算是报了前几天的一箭之仇。

“既然如此，那就让我洗把脸重新出场吧。嗯……现在我稍微谈一下鼻子和脸部的协调问题。如果不考虑其他部位，而单论鼻子的话，那位母亲大人的鼻子到哪里都拿得出手，即使拿到鞍马山[5]展览会上也能荣获一等奖吧。但可悲的是，那鼻子并没有事先和眼睛、嘴巴等诸位先生商量过就擅自长成了这样。就好比说，虽然尤里乌斯·恺撒[6]的鼻子很漂亮，但如果用剪刀把他的鼻子‘喀嚓’一声剪下来，安装到你家这只猫的脸上，那会是什么样子呢？——恺撒英雄的鼻子高耸在狭窄的猫脸上，就好像把奈良大佛搁到围棋盘上一样，比例失调之至，自然也会损害其美学价值。那位母亲大人的鼻子无疑像恺撒的鼻子一样，英姿飒爽，端正挺拔。可是，她那鼻子周围的脸部条件又如何呢？——当然，还不至于像你家的猫儿那么差。不过，说实话，

1 苏格拉底（公元前470—前399），古希腊哲学家。

2 哥尔德斯密斯（1730—1774），英国小说家、诗人、戏剧家。

3 萨克雷（1811—1863），英国小说家。

4 在日语中，“鼻”与“花”发音相同。此处化用了日本谚语“与其要花，不如要丸子”（意为舍华求实）。

5 位于京都市北部，传说中长着长鼻子的怪物“鞍马天狗”即栖息于此。

6 尤里乌斯·恺撒（公元前100—前44），古罗马的将军、政治家。

她的脸就像患羊角风的胖女人一样，八字眉毛，吊梢细眼。这张脸上白长了这么个鼻子，各位难道不为此而感到惋惜吗？”

迷亭稍打住了话头。这时，从屋后传来说话声：“他们还在聊鼻子呢，真是老顽固。”

“那是车夫老婆。”主人告诉迷亭。

迷亭又继续开始他的演讲。

“真没想到，屋后竟然出现了异性旁听者。作为演讲者，我深感荣幸。特别是她那婉转娇媚的声音，为我这枯燥乏味的演讲平添了几分香艳之感，令人喜出望外。我本来想尽量说得通俗一些，以不辜负佳人淑女之眷顾，但接下来要稍微涉及到力学上的问题，女士们可能会觉得比较难懂，还请忍耐一下。”

听到“力学”二字，寒月君不由得嘿嘿一笑。

“我想证明的是，这个鼻子和这张脸是不协调的，是违反了蔡辛[1]的黄金分割律的。我会严格运用力学公式，向各位进行演示。首先，用H表示鼻子的高度；α表示鼻子和脸部平面相交形成的角度；W嘛，当然表示鼻子的重量。怎么样，大概能听懂吧……”

“怎么可能听得懂嘛。”主人说道。

“寒月君，你呢？”

“我也不太懂呀。”

“这就麻烦咯。苦沙弥不懂倒也罢了，你是理学学士，我还以为你听得懂呢。这个公式是演讲的核心部分，如果省略掉的话，之前的铺垫就毫无意义啦。不过听不懂也没办法，那就只好省略掉这个公式，只讲结论吧。”

“还有结论？”主人惊讶地问道。

“当然。没有结论的演讲，就好比最后不上甜品的西餐一样。好

1　蔡辛（1810—1876），德国美学家。

啦，请二位仔细听着，接下来要讲结论啦。在上述公式的基础上，再参考菲尔绍[1]、魏斯曼[2]等诸家学说进行考察，可以得出结论：首先，必须承认先天性的形体遗传是存在的。而且，伴随这种形体而产生的心理状态在某种程度上也是必然的结果，即便主流学说认为后天性是不会遗传的。因此，如果某人拥有一个与身份不相称的鼻子，那么她所生的孩子的鼻子应该也是异常的。寒月君年纪尚轻，也许不觉得金田小姐的鼻子构造有什么异常。但这种遗传的潜伏期很长，说不定什么时候就会随着气候剧变而突然发作，一下变得和母亲大人的鼻子一样膨胀起来。因此，根据我迷亭的论证，这门婚事还是趁早放弃比较稳妥。关于这一点，苦沙弥主人自不必说，就连躺在那儿的猫怪也不会有异议吧。”

主人这时才坐起身来，表示强烈赞同：“那是当然。这种人的女儿，谁会要呢！寒月君，你可不能娶她哟。”

为了略表赞同之意，我也“喵喵”地叫了两声。

听了大家的话，寒月君不急不躁地说道：“既然两位先生意下如此，那我放弃也无所谓。不过，如果对方因此而忧心成疾，那就是我的罪过了……”

“哈哈哈哈……这可是艳罪[3]哩。”迷亭笑道。

主人却气鼓鼓地说道：“人家才不会这么傻呢。头一次上门就那样咄咄逼人，简直是太狂妄了！她女儿肯定也不是个省油的灯！”

这时，篱笆墙外又传来了三四个人的哈哈大笑声。

一个人说道：“真是个傲慢的糊涂虫！”

另一个人说道：“可能是想住大点儿的房子了吧。”

又有另一人大声说道：“这个可怜虫，再怎么嚣张也只是窝里横罢了！”

---

1 菲尔绍（1821—1902），德国病理学家、人类学家、政治家，细胞病理学说的创始人。

2 魏斯曼（1834—1914），德国生物学家，现代分子生物学的奠基人。

3 在日语中，“艳罪”与“冤罪”发音相同。

主人走到檐廊外，不甘示弱地扯起嗓门怒吼道：

“吵什么吵！还故意跑到我家墙根下来闹！”

“哈哈哈哈，savage tea！savage tea！[1]”外面的人异口同声地叫嚷着。

主人勃然大怒，猛地站起身来，拿着手杖冲到了大街上。

迷亭拍手说道：“真好玩，上呀！上呀！”

寒月则摆弄着他的礼服带子，一脸笑嘻嘻的。

我尾随主人，从篱笆墙的窟窿钻到大街上。只见主人茫然地拄着手杖站在路中间。街上连个人影都没有，真是活见鬼了。

---

1 前文提到，苦沙弥将“粗茶”误译成了“savage tea”。

第四章

我照例悄悄地溜进了金田家。

所谓“照例”，也无须再多解释了吧。这个词表示的频率相当于“屡次”的平方。有第一次就想第二次，有第二次就想第三次——这种好奇心其实并非人类所独有。我虽说是只猫儿，但生来就有这种心理特权了，这点还请大家务必认同。重复三次以后，就可以美其名曰“习惯”，并发展为生活中的必需行为——这点也和人类一样。为什么我要如此频繁地出入金田家呢？如果有人对此感到不解，那我倒要反问你们一句了：为什么人要把烟从嘴里吸进去然后又从鼻孔喷出来呢？烟既不能填饱肚子，又不能活络血脉，你们却毫不羞耻、肆无忌惮地吞云吐雾。既然如此，那对我频繁出入金田家的事，就请不要大声指责。因为金田家就是我的香烟。

另外，“悄悄地溜进”这种说法也不太恰当——让人感觉好像是小偷或奸夫似的，听起来很不光彩。我去金田家，虽然并不是应邀前往，但也绝不是为了偷一两块鲣鱼，也不是为了和那只眼睛鼻子都像痉挛似的挤到脸中间的哈巴狗君进行密谈。那么，是要去当侦探？——这简直太荒谬了。我向来觉得，在这世上，没有什么职业比当侦探和放高利贷更卑贱的了。没错，为了寒月君，我怀着猫族本不该有的侠义心，暗中窥探过金田家的动静。但仅仅是那一次而已。之后就再也没做过有愧于猫族良心的恶行了。——既然如此，为什么要用“悄悄地溜进”这种可疑的说法呢？——嘿，这其中可大有深意哩。本来，按我的想法，天空是为了覆盖万物而设，大地是为了承载万物而生。就算再喜欢抬杠的人，也无法否定这个事实。那么，为了制造出这个天空和大地，他们人类到底花费了多少劳力呢？其实根本没有半点功劳呀。那凭什么把这并非自己制造出来的东西据为己有呢？据为己有倒也罢了，但却没理由禁止别人出入呀。在这茫茫大地上自作聪明地修围墙、打木桩，划定此地归某某所有——这就好比在天空中划分地盘，然后宣告说这一块是我的天，那一块是你的天。如果可以把土地划分成块，按一平方米多少钱售卖其所有权的话，那么也可以把我们呼吸的空气切割成每立方尺进行零售啦。既然空气不能切割零售，天空无法划分地盘，那么土地的私有不也是不合理的吗？我作如是观，信如是法，所以哪里都去得。不想去的地方嘛，当然不会去；只要我想去的话，无论东南西北哪个方向，我都会气定神闲、慢条斯理地欣然前往。对于金田家嘛，自然也无须顾虑。——然而，猫族的可悲之处在于，就力气而言，我们根本不是人类的对手。既然身处于信奉“强权即公理”的人世中，无论我们猫族多有理，终究还是行不通的。如果非要贯彻自己的主张，那恐怕就会像车夫家的大黑一样，随时会在鱼店挨扁担。真理在我这边，而权力却在对方手里——这种时候，要么放弃真理，二话不说地屈从于对方；要么瞒过强权而坚持自己的真理。当然，我选择的是后者。为了不挨扁担，我不得不“悄悄地”行动；同时，我坚持认为进入别人家也无妨，所以我必须“进去”。——这就是我“悄悄地溜进”金田家的理由。

多次悄悄地溜进金田家之后，虽然我无意当侦探，不想了解金田家的情况，但它们却自然而然地映入我眼里；虽然我不想记住这些情形，但它们却在我脑海里留下了印象。这也是无可奈何之事。

比如说：鼻子夫人每次洗脸都会很认真地擦拭鼻子；富子小姐一吃起安倍川年糕[1]就停不下来；至于金田君本人嘛——金田君的鼻子是扁平的，跟他老婆很不般配。不光鼻子，他的整张脸都是扁平的，以至于让人怀疑：是不是他小时候跟别人打架，被调皮鬼抓住脖子狠狠地按到墙上，整张脸都被压扁了，而且一直保持到四十年后的今天。这张脸显得十分和蔼，面相并不凶，但总觉得有些单调，无论如何生气都还是一样平静。——这位金田君嘛，每次吃金枪鱼生鱼片时，都要啪啪地拍打着自己的秃脑袋。他不光脸是扁平的，个头也很矮，所以老是戴高帽子、穿高木屐。他的车夫觉得这事很可笑，便告诉了家中的寄宿生。寄宿生十分佩服，说道："真的呀，你观察得可真仔细。"……这些五花八门的事儿，简直说也说不完。

最近，我经常会先从侧门旁边横穿过院子，躲在假山背后观察对面。确定房门关着，没什么动静，这才慢慢地走进屋里；如果听到人声嘈杂，或者担心被客厅里的人看见时，则沿着水池边向东绕过去，从茅房旁边人不知鬼不觉地钻到檐廊下。我并没干过什么坏事，本来完全不必躲藏，也无须害怕。不过，考虑到人类如此蛮不讲理，万一碰上的话就只能自认倒霉了。如果这世上全都是熊坂长范[2]之流，那么无论如何德高望重的君子都会采取和我相同的态度吧。金田君是一位堂堂的实业家，当然不至于像熊坂长范那样抡起五尺三寸长的大刀，但据说他有个毛病——总是不把人当人看。既然不把人当人看，自然也不会把猫儿当猫看吧。可见，无论如何德高望重的猫儿，跑到他家里时都绝不可大意。然而，对我来说，"不可大意"却反而颇为有趣。我如此频繁地出入金田家，也许正是为了体验这种冒险的乐趣吧。关于这一点，等我考虑成熟、能够彻底地剖析猫的大脑之后，再向各位吹嘘一番。

1　一种烤过后外沾豆面粉的年糕，是静冈县安倍川地区的特产。

2　日本平安末期传说中的盗贼。

今天又是什么情况呢？我把下巴贴在假山的草地上，往前张望。只见那二十多平方米的客厅朝三月的春光敞开着，金田夫妇正和一位来客在里面谈话。不巧，鼻子夫人的鼻子正朝向这边，视线扫过池塘，盯在我的脑门上。这还是我生来头一次被她盯着看。幸而金田君与客人相对而坐，侧面向着我，只露出扁平的半边脸，却无法分辨鼻子在什么位置。不过，见他嘴边到处乱长着茂密的花白胡须，自然也不难得出结论：在那胡须上面，肯定有两个鼻孔。春风吹拂过这么扁平的脸盘时，肯定毫不费力吧——我不禁浮想联翩。

至于那位客人嘛，则是主客三人之中相貌最为普通的。正因为普通，所以也没什么值得特别介绍的地方。虽然“普通”听起来似乎也无妨，但普通到“登平凡之堂，入庸俗之室”的地步，也未免令人怜悯。这位带着如此枯燥乏味的面相降生于明治盛世的仁兄，究竟是什么人呢？我得照例钻到檐廊下听一听他们的谈话，否则就无从知晓了。

“……于是，我太太就特意跑到他家里去打听了一下情况……”金田君的语气仍然像往常一样傲慢。不过，傲慢归傲慢，却毫无严厉之感。他的话语就像他那张面孔一样，平淡乏味而大大咧咧。

“对呀，他教过水岛先生……对呀，这主意不错……对呀。”这位客人一口一个“对呀”。

“不过，打听了之后还是不得要领……”

“嗯，你问苦沙弥嘛，当然是不得要领的——以前和我住同一个宿舍时，他就是个稀里糊涂的家伙。真让您闹心啦。”客人转向鼻子夫人。

“那简直是太闹心了！我跟你说，我活到这把年纪，去别人家里还从来没有受过这种冷遇呢。”鼻子夫人又粗声粗气地叫嚷起来。

“他对您说了什么无礼的话吗？这家伙的性格一直都是这么顽固的——您看他十年如一日地当个英语教师，也就不难理解了吧。”客人巧妙地附和着。

“哼，真是岂有此理，无论我太太问他什么，他都摆出一副冷面孔……”

“那就太不像话了。总之嘛，人只要稍有点学问就容易翘尾巴，再加上穷，就会变得更犟啦。唉，这种蛮横无理的人，世上可多了去了。他们没有意识到自己没本事，却一味地顶撞有钱人——就好像人家搜刮走了他们的财产似的。真是太可怕了，哈哈哈哈……”客人一脸得意地说着。

“哼，太可恶了。就是因为不通世故、任意妄为，才会变成这样的。我想，最好是给他点颜色瞧瞧，以示惩戒。所以就让人去教训了他一下。”

“没错，这样他就会变得老实点儿吧。这也是为他好呀。”客人对金田君表示赞同，虽然还没听说是怎么个“教训”法。

“不过，铃木先生，你可不知道这家伙有多顽固啊。他回到学校里，和福地先生、津田先生他们什么都没说，还以为他服软了呢。没想到，前两天竟然还抡着手杖追打我们家那个无辜的寄宿生。三十好几的人了，哎呀，竟然还能干出这种糊涂事来。我看他也是破罐子破摔，神经不正常啦。”

“啊？这家伙为什么又这么胡来呢？”看来，连客人也觉得有些奇怪了。

“哎呀，那学生只不过在经过他家时说了些什么，于是，他就突然抡起手杖、光着脚冲出来。即便真的说了一两句什么话，人家也只是个孩子呀。你一个满脸胡楂儿的大老爷们儿，而且还是个教师呢，好意思吗！”

“是呀，毕竟是个教师嘛。”客人说道。

金田君也附和道：“毕竟是个教师嘛。”

看来，这三人都不约而同地得出了一致的观点：既然身为教师，无论受什么侮辱，也应当像木头人一样老老实实地待着才对。

“还有，那个叫迷亭的家伙也是神神叨叨的，满嘴胡说八道。我还是头一次碰见这样的怪人哩。”

“哦，您说那个迷亭呀，看来他还是老样子，整天吹牛。您也是在苦沙弥家里碰到他的吧？碰上这种人可就麻烦啦。以前我还曾和他一同搭伙吃饭，不过他总爱捉弄别人，所以没少跟他吵架哩。”

“碰上这个家伙，谁都会被惹怒的吧。其实，撒谎也不是不行——比如说，碍于情面的时候，或是不得不打圆场的时候，谁都会说些违心的话。可是，这个家伙本来可以不必撒谎的，却非要胡说八道一通，真让人没辙。真不知道他到底想干什么，非要这么睁着眼睛说瞎话不可。”

“可不是吗？这家伙撒谎完全是为了找乐子，真拿他没办法。”

“我专程上门去打听寒月先生的事，结果却被搅和得乱七八糟。真是气死我了……不过，礼节还是要讲的，到人家家里去打听事情，当然不好假装糊涂、没有任何表示吧。所以我后来还是让车夫送了一打啤酒过去。可是您猜怎么着？他竟然说：‘我没理由收这些东西，你拿回去！’车夫说：‘这是谢礼，请收下吧。’那家伙却说了句恶心人的话：‘果酱我倒是每天都吃的，但啤酒这种苦东西却从来不喝。’说完就走进屋里去了。你看他说的这叫什么话？简直太无礼了。”

“那是太过分啦。”客人这次似乎也真的觉得过分了。

“所以我今天特地把你请来。”金田君停顿了一会儿，接着说道，“对付那种白痴，本来偷偷捉弄一下也就算了，不过有个事儿稍有点难办……”

金田君一边说着，一边“啪啪”地拍着自己的秃脑袋，就跟他吃生鱼片时一样。其实，我正躲在檐廊下，根本看不见他是否真的在拍脑袋。不过，最近我对这个拍秃脑袋的声音已经听得很熟悉了，即使身处檐廊下，只要一听到声音，就能立刻分辨出是他在拍秃脑袋——

就像尼姑能分辨出敲木鱼的声音一样。

“所以想麻烦你一下……”

“不必客气，只要是我能做到的，请尽管吩咐。这次我能调到东京工作，正是多亏了您费心帮忙呀。”

客人爽快地答应了金田君的请求。听这说话语气，他似乎也是受到了金田君的关照。嘿，事情的发展变得越来越有意思啦。我本来是看着今天天气好，才随便出来溜达一圈，没想到竟然获得了这么重要的情报。就好比春分时节去寺庙上香，没想到却在住持房间里偶然吃到了牡丹饼[1]一样。我在檐廊下竖起耳朵，想听听金田君要拜托客人做什么。

“苦沙弥那个怪人，不知为什么会给水岛寒月出馊主意，暗示他不能娶金田家的女儿。喂，夫人，是这样吧？”

“什么暗示嘛，他明说：‘哪有人会娶那家伙的女儿呀。寒月君，你可绝不能娶哟。’”

“‘那家伙’？这也太无礼了。他竟然当面说了这么粗鲁的话吗？”

“什么当面说嘛，是车夫老婆特地来告诉我的。”

“铃木君，你都听到了吧，这家伙可真不省心。”

“真服了他。这种事可不比别的，外人怎么能乱插嘴呢？按说，苦沙弥应该也明白这个道理呀。这到底是怎么回事呢？”

“你和苦沙弥现在交情如何姑且不论，但听说学生时期你们曾住同一个宿舍，关系很要好，所以我才想拜托你来办这事——跟他见一面，讲清楚利害关系。他可能还在生闷气，但这本来就是他自己的错呀。只要他放老实些，我会好好关照他的，而且也不会再去骚扰他。但如果他不识相的话，也就别怪我不客气了。也就是说，他要是执迷

1 一种涂有红豆馅的糕点。日语中有个谚语叫“从架子上掉下牡丹饼”，表示“福从天降”之意。

不悟的话，最后吃亏的可是他自己哟。”

“嗯，您说得没错，愚蠢的顽抗只能使自己吃亏，没有任何益处。我会好好劝一下他的。”

“还有，来向我女儿提亲的人多得很，不见得非嫁给水岛寒月不可。不过，根据打听到的消息来看，他无论学问还是人品似乎都还不错。所以，你也可以若无其事地暗示他说：如果他本人用功，能在近期当上博士的话，那就有可能娶到我的女儿。”

“他听了这话，一定会深受鼓舞而发奋努力的。我这就跟他说。”

“还有，让人莫名其妙的是，水岛竟然把苦沙弥那个怪人称为‘老师’，而且什么都听他的，真闹心。这跟水岛的为人可不太相称啊。当然，话说回来，我女儿又不是非嫁给他不可，就算苦沙弥说些什么坏话、从中作梗，我都无所谓……”

“只是苦了水岛先生啊。”鼻子夫人插嘴说道。

“我没见过水岛这个人。不过，他要是能攀上这门亲的话，就意味着一辈子幸福，所以他本人肯定不会有什么异议。”

“嗯，水岛先生倒是很乐意的，就是苦沙弥、迷亭这些怪人老在说三道四而已。”

“这太不像话了，根本不像是受过教育之人的所为。我上门去找苦沙弥说说看。”

“哎呀，那就麻烦你啦。还有，关于水岛的情况，苦沙弥本来是最了解的。但我太太前几天上门去，却闹成这样，什么都没有打听出来。你这次去，希望能问清楚水岛的品行学问等情况。”

“明白。今天是星期六，我现在过去，估计他也在家里吧。不过，不知道他现在住在哪里？”

“从这前边向右拐，走到头，再往左走一百多米，看到快坍塌的黑色围墙，那家就是。”鼻子夫人说道。

“那就在这附近嘛。这好办。我回去时顺便走一趟。反正，一看门牌上的姓名就能找到的。”

“可他家门牌是时有时无的呀。可能他只是用饭粒把名片粘贴在门上，一下雨就掉了。然后到晴天又再贴上去。所以，还是别指望按门牌找啦。与其贴来贴去这么麻烦，不如挂个木牌也好嘛。真是个莫名其妙的家伙。”

“这么神奇啊！不过，听您说既然有一面快坍塌的黑色围墙，应该不难找到吧。”

“嗯，这么邋遢的房子，在这条街上仅此一家，一下就能找到的。噢，对了，如果这还找不到的话，我还有个好主意——找找看哪家房顶上长着杂草，那就准不会弄错了。”

“这房子挺有特色的嘛，哈哈哈哈……”

我得抢在铃木君大驾光临之前赶回去才行。他们的谈话，听这么多也就够了。于是，我顺着檐廊绕过茅房，拐向西边，从假山背后走到大路上，然后快步回到房顶上长着杂草的家里，若无其事地来到客厅外的檐廊上。

主人正趴在铺着白毛毯的檐廊上，任和煦的阳光晒着背部。阳光是格外公平的，即便是房顶上长着杂草的陋室，也像金田家的客厅一样，被晒得暖洋洋的。只可惜这条毛毯少了几分春意。当初，制造厂家是把它当作“白毛毯”织出来的，洋货店也是按“白毛毯”出售的，而且主人也是以“白毛毯”订购回来的——然而，毕竟是十二三年前的事了，这毛毯的“白色时代”早已过去，现在已经转入“深灰色时代”。至于它的寿命能否撑过这段时期，进入下一个“黑色时代”，则值得怀疑。即便是眼下，也因为已经磨损了无数次而变得经纬分明。所以，“毛毯”这一称谓难免有假冒之嫌，应该省去“毛”字，只称为“毯”，这样更为妥当。主人大概是以为：既然能用上一年、两年、五年、十年，那就能用一辈子吧。他也真是太乐观了。

刚才说到，主人正趴在这条来头不小的毛毯上。他究竟在干什么呢？——他双手托着下巴，右手手指夹着一根香烟，就这么待着。当然，他那满是头皮屑的头脑里，也许正像火焰车飞驰似的运转着什么宇宙真理。但从表面上，却根本看不出来他在想东西。

香烟的火逐渐向烟头逼近，一寸来长的烟灰“啪嗒”一声掉落到毛毯上。但主人却不为所动，仍然出神地凝视着烟雾升腾而去的方向。这烟雾在春风里浮浮沉沉，画出好几个流动的烟圈，向女主人刚洗过的披散着的乌黑头发飘去——哎呀，我应该先讲讲女主人的，忘了。

女主人把屁股对着主人——什么，竟然这么无礼？其实也不算无礼吧。是否无礼，要看双方怎么理解了。主人满不在乎地朝女主人的屁股托着下巴，而女主人也满不在乎地把她那庄重的屁股对着主人的脸，如此而已，根本不算什么无礼。这两个人结婚后，不到一年就已经摆脱了礼仪规矩的束缚，变得超然物外。——话说回来，女主人趁着今天天气晴好，把一尺多长的乌黑头发用海萝和生鸡蛋使劲搓洗过，然后炫耀似的把柔顺的头发从肩头披散到后背，一边默默地专心缝制小孩的无袖褂子。其实，她是为了吹干头发，才拿着薄毛呢坐垫和针线盒来到檐廊上，毕恭毕敬地把屁股对着主人的。要不然，也有可能是主人故意把脸对着屁股的方向。

我刚才提到的香烟烟雾，就在女主人那茂密的黑发间飘来飘去，仿佛是不合时宜的春季雾霭。主人全神贯注地凝望着。当然，烟雾不会停留在一个地方，它的性质就是要不断往上升的。所以，主人如果想一直追踪这烟雾和头发互相缠绕的奇观，就不得不移动视线。他的视线最开始是落在女主人的腰部，然后慢慢地沿着后背，从肩膀移到后脖颈，然后继续上移到头顶。这时，他不由得大吃一惊——曾有“白头偕老”之约的夫人，头顶正中间竟然有一大块圆形的斑秃，而且此刻正反射着温暖的阳光，闪闪发亮。在意外之处发现了这个不可思议的现象时，主人感到十分耀眼，同时又流露出惊奇的神色，不顾光线强烈而睁大眼睛认真地盯着看。

当主人看到这块斑秃时，首先浮现在脑海里的，是家中祖传的佛龛上摆放多年的那盏长明灯。他们一家信奉净土真宗。按净土真宗自古以来的惯例，信徒们经常会在佛龛上花费超出自己身份的钱财。主人还记得，小时候家中仓房里有个贴着色泽黯淡的厚金箔的佛龛，佛龛里总是挂着一个黄铜灯盏，而那灯盏即便在白天也点着微弱的灯火。因为周围光线昏暗，所以灯光显得比较明亮——这看过无数次的印象留在了幼小的心灵里。此刻，女主人头上的斑秃一下就唤起了他儿时的记忆。

然而，不到一分钟，这灯盏的印象就消失了。这次，他回想起观音堂的鸽子来。观音堂的鸽子和妻子的斑秃虽然看似毫不相干，但在他头脑里，这两者之间却有着密切的联系。同样是小时候的事——每次他去浅草时，一定会买些豆子喂鸽子。一碟豆子要两枚文久铜钱[1]，盛在红色的素陶碟子里。那碟子嘛，无论颜色还是大小，都酷似妻子头上的斑秃。

“果然很像啊！”主人赞叹道。

“什么很像？”女主人头也不回地问道。

“亏你还好意思问，你头顶上有一大块斑秃哟。你知道吗？”

“嗯。”女主人回答道，手上仍然没停下针线活儿。看样子，她并不害怕被人发现，真不愧是个超然物外的模范妻子。

“你这是嫁过来之前就秃的，还是结婚后才开始秃的呢？”主人问道。他心想：“如果是嫁过来之前就秃的话，那我就被你骗了。”当然，这话并没说出口。

“什么时候开始秃的，我也不记得啦。秃不秃又有什么所谓呢！”女主人似乎早已经大彻大悟。

1 “文久永宝”是江户末期流通的一种钱币。

“没所谓？那可是你自个儿的脑袋呀！”主人流露出几分愠怒。

“正因为是我自个儿的脑袋，所以才觉得无所谓嘛。”女主人嘴上说着，一边把右手放到头顶的斑秃上，骨碌碌地摸了一会儿，显然还是有点担心。“哎呀，又大多啦。我还真没想到会这样呢。”看来，她现在才意识到：相对于她的年龄来说，这块斑秃太大了。

“女人梳发髻时，要拉着这里的头发，所以谁都会变秃的呀。”她辩解道。

“如果大家都按这种速度秃顶的话，到四十岁时，岂不是全都变成光头了吗？这肯定是有病，说不定还会传染，还是趁早请甘木医生给看看吧！”主人一直不停地摸着自己的脑袋。

“你就知道说别人，你自己的鼻孔里不也长白毛了吗？既然斑秃会传染，那么白毛肯定也会传染呀。”女主人气鼓鼓地说道。

“鼻孔里的白毛又看不见，不碍事。可这头顶嘛——尤其是年轻女人的头顶，这么光秃秃的就太难看啦。简直就是残疾嘛。”

“既然说我残疾，那你为什么还要娶我呢？明明是你自愿娶我的，现在又说什么残疾……”

“当时我根本不知道呀，直到今天才发现的。你这么理直气壮，那为什么嫁过来的时候不先展示一下你的脑袋呢？”

“真是胡说八道！天底下哪有人会先检查脑袋，及格了才嫁过门的呢？”

“唉，秃顶也就忍了，但你又比别人矮，难看得要命。”

“身高不是一眼就能看出来的吗？当初你娶我的时候难道不知道我个子矮吗？”

“知道，我当然知道。不过我以为你还会继续长个儿，所以才娶你的。”

“都二十岁了，竟然还能长个儿？你真是太欺负人了。”女主人扔下手上的褂子，朝主人转过身——那架势仿佛在说：你要是乱答的话我就跟你没完。

“谁规定到二十岁就不长个儿的？当时我想着，等你嫁过来之后，多给你补充点营养，还是有希望再长高点儿的。”主人一本正经地阐述着奇妙的理论。正在这时，门口铃声大作，还有人在大声叫门。——看来，铃木君在房顶杂草的目标指引下，总算找到了苦沙弥的卧龙窟。

女主人把争吵之事暂且搁置，慌里慌张地抱起针线盒和褂子跑进了客厅。主人把那条已经变成深灰色的毛毯卷起来，扔进书房里。不一会儿，女佣送来名片。主人一看，略有点吃惊，说道：“请他进来吧。”随即就攥着那张名片走进茅房。我不知道他为什么要突然走进茅房。至于他为什么要把铃木藤十郎的名片也一起带进茅房里，那就更难解释了。总之，倒霉的是那张受命陪同前往臭烘烘的茅房的名片。

女佣把壁龛前的印花布坐垫重新摆放好，说了句：“请坐。”就退下了。铃木君环视室内——壁龛里挂着一幅写着“花开万国春”的木庵[1]书法赝品，还有插在京都出产的廉价青瓷花瓶里的寒樱……

打量了一番之后，一看女佣刚才摆好的坐垫，却见一只猫儿正气定神闲地坐在上面——不用说，那便是在下了。此时，铃木君虽然面不改色，但内心显然略有一丝波动。这个坐垫无疑是为他准备的。但他还没坐下，这只莫名其妙的动物却抢先蹲踞在上面，连声招呼也不打——这是破坏他心理平衡的第一个原因。

女佣摆好坐垫之后，如果一直空着任凭春风吹拂，铃木君为了表示谦恭之意，也许并不会立刻坐上去，而是在硬邦邦的榻榻米上委屈一下，直到主人请他入座为止。然而，迟早属于自己的坐垫，眼下却被这个家伙擅自占为己有——如果是个人，倒还可以忍让；但竟然是只猫儿，那就太不像话了。这让他觉得更加恼火。——这是破坏铃木

1 木庵性瑫（1611—1684），黄檗宗的禅僧，擅长书法。

君心理平衡的第二个原因。

最后，这只猫儿的态度尤其令他生气——它脸上没有丝毫歉意，而是傲慢地霸占着本来不属于它的坐垫，眨巴着冷冰冰、圆溜溜的眼睛，直视着铃木君的脸，仿佛在挑衅说："你这小子是谁呀？"——这是破坏铃木君心理平衡的第三个原因。

铃木君既然如此不满，其实完全可以揪住我脖子把我拉下来，但他却不动声色地看着我。按说，这么威风凛凛的人类，决不至于因为怕猫而不敢动手，为什么他不尽早处置我以发泄不满呢？——我觉得，这完全是出于他为了维持自己作为一个人的体面的自重心理。如果诉诸武力，那么三尺童子也可以随便把我倒着拎起来；但如果考虑到体面的话，这位铃木藤十郎尽管是金田君的得力助手，恐怕也拿我这个镇守在二尺见方的宝座上的猫大神毫无办法吧。虽然旁边没人看着，但和猫争座位毕竟有损人的威严。和猫正儿八经地争论是非曲直，这难免显得太幼稚、太滑稽了。为避免名誉受损，一点鸡毛蒜皮的小事就只能忍了吧。然而，正因为不得不忍，所以对猫儿的厌恶之情也就愈甚。他不时瞪我一眼，直皱眉头。看着他那愤愤不平的尊容，我感到十分滑稽，但还是尽量忍住笑意，装出若无其事的样子。

我和铃木君正表演着哑剧的当儿，主人整理好衣襟，从茅房走出来，"喂"地打了声招呼，便坐下来。他刚才拿在手里的名片已经无影无踪。看来"铃木藤十郎"的名字已经被判处了无期徒刑，永远被关在了茅房里。我正为名片遭此厄运而感慨时，突然主人大骂一声："这混蛋！"随即抓起我的脖颈皮毛，狠狠地把我摔到檐廊外面去。

"快请坐吧。稀客稀客。你什么时候来东京的？"

主人请老友坐到垫子上。铃木君把坐垫翻过来，坐了上去。

"太忙了，还没来得及告诉你——我最近已经调回东京总公司来了……"

"挺好嘛。好久不见啦，自从你调到外地之后，咱俩还是头一次见面吧？”

“嗯，差不多有十年了。哎呀，其实后来我还经常回来东京，但因为事情太多，所以一直都没有上门拜访。你可别生我的气哟。在公司里上班很忙的，跟你这教书的没法比。”

“十年没见，你变化不小呀。”

主人上下打量着铃木君。铃木君梳着整齐的分头，身穿英国制造的斜纹呢西装，系着气派的领带，胸前还佩戴着闪闪发光的金表链——怎么看都不像是苦沙弥君的老相识。

“嗯，现在连这种玩意儿都得一直戴着。”铃木君不时炫耀着自己的金表链。

“那是真家伙吗？”主人问了个不太礼貌的问题。

“是18K的哟。”铃木君笑着回答道，“你也上年纪啦。记得你好像有小孩了吧，就一个？”

“不是。”

“两个？”

“不是。”

“还有？那是有三个吗？”

“嗯，有三个。以后说不定还会再多生几个呢。”

“你还是老样子嘛，说起话来总是无忧无虑的。最大的几岁啦？应该不小了吧？”

“嗯，究竟几岁我也不太清楚，大概是六七岁吧。”

“哈哈哈，教书的这么清闲，真好。早知道我也去教书啦。”

“你试试看嘛，教个三天就该厌烦了。”

“不会吧。我觉得当老师既高雅又轻松，还有很多空闲时间，可以按自己兴趣做点学问，这不是挺好的吗？做个实业家当然也不错，不过像咱这样的可不行。要做实业家，就得做出人头地的那种；在下边混的那种嘛，还是得到处去拍马屁、喝酒应酬，实在是太窝囊啦。”

“我从读书那时起就特别讨厌实业家。他们为了赚钱，什么事都干得出来。用过去的话来说，无非就是‘小商贩’嘛。”主人当着实业家的面大放厥词。

“那倒不至于——不能这么一概而论吧。虽然是有点俗气，但如果没有决心与钱‘同生共死’的话，肯定是干不了这一行的……不过，钱确实是个棘手的东西——这是我刚从一位实业家那里听来的——他说：要赚钱的话，就得会运用‘三不原则’[1]才行——不讲道理，不讲人情，不要面子。这就是所谓的‘三不原则’啦。你看他说得多有趣啊，哈哈哈哈……”

“是哪个笨蛋说的？”

“什么笨蛋嘛，人家可聪明着呢，在实业界也小有名气。你不认识吗？他就住在前边街角处……”

“金田？哼，原来是那个家伙呀……”

“你何必这么生气呢？唉，他只不过是说句俏皮话，打个比方而已——意思是说，不那样做的话就赚不到钱。你要是这么较真的话，那就没劲啦。”

“‘三不原则’的玩笑倒也罢了。不过，他老婆的鼻子是怎么回事嘛！你既然去过他家，应该看到了吧，那个鼻子。”

“你是说他的夫人吗？他的夫人挺通情达理的呀。”

“鼻子！我是说她的那个大鼻子！前几天，我还作了一首关于那个鼻子的俳体诗呢。”

“俳体诗？什么来的？”

“你连俳体诗都不懂？那你也太落伍了吧。”

“哎呀，像我这么忙，根本就没有闲工夫去关心文学啦。更何

1 在日语中，“三不原则”与“三角函数”谐音。

况，我一向就不是什么风雅人士嘛。”

“你知道查理曼大帝[1]的鼻子长什么样吗？”

“哈哈哈哈，你真有闲情逸致啊。我哪里知道呀。”

“威灵顿公爵[2]被他的部下起了个绰号叫‘大鼻子’。这你知道吗？”

“你怎么回事，老是惦记着鼻子干吗？鼻子是圆的还是尖的，又有什么所谓呢？”

“当然有所谓了。你知道帕斯卡[3]吗？”

“又是‘你知道吗’，简直把我当成考生了嘛。帕斯卡又怎么啦？”

“帕斯卡说过这样的话……”

“什么话？”

“他说：‘如果克娄巴特拉[4]的鼻子稍微短一些的话，全世界就会因此而大变样。’”

“原来如此。”

“所以嘛，像你那样随便轻视鼻子是不行的。”

“唉，好吧，以后我重视它就是了。这话题先谈到这里吧。我今天上门来，是要跟你说个事——嗯……你以前教过的那个学生，叫水岛……嗯……叫水岛什么来着，一时想不起来了——就是经常来你家的那位呀……”

“你是说寒月吗？”

“对，对，寒月，就是寒月。我今天上门来，就是想打听一下他

1　查理曼大帝（公元742—814），法兰克国王。

2　威灵顿公爵（1769—1852），英国陆军元帅、英国首相。因指挥滑铁卢战役而闻名于世。

3　帕斯卡（1623—1662），法国数学家、物理学家、哲学家。

4　克娄巴特拉（公元前69—前30），古代埃及女王，以美貌著称。

的情况。”

“是关于他的婚姻大事吗？”

“嗯，差不多吧。今天我去金田家……”

“前几天，鼻子本人亲自来过了。”

“哦，金田夫人也说了。她说，本来想向苦沙弥先生详细打听一下，不巧却碰上迷亭也在，结果被他一搅和，什么都没打听成。”

“都怪她长着那样一个大鼻子嘛。”

“其实，她并没有责怪你。她的意思是说：因为那个迷亭君也在场，所以未能详细询问，颇为遗憾，想拜托我再来一趟，问个清楚。我以前可从来没有管过这种闲事。不过我想，只要当事人双方都愿意，那么我居中撮合一下，也绝不是什么坏事嘛——所以我才过来的。”

“你费心了。”

主人冷淡地回答道。不过，当他听到“当事人双方”这句话时，不知为什么，心中若有所动——感觉就好像在闷热的夏夜里突然有一丝凉风钻进袖口里似的。我家主人嘛，生来就是个说话直来直去、顽固不化的人。然而，他和那种冷酷无情的文明产物却自有区别——这点从他动不动就发火也能看出来。前几天，他和鼻子吵架是因为看对方不顺眼，但鼻子的女儿却是无辜的。主人一向讨厌实业家，所以对实业家的其中一分子——金田也确实没有好感，但不得不说这跟金田的女儿毫不相干。他与金田的女儿没有任何恩怨；对于寒月，他则视为比自己弟弟还亲的得意门生。如果正像铃木君所说，当事人彼此互相爱慕的话，自己即便间接地加以妨碍，也绝非君子所为——苦沙弥先生一向是以君子自居的。然而，问题的关键在于——当事人是否彼此互相爱慕。在这件事情上，自己若要改变态度，首先必须了解实际情况。

“你说，那个姑娘愿意嫁给寒月吗？金田和鼻子倒无所谓，关键是她本人是否愿意？”

“这个嘛，嗯……怎么说呢……看样子……应该是愿意的吧。”

铃木君支支吾吾地回答道。他原先想着只要打听到寒月的情况回去复命就行，所以并没有先问过金田小姐的意愿。一向处事圆滑老练的铃木君，此刻却显得有几分狼狈。

“‘应该’？你这也太模棱两可了吧。”无论什么事，主人都直言不讳，一吐为快。

“哎呀，怪我表达得不清楚。金田小姐肯定也是愿意的……不，她是绝对愿意的……啊？——金田夫人告诉我的哟，说她有时候会说寒月的坏话。”

“那个姑娘？”

“嗯。”

“真是岂有此理，竟然还说人坏话呢。这么看来，她恐怕对寒月没什么意思吧。”

“其实呀，世上无奇不有——自己喜欢那个人，有时就会故意说他的坏话哩。”

“世上哪有这样的傻瓜？”

如此微妙的情感，主人听了却无动于衷。

“这样的傻瓜，世上可多了去了。你还真没辙。金田夫人就是这么解释的——她女儿老是说寒月的坏话，说他像个稀里糊涂的笨蛋什么的——说明她心里还是喜欢寒月的。”

主人听了这个出乎意料的奇妙的解释，不由得目瞪口呆，像个街头算命先生似的直盯着铃木君的脸。铃木君见状，似乎预感到搞不好会把事情办砸，于是赶快转移到对方也能理解的话题上。

“喂，你想想就知道啦。人家那么有钱，长得又那么漂亮，想嫁个门当户对的也不难吧。寒月嘛，虽然也很有出息，不过从身份来说——不，说身份可能有些失礼——就从财产方面来说吧，不管让谁看，都是不太般配的吧。可是她父母竟然如此操心，还特地让我过来打听，这难道不是因为她本人对寒月有意吗？”

铃木君强词夺理地解释了一番。这次似乎总算把主人给说服了。见此情形，铃木君才放下心来，但随即又意识到：如果在这种地方徘徊不前的话，很可能又会遭到攻击，所以应该迅速推进话题，尽快完成使命，这才是万全之策。

“所以嘛，正如我刚才所说，他们并不在乎金钱和财产，而是希望对方具备一定的资格——所谓资格，比如说头衔吧——其实，他们并不是想故意摆架子说‘当上博士的话，把女儿嫁给你也未尝不可’……你可别误解。前几天金田夫人上门的时候，迷亭也在场，而且老是在胡说八道——当然，这不怪你。金田夫人还夸你来着，说你是个不会阿谀奉承的正直之人呢。全都怪迷亭君。——所以嘛，如果对方当上博士的话，金田家也会显得很有面子，在社会上能抬得起头。你说是不是这个理？那么，水岛君有没有打算在近期提交博士论文，获得博士学位呢？——其实呀，金田自己倒根本不在乎什么博士、学士的，只不过人言可畏，总得顾及一下体面，不能太敷衍了事。”

听铃木君这么一说，金田家对于博士头衔的要求似乎也合情合理。既然觉得合情合理，自然就想依言行事。看来，对主人的生杀予夺之权，已经完全掌控在铃木君手里了。主人果然是个单纯而正直的人。

“既然这样，那下次寒月过来的话，我就劝他写博士论文吧。不过，我得先盘问一下，看他本人是否愿意娶金田的女儿。”

“‘盘问’？喂，用这么死板的方式，会把事情搞砸的。最好的办法，还是在日常聊天时委婉地试探他的口风。”

“探口风？”

“嗯，‘探口风’这个说法也许不太合适。——其实，也不用怎么试探，只要跟他聊一聊，自然就会明白的。”

“你也许明白，但我不问个清楚就不明白呀。”

“不明白也无所谓。别像迷亭君那样多嘴多舌、故意捣乱就行了。即使不给寒月君撮合，由他本人做主也行。下次寒月君上门来的话，请尽量不要从中作梗——我不是说你，是说那个迷亭君哩。那家伙一打岔，就会把事情给搅黄了。”

铃木君指桑骂槐地说着迷亭的坏话时，没想到说曹操，曹操就到——迷亭先生又像往常一样从侧门随风飘然而至。

“咦，来了稀客呀。像我这样的熟客上门，苦沙弥总是多有怠慢。看来，到他家做客最好是十年一次才行。这点心可比平时高级多了。”

迷亭一边说着，一边大大咧咧地吃起藤村点心铺的羊羹来。铃木君显得有些忸忸怩怩。主人一脸笑嘻嘻的。迷亭吧唧吧唧地咀嚼着。——我从檐廊上看着这一瞬间的情景，心想：这简直就是一幕哑剧嘛。既然禅宗把无言的问答视为“以心传心”，那么这一幕哑剧显然也是“以心传心”了。这一幕虽然时间很短，但却扣人心弦。

“我本以为你要在外面漂泊一辈子呢，想不到又兜回来啦。看来，人还是要活长命些为好啊，因为说不定什么时候就会撞大运呢。”

迷亭对铃木君说起话来也毫无顾忌，跟对待我家主人的态度一个样。虽说过去曾经一同搭伙吃饭，但毕竟十年没见，按理说总该表现得客客气气的。然而，从迷亭的言行举止却根本看不出一点客气的意思，真不知道他是个神人还是个神经病。

“瞧你说的，我还不至于混得这么惨吧。”

铃木君不痛不痒地回答了一句，但却感觉有些忐忑不安似的，神经兮兮地摆弄着他那条金表链。

“喂，你坐过电车吗？”主人突然向铃木君提了个奇怪的问题。

“合着我今天是专程上门来被你们嘲笑的吧。别看我是个外地人，好歹也持有电车公司的六十股股票哟。”

“那可了不得啊。我曾经也持有八百八十八股半的，可惜的是大都被蛀虫吃掉了，现在只剩下半股。你要是早一点回东京的话，本来可以趁着还没被蛀虫吃掉，送给你十股的，真是太可惜啦。”

“你还是老样子嘛，说话这么损。不过，玩笑归玩笑，那些股票拿着是不会亏的，每年都在涨价呢。”

“没错，就算只有半股，等上个一千年，赚到的钱就足以盖三间仓库啦。在这方面，你我都是精明的当世奇才，但苦沙弥这种人就太惨啦。他一听说‘股票’，顶多只能联想到萝卜的兄弟而已[1]。”

说着，迷亭又拈起一块羊羹，朝主人看了一眼。主人也受到了迷亭的旺盛食欲的传染，不由得将手伸向点心盘子。在这世上，凡事积极主动的人，就有被别人模仿的权利。

“股票就算了，我倒是想让曾吕崎坐一回电车的。”主人惆怅地看着咬了半块的羊羹上的牙齿印。

“曾吕崎要是坐上电车，肯定每次都往品川区[2]跑。与其如此，倒不如做他的天然居士，死后被刻在腌咸菜的镇石上，也算功德圆满。”

“听说曾吕崎死了。真不幸啊。这么聪明的人，实在是太可惜了。”铃木君说道。

迷亭立刻接过话茬：“聪明是聪明，可厨艺太差了。每次轮到他煮饭时，我总是跑到街上，随便吃碗荞麦面对付过去。”

“真的，他煮的饭又糊又夹生，我也怕得很。而且，做菜也很糟糕，老是让人吃生豆腐，那么冷冰冰的，根本吃不下去。”铃木君也唤醒了十年前记忆深处的不满情绪。

1　在日语中，“股票”与“芜菁”这两个词发音相同。芜菁根部呈白色，形似萝卜。迷亭以此谐音词嘲笑苦沙弥不懂股票。

2　品川区是当时东京著名的红灯区。

“从那时起，苦沙弥就跟曾吕崎很要好，每天晚上都一起出去吃年糕小豆汤，结果现在报应来了——被慢性胃病折磨得够呛。说实话，苦沙弥吃得比曾吕崎多，按理说应该先死才对。”

“天底下哪有这样的道理？别净说我的年糕小豆汤了，还是说说你自己吧——你那时扬言说要运动，每天晚上拎着竹剑跑到屋后的坟场去，乱敲墓碑，结果不是被和尚捉住还挨了一顿臭骂吗？”主人也不甘示弱地揭迷亭的老底。

“哈哈哈哈，没错没错，那和尚好像还说什么‘乱敲佛头会妨碍亡灵安息，快住手’……不过，我只是用竹剑敲打，这位铃木将军就更野蛮了——他和墓碑玩相扑，把大大小小的三块都给推倒了呢。”

“当时，那和尚简直是气疯了，非让我把墓碑扶起来不可。我说：‘等我去雇人过来。’他说：‘不能雇人。为了表示忏悔之意，你必须自己把它扶起来。否则会违背佛祖旨意的。’”

“当时你可真是狼狈不堪啊——上身穿件细棉布衬衫，下身系着一条兜裆布，在雨后的水洼里嘿哟嘿哟地使劲……”

“而你呢，居然若无其事地在一旁写生，简直太过分了。我平时不爱发火，可当时我也觉得你这个人实在是太无礼了。你知道吗？我至今还记得你当时说过的话。”

“十年前说过的话，谁还记得呀？不过，我倒是还记得那块墓碑上刻着的字——归泉院殿黄鹤大居士安永五年辰正月。那块墓碑做得很古雅，我搬家的时候甚至还想把它偷走呢。它完全符合美学原理，具有哥特式建筑的风格。”迷亭又在信口开河地卖弄他的美学了。

“管那墓碑干什么呢，我说的是还记得你当时说过的话——你若无其事地说：‘我立志专门研究美学，所以要把天地之间的有趣之事尽量都画下来，以供将来参考。对于我这种专心做学问的人来说，不应该拘泥于什么同情啦，怜悯啦之类的私情。’我当时心想这家伙也太冷酷无情了，于是就用沾满泥巴的手撕烂了你的写生簿。”

“从那之后，我这棵绘画的好苗子就一蹶不振了。我的才气被你毁掉啦。所以我一直对你怀恨在心。”

“别瞎说。我才对你怀恨在心呢。”

“迷亭从那时起就爱吹牛了。”主人吃完羊羹，又加入到两人的谈话中，“这家伙从来不履行约定。别人责问他时，他就东拉西扯，绝不认错。那寺庙里的百日红盛开的时候，他说要在花落之前写出一本叫《美学原论》的著作来。我说：‘怎么可能？肯定写不出来。’迷亭却说：‘人不可貌相，别看我吊儿郎当的，其实是个意志坚定的人哟。你既然不相信，那我们就来打个赌吧。’我当真了，和他说好谁输了就到神田区请对方吃一顿西餐。我断定他写不出来才敢和他打赌，但其实心里有点儿害怕，因为我没钱请他吃西餐呀。而这位老兄嘛，则一直没动笔。七天过去了，二十天过去了，可他连一页都没写出来。终于等到百日红凋谢，花一朵也不剩了。然而，他却满不在乎。我以为这下能吃上西餐了，就催他履行约定。结果他却像没事人一般，根本不理我。”

“他准是又找到什么借口来推脱了吧。”铃木君插了一句。

“嗯，这家伙真是厚脸皮。我找他，他还嘴硬说：‘我虽然别无所长，但要说意志嘛，那是绝不会输给你们的。’”

“一页都没写出来，还好意思这么说？”这次是迷亭自己发话了。

“可不是吗？当时你是这么说的：‘就意志这一点而言，我绝不会输给任何人。但遗憾的是，我的记性却比别人差得多。我想写《美学原论》的意志很坚定，但跟你说过之后，第二天就忘掉啦。所以嘛，在花落之前没有写出书来，是记忆之罪，而非意志之罪。既然不是意志之罪，那我凭什么要请你吃西餐呢？’完全是一副盛气凌人的样子。”

“确实展现出了迷亭君独一无二的特色呀，真有意思。”不知为何，铃木君竟然听得饶有兴致，跟刚才迷亭不在场时的语气大相径庭。也许，这就是聪明人的特点吧。

“有什么意思嘛！”主人至今提起这事还余怒未消。

“真对不起。所以，为了表示补偿，我不是正在敲锣打鼓地到处寻找孔雀舌吗？哎呀，你不必这么生气，再耐心等一等吧。不过，提到写书，今天我可是带来了一则独家新闻哩。”

“你每次来都这么说。我可不上当。”

“不过，今天这可是真正的独家新闻哟，货真价实，如假包换。喂，你知道寒月已经在开始写博士论文了吗？我原以为，像他这种自命清高的人，应该不会为了俗气的博士论文而浪费工夫吧。没想到他还是凡心未了啊，真可笑。喂，你赶快去向那个鼻子汇报吧，说不定她最近每天都梦见橡子博士了呢。”

铃木君一听到寒月的名字，立即用下巴和眼神向主人暗示：“千万别说出来，千万别说出来！”但主人却根本不明白是什么意思。刚开始听了铃木的一番劝说时，他倒是对金田的女儿感到同情。可现在听到迷亭说起“鼻子”，顿时又想起前几天吵架的事。一想起这事，他既觉得滑稽，又觉得有些愤愤不平。不过，寒月已经开始写论文，这确实是个大喜讯——正如迷亭吹嘘的那样，是近日少有的“独家新闻”，而且还是令人欣喜的“独家新闻”。寒月娶不娶金田的女儿都无所谓，总之能当上博士就行。像自己这样朽木不可雕的木像白胚，被扔在佛像店的角落里长满蛀虫也毫不足惜；但对于精心制作而成的雕像，则是希望能为它早日涂上金箔的。

“寒月真的开始写论文了吗？”主人毫不理睬铃木的眼色，热心地问迷亭。

“你这家伙真是多疑。写当然是在写了，但至于他的论文题目是《论橡子》还是《上吊力学》，我就不清楚啦。反正寒月写的东西嘛，肯定会让鼻子感到汗颜的。”

迷亭毫无顾忌地把“鼻子”挂在嘴边。铃木每次听到，就流露出不安的神情。而迷亭并没有觉察到，所以仍然若无其事地往下说。

“后来，我又做了些关于鼻子的研究。前几天，我在《项狄的生平与见解》[1]这本书里发现了一段‘鼻子论’。金田老婆的鼻子要是让斯特恩看到的话，肯定会成为绝妙的素材。真可惜。本来她足够有资格使鼻名[2]永垂千载，但却这样被埋没了，真是可悲之极啊。下次她再过来的话，我一定给她画速写，以作为美学研究参考之用。”迷亭仍然信口开河地说个不停。

“不过，听说他家姑娘愿意嫁给寒月哟。”

主人把刚从铃木君那儿听到的消息说了出来。铃木君的脸上流露出“你别给我添乱”似的表情，并不断地给主人使眼色。然而，主人却像绝缘体似的浑然不觉。

“这倒奇怪了，那种人的女儿就算会谈情说爱，也不见得是真爱吧。顶多不过是鼻子之爱而已。”

“鼻子之爱也无所谓，寒月愿意娶她就行。”

“什么？寒月愿意娶她就行？前几天你不是还强烈反对的吗，今天怎么突然又妥协了？”

“没有妥协。我绝不会妥协的，不过……”

“不过，你好像有点不正常哦。喂，铃木，你好歹也算是个忝列末席的实业家，所以我有句话要说给你听听，供你参考。那个叫金田的家伙，居然想要高攀，想把他女儿嫁给旷世奇才水岛寒月——这两人简直就是门不当户不对。我们作为寒月的朋友，当然不能放任不管。你虽然是个实业家，想必也不会对此有异议吧。”

“你还是老样子，劲头十足的，不错嘛。跟十年前一模一样，真厉害呀！”铃木君使出一招四两拨千斤，想蒙混过去。

“既然你夸我厉害，那我就再展现一下我的博学吧——古希腊人

1　又名《项狄传》，是英国作家劳伦斯·斯特恩（1713—1768）的代表作之一。

2　在日语中，“鼻名”与“美名”发音相同。

非常重视体育，对所有比赛项目都采取各种奖励办法，悬赏重金。但奇怪的是，并没有任何对于学者的知识的奖赏记录。这至今仍令人百思不得其解。”

“确实是有点奇怪。”铃木君不停地附和着。

“直到两三天前，我在研究美学的时候，才突然发现其中缘由，一下子解开了困惑多年的疑团。犹如打破漆桶，茅塞顿开，臻于欢天喜地之境界。”

迷亭的用词未免太过夸张，就连擅长阿谀奉承的铃木君也流露出招架不住的神色。主人低着头，用象牙筷子叮叮当当地敲着果盘边缘，那意思似乎是说：又来这一套啦。只有迷亭得意洋洋地说个不停。

“到底是谁，能对这个矛盾现象进行明确解释，为我们解开千载之疑团，把我们从黑暗的深渊中拯救出来呢？就是那个被称为‘自有学问以来之最大学者’的古希腊哲学家——逍遥派的鼻祖亚里士多德呀。按照他的解释——喂，别敲果盘啦，好好听着——希腊人在体育比赛中所获得的奖赏，要比他们表演的技艺本身更加贵重。所以才能成为奖赏，成为奖励的手段。然而，对于知识呢？如果要对知识给予奖赏的话，就必须给予比知识更贵重的东西。可是，在这世上，难道还有比知识更贵重的宝物吗？当然是没有的。如果给予了不合适的奖赏，那只会损害知识的威严。他们领悟到：即便把金银财宝堆得像奥林匹斯山一样高，即便把克罗伊斯[1]的财产全部拿出来，也不配作为对知识的奖赏。从那之后，他们就决定干脆什么东西都不给啦。这下，你该明白无论多少黄金白银都配不上知识的道理了吧。明白这个道理之后，再来看现实中的问题。金田这家伙，不就是长了眼睛鼻子的钞票吗？说得精辟些，他只不过是一张活钞票而已。活钞票的女儿嘛，充其量也就是一张活邮票吧。反过来看看寒月——他荣幸地以第一名

1　公元前6世纪吕底亚王国的国王，因极其富有而闻名。

的成绩毕业于最高学府，而后也毫不懈怠，身挂祖辈征伐长州时期的礼服带子，夜以继日地研究橡子的稳定性问题。而且他还毫不自满，准备在近期发表一篇力压开尔文[1]的重要论文。虽然他曾在偶然经过吾妻桥时闹出过投河未遂的洋相，但这只是热血青年常见的冲动行为，丝毫不妨碍他成为大学问家。用我迷亭独家的比喻来评价的话——他简直就是活图书馆，是用知识揉捏而成的二十八厘米炮弹[2]。一旦时机成熟，这颗炮弹说不定……也许……不，是肯定会在学术界爆炸，然后嘛……”

说到这里，迷亭一时想不出他所谓的“迷亭独家”的形容词来，难免给人以虎头蛇尾之感。他稍迟疑了一下，立刻又接着说道：“而那种活邮票嘛，就算有成千上万，最终还不是被炸成粉碎？所以，寒月绝不能找这么不般配的女人。我反正是不同意的。这两人在一起嘛，简直就像百兽之中最聪明的大象和最贪婪的小猪结婚一样。苦沙弥君，你说对吧？”

迷亭直言不讳地说完之后，主人仍然默不作声地敲着果盘。铃木君显得有些沮丧，无可奈何地回答道：“也不见得吧。”

铃木君自知刚才已经说了迷亭很多坏话，如果此时再乱开口的话，说不定会被主人这个冒失鬼全部抖搂出来。不如随便敷衍一下，避开迷亭的锋芒，尽早脱身为妙。铃木君是个聪明人，他对此深有体会：在当今之世，应尽量避免不必要的反抗；而那些无用的口舌之争，不过是封建时代的遗物而已。人生目的不在于口舌之争，而在于实际行动。只要事情能按照自己的愿望发展下去，就能实现人生目的。如果无须辛苦、忧虑、争论而让事情顺利发展下去，就能“安乐式”地实现人生目的。铃木君毕业后就是凭着这种“安乐主义”取得了成功，凭着这种“安乐主义”挂上了金表，凭着这种“安乐主义”

1　开尔文（1824—1907），英国物理学家。

2　指在日俄战争的旅顺战役中发挥奇效的“二十八厘米榴弹炮”。

接受了金田夫妇的委托，而且同样是凭着这种“安乐主义”顺利地说服了苦沙弥君……然而，就在即将大功告成之际，突然半路杀出了迷亭这个超乎常规，甚至令人怀疑心理异常的怪人，这让他有些惊慌失措。发明“安乐主义”的，是明治时期的绅士；实行“安乐主义”的，是铃木藤十郎君；而此时因为这“安乐主义”而不知所措的，同样也是铃木藤十郎君。

“你根本不了解情况，所以才会事不关己地说什么‘也不见得吧’，才会这么寡言少语，故作清高。可要是你见到前几天鼻子上门时的情形，无论你如何偏袒实业家，肯定也会受不了的。喂，苦沙弥君，你上次不是和那家伙激战过一番吗？”

“是呀，不过即便如此，人家对我的评价还是比你好哦。”

“哈哈哈哈……你倒是很有自信嘛。否则，就不可能被学生和教师们嘲笑说‘savage tea’还厚着脸皮回学校去啦。若论意志力，我自认为不比别人差，但却没你这么厚脸皮。实在是甘拜下风啊。”

“那些学生和教师随便嘀咕几句，又有什么可怕的？比方说圣伯夫[1]吧，虽然是古今独步的评论家，但他在巴黎大学讲课时的评价也很差。他为了防备学生攻击，每次外出时都会在袖口揣把匕首，作为防身武器。而布吕纳介[2]在巴黎大学攻击左拉[3]的小说时……”

“可是，你根本不是什么大学教师，而仅仅是个教《英语读本》的老师罢了。你引用这些大学者为例，简直就像小鱼儿把自己比喻成大鲸鱼一样。要是传出去的话，又该被别人嘲笑喽。”

“你给我闭嘴。圣伯夫也罢，我也罢，同样都是学者嘛。”

“真是高见啊。不过，揣把匕首出门太危险了，还是不要模仿为妙。既然大学教师揣着匕首，那么教《英语读本》的老师嘛，揣把小

1　圣伯夫（1804—1869），法国文艺评论家、诗人。

2　布吕纳介（1849—1906），法国文学评论家。

3　左拉（1840—1902），法国自然主义小说家。

刀也就够啦。不过，刀具毕竟是危险之物，不如到商业街去买把玩具气枪，背在身上招摇过市，这样看起来更可爱些。喂，铃木君，你说对吧？”

迷亭这么东拉西扯的，话题早就偏离了金田事件。铃木君这才松了一口气，说道：

“你还是那么直率呀，真让人开心。时隔十年又重聚，感觉就好像从狭窄的小巷子来到广阔的原野似的。而我平时跟同行之间谈话时，就得小心翼翼的，无论说什么都得留个心眼，整天提心吊胆、一本正经的，实在是太痛苦了。不用怕说错话，这样才好嘛。特别是和老同学聊天最轻松自在，无拘无束的，真好。哎呀，今天想不到会碰到迷亭君，真开心。我还有点事，先失陪啦。”

铃木君正要起身时，迷亭也说道：“我也得走了。我现在要去一趟日本桥的演艺矫风会[1]，可以陪你走一段。”

“那太好啦。难得有这机会，一起散散步吧。”

说完，两人携手而去。

1　1888年成立的戏剧改良团体。

第五章

一天二十四小时发生的事情，如果想要毫无遗漏地写下来，再从头到尾读一遍的话，至少也得花上二十四小时吧。尽管我大力提倡“写生文”，但也不得不承认，这是我们猫儿所无法企及的本领。所以，虽然我家主人一整天都有许多值得详细描述的奇言奇行，但我却没有能力和耐心把它们逐一向读者汇报，这实在是遗憾至极。遗憾归遗憾，却也无可奈何。毕竟，猫儿也是需要休息的。

铃木君和迷亭君走后，四周变得安静下来，就好像寒风突然停住，雪寂静无声地飘落的夜晚一般。主人照例又躲进书房里。主人家的孩子们在十平方米大小的房间里并枕入睡。隔着两三米宽的隔扇，在朝南的房间里，女主人正躺着给不满三岁的绵子喂奶。淡云蔽空的早春时节，太阳匆匆落山，街上行人走过的木屐声清晰地传到了客厅里。邻街旅馆传来一阵断断续续的明笛[1]吹奏声，隐约刺激着我那昏昏欲睡的耳根。外面大概已经夜色朦胧了吧。晚餐时，我把碗里的鱼肉山芋饼汤吃了个精光。吃饱肚子，接下来就得好好休息一下了。

我偶然听说过，世上有人会以“猫叫春”为题来写俳句[2]。在他

1　由中国传入日本的六孔横笛。因用于演奏明乐而得名。

2　在日本俳句中，“猫の恋”（猫叫春）可作为春天的季语来使用。

们的笔下，每到早春时节，街上的猫族们就夜不能眠，四处游荡……不过，我还从没体验过这样的心理变化。说起来，恋爱原本是宇宙之活力所在。上至天神朱庇特，下至泥土中的蚯蚓、蝼蛄，无不为之痴迷——这是世间万物的本性。理所当然地，我们这些猫儿也会产生朦胧的欢喜之情，产生蠢蠢欲动的风流之心。回想起来，我也曾对小花朝思暮想。甚至连倡导“三不原则”的金田君的女儿——整天吃安倍川年糕的富子小姐，据说也曾对寒月君产生爱慕之情。所以，在这千金一刻的春宵之际，全天下的雄猫雌猫到处骚然乱跑之时，我并不认为它们是自寻烦恼，也没有丝毫蔑视的意思。但无奈的是，虽然诱惑甚多，我却没有春心萌动之感。眼下，我只想好好休息。睡意这么浓，当然没法谈情说爱啦。我慢悠悠地绕到小孩子们的床铺边上，舒舒服服地睡着了……

睁开眼时，却见主人不知何时已从书房来到卧室，钻进女主人旁边的被窝里。主人有个习惯——每次睡觉时都一定会从书房带一本小小的外文书过来，但他躺下后却从来没有读上过两页。有时甚至只是把书拿来放在枕边，连翻都没翻就睡着了。既然一行都不读，那又何必特意拿过来呢？不过，这正是我家主人的特色。不管夫人怎么嘲笑他、劝阻他，他都坚决不听，每天晚上还是不辞劳苦地把根本不看的书拿到卧室里来。有时还贪心地抱来三四本。前几天，他甚至还把《韦氏大辞典》抱了过来。我想，主人显然是落下病了，就像那些过分讲究的人，如果听不到龙文堂铁壶的松涛声[1]就无法入睡一样——主人则是不把书放在枕边就无法入睡吧。由此可见，对于主人来说，书不是用来读的，而是一种催眠工具，是一种印刷而成的安眠药。

今晚主人也带了本什么书过来吧？我定睛一看，只见主人的髭须旁边半摊开着一本薄薄的红色书。他左手大拇指还夹在书中——从这

1　龙文堂是制作铁壶的店铺名称。松涛声用来比喻铁壶中的水煮沸的声音。

点推测，他今晚应该破天荒地读了五六行吧。红色书旁边，那块镀镍怀表在春夜里散发出不合时宜的寒光。

女主人喂完奶就放开孩子了——大概相距一尺多远。她正张开嘴巴打着呼噜，脑袋也离开了枕头。要说人类什么样子最难看，我觉得要数张开嘴巴呼呼大睡最不体面了。我们猫儿一辈子也不会这么丢丑。本来嘛，嘴巴是为了发声，而鼻子是为了呼吸空气的器官。当然，如果往北方去的话，人会比较懒惰，尽量少开口，结果变成只用鼻子说话，听起来瓮声瓮气的。但如果把鼻子闭塞住，用嘴巴进行呼吸，那会比瓮声瓮气更不体面。先不说别的，万一从天花板掉下颗老鼠屎来，那该多危险啊。

再看看小孩子们，睡相也很狼狈，丝毫不亚于她们的父母。姐姐俊子伸出右手臂，搁在妹妹的耳朵上，似乎在声明说这是姐姐的权利。妹妹澄子嘛，则把一条腿压在了姐姐的肚子上，以表示还击。跟刚睡下时的姿势相比，姐妹俩都至少转了九十度。而且，两人就一直保持着这么别扭的姿势呼呼大睡，并没有半句怨言。

春夜的灯火果然很特别。它闪现于眼前这天真烂漫而又缺乏情趣的景象之中，散发出优雅的光芒，仿佛在劝人们要珍惜良宵。现在是几点了呢？我环视室内——四周一片寂静，只听到挂钟的嘀嗒声、女主人的呼噜声以及远处传来的女佣的磨牙声。当听到别人说自己睡觉磨牙时，这个女佣总是矢口否认：“从我生下来到今天，就不记得自己磨过牙。”她从来不肯说句“我会改的”或“对不起”，而只是一口咬定“不记得自己磨过牙”。既然是睡梦中的磨牙，她当然是“不记得”的。但“不记得”归“不记得”，事实毕竟存在，真拿她没办法。世上有些人，明明做了坏事，却始终以为自己是个好人。坚信自己无罪，才可以活得轻松自在。这倒也罢了。然而，无论他本人如何轻松自在，也不可否认给别人添麻烦的这一事实。像这样的绅士淑女们，应该是和这个女佣一脉相承的吧。

夜似乎已经很深了。

有人咚咚地敲了两下厨房的套窗防雨板。咦，深更半夜的，应该不会有人上门呀？可能又是老鼠吧。反正我是不捉老鼠的，随你去闹好了。——这时，又咚咚地响了两声。听起来不太像老鼠。即便是老鼠，那也是只警惕性很高的老鼠。主人家的老鼠嘛，就像主人学校里的学生一样，每天不分白天黑夜地专心训练捣乱之法，把骚扰可怜的主人之美梦当作天职，肯定不会跟你客气的。现在这肯定不是老鼠。前几天，有只老鼠闯入主人卧室，在他那低矮的鼻尖上咬了一口，然后扬长而去——如此英勇的老鼠，怎么会这么胆小呢？肯定不是老鼠。

这时，又听到套窗防雨板从下往上拉起时的“嘎吱”声。紧接着，纸门顺着沟槽缓缓地被拉开了。这就更不可能是老鼠了。是人！

这么深更半夜的，不打招呼就擅自开门大驾光临之人，肯定不会是迷亭先生或铃木君。有可能是久仰大名的梁上君子。如果是梁上君子的话，我倒想尽早一睹尊容。此刻，这位君子抬起他的大泥脚往厨房里走了两步。正要迈第三步的时候，好像绊到地窖盖板，发出“咕咚”一声，打破了黑夜的寂静。我顿时汗毛倒竖，感觉就像有人用鞋刷子在我脊背上逆着擦过一样。脚步声停了好一会儿。我看了看女主人，只见她仍然张开着嘴巴，尽情地呼吸着太平空气。而主人呢，拇指还夹在那本红色书里，大概正做着美梦吧。过了一会儿，厨房里传来了划火柴的声音。说是梁上君子，在黑夜里的视力看来还不如我嘛。他不了解室内情况，行动肯定不太方便。

我蹲在那儿心想：这位君子，是打算从厨房走向客厅，还是左拐经过大门口再进入书房呢？——拉门声响之后，脚步声随即向檐廊方向而去，最后进入了书房里。然后就再也没有发出什么动静了。

这时，我才想起应该赶快去叫醒主人夫妇。但要怎样才能叫醒他们呢？我一时不知所措，头脑里像水车一样飞速旋转，可就是想不出什么主意来。我想：不如叼住被角抖动一下？但试了两三次却毫不见效。我又想：或者把我那冰凉的鼻子在主人脸颊上蹭一下？可是，当我凑上前去时，睡梦中的主人却突然猛地伸出手，狠狠地打在我的鼻尖上。对于猫儿来说，鼻子也是要害部位。这一下疼得我要命。无奈之下，我想喵喵地叫上两声来吵醒他。可不知为何，我的喉咙偏偏在这时像被什么东西卡住了，无法尽情呼喊。好不容易才低沉地叫了一两声，倒把自己吓了一跳。然而，主人根本没有要转醒的迹象，反而突然传来那位君子的脚步声——从檐廊那边“咯吱咯吱”地逐渐逼近。终于来了。事到如今，我也没办法了，只得躲到隔扇和柳条箱之间，静观其变。

君子的脚步声来到卧室门前，突然停住了。他接下来会做什么呢？我屏住呼吸，全神贯注观察。——事后回想：捉老鼠时要是也有这种劲头，那可就不在话下啦。拜这位君子所赐，我才总算开窍一回，实在是太庆幸了。

这时，纸门第三道格子中间像被雨淋湿了似的开始变色。透过格纸，一个浅红色的东西渐变深色。纸很快破了，闪现出一条红色的舌头。不一会儿，舌头消失在黑暗中，随后出现在破洞后边的，是一个会发亮的可怕的东西——毫无疑问，正是那位君子的眼睛。奇怪的是，我觉得那只眼睛没看室内其他东西，而是盯着我这只躲在柳条箱背后的猫儿。尽管不到短短一分钟，但被那眼睛这么盯着的话，肯定会少活几年的。我忍无可忍，正要从柳条箱后面跳出来时，卧室纸门被轻轻拉开了——恭候多时的君子终于出现在我眼前。

按照通常的叙述顺序，我会深感荣幸地向各位介绍一下这位不速之客。但在介绍之前，我想略抒浅见，请各位斟酌。

古代的神是被尊为全知全能的。特别是基督教的上帝，直到二十世纪的今天，仍然戴着全知全能的面具。然而，俗人设想的“全知全能”，有时也可解释为“无知无能”。这种说法显然是一个悖论。可是能一语道破这个悖论的，自从开天辟地以来，却只有我一个吧。每念及此，我就会心生虚荣，觉得自己是个不同凡响的猫儿。所以，我一定要在这里阐明其中缘由，向高傲的人类灌输“不能小看猫族”的道理。

据说，天地万物都是上帝创造的。由此看来，人也是上帝创造的吧。据说，一本叫什么《圣经》的书里就有这样的明确记载。关于人类，人们自身经过几千年的不断观察，感到无比玄妙、不可思议，同时又越来越承认神是全知全能的——证据就是：世界上到处都是熙熙攘攘的人，但却没有两张面孔是完全一样的。当然，脸上都有五官，大小也差不多。换言之，他们都是用同一种材料做成的，结果却没有哪两个人一模一样。哎呀，一想到用这么简单的材料就能创造出千变万化的面孔，不由得对造物主的技艺深感佩服。如果没有创造性的想象力，是不可能做到这一点的。画家即使穷尽毕生精力，努力追求多种变化，但最多也只能画出十二三种面相而已。由此可见，上帝以一己之力创造人类，这确实是令人惊叹的非凡技艺，在人类社会中是无法看到的，所以称之为“全能”也并不过分。在这一点上，人类似乎对上帝无比敬畏。

确实，从人类的视角来说，这种敬畏也是情有可原的。可是，从猫儿的立场来说，这一事实反而可以用来证明上帝之无能。即使不能说毫无能耐，但也可以断定：上帝并不具有超过人类的能力。上帝给每个人都创造了不同的样子——可是，这到底是胸有成竹地表现出来的多样性，还是原本想把每个人都做成一模一样，结果全都搞砸了，才变成这样乱七八糟的呢？这根本说不清楚。

所以，人类的脸部构造，既可以认为是上帝造人成功的证据，也可以认为是创造失败的痕迹。既可以说上帝全能，也可以说上帝无能。

他们人类的双眼并排长在一个平面上，无法同时看到左右两边，所以进入他们视线里的只是片面的事物，这实在是太可怜了。换个视角来看就会发现，像这么简单的事实在人类社会中是昼夜不停地出现的。但由于他们本身头脑发热，被上帝所震慑，所以才执迷不悟。在创作中力求变化是很难的；而要做出一模一样的东西，同样也很困难。

比方说，要拉斐尔[1]画出两幅分毫不差的圣母像，和强迫他画出两幅截然不同的圣母像一样，都是个大难题。也许，要画出两幅完全相同的画反而更难一些吧。又比方说，请弘法大师[2]按照昨天的笔法分毫不差地写出“空海”二字，也许比让他完全改变字体更难吧。再比方说，人类使用的语言，完全是通过模仿来传承的。他们从母亲、保姆以及其他人那里学习实用性的语言时，只是按照自己所听到的进行重复，而根本没有别的想法。他们只是竭尽全力地模仿别人。然而，这种通过模仿而形成的语言，经过十年二十年之后，发音会自然而然地发生变化——这说明他们缺少完全模仿的能力。完全模仿是非常难的。

因此，如果上帝能把人制造成像一个模子刻印出来的面具似的，分辨不出谁是谁的话，那才更能证明上帝之全能。而像今天这样，随意制造出千差万别的面孔，使其暴露于阳光下，让人看得眼花缭乱——这反而成为了上帝无能的证据。

说到这里，我已经不记得为什么非得在这儿大发议论了。忘本逐末，连人类都经常犯这毛病，我们猫儿也就不奇怪了，还请各位见谅。总之，我在看见君子拉开卧室房门，突然现身于门槛上时，内心就自然而然地冒出了以上的感想。为什么会冒出这一番感想呢？既然说到“为什么”，那我现在就得重新再想一想。——嗯，理由如下：

虽然我平时经常怀疑上帝造人是其无能的表现，但当我看见这位悠然出现在眼前的君子时，内心的怀疑一下就打消了——因为这位君子的相貌竟然和我们那位亲爱的美男子水岛寒月君一模一样。

尽管我不认识几个小偷朋友，但我平时也会根据他们的恶行进行想象，在心里随意描绘他们的模样——鼻翼左右两边长着一文铜钱

1 拉斐尔（1483—1520），文艺复兴时期的意大利画家、建筑家。

2 弘法大师（公元774—835），即空海，日本真言宗创始人。亦擅长书法、诗文。

般的小眼睛，留着刺儿头。然而，心中所想和实际所见往往有天壤之别，千万不能胡乱猜想。

这位君子，其实长得身材高挑，皮肤黝黑，眉毛修长，器宇轩昂，年龄有二十六七岁——这简直就跟寒月君没两样嘛。上帝既然有本事制造出两个如此相似的面孔，那就绝不能再说他无能了。哎呀，说实话，这位君子这么酷似寒月君，让我吓了一跳，甚至以为是寒月君本人发了神经，大半夜的突然闯进家里来。唯一不同的是，君子的鼻子下方没有长着浅黑色的小胡子。所以我才意识到不是寒月君。寒月君是个相貌端正的美男子，是上帝精心制造的作品，足以吸引被迷亭称为“活邮票”的金田富子小姐。不过，眼前这位君子的相貌，对于金田女儿的吸引力应该也不逊色于寒月君。如果金田小姐是被寒月君的俊眉朗目所吸引的话，应该也会同样爱上这位梁上君子吧，否则就不符合情理。情理倒也罢了，至少不符合道理。她这么有才气，这么机灵，这种事难道还需要等别人提醒吗？由此看来，即使把寒月君替换成这位梁上君子，她必定也会奉献出全身心的爱，修成琴瑟相和之正果。即使寒月君在迷亭的劝阻下错过了这段千古良缘，这位君子也可以取而代之……我对事情的发展趋势预测到这里时，才总算为富子小姐放下心来。这位梁上君子存在于天地间，是富子小姐生活美满的基本条件之一。

君子的腋下夹着一件什么东西。我仔细一看，原来是主人刚才扔在书房里的那条旧毛毯。君子身穿条纹短褂，屁股上边系着一条蓝灰色的和服带子，膝盖下方露出白皙的小腿。他抬起一条腿，正要迈到榻榻米上面来。主人刚梦见手指被一本红色书夹住，这时突然翻了个身，大叫了一声：“寒月！”君子吓得扔下毛毯，同时把迈出的腿缩了回去。在房门的阴影中，可以看见两条细长的腿正微微抖动。主人迷迷糊糊地哼了几声，把那本红色书扔到一边，随即在黝黑的胳膊上像挠皮癣似的使劲挠了一会儿。然后才安静下来，脑袋滑下枕头，继续呼呼大睡。看来，他刚才大叫一声“寒月”完全是无意识的梦话。

君子站在檐廊上，窥伺着房里的动静。过不一会儿，他确定主人夫妇都在熟睡，便又抬起一条腿迈向榻榻米。这次也没听到主人呼叫“寒月”的声音了。不一会儿，他把另一条腿也踏到了榻榻米上。在一盏春灯的光照下，十平方米大小的卧室被君子的影子截然分成两块，从柳条箱到我头顶上的半边墙壁陷入了漆黑里。我扭头一看，只见君子的脸部黑影正在墙壁的三分之二高处模糊地晃动着。想不到美男子的影子也怪模怪样的，活像个八头芋怪物一般。君子俯视着女主人的睡脸，不知为什么露出了一丝微笑——连微笑都和寒月君如出一辙，这让我惊讶不已。

女主人的枕头旁边郑重其事地摆放着一个箱子。箱子用钉子封住了，底边四寸见方，长一尺五六寸。里面装着的山药，是住在肥前国唐津的多多良三平前几天从乡下寄回来的土特产。睡觉时把山药摆放在枕边，确实闻所未闻。但女主人从来就不考虑摆放位置是否合适的问题，她甚至还会把用来煮菜的精制白糖放进衣柜里。所以，对于她来说，别提山药了，就是把腌咸菜放在卧室里也无所谓吧。然而，这位梁上君子既非神仙，当然不知道女主人还有这样的习性。看见这箱子这么郑重其事地放在身边，断定为贵重物品也毫不奇怪。他抬起箱子掂量了一下，感觉分量沉甸甸的，正中下怀，于是流露出满意的神情。眼看着他就要把山药偷走——一想到这位美男子竟然要动手偷山药，我就突然觉得很可笑。不过，贸然发出声音的话会有危险，所以我只得强忍着不笑出声来。

不一会儿，君子开始毕恭毕敬地用那条旧毛毯把山药箱子包起来。然后环顾四周，寻找可以用来捆扎的东西。幸运的是，他发现了主人睡觉时解下放在一边的绉绸腰带。他用这条腰带把箱子捆得紧紧的，并轻而易举地背到背上。不过，这副模样可就没法讨女人喜欢啦。然后，他又把两件小孩的棉坎肩塞进一件主人的针织细筒短裤里。那细筒短裤的裤裆顿时变得圆鼓鼓的，活像青蛇吞下了一只青蛙似的——或者说，像即将临产的青蛇更贴切。反正，就是变得怪模怪样。你如果不信，尽可自己试试看。君子把那条细筒短裤骨碌碌地缠绕在脖子上。他接下来要做什么呢？——只见他把主人的纺绸大褂像包袱布一样铺开，然后把女主人的衣带、主人的外褂和汗衫以及其他零碎衣物整齐地叠好放进去。他的熟练和灵巧令我深感佩服。然后，他把女主人的衣带衬布和细腰带连接起来，用它把包裹系好后单手拎着。

他又环顾四周，看看还有什么可以拿的。这时，他发现主人头顶上方有一盒“朝日”牌香烟，于是就塞进了自己的袖口。但随即又拿出来，从中抽出一支，在油灯上点着了。他津津有味地深吸了一口，然后吐出来。烟雾环绕着乳白色的玻璃灯罩，还没散尽时，君子的脚步声就已经在檐廊外渐渐远去，最终消失了。而主人夫妇却仍然还在熟睡中。想不到人类竟然这么疏忽大意。

我也需要暂时休息一会儿了。像这样唠叨个没完的话，身体可吃不消。我好好地睡了一觉。睁开眼睛时，只见三月的天空一片晴朗，而主人夫妇正在厨房门口和警察说话。

“这么说来，小偷是从这里进来，然后绕到卧室里去的吧。你们当时正在睡觉，根本就没发现，是吧？”

“是的。”主人有些难为情。

“那么，小偷是在几点进来的呢？”

警察问了个不合理的问题。——如果知道小偷几点进来的话，自然也就不会被偷了。可是主人夫妇却没意识到这一点，还在不停地讨论这个问题。

“是几点呢？”

“嗯……几点呢？”女主人苦苦思索。她大概以为，只要想想就能得出答案。“你昨晚是几点睡的呀？”

“在你之后。”

"嗯，我比你早睡。"

"醒来时是几点呢？"

"大概七点半吧。"

"这么说来，小偷进来时是几点呢？"

"应该是在半夜里吧。"

"我当然知道是在半夜里。可我问的是几点钟呀。"

"确切的时间嘛，还得再仔细想想。不然怎么知道呢？"

女主人似乎还在打算继续思考下去。其实，警察提问只不过是走个形式而已。至于小偷什么时候进来的，根本就无关痛痒。随便说个时间就行，瞎说也无所谓。可这对夫妇却不得要领地在讨论个没完。警察显然有点不耐烦了，说道："也就是说，失窃时间不明，对吧？"

"嗯，也可以这么说吧。"

主人模棱两可的语气一如往常。而警察的脸上毫无笑意。

"既然这样，你得写一份书面的东西。这么写：'明治三十八年某月某日关好门户睡觉时，窃贼撬开某处套窗防雨板，潜入室内某处，偷走了哪几件物品。谨具诉状如上'。注意，不是'报告'，而是'诉状'。不用写抬头。"

"被盗的东西要一一写上吗？"

"嗯，要列出清单，写清楚被盗衣服几件，价值多少。——不用，我就算进屋里查看也于事无补呀。反正东西已经被偷走了嘛。"

警察漫不经心地说着，随即扬长而去。

主人把毛笔和砚台拿到客厅里，又把夫人叫到面前，说道："我现在写诉状。你把被偷走的东西一一说清楚。快说！"他的语气简直就像在跟人吵架。

"真讨厌，还'快说'呢。瞧你这凶巴巴的态度，我才不说呢。"女主人一屁股坐了下来。她的腰上只系着一根细带子。

“你怎么穿成这样？都快赶上旅馆里的陪酒女啦。为什么不系腰带呢？”

“你嫌这样不好，就给我买一条嘛。管他什么陪酒女不陪酒女的，腰带被偷走了，又有什么办法呢？”

“连腰带都给偷走了？这家伙也太过分啦。既然这样，那就先从腰带写起吧。是什么样的腰带？”

“你问‘什么样的腰带’？我哪里有这么多条腰带呀。不就是黑缎面、绉绸里子的那条双面腰带嘛。”

“黑缎面、绉绸里子的双面腰带一条——价值多少来着？”

“大概六元[1]吧。”

“你居然好意思系这么贵的腰带呀。下次买条一元五角的！”

“有这么便宜的吗？所以说，你这人太不近人情了。甭管老婆穿得多寒碜，只要自己过得舒坦就行。”

“唉，别说这些。还有什么被偷走了？”

“捻丝绸外褂一件。那是河野婶婶去世时留下的遗物，可比如今的捻丝绸质量好多了。”

“这些废话就别说了。价值多少？”

“十五元。”

“你竟然穿这么贵的外褂，也太不符合身份了。”

“你管得着吗？又不是你买的。”

“还有什么？”

“黑色布袜一双。”

“是你的？”

“你的。价值二角七分。”

“还有呢？”

1　文中的货币单位“元”一律指“日元”。

"山药一箱。"

"连山药也偷走了？他是想煮着吃，还是想捣成山药泥吃呢？"

"谁知道他想怎么吃呢。你去问小偷吧。"

"价值多少？"

"山药值多少钱，这我还真不知道。"

"那就写十二元五角吧。"

"简直是胡扯。就算是从唐津挖来的山药也不值十二元五角呀，怎么可能这么贵？"

"你刚才不是说你不知道山药多少钱吗？"

"我是不知道。但十二元五角也太离谱了吧。"

"又说不知道，又说十二元五角太离谱，你说话就是逻辑不通。所以我才说你是猪屎蛋丁·帕里奥洛格斯[1]嘛。"

"你说什么？"

"猪屎蛋丁·帕里奥洛格斯！"

"猪屎蛋丁·帕里奥洛格斯是什么意思？"

"别管什么意思啦。下一件呢——怎么还没提到我的衣服？"

"先别管什么下一件。你得先告诉我，猪屎蛋丁·帕里奥洛格斯是什么意思？"

"哪有什么意思嘛。"

"你就不能告诉我吗？就知道欺负人。肯定是看我不懂英语，故意用英语骂我。"

"别胡扯。快接着说下一件吧。不尽快写诉状的话，东西可就要不回来啦。"

"反正现在写诉状也太迟了。不如先告诉我猪屎蛋丁·帕里奥洛格斯是什么意思吧。"

---

1 君士坦丁·帕里奥洛格斯（1404—1453）是东罗马帝国的末代皇帝。此处，主人用谐音词"猪屎蛋丁"替换"君士坦丁"，以此暗骂自己老婆是笨蛋。

“真烦人。我不是说了没什么意思吗？”

“既然这样，那我也说完了。”

“你这人真犟。那随便你吧。我不给你写什么失窃诉状啦。”

“我也不告诉你被偷了什么东西。诉状是你自己要写的，又不是我求你写的。你不写就拉倒，我无所谓。”

“那就算了。”

主人一下站起身来，照例又回书房里去了。女主人回到客厅，在针线盒前坐下来。两人一动不动地坐着，默默地瞪着拉门。就这样足足过了十分钟。

这时，大门猛地被推开，多多良三平君走了进来——上次的山药就是他寄来的。这位多多良三平君当学生的时候曾寄宿在主人家里，现在已经从法科大学毕业，受雇于某公司的矿产部。他是铃木藤十郎君的后辈，堪称实业家的苗子。因为从前曾寄宿在这里，所以三平君和主人家的关系亲密无间，平时经常登门拜访，遇上星期天甚至会玩上一天才回去。

“师母，今天天气真好啊。”

穿着西装裤的三平君支着一条腿坐了下来，一边向女主人打招呼。他说话带有唐津一带的口音。

“哎呀，你来啦。”

“老师外出了吗？”

“没有，在书房里。”

“师母，老师这么用功，可对身体不好呀。难得过个周末嘛。您说对不对？”

“你跟我说没用，你自己跟他说吧。”

“这倒也是……”三平君话没说完，环视了一下客厅，问道：“咦，今天怎么没见到孩子们呀？”

话音刚落，俊子和澄子就从隔壁房间里跑了出来。

“多多良叔叔，今天带寿司来了吗？”

姐姐俊子还记得上次他答应过的事，一见面就开始追问。多多良君一边挠着头，一边招供说：“你记得这么清楚呀。今天忘了，下次一定带来。”

“真讨厌！”姐姐一说，妹妹也跟着说道：“真讨厌！”

女主人这时才消了气，脸上露出了微笑。

“寿司是忘带了。不过，上次不是寄了些山药过来吗？孩子们都吃了吧？”

“山药？什么来的？”姐姐一问，妹妹又跟着说道：“山药？什么来的？”

“还没吃呀？赶快让妈妈煮给你们吃嘛。唐津的山药和东京的可不一样，好吃着呢。”

三平君夸起家乡的土特产时，女主人这才反应过来，连忙说道：“谢谢你上次寄来的特产。”

“怎么样，吃过了吗？我怕山药折断了，特意订做了个箱子，塞得结结实实的。你们收到的时候，还是整条整条没断的吧？”

“可是，那箱山药昨晚被小偷偷走啦，辜负了你的好意。”

“被偷走了？这个笨蛋。居然有人这么喜欢山药吗？”三平君大为感慨。

“妈妈，昨天晚上家里进小偷了？”姐姐问道。

“嗯。”女主人轻轻地应了一声。

“小偷爬进来……嗯……小偷爬进来……小偷长什么样的呀？”这次是妹妹发问了。

面对这个奇怪的问题，女主人也不知该怎么回答，就搪塞了一句：“小偷长得很可怕。”说完看了多多良君一眼。

“很可怕，就是说长得像多多良叔叔这样子吗？”姐姐毫不留情地追问道。

“说什么呢？真没礼貌。”

“哈哈哈哈……我的样子有这么可怕吗？真伤心。”三平君挠着头说道。

他的后脑勺有块直径一寸大小的斑秃。这是一个月前开始出现的，看过医生了，但似乎不容易治好。此时，最先发觉这块斑秃的，正是俊子这位小姐姐。

“哎呀，多多良叔叔的脑袋也和妈妈一样发亮呢。”

“让你闭嘴，听到没有！”

“妈妈，昨天晚上的小偷的脑袋也发亮吗？”妹妹问道。

女主人和多多良君都不由得笑出声来。见孩子吵得大人们无法谈话，女主人说道：“你俩去院子里玩吧。过一会儿我拿好吃的给你们。”

总算把孩子赶走之后，女主人才认真地问多多良君：

“你的脑袋怎么回事？”

“被虫子蛀的，很难治好。师母，您也是吗？”

“哎呀，我才不是被虫子蛀的呢。我们女人梳发髻时拉到头发，所以都会有点儿秃的。”

“秃顶嘛，都是细菌引起的呀。”

“我这可不关细菌的事。”

“师母这么固执己见呀。”

“反正不关细菌的事。对了，‘秃头’用英语怎么说？”

“‘秃头’叫bald。”

“不，不是这个。还有个更长的说法吧？”

“您问一下老师，不就知道了吗？”

“就是因为他死活也不肯说，所以我才问你的呀。”

“我只知道bald这个词。您所说的很长的说法，是什么样的？”

“叫什么‘猪屎蛋丁·帕里奥洛格斯’。——‘猪屎蛋丁’是

‘秃’，‘帕里奥洛格斯’是‘头’，没错吧？”

“可能是吧。一会儿我去老师的书房给您查查《韦氏大字典》。对了，老师这个怪人呀，天气这么好却一直蹲在家里——师母，这样的话，他的胃病可好不了呀。您还是劝他去上野看看樱花吧。”

“你带他去吧。我们女人家说的话，他是从来不听的。”

“最近老师还吃果酱吗？”

“嗯，还是老样子。”

“前几天，老师还抱怨说：‘你师母说我一吃果酱就收不住，其实我觉得吃得并不多呀。准是她弄错了。’我想，肯定是师母您或孩子们也一起吃了吧……”

“哎呀，真讨厌，你凭什么这么说呢？”

“看表情就知道您也吃了呀。”

“表情怎么能看出来呢？”

“是看不出来——那么，您是一点儿都没吃咯？”

“多少还是要吃一点儿的嘛。自己家的东西，难道吃一点儿都不行？”

“哈哈哈哈……我想也是。不过，话说回来，家里进小偷可真是无妄之灾呀。只是偷走了山药吗？”

“要是只偷走了山药，那倒不用发愁。可现在是连日常衣物都给偷走啦。”

“眼下手头紧吗？又得借钱了吗？假如这只猫是条狗的话，该多好呀。太遗憾了。师母，您还是养一条大狗吧。猫就是没用，净知道吃……它偶尔也捉老鼠吗？”

“一只老鼠也没捉过。真是只不要脸的懒猫。”

“唉，这可不行呀。赶快把它扔了吧。要不就送给我，煮来吃掉算了。”

“哎呀，你吃猫肉？”

“吃过，猫肉可香哩。”

“你可真厉害。”

我以前就听说过，在下等寄宿生里，有些野蛮的家伙会吃猫肉。但却连做梦都没想到，平日待我不薄的多多良君竟然也是他们的同类。更何况，他已经不是寄宿生——虽然刚毕业不久，但怎么说也是一位堂堂的法学学士，是六井物产公司[1]的职员呀。这让我感到无比惊愕。“寒月二世”[2]的行为，已经验证了“遇人须防他是贼”这句格言；而今天托多多良君的福，我又领悟到了“遇人须防他食猫”的真理。

活在世上，就会明白事理。而明白事理嘛，虽然令人欣喜，但却感觉危险与日俱增，每天都不能放松警惕。无论变得狡猾、卑鄙，还是穿起表里不一的护身服，都是明白事理的结果。而明白事理嘛，则应归罪于年龄增长。所以说，老人里头没几个好人，大概就是这个道理吧。看来，我不如趁着年轻，在多多良君的锅里和洋葱一起升天成佛，这样也许才是上策。——我蜷缩在角落里胡思乱想时，刚才和夫人吵架之后躲进书房的主人，听到多多良君的说话声，就慢吞吞地从客厅走出来。

“老师，听说家里被偷东西了，怎么会这么笨呢？”多多良君开口就来了这么一句。

“进来偷东西的才笨呢。”主人一向以聪明人自居。

“进来偷东西的当然笨。不过，被偷的也不见得聪明吧。”

“莫非，像多多良君这样没东西可被偷的人才是最聪明的？”女主人这次倒是帮着主人说话。

“我看，最笨的还是这只猫吧。真不知道它在想什么，又不捉老鼠，家里进小偷又当作没看见……老师，要不您把这只猫送给我吧。这么白养着也没用。”

1　此处是以此调侃日本商社“三井物产公司”。

2　指那个长相酷似寒月的小偷。

“送给你也行。你要它来做什么？”

“煮了吃。”

主人听到这句残忍的话，只是发出了一声颇有胃病患者气质的可怕笑声，并没有回答。所以，多多良君也就没有再坚持说非吃不可。对我来说，这是意外的幸运了。主人随即换了个话题：“先别管什么猫了。我现在愁的是衣服被偷了，冷得要命。”

主人显出一副无精打采的样子。他当然会觉得冷——昨天还穿着两件棉衣呢，今天却只穿着夹袄和短袖衬衫，早上起来又没运动，只是一直呆坐着，不充足的血液完全供应给胃部了，导致手脚血液循环不畅。

“老师，像您这么一直教书还是不行啊。家里偶尔来个小偷，日子就过不下去啦。要不，您转变一下观念，当个实业家如何？”

“你的老师最讨厌实业家了，你说了也是白说。”

女主人从旁插了一句。她当然是希望自己丈夫成为实业家的。

“老师，您大学毕业多少年了？”

“今年是第九个年头了吧。”女主人回头看了主人一眼。主人既没说是，也没说不是。

“整整九年了，工资没涨，努力钻研学问也没人夸，简直就是‘郎君独寂寞’嘛。”多多良君念了一句初中时学过的诗句。女主人听不太懂，所以没敢搭话。

“教书嘛，我当然讨厌；不过，当实业家就更讨厌了。”主人似乎正在考虑自己究竟喜欢做什么。

“你的老师呀，什么都讨厌……”

“恐怕只对师母不讨厌吧？”多多良说了句与身份不符的玩笑话。

“这才是最讨厌的！”主人的回答简洁明了。

女主人把脸扭向一边，装作不屑的样子，但随即又转回来，一心想驳倒对方似的说道：“你连活着都觉得讨厌吧。”

“确实不太喜欢。”主人竟然满不在乎地回答道。这么一来，女主人也就无言以对了。

“老师，您得经常出去散散步才行，不然会熬坏身体的。——另外，还是当实业家为好，轻轻松松就能发大财。”

“可是你并没有发财呀。”

“师母，我去年才刚进的公司嘛。即便如此，我的存款也比老师要多呢。”

“你有多少存款？”女主人关切地问道。

“已经有五十元啦。”

“你的月薪是多少？”女主人又问道。

“三十元。我每个月拿出其中五元钱存到公司里，积攒起来，到需要的时候就能用上。——师母，您要不要拿些零用钱买外濠线电车公司的股票？过三四个月，就能翻倍。只要投点钱，马上就能赚个两三倍的。”

“要是有这点钱，也不至于来个小偷就愁得要死啦。”

“所以我才说最好要当实业家嘛。如果老师当初学的是法律，进公司或银行工作的话，那么现在每个月的收入都有三四百元了。多可惜呀。——老师，您认识那位名叫铃木藤十郎的工学学士吗？”

“嗯，昨天他来过了。”

“是吗？前几天我在某个宴会上碰见他时，提到了您。他说：‘原来你在苦沙弥君家里当过寄宿生呀。以前我也和苦沙弥君在小石川区的寺庙里一同搭伙吃饭呢。下次你见到他的话，替我问候一声。我最近也会去拜访他的。’”

“听说他最近调回东京了。”

“嗯，之前一直在九州的煤矿上工作，最近调回东京来了。他这人很不错，跟我说话，就像对待朋友一样热情。——老师，您知道他拿多少工资吗？”

“不知道。”

“月薪二百五十元，而且年中和年末还有两次分红，平均算下来，每个月能拿四五百元呢。像他这种人都能赚这么多，而老师您专门教《英语读本》，却是十年一狐裘[1]，真是太可笑啦。”

“确实可笑。”

像主人这样超脱的人，其实对于金钱的观念也与常人无异。不，应该这么说——也许正因为穷，所以对于金钱的渴望要比常人更加强烈吧。多多良君大肆鼓吹了一番实业家的好处之后，觉得已经没话可说，便转向女主人，问道：

“师母，有个叫作水岛寒月的人来拜访老师吗？”

“嗯，经常来。”

“这个人怎么样呢？”

“听说很有学问。”

“相貌英俊吗？”

“呵呵，跟你差不多吧。”

“真的吗？跟我差不多吗？”多多良君一本正经地问道。

“你怎么知道寒月的名字？”主人问道。

“前几天有人托我打听来着。他这个人值得我为他打听吗？”多多良君还没开始打听，就先摆出一副盛气凌人的架子来。

“他可比你有出息。”

“是吗？比我有出息？”多多良君既不笑也不生气，这正是他的特色。

“他最近能取得博士学位吗？”

“听说他正在写博士论文。”

“还写什么博士论文嘛，看来也是个傻瓜。我本来还以为是个多

1　语出《礼记·檀弓下》，说齐国宰相晏婴生活简朴，原句为“一狐裘三十年”。

了不起的人物呢。”

“你果然还是那么有见识呀。”女主人笑道。

“听那人说，寒月要是当上博士，就有人要把女儿嫁给他。我当即就回了一句：‘竟然有这样的傻瓜，为了娶人家的女儿而去当博士！把女儿嫁给这种傻瓜，还不如嫁给我呢。’”

“你跟谁说的？”

“就是托我打听寒月的那个人。”

“是铃木吗？”

“不是，对铃木我可不敢说这种大话。人家毕竟是个有钱人嘛。”

“你就是个窝里横。在我们家里神气活现的，一到铃木先生面前，立马就变得恭恭敬敬的啦。”

“嗯，不这样就会惹麻烦呀。”

“多多良君，出去散散步吧。”

主人突然发话了。他之所以破例地提出这么个建议，是因为身上只穿着一件夹袄，觉得太冷了，所以才想着出去运动一下，暖和暖和身体。而一向性格散漫的多多良君嘛，自然毫不犹豫地答应了。

“走吧。去上野公园如何？到芋坂去吃糯米团子吧？老师，您吃过那里的糯米团子吗？师母，您也去尝尝嘛，那里的团子又好吃又便宜，还有酒喝。”多多良君照例又东拉西扯地说了几句。其间，主人已经戴上帽子，走到门口穿鞋。

我也该休息一下了。至于主人和多多良君在上野公园做了什么、在芋坂吃了几盘糯米团子，这些琐事就没有必要去探究了，而且我也没有勇气跟踪他们。所以只能统统略过，趁此时间好好休息。

休息，是万物向上苍索取的正当权利。有义务生存于这个世界上的一切生物，为了履行生存的义务，是必须要休息的。假如上帝对我们说：“尔等降生于世，是为劳动，而非为睡眠也。”那么我就会这么回答：“诚如尊旨，在下为劳动而生，故亦乞求为劳动而休息。”

就连我家主人这种犟得如同会发牢骚的机器人似的家伙，不也要在星期天以外自己偷闲休息吗？更何况我如此多愁善感，日夜劳心劳神，尽管是只猫儿，也理应比主人需要更多的休息吧。

只不过，刚才多多良君把我痛骂一顿，说我是只会睡觉而别无所长的废物，未免使我感到有些郁闷。总之，那些只受物象驱使的俗人，除了受五感刺激之外就无所作为，所以他们在评价别人时也只看表面，令人无奈。在他们眼里，似乎认为不捋起衣袖、不出汗的就不算劳动。据说，有个叫达摩的和尚坐禅坐到双腿都腐烂了也不以为意，即使墙缝中爬出来的常春藤堵住了他的眼睛和嘴巴，他也纹丝不动。但他既没有入睡，也没有死去，他头脑里在不停地活动，思考着“廓然无圣”[1]之类的玄妙之理。

据说，儒家也讲究静坐之法——但并不是闭居室内悠闲地练习膝行，而是需要进行比常人旺盛得多的脑力活动。只不过，从外表上看显得极其沉静端庄，以至于天下的凡夫俗子都把这些高人看作是昏睡装死之庸人，称其为废物或饭桶，大加诽谤。

这些肉眼凡胎之辈，生来视觉就有缺陷——只见外形，不见内心。刚才那位多多良三平君嘛，既然是“只见外形，不见内心”的佼佼者，那么把我视如“干屎橛”[2]也不足为怪。但遗憾的是，连我家主人这种多少读过些古今书籍、稍谙事理的人，竟然也不假思索地对浅薄的三平君表示赞同，对“猫肉火锅”没有丝毫劝阻之意。

然而，退一步想，他们这么瞧不起我，也是情有可原的。自古以来，就有“大声不入于里耳”[3]“阳春白雪，和者盖寡”[4]之类的比

1 禅宗用语，出自《碧岩录》。表示到达顿悟的境地时，就没有圣人与凡俗的区别。

2 禅宗用语，原指拭净人粪之橛（即厕筹），佛家比喻至秽至贱之物。禅宗问答时，常以此打破凡夫之妄想执着，并使其开悟。

3 语出《庄子·天地篇》，意为高雅的音乐不被世俗欣赏。

4 语出宋玉《对楚王问》，意为高深难懂的歌曲，很少人能和唱。

喻。对于那些“只见外形”的人，如果非要逼迫他去看灵魂的光辉，就无异于要和尚束发，要金枪鱼演讲，要电车脱轨，要主人辞职，要三平君别惦记着金钱一样……这些都是强人所难之事。

然而，我们猫儿毕竟是具有社会性的动物。既然如此，无论我如何自命清高，都不得不在某种程度上与社会保持一致。主人夫妇、阿三、三平君之辈对我评价不公，虽然遗憾，但却无可奈何。如果他们不明就里、稀里糊涂地剥下我的皮卖给三弦琴店[1]，或者把我的肉切碎摆到多多良君的饭桌上，那就呜呼哀哉了。既然我降生于世时就注定是一只史无前例的、从事脑力活动的猫儿，那我的身体自然是十分金贵的。古语有云：“千金之子，坐不垂堂。”[2]如果我一心追求超然豪迈之宗旨，不惜以身犯险，那么不仅祸害自身，而且也违背天意。

猛虎被关进动物园，则与猪狗为邻；鸿雁被人捉住，则与鸡鸭同俎。我既然与庸人为伍，也就不得不降低身份，变成一只庸猫。既然要做一只庸猫，当然就得捉老鼠。——于是，我终于决定去捉老鼠了。

据说，前段时期日本和俄国打得不可开交。我既然是日本猫，当然支持日本。如果可能的话，我甚至想组织一支猫军团，到战场上狠狠地抓挠那些俄国兵呢。我既然如此斗志昂扬，那么想捉一两只老鼠的话，闭着眼睛也能捉到。

据说，从前有人问当时一位有名的禅师：“怎样才能顿悟呢？”禅师答道：“只需像猫捉老鼠那样就行。”他的意思是说，只要像猫捉老鼠那样做，就绝不会失手。有句谚语叫作“聪明女人难卖牛”[3]，但却从没听说过“聪明猫儿难捕鼠”。由此看来，我这只绝顶聪明的猫儿是不可能捉不到老鼠的。岂止能捉到，而且还是手到擒来呢。以

1 日本三弦琴是用猫皮所制成。

2 语出《史记》，意为家有千金的富人不坐在屋檐下，形容有钱人十分爱惜自己的性命。

3 日本谚语，意为有小聪明的女人往往只看到眼前利益而缺乏大局观，结果反而会把事情办砸。

前我一直没捉老鼠，无非是因为我不想捉而已。

春日又近黄昏，一如昨日。风乍起，飞雪似的落花从厨房拉门的破洞被吹进屋里，漂浮于木桶的水面上。在昏暗的厨房灯光下，看起来一片白花花的。

我决心今晚一定要立下赫赫战功，轰动全家。所以，我需要预先巡视战场，了解地形。战线当然并不长，大概也就是四张榻榻米大小吧。其中一张榻榻米大小的地方，半边用作洗碗池，半边用来接待酒菜摊档的伙计。灶台倒是相当气派，与寒碜的厨房很不相称。上面摆着一个闪闪发亮的赤色铜壶。灶台后面与壁板相隔两尺宽之处放有一个鲍鱼壳——这就是我的饭碗。靠近客厅的六尺宽的地方有一个摆放着杯盘碗碟的橱柜，把本来就狭小的厨房分隔得更加狭小。橱柜的高度和横摆着的储物架差不多，几乎贴到了一起。下面仰放着一个擂钵，擂钵里有个小桶，桶底正对着我。墙上并排挂着萝卜礤子和擂杵，还有个灭火罐悄然守候在旁边。从黑黝黝的房椽子交叉处垂下来一根吊钩，吊钩上挂着一个平底大竹篮。竹篮不时被风吹得晃晃悠悠。我刚来的时候不明白他们为什么要把这个竹篮挂在这里，后来才知道，他们是为了防止猫儿偷吃，才故意把食物放在竹篮里吊起来。这让我深深地感受到了人类的恶意。

接下来是制订作战计划。在什么地方和老鼠开战呢？当然是在老鼠出没的地方。尽管我占据了有利的地形，但独自这么守候着的话，这仗根本就打不起来。所以，这时候很有必要研究一下老鼠的出没之处。我站在厨房中间环视四周，看看他们会从哪里出来。此刻，我感觉自己仿佛变成了东乡大将[1]。

阿三去洗澡还没回来。孩子们早已入睡。主人在芋坂吃了糯米团子回来后，照例躲进了书房里。女主人嘛——我不知道女主人在干

1 东乡平八郎（1848—1934），日本海军大将、元帅。在日俄战争中，率领日本海军联合舰队大破俄国海军的波罗的海舰队，被日本人视为国民英雄。

什么，大概是在打瞌睡，做她的山药梦吧。门外时而有人力车经过。车声过后，周围更显冷清。无论是我的决心还是我的斗志，无论是厨房的光景还是四周的冷清气氛，都洋溢着一种悲壮之感。我越来越觉得，自己就是猫族里的东乡大将。一旦进入这种境界，无论谁都会在惶恐之中感受到某种快意。但我忽然发现，在这种快意背后还有一大隐忧。和老鼠开战是一早就下定决心的，不管来多少只我都无所畏惧。但若不弄清老鼠从哪里冒出来的话，就颇为被动。综合我周密观察所获得的情报来看，鼠贼有三条出现的路径：

如果是下水道里的老鼠，肯定会沿着管道从洗碗池绕到灶台后边去。要对付它们，我得藏在灭火罐后面，切断其退路。

又或许，它们会从排放洗澡水的那个石灰孔钻出来，绕过浴室，冷不防地跑进厨房里。如果是这种情况，我就得据守在锅盖上，等它来到我眼皮底下时，一跃而下，手到擒来。

然后，我又环视四周，发现橱柜门的右下角有个被咬成半月形的破洞——这里有为老鼠提供出入之便的嫌疑。我把鼻子凑上去闻了闻，果然闻到有老鼠味。如果老鼠从这里呐喊着冲出来，我就要躲在柱子后面，先放它过去，然后再从侧面突然袭击。

如果是从顶棚下来呢？我抬头仰望，只见顶棚被煤烟熏得黑黝黝的，在灯光的照射下，俨然就像把地狱倒挂在那里似的。凭我的本事嘛，既上不去，也下不来。我觉得老鼠应该不会从这么高的地方跳下来，所以决定解除对这个方向的戒备。

尽管如此，我还是有三面受敌的危险。如果只有一面，那我闭着眼睛也能手到擒来；如果有两面，我还是有信心对付它们；但如果三面受敌的话，就算是被人誉为天生捕鼠能手的猫儿，也束手无策了。可是，我又不愿去请车夫家的大黑来助阵，怕有损自己的威严。怎么办呢？怎么办呢？想来想去，我也没想出什么好主意。这种时候，认定“不会发生这种状况”，就是能让自己获得安心感的捷径。一筹莫展的时候，我们总会自我安慰说：“不会发生这种状况。”各位不妨看看世间之事——昨天娶的新娘，说不定今天就会死去，可是新郎却毫不担心，只是一个劲儿地说着“白头偕老”之类的吉利话。之所以不担心，倒不是因为不值得担心，而是因为再怎么担心也无济于事。我眼下也一样，虽然没有论据能推断说绝不会三面受敌，但认定不会发生这种状况，却能使我获得安心感。世间万物都需要安心感。我也需要。因此，我认定不会发生三面受敌的状况。

可即便如此，我还是觉得有点担心。为什么会这样呢？我仔细一想，总算是弄明白了。我之所以发愁，是因为无法明确回答“这三个作战方案中应该选择哪个才最有利”的问题。老鼠如果从橱柜出来，我有应对之策；从浴室出来，我也有对付的办法；从洗碗池爬上来，我也有迎战的胜算。可是，要从中确定某一个方案，却让我发愁了。

据说，东乡大将也曾为这样的问题而大伤脑筋：敌方的波罗的海舰队是要经过对马海峡，还是要驶出津轻海峡，或者会绕远路走宗谷海峡？此刻，当我从自身处境联想到东乡大将时，就更能切实地体会到他的困惑了。就整体状况而言，我与东乡阁下颇为相似。而且，既然身处显赫的地位，我也不得不和东乡阁下一样苦心思虑。

就在我绞尽脑汁的时候，突然那扇残破的纸拉门被打开了，阿三的脸一下映入眼帘。之所以说她的脸映入眼帘，并不是说她没有手脚，而是因为在黑夜里看不清其他部位，只能看见那张颜色鲜明的脸——洗过澡后，那张红脸显得比平时更红了。她从浴室回来，就顺手关上厨房门窗，大概是吸取了昨晚失窃的教训吧。

书房里传来了主人的声音：“把我的手杖放在枕头旁边！”我不知道他为什么要在枕头旁边摆根手杖。总不至于突发奇想地要效仿易水壮士夜听龙鸣[1]吧。昨天摆一箱山药，今天摆一根手杖，明天又会在

1 荆轲在易水边与太子丹道别，前往刺杀秦王。夜听龙鸣，传说中宝剑在夜间会发出长吟，声如龙鸣。

枕边摆些什么呢?

夜色尚浅，老鼠显然不会这么早出来。大战当前，我也得先休息一下。

主人家的厨房里没有天窗，客厅倒是开了个一尺见方的楣窗，一年四季打开着，代行天窗之职。这时，一阵风把毅然凋谢的寒樱花瓣吹进屋里。我被风惊醒了，睁眼一看，只见朦胧的月光照下来，把灶台的黑影斜斜地投放在地窖盖板上。我有没有睡过头呢？我竖起耳朵，窥伺了一下屋里的动静。四周一片寂静。像昨晚一样，只能听到挂钟的嘀嗒声响。现在，应该是老鼠出动的时间了。它们会从哪里出来呢?

橱柜里传来咔嗒咔嗒的响声。好像是老鼠用脚踩着小碟子边缘，正在偷吃里面的东西。原来是要从这里出来呀！我缩在橱柜破洞的旁边守候着。但等了好一会儿也不见出来。这时，小碟子的声音停下了，接着又发出咣当咣当的沉重响声，好像是爬上了大碗。而且，它们和我只隔着一扇门，距离我鼻尖还不到三寸。有时能听到它们的脚步声走近破洞口，但很快又跑开了，连一只老鼠也没露面。隔着一扇门，它们就在里边飞扬跋扈，而我却只能静静地在破洞口外苦等着，叫人好不耐烦。老鼠们正在旅顺碗[1]里举行舞会。要是阿三晓得事先留一点门缝能让我进去就好了。真是个愚钝的乡巴佬。

这时，灶台后面我吃饭用的那个鲍鱼壳咔嗒地响了一声。咦，这个方向也有敌情！我蹑手蹑脚地走近，只见有一条老鼠尾巴在水桶旁边闪了一下，随即就消失在洗碗池下面了。

不一会儿，浴室里的漱口杯“当啷”一声碰到了金属脸盆上。哎哟，后方也出现敌情啦！我回头一看，只见一只身长五寸的大老鼠打翻了牙粉袋，随即向地板下逃窜。“休想逃跑！”我紧跟着跳下去，

1 与“旅顺湾”谐音。在日俄战争中，东乡平八郎率领日本联合舰队将俄国的太平洋舰队封锁在旅顺湾内。此处，将橱柜中的老鼠比作被封锁的俄国海军舰队。

可那家伙已经不见踪影了。看来，捉老鼠比我想象的要难啊。也许我生来就不具备捉老鼠的能力吧。

我转战到浴室，敌人就从橱柜里冲杀出来；我守着橱柜，敌人又从洗碗池跳出来；我站到厨房中间，三个方向的敌人都开始蠢蠢欲动。这帮家伙，也不知道应该说猖狂还是怯懦，反正不是什么正人君子就对了。我东奔西跑了十五六个来回，身心俱疲，可是居然一次也没有成功。虽然颇为遗憾，但与如此小人为敌，即便是东乡大将也无计可施吧。

一开始时，我还有勇气，有敌忾心，甚至还有一种悲壮而崇高的美感。可到后来，我只是感觉到麻烦、荒唐、困倦和疲劳，就那么一动不动地坐在厨房中间。尽管不动，但只要我眼观六路，它们就闹不成什么大事，毕竟只是些小人罢了。一想到我视为敌人的这帮家伙竟然如此卑鄙，我原先怀有的战争荣誉感便消失殆尽，只剩下了憎恨感。待憎恨感一过，我就没了劲头，只是在发呆。发呆之后，一股轻蔑之情油然而生："随你们便吧，反正你们也整不出什么花样来。"同时，我逐渐感觉到了睡意。经过如此这般折腾之后，我终于睡着了。即使身陷敌营之中，也是需要休息的。

透过向屋檐打开着的楣窗，又有一大团花瓣被吹进了屋里。猛风刚吹到我身上时，突然有个东西像子弹似的从橱柜破洞口蹿出来。我来不及躲避，被它一下咬住了左耳。紧接着，又有一个黑影绕到我身后，随即咬住了我的尾巴。这一切都发生在转瞬之间。我下意识地蹦跳起来，把浑身力量聚集到毛孔上，想甩掉这只怪物。那只咬住我耳朵的家伙失去了重心，滑落到我的侧脸上，它那像胶皮管一样柔软的尾巴碰巧掉进了我的嘴巴。真是天赐良机，咬死它！我狠狠地咬住这条尾巴，左右甩动。结果，尾巴留在了我牙齿间，它的身体却被甩了出去，撞到贴着旧报纸的墙壁，又反弹到地窖盖板上。它正要爬起来时，我瞅准时机猛扑上去。它却像皮球反弹回来似的，从我的鼻子尖掠过，跳到储物架边缘，缩起腿站着。它在架子上俯视着我，我在地板上仰望着它，彼此相距约五尺。月光斜照进来，宛如在半空中拉起一条宽宽的带子。我前腿发力，用尽全力地往架子上跳去——前脚顺利攀住了架子边缘，但两条后腿却悬在半空拼命乱蹬。而刚才那个黑色的家伙还死死咬住我的尾巴不放。形势十分危急。

我的两条前腿交替攀爬，想往里抓得更牢一些。但因为尾巴上拖着那个家伙，所以越来越往外滑。再往外滑出两三分的话，肯定非掉下去不可。形势越来越危急了。

我的爪子抓在架子搁板上，“嘎吱嘎吱”作响。我暗暗叫苦，正要换左脚攀上去时，忽然没抓稳，只剩下一只右脚吊在架子上。我自身的体重，加上拖在我尾巴上的那个家伙的重量，使我的身体不停地打转。这时，那只一直在架子上一动不动地盯着我的怪物，突然冲着我的额头猛扑下来，仿佛石头砸下来似的。我的右脚支撑不住了，三个物体抱成一团，划过月光，往下坠落。下一层搁板上的擂钵、小桶以及空果酱瓶都跟着一起坠落，在碰倒下面的灭火罐后，一半掉进水缸里，一半滚落在地板上。所有东西都在深夜里发出了非同寻常的巨响，连我这只拼命挣扎的猫儿也被吓得魂飞天外。

“有小偷！”

主人声嘶力竭地大吼一声，从卧室冲出来。只见他一手提着煤油灯，一手拿着手杖，睡眼惺忪的眼珠里散发出与他身份相符的炯炯目光。我老老实实地蹲在鲍鱼壳旁边。那两只怪物已经躲进橱柜里去了。主人连个人影也没见着，一时不知所措，随即怒气冲冲地问道：“怎么回事？是谁发出这么大响声？”也不知道是在向谁发问。

月已西斜，照进来的白光已经变成了狭长的带子。

第六章

天气这么热，连我这只猫儿也受不了啦。

据说，有个叫西德尼·史密斯[1]的英国人，因为酷暑难耐，竟然说："真想把皮和肉都卸掉，只剩下一副骨架来凉快一下。"其实倒不一定非得只剩下一副骨架，但至少希望能把我这身带有浅灰色斑纹的毛衣脱下来洗一洗，或者暂时把它送到当铺里去。从人类的眼光来看，也许会觉得我们猫儿一年到头都摆出同一副表情，一年四季都穿着同一件毛衣，过着单纯、安稳而又不必花钱的日子。其实，即便是猫儿也能感觉到冷暖的。虽然我偶尔也曾想过要去泡个澡，但考虑到这身皮毛一泡到水里就不容易干，所以我一直忍耐着浑身的汗臭味，长这么大还从没光顾过一次澡堂。有时，我难免也动过扇扇子的念头，无奈抓不住扇子，就只得作罢。由此想来，人类真是太奢侈了。本来可以生吃的东西，却非要煮着吃、烤着吃、蘸着醋吃、蘸着酱吃……自找麻烦而其乐融融。

穿衣服也是如此。对于天生有缺陷的人类来说，如果让他们像猫儿那样一年到头都穿同一件衣服，也许有点难，但也没必要像他们那

1　西德尼·史密斯（1771—1845），英国牧师、作家。

样把五花八门的东西都穿到身上吧。既要求助于羊，又要请蚕关照，甚至还要受棉花田的恩惠——由此可断言，人类的奢侈生活，其实是无能而导致的结果。

关于衣食方面，如果说还情有可原的话，在与生存毫无直接利害关系的方面也这么胡来，那就说不过去了。

先说头发吧。头发本来就是自然生长的东西，顺其自然才是最简便而有益的做法。可他们却偏要多此一举地鼓捣出各种发型，还自鸣得意。有些自称为“和尚”的人，总是把头皮剃得发青，天热时在头顶打伞，天冷时又包块头巾——既然这样，剃光头岂不是毫无意义？另外，还有一种叫作“梳子”的锯齿状工具也很无聊。有人用它把头发梳成中分，沾沾自喜。也有人不是中分，而是按三七分的比例在头盖骨上人为地划分区划。其中，有人把头发一直往后梳，甚至超过了头顶的旋儿，活像一片芭蕉叶儿似的。还有人把头顶推平，左右两边直接削掉，这么在圆脑袋上套一个方框，只能让人联想到花匠修剪过的杉树篱笆。此外还有半寸平头、三分平头、一分平头等各种名堂，说不定以后还会剪到脑袋里头去，流行什么“负一分平头”“负三分平头”等新花样哩。总之，人这么热衷于此，真不知道有何用意。

最莫名其妙的，是他们原本有四条腿，却只用两条，这简直就是浪费。明明用四条腿走路步子可以迈得更大些，可他们却非要用两条腿走，剩下两条腿无所事事地垂在两边，活像两条干鳕鱼似的，真是愚蠢至极。由此看来，人类比猫要悠闲得多。因为闲极无聊，所以才想出这些名堂来当作消遣，以供取乐。但可笑的是，这些闲人一聚在一起，就会大声嚷嚷说：“忙死啦，忙死啦。”而且，他们的表情也显得紧张兮兮，仿佛真的很忙似的，甚至让人担心会不会真的忙得死掉。他们当中有的人看到我时，还说：“要是能像它这么逍遥自在就好了。”既然觉得逍遥自在这么好，那你们就变成猫试一下嘛。谁让你们非得那样紧张兮兮的呀。自己整出一大堆麻烦事儿来，然后在那儿叫苦连天——这和自己烧起大火然后一个劲儿地喊热有什么两样呢？我们猫族要是也鼓捣出二十多种发型，那肯定也不会像现在这么逍遥自在喽。真想逍遥自在的话，先得修炼到我们这种夏天也一直穿毛衣的境界才行。——话虽如此，但我还是觉得有点儿热。这件毛衣实在是太热了。

这么一来，本来属于我“独家专利”的午觉也睡不成了。那我能做点什么呢？——我最近比较懒，已经很久都没好好观察人类社会了，今天不如就去见识一下他们所热衷的那些古怪名堂吧。但不巧的是，主人在这方面却跟猫儿颇为相近，午觉睡得并不比我少，尤其是学校放暑假以来，他就从没做过一件正儿八经的事儿。无论我再怎么观察也毫无意义。我心想：在这种时候，如果迷亭上门的话，主人那患有胃病的身体也许会有些许反应，暂时摆脱猫儿的惰性吧。我正盼望着迷亭先生快来，就在这时，浴室里传来哗啦哗啦的泼水声。不光是泼水声，还有人在大声嚷嚷：“够了，够了。”“真舒服呀。”“再来一桶！”那声音回荡在整个屋子里。在主人家这样大声说话、毫无规矩的，除了迷亭，不会有别人。

我心想：他终于来啦，这下够我消磨掉半天的了。这时，只见迷亭先生一边擦汗，一边穿着衣服，照例大摇大摆地走进客厅里来。

“太太，苦沙弥呢？”他大声叫唤着，随即将帽子扔在榻榻米上。女主人正在隔壁房间里，趴在针线盒旁边睡得正香，耳膜被这突如其来的叫唤声震得嗡嗡作响，一下惊醒了。她睁开惺忪睡眼，来到客厅，只见身穿萨摩麻布大褂的迷亭正大大咧咧地坐在那里，手中不停地摇着扇子。

“哎呀，您来啦。”女主人显得有些狼狈，“我还不知道您来了呢。”她鞠了个躬，鼻尖上还挂着汗珠。

“没关系，我也是刚到。刚才在浴室里让阿三给我冲了几桶凉水，这才活过来了。这天气真是热得要命啊。”

“这两三天确实很热，坐着不动都直冒汗呢。不过，您的气色看起来挺好的呀。”女主人还没把鼻尖上的汗珠擦掉。

“谢谢。唉，热一点儿嘛，还能挺得住。不过，像今天这么热就要另当别论，我都热得浑身没劲了。”

“我也是，本来平时都不睡午觉的，但今天热得犯迷糊，不知不觉就……”

“睡着了？不错嘛，白天也能睡，晚上也能睡，这是再好不过啦。”

迷亭依然是一副悠闲自在的腔调。说完之后，他似乎觉得还不过瘾，便又接着往下说。

“我这个人就是不爱睡觉。而苦沙弥嘛，我每次来都看到他在睡大觉，真叫人羡慕。不过，天气这么热，肠胃不好的人确实吃不消啊。像今天这样，就算身体强壮的人也会觉得肩上顶着个脑袋太累了。但既然已经长在那里，也总不能把它揪下来吧。”

迷亭君一反常态地为不知如何处置脑袋而感到发愁。随即又继续说道：“太太，你头上顶着这么多东西，还能坐得住吗？光是发髻的重量就能把人压倒喽。”

女主人心想：大概是自己的发髻乱了才被看出刚睡过午觉吧。于是一边摆弄着发髻，一边说道：“呵呵呵，您说话真损。”

迷亭却对发髻的事毫不在乎，而是说起另一件怪事：“太太，昨天我试着在屋顶上煎了鸡蛋。”

“您怎么个煎法呢？”

“我看屋顶上的瓦片晒得发烫，觉得这么闲置着太浪费，于是就往瓦片上抹了黄油，打了个鸡蛋下去。”

“哎哟，这真是……”

“可是，这太阳光却不听我使唤，晒了很久也没煎成个半熟。于是我就下去看报纸了。后来又来了客人，我就把这事给忘啦。直到今天早上我才突然想起来，心想它肯定熟了，爬上去一看……”

“怎么样？”

“哪还有什么熟不熟呀，蛋液早就流完啦。”

“哎哟。”女主人皱着眉头发出了感叹。

“话说回来，今年三伏天那么凉爽，可现在又开始变热了，这天气可真是难以捉摸呀。”

“是呀。前几天穿单衣都觉得有些凉，没想到前天又突然热了起来。”

“都说螃蟹横行，可今年的天气简直是倒退着行走呢，说是倒行逆施也未尝不可吧。”

“您这话是什么意思？”

“没什么意思。总之，这天气倒退着行走呀，就像赫拉克勒斯[1]的牛一样。”

迷亭一时得意忘形，说的话越来越莫名其妙了。果然，女主人听得一头雾水。但她吸取了刚才那句“倒行逆施”的教训，所以只是“嗯”地应了一声，没有再问。但她不问的话，迷亭的故意卖弄可就落空了。

“太太，你知道‘赫拉克勒斯的牛’吗？”

“我不知道这种牛。”

“原来你不知道呀？那我来给你讲解一下吧。”

既然迷亭都开口了，女主人也不好意思说“不用了”，只得“嗯”地应了一声。

“从前，赫拉克勒斯牵来了一头牛。”

“这个赫拉克勒斯是放牛的吗？”

“他可不是放牛的哟。他既不是放牛的，也不是伊吕波牛肉店的

1　赫拉克勒斯是希腊神话中的英雄，宙斯之子，以力气大而闻名。

掌柜。当时，希腊连一家牛肉店都还没开哩。”

“啊，是关于希腊的事儿？您早说呀。”希腊这个国名，女主人还是知道的。

“我不是说了‘赫拉克勒斯’吗？”

“赫拉克勒斯就一定是希腊的吗？”

“嗯，赫拉克勒斯是希腊的英雄呀。”

“难怪我不知道呢。对了，您刚才讲到他怎么啦？”

“他呀，跟太太刚才一样，犯困了然后呼呼大睡……”

“哎呀，真讨厌！”

“他正在睡觉时，伏尔甘[1]的儿子来了。”

“伏尔甘是什么东西？”

“伏尔甘是个铁匠。这个铁匠的儿子把那头牛偷走了。不过，他是揪着牛尾巴用力拉走的。赫拉克勒斯醒过来后，发现牛不见了，就‘牛哟——牛哟——’地叫唤着，到处寻找。结果却没找到。他当然找不到了，顺着牛的蹄印去找也找不到——因为偷牛那小子不是牵着牛往前走，而是揪着牛尾巴倒退行走的。一个铁匠的儿子，居然能想出这么个妙招。”

迷亭先生已经把天气的话题忘得一干二净了。他接着又催问道：“对了，苦沙弥君在干什么呢？又在睡午觉吗？睡午觉这事嘛，在中国人的诗句里固然颇为风雅，可像苦沙弥君这样当作每天的例行公事，未免有些俗气了，就跟每天都要死过去一会儿似的。太太，麻烦你把他叫起来吧。”

女主人似乎也颇有同感地说道：“嗯，真拿他没办法。别的先不说，老这么睡肯定对身体不好呀，而且又是刚吃过饭。”说完便站起身来。

1　罗马神话中的火神和锻造之神。

迷亭若无其事地说道："太太，你说到吃饭，我才想起自己还没吃饭哩。"虽然并没人问他这个问题。

"哎呀，都这个钟点了，我也没注意到。家里没什么好吃的，要不给您来个茶泡饭……"

"不用，茶泡饭就不必给我做啦。"

"反正家里也没什么合您口味的嘛。"女主人的话略带挖苦之意。

迷亭听出来了，便说道："茶泡饭、开水泡饭都不用啦，我刚才在半路上已经叫了一份外卖，一会儿会送到这里。"这话可不是寻常之辈能说得出来的。

女主人只是回应了一声："哎哟！"

不过，这个"哎哟"里，分明包含着惊讶、不满以及省掉做饭麻烦的庆幸之情。

这时，主人摇摇晃晃地从书房里走了出来。他正要入睡时，却被客厅里少有的嘈杂说话声给吵醒了，自然十分懊恼。他打了个呵欠，绷着脸说道："你老是这么大声嚷嚷的，我正要好好地睡一觉呢，就被你吵醒了。"

"哎呀，你醒啦。惊扰了阁下之清梦，实在是过意不去。不过，偶尔为之，也无所谓啦。来，快请坐吧。"迷亭的这番话颇有点喧宾夺主的意思。

主人默默地坐下，从镶木工艺制作的烟盒里抽出一支"朝日"牌香烟，大口大口地吸了起来。这时，他突然看见迷亭那顶扔在对面角落里的帽子，就问道："你买的新帽子？"

迷亭立刻回答道："怎么样？"随即炫耀似的把帽子递到主人夫妇面前。

"哇，真漂亮，编得又细又软的。"女主人不停地抚摸着那顶帽子。

"太太，这顶帽子可方便啦，特别听话。"迷亭握紧拳头，朝这顶巴拿马草帽侧面打下去，帽子上果然听话地出现了拳头大小的凹陷。

“啊？”女主人正感到惊讶时，迷亭立刻又把拳头伸进帽子内侧，用力朝上一顶，帽子顶部立刻恢复了原状。接着，他又拿起帽子，从两侧把帽檐往里压，把帽子压得十分平整，就像用擀面杖碾平的荞麦面饼一样。然后，像卷席子似的把它折起来，塞进怀里，并说道：“看见了吧，怎么样？”

“太神奇了！”女主人仿佛在观看归天斋正一[1]表演魔术似的，惊叹不已。

迷亭也得意起来，故意从左边袖口把刚才从右边塞进怀里的帽子掏出来，说道：“毫发无损哟。”然后把帽子恢复原状，放在食指尖上滴溜溜地旋转起来。我以为这就算表演结束了，没想到最后他又把帽子往后面一扔，随即一屁股坐了上去。

“喂，别弄坏了呀。”

连主人都流露出了担心的表情。女主人当然也很担心，她提醒说：“好端端一顶帽子，要是弄坏可就麻烦了。您看看差不多就行了呗。”

帽子的主人迷亭却得意洋洋地说道：“问题是怎么也弄不坏呀，你说神奇吧？”随即从屁股底下取出被压得皱巴巴的帽子，戴在头上。说来也奇怪，那顶帽子立刻恢复了原样。

“这帽子可真结实呀。怎么做到的？”女主人更是赞叹不已。

迷亭就那么戴着帽子，回答道：“嘿，有什么奇怪的，这种帽子本来就这样嘛。”

过了一会儿，女主人向主人提议说：“你也买一顶这样的帽子吧。”

“咦，苦沙弥君不是有一顶漂亮的草帽吗？”

1　归天斋正一（1843—？），日本明治时期的魔术师。

“可您不知道，前几天被孩子们踩坏啦。”

“哎哟，那太可惜了。”

“所以我才劝他买一顶您那样的又漂亮又结实的帽子。”女主人并不知道巴拿马草帽的价格高低，只是一个劲地劝说主人：“喂，你也买一顶嘛。”

这时，迷亭君又从右边袖兜里掏出一把装在红盒子里的剪刀来，向女主人展示。

“太太，帽子就先放一边吧。你看看这把剪刀。这玩意儿也很好用，有十四种用途哩。”

要不是这把剪刀的出场，女主人可能会一直纠缠着让主人买巴拿马帽子了。幸亏她具有女人天生的好奇心，主人才幸免于难。——不过，这与其说归功于迷亭的机智，不如说是一种侥幸而已。我一下子就看出来了。

“这把剪刀怎么会有十四种用途呢？”

听女主人这么一问，迷亭君就得意洋洋地说道：“现在我一样一样告诉你，听好了哟。这里有个月牙形的缺口，看见了吧？把雪茄插在这里，就能咔嚓一下剪开来；再看这底部，不是有个小机关吗，可以用来剪断铁丝；还有，把这剪刀平放在纸上，可以当作尺子用；刀刃背面有刻度，可以用来测量尺寸；这里表面带有锉刀，可以用来锉指甲；再看这里，把这个前端插进螺丝帽里，拧到头，就可以当铁锤用；还可以用来撬箱子，插进去用力一撬，一般钉子钉着的木箱都能轻易打开；还有，这边刀刃的尖端可以当锥子用；这里可以用来刮掉写错的字；把剪刀拆开来，还能当小刀用；最后——太太你看，这个用途可好玩啦——这里不是有个跟苍蝇眼睛一样大的小球吗，你仔细看看。”

“我不看，您肯定又在捉弄人了。”

“唉，你这么不相信我呀？真伤心。你就当作上一回当，看一看嘛。啊？你不看？看一眼就行。”迷亭说完，把剪刀递给女主人。

女主人半信半疑地拿起剪刀，把眼睛凑近那个苍蝇眼睛似的小球，仔细端详着。

“怎么样？”

“好像黑乎乎的呀。”

“只看到黑乎乎的可不行呀。你把它对着窗口，不要平放——对，这样能看见了吧？”

“哎呀，是张照片哩。这么小的照片，是怎么贴进去的呀？”

“好玩就好玩在这里嘛。”

迷亭和女主人聊得正欢。刚才一直默不作声的主人，此刻也突然对那照片产生了兴趣：

“喂，让我也看看！”

女主人却仍然把剪刀贴在自己脸上，不肯放开，并说道：“真好看！是个裸体美女[1]哟。”

“喂，我不是说了让我看看吗！”

“唉，你等一下。多漂亮的头发呀，一直垂到腰部呢。还稍微仰着头。个子高得吓人。不过，确实是个美女啊！”

“喂，我都说了让我看看嘛，你就赶快拿给我看呀！”主人迫不及待地冲着女主人叫嚷起来。

“哎哟，让您久等啦。您慢慢看个够吧。”女主人把剪刀递给了主人。

这时，阿三从厨房走出来，说道：“客人叫的外卖已经送到了。”随即把两屉荞麦面端进客厅里来。

“太太，这是我自备的午餐。恕我失礼，就借贵地用餐啦。”迷亭郑重其事地鞠了一躬，也不知是出于真心还是在开玩笑。女主人显

1 日俄战争期间流传着这么一种说法：携带美女裸体照片可以起到防弹的作用。所以在剪刀等物件上也装有这种显微照片。

然不知如何应对才好，只得随口说了句："您请慢用。"然后就在旁边看着。

主人这时才把视线从照片上移开，说道："这么大热天的，荞麦面小心吃坏身体哟。"

"唉，没事的，爱吃的东西一般不会吃坏身体的。"迷亭一边说着，一边打开笼屉盖儿，"刚做的荞麦面就是好吃。放软了的面条，就跟稀里糊涂的人一样，是不可靠的。"他把调料放进汤汁里，一个劲地搅拌起来。

"喂，你放这么多芥末，会很辣的哟！"主人担心地提醒道。

"荞麦面就得跟汤汁和芥末一起吃呀。你应该不喜欢吃荞麦面吧？"

"我比较喜欢吃乌冬面。"

"乌冬面是马车夫吃的。不懂得品尝荞麦面滋味的人，实在是太可怜了。"

迷亭一边说着，一边用杉木筷子随便插下去，把一大团面条夹起到两寸来高。

"太太，荞麦面有很多种吃法哟。外行人吃荞麦面，总爱多蘸汤汁，然后在嘴里咕唧咕唧地嚼个不停——那样是品尝不出荞麦面的味道的。你得这样吃——夹起一筷子……"

他一边说着，一边举起筷子，把长长的面条挑到半空中，足有一尺多高。他觉得差不多了，往下一看，却还有十二三条小尾巴缠绵地黏附在笼屉上。

"这面条可真长哩。太太，你说，这长度如何？"迷亭又在催促女主人回应。

"确实挺长的呀。"女主人似乎很佩服地回答道。

"要把这长面条的三分之一蘸上汤汁，然后一口吞下去。不能嚼。一嚼就没有荞麦面的味道了。必须刺溜刺溜地滑进喉咙里，才是正宗的吃法。”

迷亭猛地把筷子往上一扬，面条才总算离开了笼屉。接着，他夹着面条逐渐往下移，一点点地浸入左手碗中的汤汁里。根据阿基米德原理，面条浸入多少，汤汁就升高多少。但那碗里原先的汤汁就有八分满，所以迷亭筷子上的面条还没浸入四分之一，碗里的汤汁就已经满了。筷子在离碗半尺高的地方停住不动。没法再动了——要是筷子再往下稍微移动的话，汤汁就会溢出来。此刻，迷亭居然流露出一丝犹豫的神情，但随即迅如脱兔地把嘴凑到筷子上，“刺溜刺溜”几声，喉结上下剧烈地抖动了一两下，筷子上的面条就立刻消失不见了。仔细一看，迷亭君的双眼眼角处，似乎有一两滴眼泪似的东西沿着脸颊流了下来。至于是芥末呛到的，还是面条噎到的，那就不得而知了。

“佩服，佩服，竟然一口气就咽下去了呀。”主人赞叹道。

“你可真厉害。”女主人也对迷亭的身手赞不绝口。

迷亭一声不吭地放下筷子，拍了两三下胸口，然后才说道：“太太，一屉荞麦面大概三口半或四口就得吃完。超过了的话，就吃不出这味道啦。”随即用手绢擦了擦嘴巴，喘了一口气。

正在这时，寒月君上门来了。这么个大热天，也不知道他为什么还戴着冬天的帽子，两条腿沾满了灰尘。

“哎哟，美男子大驾光临啦。不过我正吃到一半，得继续吃完，失礼了。”

众目睽睽之下，迷亭君若无其事地把剩下的一屉荞麦面也吃光了。不过，这次他没有用刚才那种张扬的吃法，所以也就不至于像刚才擦手绢、喘大气那么狼狈。两屉荞麦面就这样被干脆利落地消灭掉了。

“寒月君，你的博士论文已经脱稿了吧？”主人问道。

迷亭君也立刻接过话茬：“金田家的小姐等得不耐烦啦，赶快交稿吧。”

寒月君照例露出了瘆人的微笑，说道：“罪过罪过，我也想尽快完成，好让人家放心。不过，研究问题毕竟要费很大工夫的嘛。”明明是玩笑话，他的语气却显得一本正经。

“是呀，毕竟要研究问题，哪能像那鼻子说的那么简单呢？不过，那个鼻子嘛，还是值得你仰其鼻息的。”迷亭也用寒月式的语气说道。

主人倒是比较认真：“你的论文是研究什么问题来着？”

“研究紫外线对青蛙眼球电动作用的影响。”

“真有意思，不愧是寒月先生哩。青蛙眼球这题目特别新颖。苦沙弥君，你觉得怎样？在论文脱稿之前，不如先把这个题目告诉金田家？”

主人没有搭理迷亭，继续问寒月道：“这个研究很费劲吗？”

“嗯，这个研究是很复杂的。首先，青蛙眼球晶状体的构造就不简单，所以需要做各种实验。我想先做出圆玻璃球，然后再做实验。”

“玻璃球还不简单吗？去一趟玻璃店就行了呗。”

“怎么可能！怎么可能！”寒月先生稍稍挺起胸膛，“其实，所谓的‘圆’啦，‘直线’啦，都只不过是几何学概念而已。完全符合定义的理想的圆和直线，在现实世界中是不存在的。”

“既然不存在，那就别研究了呗。”迷亭插了一句。

“所以，我想先做出一个大致可用于实验的球。前一段时间已经开始着手了。”

“做好了吗？”主人的语气倒是说得轻巧。

“这哪里做得出来呀？”寒月话一出口，似乎又意识到有些自相矛盾，便继续说道，“这个很难的，得慢慢地研磨。发现这边的半径稍长，就稍稍磨掉一点，没想到又变成那边的半径稍长了。我费尽力气磨掉那边之后，结果整体又变形了。终于把形状修好之后，直径又不准确了。一开始时像苹果那么大，后来渐渐变成草莓那么小了。我继续耐心地研磨。可最后变成豆粒那么小，也还是达不到标准的圆球形。我可是磨得干劲十足哟——从今年正月算起，我已经磨掉大大小小六个玻璃球啦。”

寒月君喋喋不休地说着，也不知道是真是假。

“你在哪里磨的呢？”

“还是在学校的实验室里。从一大早开始磨，吃午饭时稍歇一会儿，然后再一直磨到天黑。这活儿可不轻松哩。”

“这么说来，你最近老是说忙啊忙啊，周日无休地每天跑到学校去，原来就是为了磨这种玻璃球呀？”

“就眼下来说，确实是每天从早到晚都在磨玻璃球。”

“正可谓‘磨球博士混过关’呀。不过，要是鼻子听说你这么用功的话，肯定多少也会被你感动的吧。前几天，我有事去了一趟图书馆。准备回家时，刚走到门口就偶然碰到了老梅君。没想到那家伙大学毕业后还会往图书馆跑，真不可思议。我夸他说：‘你这么用功啊。’他却一脸诧异地答道：‘哎呀，我不是来看书的。刚才从门口经过，突然尿急，才进来借用一下厕所的。’说完大笑起来。老梅君和你刚好是截然相反的例子，一定要写进《新撰蒙求》[1]里面去。”迷亭君一如往常地给寒月做了个冗长的注解。

主人倒是认真起来，问寒月道：“这样每天磨玻璃球倒也罢了，但你打算多久能做出来呢？”

“唉，看这样子，估计得耗上十年吧。”寒月君似乎比主人更优哉游哉的。

“十年的话，恐怕……最好还是快点磨出来吧。”

“十年还算快的了，弄不好可能要二十年呢。”

1 《蒙求》是唐朝李翰编著的以介绍掌故和各科知识为主要内容的儿童识字读本。《新撰蒙求》是迷亭据此杜撰的书名。

“这么麻烦呀。那岂不是当不上博士了吗？”

“嗯，我也想早日当上博士，好让人家放心。可不管怎么说，玻璃球磨不出来的话，关键的实验就没法做了呀……”

寒月君停顿了一下，接着又满脸得意地说道：“哎呀，你们不用为我担心啦。金田那边也知道我一直在研磨玻璃球——两三天前我去他们家时，已经把这个情况说清楚啦。”

这时，女主人突然诧异地问道：“可是，金田全家不是上个月就去了大矶度假吗？”她刚才一直认真地听着三人的谈话，虽然听不太懂。

寒月君显然有些狼狈，但随即假装糊涂地说道：“这就怪了，怎么回事呢？”

每当这种时候，就是迷亭君大显身手之时——谈话冷场时，气氛难堪时，昏昏欲睡时，不知所措时，他一定会从旁边跳出来，大发议论。

“上个月去了大矶度假的人，两三天前却能在东京和你见面，这太神秘了，有意思。这就是所谓的心灵感应吧。在相思情切之时，经常会发生这种现象。乍一听像是梦境，其实就算是梦境也比现实更具有真实性呢。太太，你没经历过相思之苦就嫁给了苦沙弥君，一辈子都不知道爱情为何物——对于你这样的人来说，不理解也是情有可原的……”

“哼，您凭什么这样说呀？真是太小看人了。”女主人出其不意地打断了迷亭的话。

“迷亭君，你不是也没有尝过相思之苦吗？”主人也从正面发起进攻，为妻子解围。

“我的风流韵事全都已经过了七十五天啦[1]，所以早就被你们忘记了吧。其实，我正是因为失恋，所以到这般年纪还打着光棍哩。”迷亭说完，来回扫视着在座每个人的表情。

1　日本谚语：“谣言不会超过七十五天。”表示谣言来得快去得也快。

“哈哈哈哈……真有意思！”女主人笑道。

“又在糊弄人了！”主人望向院子外。

只有寒月君仍然笑嘻嘻地说道：“我想听您重忆旧情，也好作为日后参考。”

“我这段经历嘛，可是很有神秘色彩的哟。要是能讲给小泉八云[1]先生听，肯定会大受好评，可惜老先生已经长眠了。说实话，我本来没什么兴致讲的，但盛情难却，今天就把这段经历告诉你们吧。不过有个条件——你们可得认真地听完哟。”迷亭叮嘱了一番之后，才开始进入正题。

“回想起来，已经距今……嗯……多少年前的事儿来着？——懒得算了，就当作十五六年前吧。”

“净是胡扯！”主人哼了一声。

“您的记性真差啊。”女主人嘲笑道。

只有寒月君遵守约定，一声不吭，摆出一副洗耳恭听的表情。

“好像是某年冬天吧，我穿过越后国的蒲原郡筍谷，来到蛸壶岭，正要进入会津地区的时候……”

“怎么净是些稀奇古怪的地方？”主人又打岔了。

“别说话，好好听着。还蛮有意思的。”女主人制止道。

“可是，太阳已经下山，我迷了路，肚子又饿，没办法，只能来到山岭上一个孤零零的屋子前，敲开门，如此这般地说明了情况，请求留宿一晚。那姑娘说：‘没问题，快进屋吧。’她举着蜡烛照了一下我的脸，我也看见了她的脸。这一看，我不由得浑身颤抖。从那一刻起，我切身感受到了‘爱情’这个怪物的魔力。”

“哎呀，真讨厌，在那样的深山里头怎么会有美丽的姑娘呢？”

“太太，管他什么深山还是大海呢，我倒是真想让你一睹她的芳

1　小泉八云（1850—1904），原名拉夫卡迪奥·赫恩（Lafcadio Hearn），英国作家，后来长期定居日本，致力于向西方介绍日本文化，是现代怪谈文学的鼻祖。

容。她头上梳着文金高岛田[1]发髻。”

“啊？”女主人听得目瞪口呆。

“我走进屋里。十来平方米的房间正中设有一个很大的地炉，我和那个姑娘，还有她的爷爷奶奶，我们四个人围坐在地炉旁边。他们问我：‘您一定饿了吧？’我说：‘请尽快给我弄点吃的吧，随便什么都行。’于是，那位老大爷说：‘难得有客人上门，就给您煮顿蛇肉饭吧。’喂，你们注意听呀，接下来就要讲到我怎么失恋了。”

“迷亭先生，我正认真地听着呢。不过，越后国的冬天应该没有蛇吧？”

“嗯，你说的也有一定道理。不过，在这么富有诗意的故事里，你总不能老是这么钻牛角尖吧。泉镜花[2]的小说里，还出现过螃蟹从雪中爬出来的场景呢。”

迷亭这么一说，寒月也就点头称是，随即又恢复了认真聆听的态度。

“那时候，我可是个重口味之人——什么蚂蚱、蜒蚰、赤背蛙……全都吃腻了，蛇肉饭倒是感觉别有风味。我就对老大爷说：‘那就麻烦您尽快做吧。’于是，老大爷在地炉上放了一口锅，把米倒进去，咕滋咕滋地开始煮了起来。奇怪的是，那锅盖上有大大小小十个窟窿，蒸汽呼呼地从窟窿里冒出来。我心想：这设计不错，乡下人能想出来也挺厉害的。这时，老大爷突然站起身来，出去了。没过一会儿，他腋下抱着一个大铁笼子回来了，若无其事地把它放在地炉旁边。我往笼子里一看——哎哟，来啦！因为天冷，那些长长的家伙互相缠绕成了一大团。”

“别再往下讲了，真恶心！”女主人皱起眉头。

“这正是造成我失恋的关键原因呀，怎么能不讲呢？过了一会

1 古代日本女人流行的一种发髻样式。

2 泉镜花（1873—1939），日本明治时期的小说家。

儿，那老大爷左手拿起锅盖，右手随便抓起那一大团缠绕在一起的长家伙，猛地扔进锅里，然后立刻盖上锅盖。饶是我胆子这么大的人，当时也被吓得几乎窒息。”

“别再往下讲啦，太吓人了。”女主人感到十分害怕。

“就快讲到失恋了，请再忍一忍。蛇扔进锅里大约才过一分钟吧，从锅盖的窟窿突然伸出一个蛇头，把我吓了一大跳。我心想：哎哟，蛇跑出来啦。这时，旁边的窟窿又伸出一个蛇头。我惊叫道：‘又出来一个。’话音未落，这边又伸出来一个，那边又伸出来一个……最后，整个锅盖上全是蛇头啦。”

“为什么要把头伸出来呢？”

“锅里热得受不了，当然就想爬出来呀。过了一会儿，老大爷说：‘差不多了，抽出来吧。’老大娘和姑娘都答应了一声，然后各自抓住蛇头，猛地向外一抽。这样，蛇肉留在锅里，而蛇骨头则干干净净地剥离掉，随着蛇头长拖拖地被抽了出来。”

“这是在给蛇‘剔骨’[1]吧？”寒月笑着问道。

“正是剔骨呀。这个方法很巧妙吧？然后，老大爷掀开锅盖，用勺子把米饭和蛇肉胡乱搅拌在一起，随即对我说：‘快吃吧。’”

“你吃了吗？”主人冷冷地问道。

女主人皱着眉头埋怨道：“别再说啦。这么恶心，还怎么吃得下东西呢？”

“太太，你是没吃过蛇肉饭，所以才会说出这种话来。你可以尝一次嘛，那种味道，一辈子都忘不了哟。”

“哎哟，真恶心。谁要吃那种东西呀！”

“美餐享用过了，身上不冷了，姑娘的脸也尽情欣赏过了，我感到心满意足。他们向我道晚安。我觉得旅途疲惫，于是也顾不上失

1 在日语中，“剔骨”兼有“没骨气”“软骨头”的意思。

礼，按照吩咐躺下便睡，结果一觉睡到天昏地暗。”

“后来呢？”这回倒是女主人在催问了。

“后来嘛，我第二天早上醒来，就失恋啦。”

“您做错什么事了？”

“不，我什么也没做。早上起来后，我吸着烟，从后窗向外望去——只见在外面的引水槽旁边，有一个秃头正在洗脸呢。”

“是老大爷还是老大娘？”主人问道。

“我一时也没认出来，就继续盯着看。过了一会儿，那个秃头转过脸来，把我吓了一跳。竟然是昨晚那位——我的初恋姑娘啊！”

“可是，你刚才不是说那姑娘梳着发髻吗？”

“昨晚分明梳着发髻，而且还是漂亮的岛田发髻。可第二天一早就变成秃头啦。”

“你又在糊弄人了！”主人照例移开视线，仰头看着天花板。

“我也觉得不可思议，心里有些害怕，继续偷偷地朝外望去。只见那个秃头终于洗完脸，随手拿起搁在旁边石头上的假发戴在头上，然后就若无其事地走进屋里来。我这才恍然大悟。然而，从那一刻起，我就开始背负上了失恋的悲惨命运。”

“原来世上还有这么无聊的失恋呀！喂，寒月君，好好听着，就算是失恋，也要像他这样开朗乐观、神气活现的才行哟。”主人转向寒月，对迷亭的失恋经历做出了评价。

寒月说道：“如果那姑娘不是秃头，迷亭先生圆满地把她带回东京的话，可能会更加神气吧。总之，好端端一个姑娘竟然是个秃头，真可谓是千秋恨事啊。不过，话说回来，那姑娘年纪轻轻的，怎么头发都掉光了呢？”

“关于这点，我也考虑过。我想，准是吃太多蛇肉饭的缘故吧。蛇肉饭这种东西是上火的呀。”

“可是，您吃了又没什么事嘛，这么幸运呢。”

“我是没变成秃头，不过从那时候起就开始近视啦。”迷亭摘下金丝眼镜，用手绢小心翼翼地擦拭着。

过了一会儿，主人好像突然想起什么似的，一本正经地追问道：“你讲的经历，哪有什么神秘色彩呢？”

“那个假发是从哪里买来的？还是捡回来的？我至今还百思不得其解。——这点就很神秘呀。”迷亭又把眼镜戴回到鼻梁上。

“简直像听说书人讲故事一样。”女主人评价道。

迷亭的无聊故事到此告一段落。我以为他该消停一下了，没想到这位仁兄又开始大发议论。看来，不把他的嘴巴堵住，他是无论如何也不会闭嘴的。

“我的那次失恋确实是痛苦的经历。但如果当时我没发现她是秃头而娶了她，那就要碍眼一辈子了。所以，不慎重考虑的话就会很危险。结婚这种事嘛，说不准什么时候就会出乎意料地暴露出隐藏着的缺陷。寒月君呀，你也不必这么患得患失、自寻烦恼，还是心平气和地磨你的玻璃球去吧。”迷亭阐述了一番与众不同的见解。

“嗯，我倒是想专心磨玻璃球，可人家不答应，我也没辙呀。”寒月君说着，故意装出愁容满面的样子。

“对呀，像你的情况，是对方爱折腾。我还知道一些滑稽可笑的例子，比如那个去图书馆撒尿的老梅君，就很奇特。”

“他做什么了？”主人来了兴致。

“唉，也没什么。事情是这样的：老梅君以前在静冈县住过一个叫‘东西馆’的旅馆——只住了一宿——当天晚上，他就向那家旅馆的女佣求婚了。我虽然自诩头脑简单，但比起他来还是自愧不如。不过，那家旅馆里有个叫阿夏的女佣，长得非常漂亮，而她刚好负责照料老梅君住的那间客房，所以求婚这事也就不足为奇吧。”

“何止不足为奇？简直就跟你在那座什么岭上的事一样嘛。”

“是有点类似。实话说，我和老梅君并没有本质的区别。总之，他向那位阿夏姑娘求婚了。但还没等对方答复，他就忽然想起要吃西瓜。”

“你说什么？”主人一脸诧异。

不光是主人，就连女主人和寒月也感到疑惑，不约而同地歪着脑袋在琢磨着。

迷亭没管他们，自顾自往下讲。

“老梅君把阿夏叫来，问道：‘静冈县有西瓜吗？’阿夏回答说：‘别看静冈偏僻，西瓜还是有的。’随即端来满满一盘西瓜。老梅就吃起西瓜来。他把一大盘西瓜吃了个精光，然后等待阿夏答复。可还没得到答复时，他的肚子就开始隐隐作痛。他哼哼唧唧地呻吟着，但还是痛得受不了，于是又把阿夏叫来，问道：‘静冈县有医生吗？’阿夏又回答说：‘别看静冈偏僻，医生还是有的。’然后她请来了一位医生。那医生的名字好像是盗用了《千字文》首句‘天地玄黄’里的某个字。[1]多亏了这位医生，第二天一早，老梅君的肚子不痛了，真是值得庆幸。在临走十五分钟前，他又把阿夏叫来，问她是否答应昨天求婚的事。阿夏笑着说道：‘静冈有西瓜，也有医生，但却没有只认识一晚就答应求婚的新娘。’说完就走了，再也没有露面。从那天起，老梅君就和我一样失恋了。图书馆也不再去了，除了偶尔进去撒尿之外。仔细一想，这都是女人的过错啊。”

听到这里，主人居然一反常态地接过话茬：“确实是这样。前几天我读了缪塞[2]的剧本，剧中有个人物引用了罗马诗人的诗句，说了这样一番话——比羽毛轻的是尘埃，比尘埃轻的是风，比风轻的是女人，比女人还轻的，就没有了——说得一针见血啊。女人嘛，就是无可救药。”说起这种奇怪的论调时，主人总是十分卖力。

女主人听到这话时，当即进行反驳：“你说女人‘轻’不好，其

1 传统的日本医生名字中多用“玄”字，所以有此调侃。

2 缪塞（1810—1857），法国浪漫主义诗人、小说家、剧作家。

实男人‘重’[1]也不见得好呀。”

“‘重’是什么意思？”

“重就是重呗，就像你这样的。”

“怎么会觉得我重呢？”

“你难道不重吗？”

夫妇俩展开了奇怪的争论。迷亭饶有兴致地听了一会儿，然后开口说道：“像你们这样面红耳赤地互相驳斥、互相攻击，正是夫妻关系的真实面目。从前的两夫妻嘛，根本就毫无意义。”他这话有些含糊，也不知是在嘲讽还是赞扬。本来到这里打住就行了，可他又像往常一样添油加醋一番，阐述了如下观点。

“据说，从前没有一个女人敢对丈夫顶嘴。这样就跟娶了个哑巴妻子似的，我是坚决反对的。还是像太太这样敢于质疑说‘你难道不重吗’为好。既然娶了老婆，不偶尔吵吵架的话，那岂不是很无聊？拿我母亲来说吧，在我父亲面前就只会说‘嗯’或者‘哦’，而且他们一起生活的二十年来，除了去寺庙祭拜祖先之外就没有出过门。你说可不可怜？不过，对于祖宗世代的法号倒是全都记下来了。至于男女之间的交往也是如此，我小时候那会儿，是绝不可能像寒月君这样和意中人合奏乐器，也不可能通过什么心灵感应在朦胧之中相会的。”

“这真是令人同情啊。”寒月低头说道。

“可不是吗？而且，那时候的女人也不见得就比现在的女人品行端正。太太，你也经常听到有人批评说现在的女学生品行堕落吧。其实，以前比现在还要严重呢。”

“是吗？”女主人一脸严肃。

“那当然了。我可不是乱说的，有凭有据的哟。苦沙弥君，你可

---

1 在日语中，“重”这个词还可表示迟钝、缓慢的意思。

能还记得吧，咱们五六岁那会儿，还有人把女孩子像南瓜似的装进篮子里，用扁担挑着到处叫卖呢。对吧？”

“我不记得有这样的事了。”

“你们那边的情况，我不了解。但在静冈县嘛，确实是这样的。”

“不至于吧……”女主人小声嘀咕道。

“真有这种事吗？”寒月君半信半疑地问道。

“是真的，我父亲还问过价呢。当时我大概六岁吧，我跟着父亲从油町走向通町途中，听到前面有人在大声叫卖：‘谁要女娃？谁要女娃？’当我们来到二条街拐角处时，看到那个人正在伊势源绸布店的门前叫卖。伊势源是静冈县最大的绸布店，门面宽十八米，还有五间仓库。下次你去静冈的话，可以去看看。今天还保存得好好的呢，那店面可是相当气派。掌柜名叫甚兵卫。那家伙坐在账房里，整天哭丧着脸，就像三天前死了娘似的。他旁边坐着一个名叫阿初的、二十四五岁的年轻伙计。这个阿初，也是一副苍白脸色，令人怀疑是不是皈依了云照禅师[1]，以至于三七二十一日每天都只喝荞麦面汤度日似的。阿初的旁边是阿长，这个小伙计总是倚靠在算盘上，整天一副愁眉苦脸的样子，就像昨天家里被火烧了而今无家可归似的。阿长旁边是……”

“喂，你是要讲绸布店，还是讲卖女娃的事呢？”

“哦，我刚才是讲到卖女娃，对吧？其实，这家伊势源绸布店也有很多奇闻异事。不过，今天还是忍痛割爱，只讲卖女娃吧。”

“那不如连卖女娃的事儿也一起省了吧。”

“那可不行。这些材料，对于比较二十世纪的今天和明治初年的女人之品行，是很有参考价值的，怎么能随便放弃呢？——刚才说到，我和父亲走到伊势源绸布店前，那个人贩子看见父亲，就问道：

1　云照禅师（1827—1909），日本明治时期真言宗的高僧。

‘老爷，要买女娃吗？这是卖剩的，算您便宜点儿，您就买下吧。’说着，他卸下扁担，擦了把汗。我一看，只见前面的筐里装着一个，后面的筐里也装着一个，都是两岁左右的女孩子。父亲对那人说：‘便宜的话，倒是可以考虑。只剩这俩了吗？’那人回答说：‘嗯，真不巧，今天都卖完了，只剩这两个了，您随便选吧。’然后双手捧起其中一个，像卖南瓜似的递到我父亲面前。父亲啪啪地拍了几下那女娃的脑袋，说道：‘嗬，声音还不错。’然后就开始讨价还价。父亲狠狠地杀价之后，又问道：‘买是可以买，但质量可靠吗？’那人说：‘嗯，前面这筐里的，我一直盯着，肯定没问题。但后面那个嘛，我看不到，有点什么问题也说不准。如果您要后面那个，质量我不敢保证，但价格还能再优惠点儿。’……我至今还记得两人所说的话。当时，在我幼小的心灵里，就已经萌生了‘对女人绝不能疏忽大意’的意识。在明治三十八年的今天，再也不会有人这么卖女娃了，而且，也听不到‘装在后面筐里的女娃因为没看着而无法保证质量’这样的话了。所以，我敢断定：在西方文明的熏陶下，女人的品行也有了长足的进步。寒月君，你觉得如何？”

寒月君在回答之前，先从容不迫地清了一下嗓子，然后故意用稳重而低沉的声音讲述了如下看法。

“现在的女孩子呀，在上学放学途中、演奏会、慈善会、游园会上，都会主动兜售自己，恳求别人把自己买下。所以，根本就不需要搞什么低级的委托销售，不需要雇那些卖菜的伙计叫卖什么‘谁要女娃’。人的独立意识一旦成熟，自然就会出现这种情况。老人们总是杞人忧天地批评这批评那，可实际上，这是文明发展的趋势。所以，我认为这是值得欢欣鼓舞的现象，正暗自表示庆贺之意哩。而买方呢，也不会再有通过‘拍脑袋’或‘询问质量’来挑人的土包子啦。所以这方面也尽可放心。而且，在如今这个复杂的社会里，如果还按从前那样繁琐的老一套，那可就没个完了，到五六十岁也找不到男人、嫁不出去喽。”

寒月君不愧是二十世纪的年轻人，阐述的见解也紧跟时代潮流。说完，他便吸了一口“敷岛”牌香烟，并把烟雾“呼”地朝迷亭先生的脸上喷去。

当然，迷亭先生可不是一口烟雾就能击退的主儿。

“诚如寒月君所言，如今的女学生、大小姐们呀，从自尊自信意识到身体皮肤，所有方面都不比男人差，实在是敬佩之至。拿我附近那所女子学校的学生来说，就厉害得很。她们居然穿着窄袖衣服练单杠，真叫人佩服。每次我从二楼窗口看见她们做体操，就会回想起古希腊的女人。”

“又要鼓吹你的希腊了。”主人冷笑道。

“没办法呀，毕竟审美之事大都是起源于希腊的嘛，美学家和希腊又怎么能分得开呢？——尤其是看到那些肤色黝黑的女学生在专心做体操时，我就会想起Agnodice[1]的事迹来。”迷亭摆出一副无所不知的神情，滔滔不绝地说着。

“怎么又整出一个复杂的人名呀？”寒月君仍然笑嘻嘻的。

“Agnodice是个了不起的女人哟。我对这个人很佩服。当时雅典的法律禁止女人当助产士，这样很不方便。Agnodice当然也觉得不方便吧。”

“你说的那个……是什么意思？”

“是一个女人的名字。她想来想去，觉得禁止女人当助产士这事太不合情理、太不方便了。她决心要当助产士，但有什么办法能让自己实现这个愿望呢？她放下手头的工作，整整想了三天三夜。第三天凌晨，邻居家突然传来婴儿呱呱坠地的哭声时，她恍然大悟，随即飞快地剪掉长发，换上男装，去听Hierophilus医生讲课。听完全部课程

1　昂格诺迪斯，古希腊首位女助产士。

之后，她信心十足地开业当助产士。太太，你知道吗？她的生意可红火啦，这里‘哇’地生下一个，那里也‘哇’地生下一个……大家都找Agnodice接生，所以她赚了一大笔钱。然而，人间万事犹如塞翁失马，人生起落无常，屋漏偏逢连夜雨，她偷偷做助产士的事情终于败露，险些因为触犯王法而受到重罚。”

“简直跟说书一样嘛！”

“我讲得很精彩吧？——后来，雅典的女人们一起联名请愿，当时的官府也不得不重视起来，最终把她无罪释放了，而且还宣布说：‘从此以后女人也可以开业当助产士。’这件事才算以圆满的结局告终。”

“您知道的事情可真多呀。真叫人佩服。”

“嗯，一般的事情我都知道，除了不知道自己是个笨蛋之外。其实，我对这事也还是隐约知道一点儿的。”

“哈哈哈哈，您说话可真风趣……”女主人笑得合不拢嘴。

这时，大门口的铃铛响了，发出和刚安装时同样清脆的响声。

“咦，又有客人来啦。”

女主人前脚刚离开客厅，这位客人后脚就走进客厅来了——原来是老相识越智东风君。

东风君一来，虽不能说经常出入主人家的怪人全都已经汇聚于此，但至少可以说是凑齐人数，足以抚慰我的无聊时光了。如果还不知足的话，那就太过分了。假如我不幸地被收养在别人家里，也许直到死时都不认识这些先生当中的任何一位吧。幸而我成了苦沙弥先生门下的猫儿，朝夕侍候于虎皮座椅前，一边躺卧着一边瞻仰这些先生们的言行举止——苦沙弥先生自不必说，迷亭、寒月乃至东风等各位先生都是以一当十的豪杰之士，寻遍偌大一个东京也找不出几个这样的人吧。对于我来说，这真是千载难逢的荣耀。托先生们的福，我得以忘掉在酷暑之中裹着皮毛的痛苦，兴致盎然地消磨半天时光，实在是感谢之至。既然这几个人聚在一起，肯定不同寻常。今天想必会有好戏看了。我躲在客厅的隔扇后面，恭恭敬敬地观望着。

“好久没来拜访啦。”东风君鞠了一躬。他的脸还是像上次一样容光焕发。如果光看脑袋的话，有点像在草台戏班跑龙套的；但如果看他身上郑重其事地穿着的那件笔挺的白色小仓裙裤，又难免让人以为是榊原健吉[1]的徒弟。可见，东风君只有肩膀到腰之间的部分与常人无异。

“哎呀，欢迎欢迎。天这么热，辛苦了。请进来坐吧。”迷亭先生热情地招呼客人，就好像是在自己家里似的。

“好久没见到您啦。”

“是呀，上次见面，好像还是在今年春天的朗读会上吧。说起朗读会，近来盛况如何？你后来还演过阿宫吗？那次你演得很精彩。我在底下拼命鼓掌呢，你看见了吗？”

“嗯，托您的福，我勇气大增，最后总算顺利演完了。”

“下次什么时候再举办活动呢？”主人问道。

“七月八月休息，九月份准备办一场隆重点儿的。您有什么好主意吗？”

“这样啊……”主人有气无力地回答道。

“东风君，你们要不要试一下我写的东西？”寒月君接过话茬。

“你写的东西肯定很有意思。是什么来的？”

“剧本呀。”

寒月君故意神气十足地说道。果然不出所料，其余三人顿时目瞪口呆，不约而同地看着他的脸。

“剧本可了不得啊。是喜剧还是悲剧？”

东风君追问道。这下，寒月先生就更神气了。

“既不是喜剧，也不是悲剧。近来，旧剧和新剧之争闹得不可开

1 榊原健吉（1859—1943），日本江户末期的剑客。

交，所以我也要来点儿新鲜的——我试着写了一出俳剧。”

“俳剧？是什么来的？”

“就是具有俳句趣味的戏剧，简称俳剧。”

听了这话，主人和迷亭都有点摸不着头脑，不敢吭声。结果，还是东风君开口了。

“那么，你的构思是怎么样的呢？”

“考虑到出发点是俳句趣味，太冗长的话绝对不行，所以我写了个独幕剧。”

“有道理。”

“先说舞台道具，也是以尽量简单为好——舞台中央竖起一棵大柳树，树干上有一根树枝向右边伸出，树枝上有一只乌鸦。”

“乌鸦肯老老实实地待着才行呀。”主人颇为担心地喃喃自语道。

“这有何难？用绳子把乌鸦的脚捆在树枝上就行。然后，在树下放一个浴盆。一个美女侧着身子，用毛巾擦拭身体。”

“这可有点儿颓废呀。首先，找谁来演这个女的呢？”迷亭问道。

“这个问题也容易解决，去雇个美术学校的模特儿就行。”

“说不定警察会来找麻烦的。”主人又担心起来。

“只要不是商业演出就没问题吧。要是连这个都不行，那学校里的裸体画写生都办不成啦。”

“可那是为了练习绘画呀，跟让人看还是有点区别的吧。”

“如果各位先生都这么认为的话，那么日本人的观念还是相当落后啊。绘画也好，戏剧也好，都属于艺术嘛。”寒月君盛气凌人地说道。

“这个问题先别争了，继续往下说吧。”东风君很想了解剧情。看来，说不定他还真打算演呢。

“这时，俳句诗人高滨虚子[1]从通道出场。他拿着手杖，头戴白

---

1 高滨虚子（1874—1959），俳句诗人，小说家。夏目漱石正是在高滨虚子的提议下开始创作《我是猫》。

色灯芯草做的帽子，身穿薄绢外褂，萨摩碎白花纹大褂衣襟掖起，脚下穿着一双短靴。——这身衣着，看起来像陆军的军需供应商。但他毕竟是俳句诗人，所以上场时应该尽可能慢悠悠地踱步，做出一副专心推敲俳句的样子。当他走到通道尽头，正要登上舞台时，不经意地抬起头，那沉浸于俳句意境的眼睛朝前望去，只见前面有一棵大柳树，柳荫下有个肌肤雪白的女人正在沐浴。他大吃一惊，往上一看——长长的柳枝上站着一只乌鸦，正往下看着那女人沐浴。于是，虚子先生俳兴大发，做沉思状约五十秒，然后大声吟诵出一首俳句来：'美人方入浴，乌鸦看销魂。'话音刚落，就立刻敲起响板，落下帷幕。——这个构思如何？是否合你的意？你演虚子可比演阿宫姑娘强多了哟。"

东风君似乎有些不太满意，认真地回答道："这好像太简单了吧，最好再加一些能体现人物感情的情节进去。"

迷亭刚才在老老实实地听着，但凭他的个性，显然不会一直这么沉默下去。

他说道："就这么点儿内容，这个俳剧也太寒碜了。按照上田敏[1]君的观点，什么俳句趣味、滑稽格调，全都是消极的亡国之音。真不愧是上田敏君啊，说得一针见血。要是真的演了这种无聊的东西，肯定会被上田敏君嘲笑的。首先，你写的这个东西太消极了，简直让人分不清是滑稽剧还是什么别的玩意儿。说句冒昧的话，寒月君，你最好还是继续待在实验室里磨你的玻璃球吧。俳剧这玩意儿，你就算再写上一两百出，终究也是亡国之音，要来何用？"

"有这么消极吗？我自己觉得挺积极的呀。"寒月有些恼怒地争辩起来，虽然这个问题根本就无足轻重，"虚子先生从'乌鸦看销魂'这个角度作为切入点，我觉得是相当积极的。"

1　上田敏（1874—1916），日本明治时期的诗人、英国文学研究者。

“这个观点倒是新鲜，还望你能详细解释一下。”

“站在理学学士的立场来考虑，所谓的乌鸦迷恋于女人是不合理的吧？”

“当然。”

“原本不合情理的事，随口吟诵成俳句，却丝毫也没觉得不自然。”

“这可说不准。”

主人插了一句，语气充满了怀疑。寒月却满不在乎地继续往下说。

“为什么丝毫也没觉得不自然呢？只要从心理方面加以说明，就很好理解。说实话，是否感到迷恋，其实只存在于这位俳句诗人的意识之中，与乌鸦毫无关系。而他之所以觉得乌鸦对女人产生迷恋，其实并不是因为乌鸦如何如何，而仅仅是因为他本人产生迷恋而已。虚子突然看见美女沐浴时，大吃一惊的同时，肯定产生了迷恋之情。当他自己的迷恋眼光看见那只乌鸦在树枝上一动不动地俯视着下方时，自然就产生了错觉：‘哈哈，这家伙也和我一样招架不住啦。’这无疑是一种错觉，但这种错觉却充满了文学色彩，而且具有积极的意义。将自己的个人感受擅自延伸到乌鸦身上，而且装出一副漠不关心的样子，这难道不属于积极主义吗？先生以为如何？”

“原来如此，果然是高论啊。如果讲给虚子听，他肯定也会大吃一惊吧。你的解释倒是很积极，可如果真的上演了，底下的观众肯定都会觉得消极的哟。东风君，你说呢？”

“嗯，我也觉得太消极了。”东风君严肃地回答道。

主人大概想活跃一下谈话的氛围，就问东风君：“东风先生，你最近怎样，有没有写出什么佳作呢？”

东风君回答道：“没什么特别像样的，不敢拿出来献丑。不过，我最近想出版一本诗集，今天刚好把原稿带来了，请您多指教。”说着，就从怀里掏出一个紫色的绸布包袱，从中取出一本约有五六十页稿纸的小册子，放在主人面前。

主人像煞有介事地说了声“拜读一下”，翻开一看，只见第一页上写着两行字：

献给不沾染一丝尘俗之气的
纤弱的富子小姐

主人脸上露出诧异的神色，默不作声地注视着第一页。

“这是什么，是新体诗吧？”迷亭一边说着，一边凑过来看，“哎哟，是献给别人的呀。东风君，你终于鼓起勇气写诗献给富子小姐啦，真了不起！”他赞不绝口地说着。

主人仍然一脸诧异地问道：“东风先生，这位富子小姐是真有其人吗？”

“嗯，上次的朗读会，她和迷亭先生一起应邀出席了。她就住在这附近。我想把这本诗集拿给她看，所以刚去了一趟她家。不巧她上个月就去大矶避暑了，没在家。”东风一本正经地说道。

“苦沙弥君，现在可是二十世纪啦，别摆出这副表情，赶快朗读一下这部杰作吧。不过，东风君，你的献词可写得不太好呀。你知道‘纤弱’这个雅语是什么意思吗？”

“应该是‘柔弱’‘娇弱’的意思吧。”

“嗯，这样理解也未尝不可，但它的本义是‘不可靠’的意思哟。换作我的话，就不会这么写。”

“怎么写才更有诗意呢？”

“换作我的话，会这么写：‘献给不沾染一丝尘俗之气的、纤弱的富子小姐的鼻子下。’虽然只多加了三个字，但感觉可大不一样哟。”

“有道理。”东风君并不理解迷亭的意思，却故作心悦诚服之状。

主人没有吭声。过了好一会儿才翻开第一页，开始读第一章：

香烟缭绕，散发着倦怠的芬芳
那是你的灵魂，我的相思
啊，啊，在这辛酸的人世
我渴望得到甜蜜的热吻

“这个我可看不太懂。”主人叹息道，随即把诗稿递给迷亭。

“这个太前卫了吧。”迷亭把诗稿递给寒月。

“确实。”寒月又把诗稿还给东风君。

“各位先生看不懂也不奇怪，因为今天的诗歌界发展非常快，已经跟十年前不可同日而语了。近来的诗呀，无论你躺在床上看还是跑到车站去看，都是看不懂的。即便是作者本人，也经常被别人问得答不上来。写诗全靠灵感，除此之外，诗人概不负责。至于注释和汉字解读嘛，那是学究们的事，我们可不管这些。前几天，我有个名叫‘送籍’[1]的朋友写了篇题为《一夜》的短篇小说，结果大家都看得一头雾水，不知道他在写什么。我碰到他时，还认真地问他这篇小说到底想表现什么。没想到他却说：‘我怎么知道？’根本没搭理我。我觉得，这正是诗人的特色吧。”

“就算是诗人，也未免太古怪了呀。”主人说道。

“简直就是个白痴！”迷亭一句话就把送籍君给打倒了。

东风君觉得还需要再补充几句，便继续往下说。

“送籍君在我们这些同伴当中也属于另类。至于我写的诗嘛，也请各位先生以这种心态来读。特别希望各位留意的是，‘辛酸的人世’和‘甜蜜的热吻’形成对比——这正是我煞费苦心之处。”

1　在日语中，“送籍”和“漱石”的发音相同。夏目漱石以此自嘲。

“看得出煞费苦心的痕迹。”寒月君说道。

“你这‘辛酸’和‘甜蜜’的对比，可谓是‘十七味辣椒粉’[1]之格调，妙不可言啊。这正是东风君的独特笔法，令人佩服之至。”迷亭不断地调侃老实人，以此为乐。

主人似乎想起什么，突然站起身来，走进书房，随即拿着一张纸回到客厅，一本正经地说道：“刚才拜读了东风君的大作，现在我来念一下自己写的短文，请各位批评指教。”

“不会又是那篇天然居士的墓志铭吧？我已经听过两三遍了哟。”

“嘿，你少废话。东风先生，这篇文章绝不是什么得意之作，只是给大家助助兴而已。请你听一下吧。”

“敬请赐教。”

“寒月君，你也顺便听一下。”

“不顺便我也要听的。篇幅不长吧？”

“只有六十多个字。”

接着，苦沙弥就开始念他自己亲手炮制的名作。

“大和魂！”日本人叫道，随即发出肺痨似的咳嗽声。

“开篇就很震撼嘛！”寒月赞叹道。

“大和魂！”卖报的叫道。“大和魂！”小偷叫道。大和魂一跃而飞渡海洋。在英国，举行大和魂的演讲。在德国，上演大和魂的戏剧。

“这篇果然比天然居士那篇强多了。”迷亭挺起胸膛说道。

1 本来，“七味辣椒粉”是一种调味料。但因为俳句由十七个字组成，所以迷亭故意说成“十七味辣椒粉”，以此调侃。

东乡大将有大和魂，卖鱼的阿银也有大和魂，骗子、投机商、杀人犯也都有大和魂。

“老师，这里请加上一句：‘寒月也有大和魂。’”

如果你问大和魂是什么，他会回答说：“大和魂就是大和魂呗。”然后走开。走出十米远时，还要故意清一清嗓子。

“这句写得精彩。你还是挺有文学才华的嘛。下一句呢？”

大和魂是三角形的，还是四方形的？顾名思义，大和魂是“魂”。因为是“魂”，所以总是飘忽不定。

“写得真有趣。不过，‘大和魂’是不是太多了点儿呢？”东风君提醒道。

“同意。”说这话的，当然是迷亭了。

谁都把它挂在嘴边，可谁都没有看见过。谁都听说过，可谁都没有遇见过它。大和魂，莫非是天狗[1]的同类吗？

主人以余音不绝之腔调把文章念完了。然而，这篇名作未免太短了，而且不容易看出它要表现什么，所以那三位听众以为还有下文，于是就在那儿傻等着。但等来等去，却不见任何动静。

1　日本传说中虚构的怪物。住在深山里，红脸，长鼻子，能自由飞行。

最后，寒月问了句：“这就完了吗？”

主人轻轻地回答了一声：“嗯。”——这声“嗯”也未免太漫不经心了。

奇怪的是，对于这篇名作，迷亭并没像往常那样评头论足一番。他只是转过身来，对苦沙弥说道：“不如你也把这些短文汇编成册，然后拿来献给别人吧。”

主人若无其事地说道：“那就献给你吧。”

迷亭答道：“你就饶了我吧。”然后就用刚才向女主人炫耀的那把剪刀咔嚓咔嚓地剪起指甲来。

寒月君问东风君：“你认识金田小姐吗？”

“今年春天邀请金田小姐来参加朗读会之后，我就和她渐渐熟悉起来，一直保持着来往。每次看见她时，我总是有一种心动的感觉。近来，我无论写诗还是写和歌，都兴致盎然，思如泉涌。这本诗集之所以大多数是爱情诗，完全是因为这位异性朋友带给我的灵感吧。我必须对她表示诚挚感谢之意，所以才想借此机会把这本诗集献给她。如果没有红颜知己的话，从古至今就没有一个人能写出好诗来。”

“真的是这样吗？”寒月的脸上挤出一丝笑容。

尽管在座几位都是能侃之人，但也不可能一直聊个没完。眼看他们谈兴渐淡，而我也没有义务非得整天聆听他们的老生常谈，所以我就先行告退，到院子里去捉螳螂了。太阳西斜，在郁郁葱葱的梧桐叶间洒下稀疏的光影。树干上，寒蝉拼命鸣叫。今夜可能会下一场雨。

第七章

最近，我开始做运动了。也许有人会挖苦说："猫儿竟然也做运动，简直是自作聪明。"我得告诉他们：说这种话的人，其实在近几年之前，也一直不知道运动为何物，而以吃饭和睡觉为天职。他们应该还记得以前过着这样的日子——口中喃喃诵念"无事是贵人"[1]，双手揣在怀里，屁股坐得快腐烂了也不肯离开坐垫，还自鸣得意地说："这是大老爷们的荣耀。"至于后来提倡的运动啦、喝牛奶啦、冷水浴啦、海水浴啦、夏天住在山里吟赏烟霞啦……这些层出不穷的无聊做法，都是近年才从西方传到我神国日本来的臭毛病，可与鼠疫、肺病、神经衰弱等归于同类。

我是去年出生的，今年才一岁，当然不记得人们沾染上这臭毛病时的情形。不仅如此，当时我也肯定没有被这股世俗歪风冲昏头脑。不过，猫儿一岁可以说相当于人类的十岁。别看我们的寿命只有人类的二分之一、三分之一，但这么短的时间也足以让一只猫儿发育成熟了。由此可见，把人类和猫儿的岁数等量齐观是极其荒谬的。先不说别的，光从"我这只年仅一岁零几个月的猫儿竟然也有如此见识"这点，就足以

1 出自临济义玄禅师语录："无事是贵人，但莫造作，只是平常。"

说明问题了。主人的第三个女儿据说已经虚岁三岁，但在智力发育方面，却是迟钝至极。除了哭泣、尿床和吃奶之外，别的什么都不懂。而我早就在忧世愤俗了，和她简直不可相提并论。所以，即便我对运动、海水浴、转地疗养的历史都了如指掌，也不足为怪。如果说，有谁对这点小事会大惊小怪的话，那一定是“人类”这种少了两条腿的白痴。

人类自古以来就是白痴。所以直到近年才渐渐开始鼓吹运动的作用，喋喋不休地宣扬海水浴的功效，仿佛是一项伟大发明似的。其实，这种常识嘛，我还没出生前就已经一清二楚啦。先说海水为什么有益于身体吧——只要你去一趟海边，就会马上明白。在那辽阔的大海里有无数的鱼，但从来没有一条鱼因为生病而去看医生的，大家都健健康康地游来游去。鱼如果生病，身体就不听使唤了。如果死了的话，则一定会浮起来。所以，鱼死称为“浮”，鸟死称为“落”，人死称为“走”。你不妨问问出过洋、横渡过印度洋的人：“有没看见过鱼死的那一刻？”肯定谁都会回答说没有。这是理所当然的。因为，不管来回多少趟，都看不到一条鱼在海里停止呼吸空气——不，说“停止呼吸空气”不妥，既然是鱼，应该说“停止呼吸海水”才对。在那浩瀚无边的茫茫大海上，即使开着蒸汽船不分昼夜地寻找，也看不到一条鱼“浮”起来。由此推论，可以立刻得出结论：鱼的身体是相当好的。

那么，为什么鱼的身体这么好呢？关于这个问题嘛，人类当然是弄不懂的。其实道理很简单，可谓一目了然——这是因为鱼一直饮用海水、洗海水浴的缘故。海水浴对鱼的功效十分显著。既然对鱼功效显著，那么对人类当然也应该功效显著才对。1750年理查德·拉塞尔[1]医生登了一则夸张的广告：“跳入布赖顿海水浴场，包治百病！”人类这么晚才明白这个道理，简直是太可笑了。而我们猫族嘛，只要

1 18世纪英国医生，大力提倡“水疗法”，并将布赖顿沿岸的小渔村开辟为海滨疗养地。

时机成熟，大家都会跑到镰仓海滨去的。不过，现在还不行，需要等待时机。正如明治维新前的日本人至死都没能体验到海水浴的功效一样，今天的猫儿也尚未遇到可以裸体跳入海中的时机。正可谓欲速则不达。今天，还有许多猫儿被丢弃到筑地[1]，无法平安回家。这种时候，我们就不能贸然跳进海里。在我们猫族还没进化到对惊涛骇浪产生相应的抵抗力之前——换言之，“猫浮起来”尚未取代“猫死了”成为广泛使用的说法之前——是洗不成海水浴的。

于是我决定：海水浴留待以后再说，先去做一做运动。在二十世纪的今天[2]，不运动的话，感觉就像贫民似的，很没面子。不运动的话，别人会认为你并不是“不想”运动，而是“做不成”运动，没有时间和闲暇运动。过去，经常运动的人被取笑为“跑腿的”；如今，不运动的人反而会被视为“下等人”。世人的评价会随时间和场合而不断变化，就像我这猫儿的眼珠一样。我的眼珠只不过是变大变小，而世人的评价却很可能完全颠倒。反正，完全颠倒也无妨。事物总有两面，总有两端，敲击两端就能使同一事物产生黑白颠倒的变化——这正是人的圆滑之处。“方寸”[3]颠倒过来，就成了“寸方”，这确实有点意思。“天桥立”[4]之胜景，如果从胯下眺望过去，又会别有情趣。莎士比亚的作品，千百年来一直这么读也很乏味。偶尔应该有人从胯下的角度看看《哈姆雷特》，说句：“喂，这么写可不行哟。”否则，文学界就没有进步。所以，过去贬低运动的家伙们，现在忽然热衷于运动，甚至连女人们都拿着球拍招摇过市，其实都不足为奇，只要不把猫儿做运动嘲笑为“自作聪明”就可以了。

---

1 位于东京中央区，由低湿地填拓而成。明治初年时，该地区还比较偏僻，所以很多人会把流浪猫丢弃到那里。

2 《我是猫》写于1904年至1906年，故文中为20世纪。——编者注

3 意为“心，内心”。

4 位于日本京都府宫津市，是“日本三景”之一。

那么，我到底要做哪种运动呢？也许有人对此感到疑惑，下面我就略做说明吧。

众所周知，我们猫儿很不幸的一点是无法手持器械。所以，球和球棒之类都用不了。而且，因为没钱，想买也买不成。出于这两个原因，我选择的运动，必须是那种既不用破费也不用器械的。既然这样，我也许可以选择慢慢散步，或者叼上一块金枪鱼肉随即撒腿飞奔。然而，让四条腿做力学运动，在地球引力的作用下纵横大地——这未免太简单了，很难令我产生兴趣。虽然美其名曰“运动”，但我觉得，这种连主人也时常做的、顾名思义的“运动”，简直是在玷污运动的神圣感。当然，如果在某种刺激下，这种简单运动也未尝不可，比如像“抢鲣鱼干”“寻找鲑鱼”之类的运动就挺有意思。但这种场合关键是要有目标物，如果缺少目标物的刺激，就会变得索然无味。除了这些奖励性的刺激之外，我还想做些有技巧性的运动。我想出了各种名堂。

从厨房的房檐跳到屋顶上去。

四只脚站立在屋顶的梅花形瓦片上。

从晾衣竿上走过去——这个一次也没有成功过。竹竿滑溜溜的，很难站稳。

出其不意地从背后扑到小孩身上——这是我最感兴趣的运动之一，但也不能胡来，否则就会挨揍，所以每个月最多只能试三次。

把纸袋套到头上——这个只有痛苦，毫无乐趣。而且，没有人配合的话还做不成。

用爪子在书的封面上抓挠——要是被主人发现的话，肯定会挨揍。而且，只能锻炼爪子的灵活性，而不能活动全身肌肉。

以上这些项目，对我来说都是所谓的“旧式运动”。而在“新式运动”里，有几项是我特别感兴趣的。

首先是捉螳螂。捉螳螂不是像捉老鼠那样的剧烈运动，也没什么危险，这是仲夏至初秋期间的最佳游戏。

至于具体方法嘛，是这样的：先到院子里找出一只螳螂。天气好的话，毫不费力就能找出一两只来。然后，风驰电掣般地冲到螳螂君身边。螳螂大惊之下，立刻摆好架势，举起两把镰刀。螳螂虽小但精神可嘉，在不了解对手的实力之前还想着要较量一番，真是可笑。

我用右前脚拨了一下它那高举的镰刀，它的脖子立刻柔软无力地歪向一边。螳螂君此刻摆出一脸诧异的表情，尤为有趣。我一下跳到螳螂君身后，从背后轻轻地挠一下它的翅膀。它的翅膀平时总是叠得好好的，但被我用力挠时，一下就散乱开来，露出吉野纸[1]似的浅色内衣——即使在夏天，螳螂君也不嫌麻烦地穿着两层衣裳，真是个爱打扮的家伙。这时，螳螂君一定会把长脖子向后扭，有时也会转过身来，但大多数时候只是这么伸长脖子呆站着，似乎在等我出招。

对方要是一直这样的话，我就运动不起来了。所以，我等得不耐烦时，就会又给它一爪。这爪一出，识相的螳螂肯定会逃跑。偶尔也有些缺乏教养的野蛮螳螂会拼命顽抗——对于这种野蛮的家伙，我只需瞅准时机，狠狠地给它一爪。挨了我这一爪，螳螂大多都会摔出两三尺外。如果螳螂老老实实地往后退，我倒是会产生怜悯之心，不再追击，而是像飞鸟一样绕着院子里的树木跑上两三圈。一看，螳螂君只逃出五六寸远。领教过我的实力之后，螳螂君不敢再反抗，而是四处仓皇逃跑。我则在后面紧追不舍。最后，陷入绝望的螳螂君有时会抖动双翅，想做奋力一搏。螳螂的双翅本来就和它的脖子相匹配，又细又长，据说只是用来装饰的，和人类的英语、法语、德语一样毫无实际用处。所以，尽管它想利用这无用之物做奋力一搏，可是对我却毫不见效。所谓“奋力一搏”，其实只不过是拖着翅膀在地面上爬行而已。

见它如此狼狈，我不免心生同情。但为了运动，也就顾不得许

1 奈良县吉野出产的日本纸，质地薄而柔软。

多了。我心怀歉意地一下蹿到它前面。螳螂君出于惯性，没法立刻转身，只得继续向前爬。我冲着它的鼻子打了一下。它立刻就摊开双翅倒在地上。我用前脚按住它，稍为歇一会儿。然后放开，放开一会儿又再按住。我使用了诸葛亮“七擒七纵”之战略来对付它。反复折腾了半个钟头之后，我看它已经不能动弹，就把它叼在嘴里甩几下，然后又吐出来。这次，它躺在地上不动了。我就用手捅一下它，等它想顺势跳起来时，又立刻把它按住。等到玩腻了，最后再把它狼吞虎咽地吃掉。顺便告诉一下没吃过螳螂的人类：螳螂不太好吃，而且营养成分也出乎意料地少。

除了捉螳螂的运动之外，我还经常捕蝉。虽说都叫“蝉”，但其实有很多不同种类。正如人类当中有油滑鬼、聒噪鬼、寒酸鬼一样，蝉也有油蝉、鸣鸣蝉、寒蝉之分。油蝉叫个没完，很讨厌；鸣鸣蝉态度蛮横，也很烦人；只有寒蝉比较有趣。寒蝉要到夏末才出现。每当秋风擅自钻进和服开衩口，轻拂肌肤而使人打喷嚏感冒的时候，寒蝉才开始摆动着尾巴发出鸣叫声。寒蝉很能叫，以至于让我觉得它的天职只有“鸣叫”和“被猫吃”这两项。我在初秋时捕捉这家伙，即所谓“捕蝉运动”。

我得先向各位声明一点：既然它叫作“蝉”，那就不会掉到地上，掉到地上的话肯定会招来蚂蚁。我要捕捉的，不是横躺在蚂蚁领地里的家伙，而是那些在高高的树枝上“知——了，知——了”地叫个不停的家伙。

说到这里，我想顺便向博学的人类请教一下，这种寒蝉的叫声到底是“知——了，知——了”，还是“了知——，了知——”呢？我相信，不同的理解，可能会对蝉学研究产生重大影响。善于钻研这种问题，正是人类比猫儿强的地方，而且也是人类引以为豪之处。所以，如果现在一时回答不上来的话，就请你们好好思考一下吧。当然，在捕蝉运动中，它怎么叫都是无所谓的。我只需循声爬上树，趁着它尽情鸣叫之时，一下把它捉住。

这项运动看似简单，其实非常费劲。我有四条腿，所以自认为在地面上行走时不会输给其他动物。根据两条腿和四条腿的数学知识来判断，至少不会输给人类吧。可在爬树方面，却有很多比我强的。姑且不说那些以爬树为本行的猴子，即便在猴子后裔的人类当中，也有些不容小觑的家伙。本来嘛，爬树就是违背地球引力而勉为其难之事，所以就算不会爬，也没什么丢人的，但在捕蝉运动中却有诸多不便。幸亏我有爪子这一利器，才勉强能爬上树，但并不像旁人看到的那么轻松。不仅如此，蝉还会飞。这和捉螳螂不一样，蝉一旦飞走，我可就落得个白忙一场的悲惨结局了——辛辛苦苦地爬上树，到头来却和不爬没什么两样。

最后还有个问题：它有时会朝我撒尿，而且还是对准我的眼睛撒的。让它逃跑也就算了，别被尿溅一身就好。至于蝉在临飞走时撒一泡尿，这种生理反应到底是出于什么样的心理状态呢？——也许是痛苦不堪？又或许，是为了趁敌不备而突然袭击，以争取时间逃跑？如果是这样的话，就和乌贼喷墨、小混混炫耀文身、我家主人卖弄拉丁文之类的行为可归于同类了。这也是蝉学研究中不容忽视的问题。如果进行充分研究的话，光凭这个题目就值得写成博士论文。这些都是题外话，还是言归正传吧。

蝉最经常集中的地方——如果觉得“集中”这个词别扭的话也可用“集合”，但“集合”又太老套了，所以还是用“集中”吧——是青桐树。据说青桐树在中国被称为“梧桐”。不过，这种青桐树的叶子非常多，而且都像扇子那么大片。叶子层层叠叠，郁郁葱葱，把树枝都遮挡住了。这显然会妨碍捕蝉运动。我甚至怀疑，“闻声不见影”[1]这句民谣是为我而作的？我没办法，只得循声爬去。离地面约两米高的地方

1 出自日本古代和泉国民谣《山家鸟虫歌》。

有个树杈，正中我下怀。我可以在这里稍事休息，透过树叶侦察出蝉的藏身之处。不过，还没等我爬到这里时，有些急性子的家伙已经“唰啦唰啦”地飞走了。只要有一只飞起来，那就坏事啦。在盲目跟风这一点上，蝉和人类一样愚蠢。它们都接二连三地飞走了。我好不容易才爬到树杈时，却经常是满树俱寂，悄无声息。曾经有一次，我爬到树杈上，竖起耳朵，四处张望，却始终没发现蝉的动静。又嫌下去了再爬上来太麻烦，于是就驻守在树杈上，等待新的机会。可没过多久我就渐渐犯困了，终于进入了甜蜜梦乡。当我猛然惊醒时，发现自己已经从树杈上的甜蜜梦乡扑通一下摔到了院子里的石子路上。

话说回来，大多数时候，我爬到树上去总能捉到一两只的。但有些扫兴的是，我在树上捉到蝉时得把它衔在嘴里，所以等我从树上下来再把它吐出来时，它多半已经死掉了，无论我如何逗弄撩拨都没有反应。捕蝉的真正乐趣在于——我悄悄地靠近寒蝉君，趁它伸缩着尾巴尽情鸣叫的当儿，突然用前脚把它按住。此时，寒蝉君就会发出悲鸣，然后拼命摆动着它那薄而透明的翅膀。其动作之快之美简直无法形容，堪称蝉世界的一大奇观。我每次按住寒蝉君时，都会要求它给我来一段这样的艺术表演。等我看腻了，便心怀歉意地把它塞进嘴里吃掉，有的蝉甚至被我吃进嘴里时还在继续表演哩。

除了捕蝉运动之外，我还做“滑松”运动。这项运动不必长篇大论，简单介绍几句即可。

说到“滑松”，也许有人以为是从松树上往下滑，其实并非如此。这同样也是一种爬树运动。只不过，捕蝉运动是为了捉蝉而爬树，而滑松运动则是以爬树本身为目的。这就是两者的区别。

自从“焚青松以飨最明寺”[1]以来，直到今天，松树的树干总是

1　出自日本古代谣曲《盆栽》中的唱词。“最明寺”即镰仓幕府第五代执权者北条时赖，因出家最明寺而得名。故事梗概如下：最明寺常微服私访，体察民情。有一次在大雪中投宿于民家。虽然屋主家境贫寒，却不惜焚烧珍贵的盆栽松树以供最明寺取暖。

一副疙瘩不平的样子。因此，再也没有什么东西比它更不滑溜、比它更适合手脚攀爬的了。换言之，松树是最适合我的爪子在上面攀爬的了。在这样的松树树干上，我一口气跑上去，然后又跑下来。下来的时候有两种方法：一种是头朝地面俯冲下来，一种是仍保持头朝上的姿势，尾巴朝下地倒退下来。

说到这里，我倒想问一下人类：你们知道哪种方法更难吗？按照人类肤浅的想法，大概会以为：既然要下来，当然是头朝下俯冲下来比较容易吧。其实这是错误的。你们只知道源义经[1]是这么头朝下地从鹎越山道俯冲下去，所以想当然地以为，猫儿能这么头朝下地俯冲下来就不错了。你们可不能这样小瞧了猫儿哟。你们知道猫爪子是朝哪个方向生长的吗？——都是向内弯的呀。就像“消防钩”一样，能钩住东西拉过来，但要反推出去时却使不上力。比方说，我现在飞快地爬上了松树。因为我原本是地上的动物，按自然趋势来说，肯定不能在树梢上待太久。待一会儿就得下来。但直接松开爪子的话，会飞快地往下落，所以必须用某种方法来减缓这种自然趋势——也就是说，我要“下来”。

“下落”与“下来”貌似天差地别，其实并不如想象中的区别那么大。把“下落”放慢，就变成“下来”；把“下来”加快，就变成“下落”。“下落”与“下来”，只有一字之差而已。我可不愿意从松树“下落”，所以必须把“下落”放慢变成“下来”。也就是说，必须用某种方法来减缓“下落”的速度。——正如刚才所说，我的爪子都是向内弯的。所以，如果采取头朝上的姿势，用爪子抓住树干，那么这爪子就能起到减缓下落势头的作用，把“下落”变成“下来”，这是显而易见的道理。

但如果效仿源义经之法——头朝下地从松树俯冲下来，那么爪

1 源义经（1159—1189），日本平安末期的武将，曾率一万多骑兵发动奇袭，从鹎越山道俯冲而下，击败平氏军队。

子就没用啦，只会刺溜刺溜地往下滑，根本无法撑住自己的体重。原本是想“下来”，结果却变成“下落”了。可见，“源义经俯冲法”实在是太难了。在猫族之中，能掌握这项技能的，恐怕就只有我一个啦。所以，我才把这项运动称为“滑松”。

最后，我想介绍一下“绕篱笆”的运动。

主人家的院子用竹篱笆围成了四方形。和檐廊平行的那一边足有十五米长，但左右两边都只有七米多长。我所说的“绕篱笆”运动，是指在这竹篱笆顶上绕行一周而不掉下来。虽然也偶有失手的时候，但如果能顺利走完的话就会感觉很欣慰。而且，随处竖着根部被烧过的圆木桩子，为我中途休息提供了便利。

今天我状态比较好，从清晨到中午已经完成了三次，而且一次比一次熟练。越熟练则兴致越高。于是我又开始做第四次。刚在竹篱笆上走了半圈时，忽然看见从邻居屋顶上飞来了三只乌鸦，在我前方约两米远处排成了一列。这些不速之客竟敢来妨碍别人的运动！更何况它们来历不明，怎么能随便飞到人家的竹篱笆上面来呢？想到这里，我便冲着它们喊道：“喂！我要过去，快躲开！”

最前面一只乌鸦看着我，笑嘻嘻的；第二只乌鸦眺望着主人家的院子；第三只乌鸦在竹篱笆上擦拭着嘴巴，肯定是刚吃过什么东西来着。

我决定给它们三分钟的考虑时间，就站在竹篱笆上等待答复。据说乌鸦又被称为“勘左卫门”[1]，果然是名不虚传。我等了好一会儿，可是它们既没跟我打招呼，也没飞走。我没办法，只得慢慢地走上前去。这时，最前面那只勘左卫门稍微伸了一下翅膀。我以为对方总算慑于我的威风要逃跑了，不料它只是从右边转向左边，稍变换了一下姿势而已。这混蛋！要是在地面的话，我可不会放过它们。无奈我已经跑得很累，实在没有闲工夫去和它们纠缠。但我又不愿意这么一直

1 “勘左卫门”是常见的日本人名。而在日语中，“乌鸦”和“勘左卫门”部分音节谐音，所以幼儿用语把乌鸦戏称为“乌鸦勘左卫门”。

耗着，等待它们撤退。再这样耗下去，我的脚就坚持不住了。对方毕竟是带翅膀的家伙，很习惯站在这种地方。所以，只要它们乐意的话，就能一直这么待下去。而我呢，今天已经是第四次做“绕篱笆”运动，早就疲惫不堪。而且这项运动同时也是杂技表演，跟走钢丝有得一拼呢。即使没有任何障碍物也很难保证不摔下去，更何况现在还有三个穿得黑不溜秋的家伙在挡路，真叫我发愁啊。实在不行的话，我只得自动放弃，从篱笆顶上跳下来算了。为了少惹麻烦，干脆就这样吧。敌方势众，而且面孔陌生，长着奇形怪状的尖嘴，就像是天狗生下的后代似的，肯定不是什么好东西。还是撤退比较安全。纠缠得太久，万一摔下去的话，那就更加丢脸啦。

正在这时，那只转向左边的乌鸦叫了声：“傻瓜！”第二只也跟着叫了声：“傻瓜！”而最后面的那个家伙更是郑重其事地连叫了两声：“傻瓜！傻瓜！”这下，就算我脾气再好，也忍无可忍了。先不说别的，在自家院子里被乌鸦这么羞辱，有损我的大名——有人会质疑说：“你连名字都没有，又哪来的有损大名呢？”——那就改成“有损我的体面”吧。此刻，我绝不能退却！俗话说：“乌合之众。”别看它们有三只，说不定没什么真本事呢。我决定尽可能往前推进，于是就壮着胆子，慢慢地向前走去。然而，乌鸦们却根本没理睬我，仍然在互相聊着什么。

我更加恼火了。这篱笆墙顶如果再宽个五六寸，我肯定会好好教训它们一顿。但遗憾的是，无论我如何恼怒，也只能慢吞吞地向前挪动步子。好不容易走到离最前面那只乌鸦五六寸的地方，胜利在望时，那三个勘左卫门突然不约而同地拍动翅膀，飞起一二尺高。一股猛风迎面刮来，我大吃一惊，一不小心脚下踩空了，“扑通”摔到了地上。

我心想：这下可栽了。从墙根下抬头一看，只见那三只乌鸦又站回了原处，一起噘着嘴巴俯视着我。真是群厚脸皮的家伙！我狠狠地瞪了它们一眼，但却毫不见效。我又拱起腰来，发出低吼声，结果也是徒劳。正如俗人看不懂奇妙的寓意诗一样，它们对我发出的愤怒信号毫无反应。仔细一想，这也难怪。刚才我一直把它们当作猫儿来看待了，这是我的疏忽。如果对方也是猫儿，肯定会对我的示威信号有所反应。可不巧的是，对方是乌鸦呀。既然是乌鸦，那就没办法了。这就像实业家急于镇压我家主人苦沙弥一样；就像源赖朝[1]把银制的猫儿送给西行法师一样；就像乌鸦在西乡隆盛[2]的铜像上拉屎一样。

善于审时度势的我，很快就认识到自己不是对手，于是便果断地撤回到檐廊上去了。这时已经是晚饭时间。运动虽好，但过度了也不行。我觉得浑身瘫软，疲惫不堪。而且，身体热得发烫，大概是全身皮毛在运动中充分吸收了阳光热量吧——刚入秋的夕阳还是很强烈的。毛孔渗出的汗水要是能流淌下来倒还好，但此时却像油脂一样粘在毛根上，弄得背上痒痒的。是出汗的痒，还是跳蚤的痒，很容易区分出来。嘴巴够得着的话能咬，脚够得着的话能挠，可现在是脊椎正中的部位发痒，自己无论如何也够不着。在这种情况下，我只能往人身上乱蹭，或者在松树皮上狠狠摩擦，从中二选一。否则就会很难受，连觉也睡不着。

人类是很愚蠢的，所以我只需娇声娇气地发出“抚猫声”[3]——不对，“抚猫声”是人抚摸猫时发出的轻声细语，从我的角度而言，应该说成“被抚声”才对——总之，人类是很愚蠢的，我只需娇声娇气地发出“被抚声”，凑到他们的膝盖旁边。一般情况下，对方总会误以为我是喜欢他或她，所以会任由我在身边蹭来蹭去，而且还时不

1　源赖朝（1147—1199），日本镰仓幕府的初代将军。据史书《吾妻镜》记载，源赖朝将银制的猫赏赐给西行法师（1118—1190），没想到西行法师刚离开府邸，就随手送给了在一旁玩耍的小孩。

2　西乡隆盛（1827—1877），日本幕末维新时期的政治家。

3　在日语中，“抚猫声”（猫撫で声）表示柔声细语的意思。

时抚摸我的脑袋。

但由于最近我的毛里长了一种叫作跳蚤的寄生虫，如果我走得离人太近，就会被他们揪住后脖颈，扔到一边去。因为肉眼几乎看不见的、微不足道的小虫，人们就对我如此冷淡，正可谓是“翻手为云，覆手为雨”啊。最多不过一两千只跳蚤嘛，就让他们变得如此绝情。据说，人类世界里通行的爱之法则第一条就是：对自己有利时，必须爱对方。——因为人们突然翻脸，我就算再痒也没法指望他们了。所以，除了采取“松树皮摩擦法”之外，别无他法。

既然这样，那就去摩擦一下松树皮吧。我正要从檐廊跳下去时，忽然转念一想：不行，这个方法并不明智，可谓得不偿失。原因在于：松树上有松脂——松脂这种东西很顽固，一旦粘到毛上面，哪怕打雷闪电，哪怕波罗的海舰队全军覆没，它都绝不肯脱落的。更要命的是，如果有五根毛粘上松脂，很快就会蔓延到十根；当我发现粘住十根时，其实已经有三十根着了道儿。我是一只生性淡泊、具有茶人[1]气质的猫儿，对于这种难缠的、恶毒的、黏糊糊的、顽固的东西，一向深恶痛绝。即使对方是倾城倾国的美猫儿，我都照样拒绝，更何况是松脂呢。松脂这玩意儿，其实和车夫家的大黑被北风吹得流出来的眼屎是一路货色，竟然也敢来糟蹋我这身浅灰色毛衣，真是岂有此理！多少也得为别人考虑一下吧！当然，无论我怎么说，它都不会听的。只等我把后背往松树皮上一蹭，它就会立刻冒出来，牢牢地粘在我身上。跟这种不知好歹的混蛋纠缠，不但有损我的面子，而且还关系到我的皮毛。所以，就算再痒，我也只能强忍着。

然而，这两种方法都行不通，未免让我感到惶恐不安。如果不马上想想办法，一直这么刺痒痒的、黏糊糊的，说不定最后会闹出什么病来。我屈着后腿，心想：还有没有什么好主意呢？这时，我忽然想

1 爱好茶道的人，后来也转指风雅之人。

起来——我家主人经常带上毛巾和肥皂，飘然出门而去，过个三四十分钟回到家时，他那浑浊的脸上会增添几分活力，显得开朗了许多。既然对邋里邋遢的主人都这么有效果，对我肯定会更有效的。我本来就长得仪表堂堂，没必要再打扮成什么美男子。可万一瘙痒成病，只活了一岁零几个月就夭折的话，那就愧对天下苍生了。

打听之下，我才知道主人去的地方叫澡堂——这无非也是人类为了消遣而创造出来的。既然是人类创造出来的，总不会是什么好东西。可现在情况特殊，去试一下也无妨。试一下，如果不见效，那下次不去就是了。可是，澡堂毕竟是人类为自己而造的设施，他们有没有这么大方，允许猫儿这种异类进去呢？这还真说不准。按说，连主人都可以随便进去，总不至于把我拒之门外吧。可万一真的吃了闭门羹，传出去可就丢脸啦。所以，最好还是先去看个究竟。看好之后，觉得没问题的话，再叼上毛巾跳进去。

从巷子往左拐，就看见前面耸立着一根高高的大竹筒似的东西，顶端还冒出淡淡的烟。这里就是澡堂了。我偷偷地从后门溜了进去。也许有人会说，从后门溜进去是怯懦和不成熟的表现。其实，这样的冷嘲热讽，正体现出那些只能从正门进去的人的嫉妒心理。自古以来，聪明人都是出其不意地从后门发动进攻的。据说，《绅士养成法》[1]第二卷第一章第五页上就是这么写的。下一页甚至还写着："绅士在遗书中说，后门是我本人的修德之门。"我毕竟是二十世纪的猫儿，这点教养还是有的，可别小看了我哟。

且说，我溜进去一看，只见左边像小山似的堆着许多劈成八寸来长的松树柴火，旁边是堆成像山冈一样的煤炭。也许有人要问：为什么松树柴火说像"小山"，而煤炭却说像"山冈"呢？其实并无深意，我只是想着区分使用而已。不过，人类可是什么乱七八糟的东西

1　这是杜撰出来的书名。

都吃呀——米也吃，鸡也吃，鱼也吃，兽类也吃，现在竟然堕落到连煤炭也要吃，实在是太可怜了。

前面尽头处，有个不到两米宽的入口，门敞开着。我往里一瞧，里边空荡荡的，十分安静，而其对面却不时传来人声。于是我立即断定：所谓的澡堂，肯定就在有人声的这边了。我从松树柴火和煤炭之间的山谷穿过去，向左拐，再往前走，就看到右边有个玻璃窗。窗外，有很多圆形小木桶摞成了三角形即金字塔形。圆形物体被摞成三角形，恐怕会很不情愿吧，我不禁暗自对小木桶诸君表示同情。

在小木桶的南边多出了四五尺长的隔板，似乎是专门为了迎接我而设的。隔板离地面约有一米，这高度正好方便我跳跃。我暗暗叫好，轻轻一跃就跳了上去。所谓的澡堂顿时呈现在我的眼皮底下。

要说天下什么事情最有趣，那当然是吃从没吃过的东西、看从没看过的景物了。没有比这更令人快活的了。各位如果像我家主人那样，每周来三次澡堂，每次泡上三四十分钟，那当然没什么可说的；但如果像我一样从没见过澡堂的话，那还是赶快去看看为好。哪怕不给爹娘送终，也得去澡堂参观一下。世界虽大，这种奇观却是绝无仅有的。

你问“是什么奇观”？——这种奇观呀，连我都不好意思说出口。在这玻璃窗里，密密麻麻、吵吵嚷嚷的这些人，全都光着身子呢。他们简直就是台湾的原住民，是二十世纪的亚当。

只要翻阅一下衣服的历史——但这事说来话长，还是交给托费尔斯德洛克先生[1]，我在这里就暂且略去吧——人类是和衣服密不可分的。在十八世纪时的英国巴斯小镇，根据理查德·纳什[2]制定的严格规则，到了温泉浴场，无论男女都要用衣服把从肩到脚的部分裹起来。

1　英国历史学家托马斯·卡莱尔（1795—1881）著作《衣裳哲学》中的一个虚构的人物。

2　理查德·纳什（1674—1762），英国巴斯小镇的典礼官，后来成为引领英国时尚的先驱。

距今六十年前，也是在英国的某个城市，曾经开设过一所美术学校。既然是美术学校，自然要购置许多裸体画、裸体临摹画像、人体模型，陈列在各个地方。这本来也没什么，可是一到要举行开业典礼时，当局和学校的教职员工却犯愁了——既然要举行开业典礼，就不得不邀请市里的贵妇淑女们参加。可是在贵妇人的观念里，人是穿着衣服的动物，而不是披着皮毛的猴子。人不穿衣服的话，就无异于大象没有鼻子、学校没有学生、士兵没有勇气，完全失去了主体。一旦失去主体，就不再是人，而是成了野兽。尽管陈列的只是些人体模型，但与这种“野兽人”为伍，却显然有损于贵妇淑女们的身份。所以她们拒绝参加开业典礼。学校方面虽然认为她们不可理喻，可无论在东方还是西方，女人始终是必需的装饰品。她们虽然不会舂米，不能当志愿兵，但却是开业典礼上不可或缺的点缀。因此，学校方面没办法，只得去绸布店买来三十五匹黑布，给所有的“野兽人”模型穿上衣服。为了谨慎起见，甚至连脸部都给蒙上了。这样才总算顺利地举行了开业典礼。可见，衣服对人类来说有多么重要。

近来，有人老是嚷嚷着“裸体画、裸体画”，大力鼓吹裸体，其实这是不对的。对我这样一只出生至今从来没试过裸体的猫儿来说，这无论如何都是很荒谬的。裸体嘛，原本是希腊、罗马遗风，后来在文艺复兴时期淫靡风气的激发下才开始流行起来。希腊人和罗马人平时见惯了裸体，所以丝毫不觉得有伤风化。不过，北欧可是个寒冷的地方。即便在日本也不能裸身上路呀[1]，在德国和英国就更不用说了，光着身子就会冻死。冻死了多没意思啊，所以得穿衣服。大家都穿上衣服，于是人类就变成了穿衣服的动物。一旦变成穿衣服的动物之后，突然遇到裸体动物时，就不再将其视为人类，而视为野兽了。因此，欧洲人——特别是北欧人会把裸体画、裸体像当作野兽，当作连

1　在日语中，“裸（はだか）”这个词除了“裸露”，还表示“不带任何东西”的意思。所以日本俗语“不可裸身上路”原意是指：不能空手上路，须做相应准备。

猫也不如的动物来对待。

什么，您说裸体很美？美又怎么样，当作很美的野兽不就得了吗？我这么说，也许有人会反驳道：“你没见过西方女人的礼服吗？”我毕竟是只猫儿，确实没见过西方女人的礼服。不过，据说她们把露胸、露肩、露胳膊的服装称作“礼服”。这简直是不成体统。在十四世纪以前，她们的服装还比较正常，不至于这么滑稽。那为什么现在会变得像杂技演员的服装一样低俗呢？说来话长，我也就懒得唠叨啦。知者自知，不知者不知，也无所谓。

先把历史搁一边吧。反正，她们现在是每天晚上都穿着这种奇装异服，而且还洋洋得意。尽管如此，内心毕竟还保留了些许人性，所以一到白天，她们就收起肩膀、遮住胸口、裹着胳膊，全身上下都穿得严严实实的，甚至连露出一根脚趾也觉得十分羞耻。由此可见，她们的礼服本来就自相矛盾，是白痴和白痴一起鼓捣出来的玩意儿。如果有谁不服气的话，不妨在大白天也露肩、露胸、露胳膊试试。

至于鼓吹裸体的人也一样。既然裸体这么好，不如让自己女儿脱光光，然后自己也顺便脱光光，到上野公园散散步。——什么，做不到？其实并不是做不到，而是因为西方人没有这么做，所以自己才不敢这么做而已。现实中，明明就有人穿着这种极不合理的“礼服”神气活现地出入帝国饭店呀。问其缘由，其实很简单——仅仅是因为西方人这样穿，所以他们也跟着这样穿而已。因为西方人很强大，所以即便勉为其难、傻里傻气，也必须模仿他们，否则就浑身难受。正所谓胳膊拧不过大腿，被强者折服，被重物压垮……这样的心态难免会使人变成白痴。要是说“变成白痴也是无奈之事”，我倒也能谅解，只是希望以后别再自夸日本人有多了不起了。在学问方面也是如此，但既然与衣服无关，这里就不再赘述。

衣服对人类如此重要，几乎到了相互依存的程度。甚至可以这么定义人的历史：不是肉的历史，不是骨头的历史，不是血的历史，而是一部衣服的历史。所以，当看见有人不穿衣服时，就会觉得他不像人，而像一个怪物。其实像怪物也不打紧，如果大家一起约好都变成怪物的话，那么也就无所谓怪物不怪物了。我倒是无所谓，但人类自身却陷入了窘迫的境地。

古时候，自然界平等地创造出人类，把他们扔到这个世界上来。所以，无论谁出生的时候都必定是赤裸裸的。如果人类的本性肯安于平等，那就应当一直这么赤裸裸地生活下去。然而，有一个赤裸裸的人动了念头："如果大家都一样的话，谁都看不到我的努力成果，那我的努力岂不是白费了？得想个办法，让每个人一看见我就能认出来。最好是在身上添加点让别人看了大吃一惊的东西。"于是他花了十年工夫，想方设法，终于发明了裤衩。然后立刻把它穿在身上，神气活现地走来走去，向大家炫耀说："怎么样？服了吧？"——这个人，就是今天的人力车夫的老祖宗。

为了发明一条简单的裤衩，竟然花了十年工夫，难免令人觉得不可思议。但这其实是现代人用今天的眼光回顾古代蒙昧世界而产生的印象。在当时，没有比这个更伟大的发明了。据说，笛卡尔[1]也是花了十多年时间才发现了"我思，故我在"这个连三岁小孩都明白的真理。发明任何东西都是很费劲的。所以，按车夫的智力来说，花十年工夫发明裤衩已经算是超水平发挥了。

裤衩一发明出来，车夫就成了世界上最有权势的家伙。就在车夫们穿着裤衩到处横行霸道时，有些要强的怪物感到愤愤不平，于是又花六年工夫发明了"外褂"这种毫无用处的东西。这样一来，"裤衩"的势力陡然衰落，进入了"外褂"全盛时期。这位伟大发明家的后代子孙，是今天卖菜的、卖药的以及卖布匹的。

继"裤衩时代""外褂时代"之后到来的是"裙裤时代"。在外

1　笛卡尔（1596—1650），法国哲学家、数学家。

褂盛行时期，有些怪物心想：“外褂有什么了不起的？”一怒之下而发明了裙裤。其后代，是曾经的武士和现在的官员。

就这样，怪物们争先恐后地标新立异，最后终于出现了模仿燕子尾巴的畸形服装。退一步考察其来源就知道，这绝不是生搬硬套，也不是一拍脑袋就随便鼓捣出来的。大家都是出于争强好胜的上进心才发明出各种崭新式样，都是为了显示自己与众不同而穿上了各种奇装异服。

从这种心理可以发现一个重大事实。不是别的，而是这一点：人类讨厌平等，就像大自然讨厌真空一样。今天，人类因为讨厌平等而不得不把衣服当成骨肉一样裹在身上，衣服已经成为人的本质的一部分。所以，只有疯子才会妄图舍弃衣服、回到从前那赤裸裸的公平时代去。即使有人甘愿承受疯子之骂名，也无法回到过去了。从文明人的眼光来看，那些回到过去的人只能是怪物。想把全世界几亿万人拖回到怪物世界中，以为这样就能实现平等，以为大家都是怪物而无须感到羞耻——这种做法实际上也行不通。因为，从全世界都变成怪物的第二天起，怪物们又会开始竞争的。如果不能通过穿衣服来竞争，那就以怪物的方式进行竞争。即便已经赤裸裸了，也要显出与众不同之处来。由此来看，这衣服是脱不掉的了。

然而，此刻展现在我眼前的这伙人，却把本不应该脱掉的裤衩、外褂和裙裤全都脱得精光，毫无顾忌地在众目睽睽之下暴露出自己的丑态，而且还若无其事地谈笑风生——我刚才所说的“奇观”就是指这个。我有幸在这里向各位文明君子介绍一下现场的大致情况。

澡堂里乱七八糟的，不知道从哪里说起才好。这些怪物的行动毫无规律，所以要条理井然地进行说明是相当费劲的。先从浴池说起吧。我也不知道这算不算浴池，就当它是浴池好了。浴池大约宽三尺，长九尺，隔开两半，其中一边注入了白色的热水——据说这叫“药浴池”，颜色像石灰溶液一样浑浊。而且不只是颜色浑浊，还有油腻、黏稠之感。我一打听才明白过来——原来它一个星期才换一次水，难怪看起来像发臭似的。另一半的浴池里据说是普通热水。不过，我敢发誓，它绝不是清澈透明的。它的颜色，足以和天水桶[1]里搅浑的水相媲美。

接下来讲一讲那些怪物们。讲这个可就费劲喽。“天水桶”这边，面对面地站着两个小伙子，哗啦哗啦地往自己肚皮上泼水。还挺会享受的嘛。这两个怪物的皮肤黑得无可挑剔，体格也健壮得很。

这时，只见其中一人一边用毛巾来回擦拭胸口，一边开口说道：“阿金，我总觉得这里有些疼，不知道是怎么回事？”

阿金热心地提醒道：“那里是胃。胃可是很要命的哟，得注意点儿才行。”

“是左边这里哟。”那人指着左边肺部说道。

“那里就是胃呀。左边是胃，右边是肺嘛。”

“是吗？我还以为胃在这里呢。”那人拍了一下自己的腰部。

“那是小肠疝气呀。”阿金说道。

这时，一个年约二十五六岁、长着稀疏胡子的家伙“扑通”一下跳进了浴池里，身上的肥皂沫和污垢一起漂浮起来。水面闪闪发光，仿佛充满了铁锈的气息。在他旁边，有个秃头的老大爷正和一个留平头的家伙搭话。两人都只把脑袋露出水面。

“唉，都这把年纪了，不中用啦。这人嘛，要是脑袋一糊涂，就比不过小伙子喽。不过，泡澡还是水热的好，不热就没劲啦。”

“老大爷，您身体够结实的呀，精神也很好，真不错。”

“精神不行啦，只是没病没痛而已。人只要不干什么坏事，能活到一百二十岁呢。”

“啊？能活这么长？”

1 为了防火而储存雨水的大木桶。

“当然。一百二十岁保证没问题。明治维新前，牛込区有个叫曲渊的旗本武士，他家的一个仆人就活了一百三十岁。”

“真长命啊。”

“是呀，因为活得太长，连自己的岁数都忘掉了。说是在一百岁以前还记得的，一百岁之后就记不住了。我认识他的时候，他刚好是一百三十岁，可还没死哟。后来怎样我就不知道了。说不定现在还活着呢。”

老大爷一边说着，一边爬出了浴池。那个长着稀疏胡子的家伙，则一边在自己身旁洒下云母似的肥皂沫，一边独自嬉笑。

这时，又有一人跳进浴池里。这个家伙不同于寻常怪物，他的背上刺有文身——好像是岩见重太郎[1]挥刀斩蟒蛇的故事。可惜这文身还没完工，看不到蟒蛇在哪里。所以这位“重太郎先生”显得有些闷闷不乐，跳进浴池里说了句：“这水也太凉了吧。”

接着，又有一个人跳进浴池里，说道：“这真是……得再加热些才行。”看他脸色，却像嫌水太烫似的直皱着眉头。他跟“重太郎先生”打了个照面，便招呼道：“哎呀，大哥，您也来啦。”

“重太郎先生”应了一声，然后问道：“那个阿民最近怎么样？”

“还能怎么样，老爱赌两把呗。”

“好像还不止赌博吧……”

“是吗？那家伙有点坏心眼呀……怎么说呢？反正没人喜欢他……怎么说呢？反正没人相信他。一个手艺人，那样可不行啊。”

“就是嘛，阿民这家伙，不懂得谦虚做人，老那么狂妄自大的，也难怪没人肯相信他。”

“没错，老是以为自己有两下子，结果还不是自己吃亏嘛！”

---

1 岩见重太郎（？—1615），日本传说中的豪杰。

“这白银町呀，老一辈的人都不在啦。如今也只剩下木桶店的阿元、砖瓦店的老板、还有您，就这么几位啦。咱毕竟是这里土生土长的，阿民那家伙嘛，谁知道是从哪里来的呢。”

“是呀。不过，他能混成那样也不容易啦。”

“嗯。怎么说呢，反正就是没人喜欢他，人缘太差了。”

两个人一直不停地说着阿民的坏话。

“天水桶”的情况就暂且说到这里，再看看白色药浴池那边吧。

那边人可真不少，与其说是人泡在水里，还不如说是水倒进人堆里更为贴切。而且，他们一个个都优哉游哉，只见下水的，却没见一个上来的。人这么多，再加上这水都泡一个星期了，怎么可能不脏呢？我一边感叹，一边扫视着浴池——我忽然发现，我家主人苦沙弥先生被挤在左边角落里，满脸通红地缩成一团。我心想：这也太可怜了，要是有人让开一条路放他出来就好了。可是谁都不肯动，而他自己也没有要出来的意思，只是那么满脸通红、一动不动地泡在水里。这可真是活受罪呀。他大概是想着，既然给了两分五厘的泡澡钱，就应该物尽其用，所以才泡得满脸通红也不肯上来吧。可是，不赶紧上来的话，会被蒸气熏晕过去的呀。——我这只忠心耿耿的猫儿，趴在窗外的隔板上，为主人担心不已。

这时，主人旁边有个家伙皱着眉头说道：“这水太热了点儿，背后被烫得火辣辣的。”他似乎在暗中寻求怪物们的同情。

“哪里！这温度刚好呀。太凉的话，药浴是没有疗效的。在我老家那儿，温度比这还要热上一倍呢。”有人炫耀似的说道。

“这药浴到底是治什么的？”另一个家伙一边发问，一边用折叠着的毛巾遮盖住凹凸不平的脑袋。

“什么都能治哟——他们说包治百病的嘛，厉害吧。”说这话的家伙，脸形和脸色都酷似瘦弱的黄瓜。如果这药浴真的那么有效，那他至少应该变得强壮一些吧。

“比起刚放药的当天，还是过个三四天最有效。今天来泡澡正是时候哩。”听这家伙的语气，感觉像无所不知似的。我一看，是个大胖子——大概是虚胖吧。

“用来喝也有疗效吗？”不知从哪里传来一个尖嗓音。

“放凉后喝上一杯再睡觉，夜里就不用起来撒尿啦，很神奇的。你试试看吧。”这声音也不知是从哪张面孔发出来的。

关于浴池，就讲到这里吧。我把视线转向了搓澡间。

哇，快看快看，一大排上不了画面的亚当，正随心所欲地以各种姿势搓洗着各个部位。其中有两位亚当最令我吃惊——一位仰面躺在地板上，望着高高的天窗，另一位俯身趴着，注视着水沟里。这两位亚当都空闲得很。

有个和尚面向墙壁蹲着，另一个小和尚在其身后一个劲儿地给他捶肩——这两人大概是师徒关系，所以由徒弟代行搓澡工之职吧。澡堂里也有真正的搓澡工，可能是因为感冒，所以在这么闷热的地方还穿着坎肩，提起椭圆形的小木桶“哗啦哗啦”地往客人肩膀上冲水。看看他脚下，只见右脚拇指间还夹着一块用来搓澡的粗绒布。

这边有个家伙贪心地霸占着三个小木桶，然后一个劲儿地劝旁边的人用他的肥皂，同时还在高谈阔论。咦，他到底在说些什么呢？我仔细一听，原来他在讲这事呢。

“枪是外国传过来的吧。古时候都是抡起大刀互相对砍的，外国人胆小，所以才发明了枪。好像不是中国，而是其他国家。和唐内[1]那会儿还没有枪呢。和唐内也属于清和源氏[2]嘛。据说，源义经从虾夷渡海到满洲去时，有个很有学问的虾夷人也跟随着一起去了。后来源义经的儿子

1　日本剧作家近松门左卫门的剧作《国姓爷合战》中主人公的名字，其原型是明朝遗臣郑成功。

2　出自日本清和天皇的源氏（赐姓）。根据史实，和唐内与源氏并无关系。

攻打大明国时，大明国防守吃紧，于是派使者向三代将军[1]求援，说要借三千军队。三代将军却把那个使者扣留下来，不放他回去——那个使者叫什么名字来着？——反正是叫什么什么的使者——就这样把他扣留了两年，后来在长崎给他找了一个妓女，两人生下的孩子，就是和唐内。后来他回国一看，才发现大明已经被贼子灭国啦……”

这家伙到底在说些什么，我一点儿都没听懂。

在他身后，有个年约二十五六岁、脸色阴郁的家伙，心不在焉地用热水敷着裆部。好像那地方长了个脓包，难受得很。

在他旁边，有个十七八岁的家伙，正喋喋不休地讲着什么。看他语气这么大大咧咧的，肯定是住在这附近的寄宿生吧。

再继续看过去时，有个奇怪的背部映入我眼里——那脊椎骨一节一节地凸起，活像从屁股插进了一根竹枝似的。脊椎的左右两边，分别整齐地排列着四个圆点，就像“十六子棋”[2]的棋形一般。有的“棋子”发红溃烂，周围还化脓了。

这样依次写下去的话，可写的东西实在太多，以我的能力甚至无法尽述其一。这不是给自己找麻烦吗？我正感到发愁时，入口处突然出现了一个身穿浅黄色棉布衣裳、年约七十岁的秃头老大爷。他毕恭毕敬地向裸体怪物们行了个礼，口齿伶俐地说道：“每日承蒙各位关照，非常感谢。今天天气稍冷，请大家慢慢洗——可以在药浴池里多泡几遍，暖和暖和身子。——喂，掌柜的，要注意调好水温哟！”

掌柜回答道：“好嘞。”

“和唐内”赞不绝口地说道：“这老板可真热情，得这样才能做成生意嘛。”

我突然看见这位奇怪的老大爷，不免有些吃惊，所以暂且把澡堂情况放一边，先专心观察一下这位老大爷吧。

1　即江户幕府第三代将军德川家光（1604—1651）。

2　流行于江户时代末期的棋类游戏。

这时，老大爷看到一个四岁左右的小男孩刚从浴池里爬上来，就招手说：“小弟弟，过来这边。”

看见老大爷这张活像踩扁了的豆馅糕似的老脸，小男孩大概是有些害怕，“哇”的一声大哭起来。老大爷只得连忙安抚道：“哎呀，怎么哭啦？爷爷吓着你了？哎呀，这真是……”

无奈之下，他话锋一转，对小男孩的父亲说道：“哎呀，阿源，今天有点儿冷呢。昨晚爬进近江店的那个小偷也太笨了。他在门上挖了个四方洞，可是你猜怎么着，他什么都没偷成就跑掉了，大概是碰上了警察或值班的吧。”他略带同情地嘲笑了笨小偷一番，然后又对另一个人说：“哎呀，今天真冷啊。你们还年轻，所以没怎么觉得吧。”其实只是这位老大爷自己上了年纪而觉得冷而已。

我只顾着看这老大爷，而完全忘掉了其他怪物，甚至连缩在浴池里受苦的主人都被我抛到脑后去了。就在这时，突然有人在冲洗间和穿衣室的交界处大声嚷嚷。——我一看，分明是我家主人苦沙弥先生嘛。主人的嗓门特别大，而且声音含糊不清——虽然一向如此，但今天毕竟是在澡堂这样的地方，所以着实让我大吃了一惊。

在这一瞬间，我立刻做出了判断：肯定是主人强忍着在热水池里泡了太久，一时血涌上头所致。既然是病，那自然无可厚非。但他在血涌上头的同时，肯定还保持着头脑清醒。那为什么突然扯起破锣嗓子大声嚷嚷呢？只需听我细说就会很快明白的。——他跟那个身份低微而又狂妄自大的寄宿生开始了幼稚的争吵。

“你退后点儿！别把水泼到我的小木桶里！”这样大声嚷嚷的，当然是我家主人。换个角度看问题，就会有不同的理解。主人的怒吼，其实也未必是血涌上头所致。在一万个人当中，可能只有一个人把主人的怒吼理解为“高山彦九郎[1]怒斥山贼”。主人自己或许也是以

1 高山彦九郎（1747—1793），江户时代后期的尊皇思想家。

这样的心态在演戏吧。不过，对方既然不肯以山贼自居，当然就无法实现预期的演出效果。

那个寄宿生回过头来，老老实实地说道："是我先在这里的呀。"这回答太过平常，只是表明自己不愿挪开当前位置而已。这倒是有点儿出乎主人的意料。所以无论从对方的态度还是措辞来看，都不值得被痛骂成"山贼"。主人即便血涌上头，也应该意识到这一点吧。

然而，主人怒吼其实并不是对寄宿生所处的位置不满，而是因为刚才这两个家伙说话语气傲慢、不懂装懂，丝毫没有少年人的矜持。主人似乎正是因为这一点才大动肝火的。所以，听到对方老老实实地回答这么一句之后，主人并不肯默默地走向穿衣室。

主人又怒斥了一声："混蛋！怎么能把脏水哗啦哗啦地泼到别人的小木桶里呢？"

我早就对那小子有些反感，听到主人怒斥，不由得心下大快。但同时我又觉得，主人身为学校教师，这样的言行未免不够稳重。

其实，我家主人的性格实在是太顽固了，就像烧过的煤渣一样干巴巴、硬邦邦的。据说，从前汉尼拔[1]在翻越阿尔卑斯山时，路上有一块巨大的岩石阻挡了军队前进。于是，汉尼拔就往这块岩石上浇醋，用火烤，待其松软之后，再用锯子像切鱼糕似的把岩石锯开，这样军队才得以顺利通过。至于我家主人嘛，既然在如此灵验的药浴池里泡得发软都毫不见效，那就只有用浇醋烤火之法了。否则，即便再来几百个这样的寄宿生，再花上几十年工夫，也治不好主人的顽固之症。

这些在浴池里浸泡的家伙，在冲洗间挤来挤去的家伙，既然脱掉了文明人所必需的衣服，变成一群怪物，当然就不能用常理常规来约束他们。他们做什么都无所谓——胃占据肺的地盘，和唐内变成清和源氏，说阿民的坏话……全都无所谓。可是，一旦走出冲洗间、来到穿衣室

1　汉尼拔（公元前247—前183），迦太基的军事家。

时，就不再是怪物了。因为他们回到了正常人类所栖息的世界，穿上了文明人所必需的衣服。因此，言行举止也必须表现得人模人样。

此刻，主人正站在门槛上——冲洗间和穿衣室之间的门槛上，即将回到巧言令色、圆滑老练的世界。在这紧要关头，他仍然如此顽固，可见这种顽固对他本人来说已经是无可救药的痼疾了。既然是痼疾，自然难以治愈。根据我的愚见，要治愈这种病只有一个办法——请校长把他免职。一旦免职，像主人这样不懂变通的人肯定会流落街头，而流落街头的结果就是惨死街头。换言之，对主人来说，免职就是导致死亡的间接原因。主人虽然以此病为乐，但却十分怕死。他只是在病而不死的范围内享受这种奢侈的痼疾而已。所以，如果恐吓他说："你再这样病下去就要你的命！"生性怯懦的主人肯定会吓得浑身发抖。浑身这么一抖，病也就治愈了吧。如果还不能治愈，那就真的是无可救药了。

然而，无论如何愚蠢，如何顽冥不化，他始终还是我的主人。正如诗人所云："一饭君恩重。"[1]我虽然是只猫儿，但也不能对主人的前途毫不关心吧。我心中满怀同情之感，结果注意力一分散，没有留意观察冲洗间的情况。

这时，我突然听到有人冲着白色药浴池那边破口大骂。咦，这边怎么也吵起来啦？我回头一看，只见怪物们把狭窄的浴池入口处挤得水泄不通，有毛的腿和没毛的腿混杂在一起，乱摇乱动。时值初秋夕阳将落之际，冲洗间上方和顶棚之间笼罩着一大片水蒸气，所以只能朦朦胧胧地看见怪物们互相推挤的情形。"太热了""太热了"的叫嚷声穿透我的左右耳朵，在我头脑中嗡嗡作响。黄色的、蓝色的、红色的、黑色的等各种色调的声音互相交织在一起，形成一种难以名状的音响，充斥着整个澡堂。我只能用"混杂"和"迷乱"来形容这种

1 出自《史记·范雎传》："一饭之德必偿，睚眦之怨必报。"

声音，除此之外想不到它还有什么用处。我仿佛着迷似的呆立不动，茫然地看着眼前的情景。

不一会儿，当这种嘈杂声达到极度混乱、无以复加的时候，突然有一个彪形大汉从推推搡搡的人群之中站了起来。他的个头至少要比其他人高出三寸。而且，他那红扑扑的脸上长满了胡须，甚至让人分不清是脸上长出胡须，还是胡须里长出脸来。他仰起脸，扯着破锣嗓子喊道："快加凉水！快加凉水！太热啦！太热啦！"这把嗓子和这张面孔，一下把乱哄哄的人群震慑住了。这一瞬间，似乎整个澡堂里只有他一个人。

超人！这就是尼采[1]所谓的超人，是魔鬼之中的大王，是怪物们的首领。我正暗自惊叹时，浴池后面有人应了一声："好嘞。"咦，这是谁呀？我朝那边望去，但光线太暗了，分辨不太清楚。我只能隐约看见，那个身穿坎肩的搓澡工拼命把一大团煤块扔进炉灶里。煤块穿过灶门，发出噼里啪啦的响声，瞬间照亮了搓澡工的半边脸。与此同时，后面的砖墙在黑暗中散发出熊熊燃烧似的光芒。我感到有些害怕，就赶紧从窗口跳下来，回家去了。

一路上，我还在想着：大家脱掉外褂，脱掉裤衩，脱掉裙裤，努力追求平等。然而，即便在这赤裸裸的人群当中，也会冒出个赤裸裸的好汉，把其他庸常之辈给比下去。可见，平等不是大家脱得精光就可以实现的。

回到家里一看，还是一派太平景象。主人泡过澡之后，红光满面地在吃晚饭。他看见我从檐廊爬上来，就喃喃说道："这猫也太逍遥了吧。都这般钟点了，上哪儿去溜达了呢？"我朝饭桌上看了一眼——别看家里没钱，却摆了两三样菜，其中还有一条烤鱼呢。我不知道这叫什么鱼，应该是昨天在御台场[2]附近落网的吧。我在前面说

1 尼采（1844—1900），德国哲学家，现代最有影响力的思想家之一。

2 江户幕府在东京湾品川修建炮台的地方。

过，鱼的身体可结实了。可就算再结实，也经不起这么又烤又煮的呀。倒不如体弱多病而苟延残喘为好。我一边想着，一边坐到饭桌旁边，装出一副似看非看的样子，打算瞅个空当捞点儿什么吃的。那些不懂得这么装模作样的猫儿，休想吃到如此美味。

主人夹了几口鱼吃，脸上流露出不太好吃的表情，随即放下筷子。女主人坐在对面，默默地观察着主人上下运动筷子，以及嘴巴离合开闭的状况。

“喂，你打一下猫的脑袋！”主人突然对女主人说道。

“打它干什么？”

“你别管，打一下就行。”

“就这样吗？”女主人用手掌轻轻地拍了一下我的脑袋。一点儿也不疼。

“它没叫嘛！”

“嗯。”

“再打一下！”

“打多少下还不是一样？”

女主人说着，又给我来了一巴掌。还是不疼，所以我仍然没有吭声。然而，为什么要打我呢？饶是我如此聪明，也猜不透其中用意。要是能弄清楚的话，好歹也有办法应付呀。可主人只是吩咐说“打”，这不免使打我的女主人感到困惑，就连挨打的我也感到困惑。主人看见连打两次都未能如愿，便有些焦急地说道：“喂，你要打到它叫才行呀！”

女主人不耐烦地说道：“让它叫又能怎么样呢？”随即又给了我一巴掌。

既然已经知道对方的目的，那就好办多了——我只要叫一声，就能让主人满意。主人就是这么一个白痴，所以令人讨厌。既然是想让我叫唤，何不早点明说？省得三番两次地白费工夫。而我嘛，本来挨一巴掌就可完事的，根本没必要三番两次地受折磨。主人只是吩咐说“打”——除了以“打”为目的场合之外，其他时候是不应该这么发号施令的。“打”是对方的事，“叫”是我的事。而主人却从一开始就估计我会叫，认为“打”的命令必然包含着“叫”的结果（其实叫不叫本应是我的自由）——主人这种想法极其无礼，是不尊重别人人格、藐视猫儿的态度。倘若是主人深恶痛绝的金田君干出这种事，那倒也罢了，可是对于一向自我标榜为“赤诚公正”的主人说来，这样做就未免太卑鄙了。不过，主人其实并非如此小气之人。所以我认为，他下此命令也并非因为老奸巨猾，而是因为缺乏智慧而造成的。

吃了饭，肚子肯定会饱；割破皮，肯定会出血；杀了人，人肯定会死掉……所以，一打我，我肯定会叫唤——主人武断地得出了结论。然而，遗憾的是，这不太符合逻辑。按这个思路进行推论的话——掉进河里肯定会淹死；吃了天妇罗肯定会拉肚子；领了工资就肯定会去上班；读了书就肯定会出人头地……认为“必定如此”的逻辑，有时会让人不知所措。比方说，认为“一打就肯定会叫唤”的逻辑，就让我吃了苦头。要是把我看成是目白区[1]的大钟，一敲就响，那我岂不是白当猫儿了吗？——我在心里把主人驳得一无是处，然后应其要求“喵”地叫了一声。

这时，主人对女主人说道：“刚才‘喵’的这一声是感叹词还是副词，你知道吗？”

这个问题太突兀了，以至于女主人什么也答不上来。说实话，连我都怀疑主人是泡澡泡昏了头才会问出这个问题。我家主人原本在邻居眼中就是个有名的怪人，甚至有人言之凿凿地说他是个神经病。然而，主人的自信心却无比强大，坚持认为：“我不是神经病，你们大家才是神经病呢。”邻居骂他是“疯狗”，他就回敬一句“蠢猪”，

1　东京丰岛区南部的地名。

并声称是为了维护公平原则。在现实中，主人确实是想彻头彻尾地维护公平的，真拿他没办法。既然他是这样的一个人，对妻子提出这种奇葩问题也不过是家常便饭而已。然而，在对方看来，能提出这样的问题，恐怕是离神经病不远了。所以，女主人一时莫名其妙，哑口无言。而我呢，当然也回答不上来。

这时，主人提高了嗓门，大叫一声："喂！"

女主人吓了一跳，连忙应道："哦。"

"你刚才这个'哦'是感叹词还是副词？"

"管它是什么呢。这种无聊的问题，是什么都无所谓吧。"

"无所谓？这可是眼下让日语专家们大伤脑筋的问题呀。"

"哎哟，你是说猫叫声吗？真可笑。猫叫声又不是日语。"

"所以说这是个复杂的问题嘛。这叫'比较研究'。"

"哦。"女主人是个聪明人，不想纠缠这种无聊的问题，"那么，弄清楚是什么词了吗？"

"这么重要的问题，一时半会儿哪里弄得清楚？"主人一边说着，一边大口大口地吃起那条烤鱼，还顺便吃了块旁边的芋头煮猪肉。"这是猪肉吧？"

"嗯，是猪肉。"

"哼！"主人一脸轻蔑地把猪肉咽下肚里，随即把酒杯递过去："再给我来一杯！"

"今晚你喝得够多了，都满脸通红啦。"

"我还要喝——你知道世界上最长的词是什么吗？"

"嗯，是'前关白太政大臣'[1]吧？"

"那是人名。我问的是最长的词。"

"词？是指洋文吗？"

1　藤原忠通（1097—1164），日本平安末期的贵族。"关白"和"太政大臣"都是官职名称。

"嗯。"

"那我怎么知道？——酒就别再喝啦，赶快吃饭吧。"

"不，还要喝！我告诉你哪个词最长吧。"

"嗯。说完就赶快吃饭哟。"

"Archaiomelesidonophrunicherata[1]。"

"你瞎说的吧。"

"怎么可能瞎说？这是希腊语呀。"

"用日语来说是什么意思？"

"不知道什么意思，我只知道怎么拼写。写下来，足有六寸三分那么长呢。"

别人喝醉时才会说这种话，想不到神志清醒的主人也这样胡言乱语，真是一大奇观。不过，主人今晚倒是喝得起劲。平时只喝两杯的，今晚已经喝了四杯。平时喝两杯就满脸通红，现在翻了倍，脸上更是像烧红的火筷子一样发烫，似乎有些难受。可他仍然不肯停，又把酒杯递上去，说道："再来一杯！"

"别再喝啦，喝多了难受。"女主人拉下脸来。

"唉，难受也得喝，以后得多练呢。是大町桂月[2]劝我要多喝的。"

"桂月？什么来的？"

大名鼎鼎的桂月，遇到女主人自然也变得一钱不值。

"桂月是当今一流的批评家。他既然劝我多喝酒，那当然是不会错的。"

"简直胡说八道！管他什么桂月还是梅月呢，喝到难受还让人喝，真是吃饱了撑的。"

---

1 古希腊剧作家阿里斯托芬的喜剧《马蜂》里出现的词语。意思是像某位诗人的作品一样可爱。

2 大町桂月（1869—1925），日本近代的诗人，评论家。

“他不光劝我喝酒，还劝我要多交际，要吃喝嫖赌，要多出去旅行。”

“那就更不像话了。一流的批评家，就这副德行？哎哟，真不敢相信，竟然劝一个有妻室的人去吃喝嫖赌……”

“吃喝嫖赌也挺好嘛。即使没人劝，有钱的话我可能也会去的。”

“幸亏你没钱。到这把年纪才去玩乐，恐怕吃不消吧。”

“既然你说吃不消，那我就不去了呗。不过，你也得对老公好一点儿嘛，晚饭时多做几个好吃的。”

“我已经尽力啦。”

“是吗？那好吧，吃喝嫖赌的事等以后有钱再说，今晚就先喝到这里吧。”

说着，他把碗递给女主人。

当晚，他好像吃了三大碗茶泡饭。而我嘛，也享用了三片猪肉和一个盐烤鱼头。

第八章

我记得，前面介绍“绕篱笆”这项运动时，我稍微提到过围在主人家院子外的竹篱笆。但如果以为这道竹篱笆外住着邻居——比如说，以为南边隔壁住着个什么张三李四，那就大错特错了。别看房租便宜，可我家主人毕竟是苦沙弥先生呀，他是绝不会和张三李四这种小字辈隔墙而居、亲密来往的。

这道篱笆墙外有块十多米宽的空地，空地尽头并排种着五六棵郁郁葱葱的丝柏。从檐廊望出去，只觉得对面仿佛是一片茂密的树林，而居住在这山野孤舍里的，乃是一位与无名猫儿为友、闲度日月的江湖隐士。当然，这丝柏的枝叶并不如我吹嘘的那么茂密，所以从其间可以清清楚楚地看见“群鹤馆”的简陋屋顶——名称虽然高雅，其实只是一家廉价旅馆而已。在这样的环境下，要把苦沙弥先生想象成江湖隐士就颇为费劲了。

既然廉价旅馆可以称为“群鹤馆”，那么苦沙弥先生的住处也就称得上是“卧龙窟”了。反正取名字也不用上税，所以彼此都随便取个冠冕堂皇的名字吧。

这块十多米宽的空地，顺着竹篱笆往东西方向延伸出近二十米，然后呈直角拐过去，从北边围住卧龙窟。而这个北边，正是骚乱的根源。按说，住宅两边被相连的空地包围着，本来是一件值得炫耀的事。可是，不要说卧龙窟的主人，就连我这只窟中灵猫也为这片空地感到棘手。

南边种着丝柏，显得颇有格调，而北边也并排种着七八棵桐树。这些桐树的树干已经长到一尺来粗，如果叫来做木屐的，肯定能卖个好价钱。只可惜这是我家主人租来的房子，就算懂行情也没法拿去卖。我只能对他表示同情。

前些天，学校有个勤杂工来砍走了一根树枝。第二次来的时候，他脚上穿了一双新木屐，还没等别人开口问，他就自己吹嘘道："就是用上次那根树枝做的。"真是个狡猾的家伙。

虽然种有桐树，可是对于我和对主人一家来说却是不值分文。有句古语叫作"怀玉有罪"[1]。而我们的境况，也可以说是"有桐无钱"，即所谓的"拿着金碗讨饭吃"。愚昧之人，不是我家主人，也不是我，而是房东传兵卫。桐树老在催促说："有做木屐的吗？有做木屐的吗？"但房东却装聋作哑，只知道经常来收房租。

我和房东传兵卫向来无冤无仇，所以关于他的坏话就此打住吧。言归正传，接下来我要向各位介绍一则奇闻——由北边那块空地引发的一场骚动。不过，这话只能在这里说，可千万别告诉我家主人哟。

要说这块空地，最大的麻烦就在于没有围墙。这是一块极其通风、畅行无阻的空地。——当然，说"是"并不准确，应该说"曾经是"才对。如果不追本溯源的话，就无法了解其中缘由。如果不了解事情缘由，那么连医生也无法开出药方。所以，我得从主人刚搬到这里的时候开始慢慢讲起。

既然通风良好，夏天自然十分畅快。即使全不设防，也不必担心会有小偷光顾穷教师家里。所以，主人家中不需要装设任何围墙、篱

1 出自《左传·桓公十年》，原文为："匹夫无罪，怀璧其罪。"

笆墙、桩子、荆棘栅栏之类的东西。可我觉得，是否需要防范，应取决于住在空地对面的人或动物的种类。为了解决这个问题，势必要先弄清楚盘踞在对面的君子们的本性。还不知道对方是人还是动物，就贸然称为“君子”，未免失之武断。不过，称其为“君子”大抵是不会错的。如今这世道呀，就连小偷也被称为“梁上君子”嘛。当然，我这里所说的君子绝不是那种给警察添麻烦的梁上君子。虽然不给警察添麻烦，但却人多势众，犹如密密麻麻的虫子一般。

——这是一所名为“落云馆”的私立中学。为了把八百位君子培养得更像君子，每月收两元钱的学费。如果你因为“落云馆”这个校名而以为里面全是风流倜傥的君子，那就大错特错了。“落云馆”之名不可轻信，正如“群鹤馆”中无白鹤、“卧龙窟”里有黑猫一样。我们既然已经知道所谓“学士”和“教师”无非是像苦沙弥这样的疯子，那就应该明白落云馆里的君子们并非全是风流之士。如果有人提出异议的话，不妨来主人家里住上三天看看。

如前文所述，主人刚搬到这里来的时候，因为那块空地没有围墙，所以落云馆的那些君子就像车夫家的大黑一样，大摇大摆地走进这片桐树林里，聊天、吃盒饭、躺在竹丛中睡觉……简直是无恶不作。然后还往这里扔垃圾——盒饭的尸骸（即用来包饭菜的竹皮）、旧报纸、旧草鞋、旧木屐……反正带个“旧”字的东西，大都扔到这里来。主人这个麻木之人竟然无动于衷，也从来没有提出过抗议，不知道是因为没发现呢，还是明明发现了却不去追究。然而，那些君子随着在学校里每日接受教育，变得越来越像君子了，企图从北往南逐渐蚕食这块地方。如果你觉得“蚕食”这个词不该用在君子身上，那不用就是了。不过，我也找不到其他合适的词啦。他们就像追寻水草而不断迁徙的游牧民族一样，离开那片桐树林，朝柏树林的方向前进。柏树林正对着客厅。要不是胆子大的君子，是不可能采取这种行动的。

一两天之后，他们的大胆又变本加厉，变成了胆大包天。再没有比教育的功效更可怕的了。他们不光是逼近客厅正面，而且还面对着客厅唱起歌来。他们唱了什么歌，我已经忘了。反正不是那种三十一个字的和歌，而是更活泼、更通俗易懂的歌。当时，不仅我家主人大吃一惊，就连我都对这些君子的才艺深感佩服，不由得竖起耳朵聆听。不过，读者们大概也有所体会吧，“佩服”和“打扰”有时是可以并存的——此刻便恰好合二为一。至今想起来，仍然感到无比遗憾。主人虽然也颇觉遗憾，却不得不从书房冲出去，对他们嚷道：“你们不能进来这里，快出去！”把他们撵走。这样的事情发生过两三次。

然而，他们毕竟是受过教育的君子，当然不会就此变得服服帖帖。被撵走没多久，又闯进来，一进来又唱起活泼的歌曲，或是大声说话。而且，这些君子的说话口吻也与众不同，张口闭口就是“你这小子”“去你妈的”……这种措辞，据说在明治维新前是属于侍从、轿夫和搓澡工的专门用语，没想到在二十世纪的今天，却成了有教养的君子们所学的唯一语言。有人认为，这和“曾受轻视的运动如今变得大受欢迎”是同样的道理。

主人又从书房冲出去，抓住一个最擅长使用这种“君子语言”的君子，责问他为什么又闯进来。这位君子一时忘记了使用“你这小子”“去你妈的”之类的高雅措辞，而使用了颇为俗气的语言回答道：“我还以为这里是学校的植物园呢。”主人告诫他下不为例，然后就把他放了。“放了”听起来像是放掉一只小乌龟似的，有些可笑，但实际上主人确实是抓住对方袖子教训了一顿。主人原以为，这样严厉批评之后对方总该消停一下了吧。然而，从女娲时代开始，现实就总是和预期相反。主人这次又失算了。

之后，他们改为从北边进来，穿过院子而后再从大门出去。开门声“哗啦”作响，让人以为家里来了客人呢，结果却从桐树林那边传来一阵哄笑声。形势越来越险恶，教育的功效越来越显著。我那可怜的主人自知不是对手，于是便躲进书房里，恭恭敬敬地给落云馆的校长写了一封信，恳求他对学生稍加管束。落云馆的校长也郑重地回了一封信，说要修建围墙，让其耐心等待。

没过几天，来了两三名工人，用半天的时间，在主人住宅与落云馆之间修建了一道三尺多高的四方格竹篱笆。主人很高兴，以为这下总算可以放心了。主人真是个傻瓜。仅凭这点措施，又怎么可能改变君子们的举动呢？

话说，捉弄人本来就是很有趣的。就连我这样的猫儿，也时常捉弄主人家的女儿，以此为乐。所以，落云馆的君子们来捉弄我这位笨主人，也是理所当然的。对此感到不满的，恐怕就只有被捉弄的人了。

对“捉弄人”的心理进行剖析，可发现两个要素：第一，被捉弄的一方不能表现得若无其事；第二，捉弄人的一方，必须在力量或人数上压倒对方。

前几天，主人去参观动物园回来，十分感慨地说起一件事。我仔细一听，原来是他看见骆驼和小狗在吵架。小狗迅如疾风地绕着骆驼转圈并狂吠，而骆驼却毫不在意，只是驮着两个大肉瘤，呆呆地站在那里。无论小狗如何狂吠，如何上蹿下跳，骆驼就是不理睬它。最后小狗终于也觉得没劲，就不再闹腾了。主人嘲笑说：“骆驼真是个麻木不仁的家伙。”其实，这个例子正好适合用来说明“捉弄人”的心理。无论捉弄人的一方有多厉害，如果碰上骆驼这样的对手，就捉弄不成了。当然，如果对方是力量过于强大的狮子或老虎，也同样不行——你正要捉弄它时，就已经被它撕得粉碎了。理想的情况是这样的：你捉弄对方，对方龇牙咧嘴地冲你发怒，但却又奈何你不得。处于这种安心的状态下，才会觉得其乐无穷。

为什么捉弄人会如此有趣呢？原因有很多。

首先，它适合用于消遣。人在无聊的时候，甚至想数一下自己有多少根胡须。据说，从前有个被关进监狱的囚犯，因为闲极无聊，就在墙上反复画三角形，以此度日。世界上再也没有比无聊更难以忍受的了。如果生活中没有一点儿刺激，那么活着无异于痛苦。捉弄人的行为，其实就是一种寻求刺激的娱乐方式。不过，要获得刺激的话，就不得不故意惹人生气、焦急、困窘。因此，自古以来，那些以捉弄人为乐的家伙，无非只有两种人：要么是闲得发慌而又不通人情的昏庸领主；要么是头脑幼稚得只顾自己寻开心而又不知如何发泄精力的毛头小子。

其次，捉弄人是实际证明自己优势的最简便的方法。虽然杀人、伤人、陷害人都可以证明自己的优势，但这些行为都是以杀人、伤人、陷害人本身为目的而采取的手段，所谓“自己的优势”，只是在实施这些行为之后出现的必然结果而已。因此，既想显示自己优势而又不愿意加害于人的时候，“捉弄人”就是最好的方式。毕竟，完全不伤害别人的话，是无法从事实上证明自己有多了不起的。如果不通过事实来证明，那么即便自己充满信心，这种快乐终究还是过于肤浅。人需要依靠自己——即便难以依靠的时候也想依靠，所以总想通过打压别人来证明自己是可靠的、值得信赖的，否则就觉得不踏实。而且，越是那些蛮不讲理的俗物，以及缺乏自信、惶惶不安的人，就越是想利用一切机会去得到这份证明。这和练柔道的人总想着把人撂倒是同一个道理。那些身手笨拙的家伙经常在大街上转悠，心怀歪念：希望能遇到一个比自己差的家伙，哪怕一次也行，哪怕没练过的也行，看自己怎么大显身手地把他撂倒在地。

除此之外，还有其他各种各样的原因。说来话长，所以在此从略。要是你还想听的话，就请带上一盒鲣鱼干来找我，我随时都会告诉你的。

综上所述，我得出这样的结论：深山[1]的猴子和学校教师是最

---

1 江户中期以来，对东京浅草观音堂西北、公园第五区一带的俗称。当时的公园里有个动物园。

理想的捉弄对象。把学校教师和深山猴子相提并论，似乎有些不般配——不是猴子配不上教师，而是教师配不上猴子。但这两者太相似了，我也没办法。众所周知，深山的猴子都是用锁链拴起来的，无论它如何龇牙咧嘴、上蹿下跳也挠不着人。至于教师嘛，虽然没被锁链拴着，但却被薪水束缚住了。无论你如何捉弄他都没关系，他都不会愤然辞职而暴打学生。如果他有勇气辞职的话，那他当初就不会来从事教师这种伺候学生的职业了。

我家主人是教师，虽然不是落云馆的教师，但反正也是个教师吧。捉弄他是最合适、最省事、最安全的。落云馆的学生都是些毛头小子，他们知道：捉弄人可以表现自己的能耐，甚至是自己应该争取的正当权利——这可是教育的成果哟。而且，不找个人来捉弄一下的话，他们就不知该如何打发那十分钟的课间休息时间，不知该如何运用那充满活力的四肢和头脑。

既然具备了这种种条件，学生们自然要捉弄人，主人自然要被捉弄。无论让谁来评，这都是理所当然的事。主人为此而生气，实在是迂腐之极，糊涂透顶。接下来，我就逐一介绍，让各位看看落云馆的学生是如何捉弄主人，而主人又是如何迂腐的。

各位应该知道四方格竹篱笆是什么东西吧。这种篱笆墙既通风，又方便。像我就可以从格子眼中自由出入。对我来说，有没有这道篱笆墙都是一样的。当然，落云馆的校长特地雇请工人修建这道四方格篱笆墙，并不是为了防猫，而是为了不让他培养的君子们钻过来。确实，篱笆墙再怎么通风，人都是钻不过去的。即便请来中国的魔术师张世尊，恐怕也很难从这些竹子编成的、四寸见方的格子眼钻过去吧。所以，这道篱笆墙肯定能起到防止坏人出入的作用。难怪主人看到篱笆墙修好时，高兴地说道："这下可省心了。"

然而，主人的逻辑却有个很大的漏洞——比竹篱笆上的窟窿还要大的漏洞，甚至会使吞舟之鱼[1]漏网的大漏洞。主人的出发点是把墙设想为“不可逾越之物”。按其设想，无论这道墙多么简陋，既然叫作“墙”，既然明确了区域的分界线，就不必担心学校的学生们会再闯进来。而且，即使推翻自己的设想，退一步来说，就算有人想闯进来也不必担心——无论哪个小毛孩都不可能钻过篱笆墙上的方格眼。于是主人贸然断定：不会再有人闯进来了。

确实，既然他们不是猫儿，就不会从这方格眼钻过来，即使想钻也钻不过来。可是，要从上面跨过来、跳过来，却是轻而易举，而且还能成为一项有趣的运动。

篱笆墙修好后的第二天，他们就“扑通扑通”地跳进北边的空地来，跟修篱笆墙之前没什么两样。不过，倒是没有深入到客厅正面。他们考虑到：一旦被驱赶时，逃跑时会稍微麻烦些。所以，他们预先估计好逃跑所需时间，然后只在没有被捕危险的地带游弋。至于他们在做些什么，东边书房里的主人自然是看不到的。他们在北边空地上游弋的情形，只有两个办法才能看到：或是打开栅栏门，从相反方向拐过直角走到空地上；或是站在茅房的窗前，隔着篱笆墙眺望。除此之外别无他法。

从茅房窗口眺望的话，对方在哪里、做什么，都看得一清二楚。但就算发现了几个敌人，也无法上前抓捕，只能隔着窗口大声训斥。

如果从栅栏门迂回突入敌阵的话，还没等你上前抓捕，对方一听到脚步声就“扑通扑通”地跳回篱笆墙那边去了。这种情形，就像非法捕鱼船偷偷靠近正在晒太阳的海狗一样。

主人当然不会蹲在茅房里站岗。而且，也不打算一听到动静就打开栅栏门冲杀出去。如果他要这么做的话，只能先辞掉教师之职，专攻追捕之道，否则是追不上那帮家伙的。

1　出自《庄子·庚桑楚》：“吞舟之鱼，砀而失水，则蚁能苦之。”指能吞舟的大鱼，比喻大人物。

主人的不利之处在于：在书房里，只能听到敌人的声音，却看不见人；在茅房窗前，能看见敌人，却无法出击。

敌人看穿了主人的弱点，便采取了如下战术：

当他们侦察到主人待在书房里时，就尽量大喊大叫，故意大声说一些冷嘲热讽的话。而且，还尽量让人分辨不清声音来自哪里——乍一听，很难断定吵嚷声是来自篱笆墙里还是篱笆墙外。如果主人出来了，他们就立即逃跑，或者本来就站在篱笆墙外，那就摆出一副不理不睬的冷面孔。

当他们发现主人走进茅房——我从刚才就频繁使用“茅房”这个肮脏的词，其实并非以此为荣，而是觉得非常难堪，可是出于描述这场战争的需要，我又不得不使用到这个词——当敌人瞅准了主人前往茅房趋谒时，就一定会在桐树林附近徘徊，故意出现在主人的视线里。主人如果在茅房里发出响彻四邻的怒吼声，敌人则从容不迫地撤回根据地去。

这一战术令主人颇为头疼。有时明明看见敌人闯了进来，可当他抡起手杖走出去时，外面却静悄悄的，空无一人。可当他站在茅房窗前，往外看看有没人时，却总是发现有一两个人闯了进来。就这样，主人一会儿绕到屋后，一会儿从茅房里往外看……来来回回地跑来跑去，正可谓“疲于奔命”。终于，主人的火气上来了，甚至已经弄不清自己的本职工作是教书还是打仗。当这火气上升到顶点时，就发生了如下事件。

一般来说，事件大都是由“上火”而引发的。所谓“上火”，顾名思义就是火往上升。对于这一点，盖伦[1]、帕拉赛尔苏斯[2]以及老一套的扁鹊[3]都没有提出过异议。至于“到底是什么东西在上升”“上升

1　盖伦（公元129—199），古罗马时期的医学家。

2　帕拉赛尔苏斯（1493—1541），德国医生、哲学家、炼金术师。

3　扁鹊（公元前407—前310），春秋战国时期的名医。

到哪里”的问题，倒是还有讨论的余地。

根据古代欧洲人的说法，人的体内有四种液体在循环运行：

第一种叫作“怒液”，这种液体一旦上升，人就会发怒；

第二种叫作“钝液”，这种液体一旦上升，人就会变得神经迟钝；

第三种叫作“忧液”，这种液体使人变得忧郁；

最后一种叫作“血液”，这种液体使人变得四肢强壮。

据说，后来随着文明的发展，怒液、钝液和忧液不知不觉地消失了，如今只剩下血液仍然像从前一样循环运行。所以，如果有人“上火”，我觉得只可能跟他的血液有关。

至于血液的分量，每个人都是固定的。虽然因为各人性格不同而略有出入，但大体来说，每个人都有五升五合的血液。因此，这五升五合血液一旦上升的话，所到达的部位就会非常活跃，而其他部位则会因为供血不足而感觉发冷。就好比民众火烧派出所[1]时，巡警们全都集合到警察署里，大街上连一个警察也看不见。如果从医学角度进行诊断的话，这应该叫作“警察上火”吧。

为了治疗这种“上火”病症，必须把血液按原样平均分配到体内的各个部位。为此，必须把上升的“火”降下来。降火的方法五花八门。据说，我家主人的先父曾采用这种方法：头上敷着湿手巾，双脚伸进被炉里。正如《伤寒论》[2]中所说：“头寒足热乃延命息灾之征也。”作为长寿之法，敷湿手巾是每日都不可间断的。

如果不用此法，则不妨试一下和尚们的常用方法。据说，那些居无定所的沙门以及云游四方的禅僧，一定会露宿于“树下石上”。所谓的“树下石上”，其实并不是为了苦修苦行，而是禅宗六祖在舂米时想出

1　此处指发生在1905年9月5日的“日比谷烧打事件”。日俄战争结束后，两国签订《朴茨茅斯和约》。日本民众对和约内容不满，聚集在东京日比谷公园召开国民大会，并烧毁内务大臣官邸和多地派出所。

2　东汉张仲景所著医书《伤寒杂病论》，经后人整理编纂为《伤寒论》。

来的“降火”秘笈。各位也可以试试。坐到石头上，自然会觉得屁股发凉。屁股一凉，“火”就降下来了。这是不容怀疑的自然规律。

像这样，人们发明了各种“降火”的方法，却尚未发明出能引起“上火”的良方，令人感到遗憾。一般认为，“上火”是有害无益的现象，但有时也不能这么武断地下结论。对于某些职业来说，“上火”是相当重要的，不“上火”的话就什么也做不成。

其中，最重视“上火”的是诗人。诗人需要“上火”，就跟轮船不能缺少煤炭一样。哪怕只断供一天，诗人也会立刻沦为凡夫俗子，除了吃闲饭之外别无所长。其实，“上火”就是“疯癫”的别名，但若说成“不疯癫则无以为业”又比较丢份。所以，诗人彼此之间并不说“上火”，而是一起约好用“灵感”这个像煞有介事的名称。这是他们为了蒙骗世人而编造出来的名称，说白了就是“上火”。

柏拉图[1]为他们说好话，将“上火”美其名曰“神圣的疯狂”。可是，不管多么神圣，疯狂总是不受待见的。还是取个“灵感”这种貌似新研制的药品的名字为好。然而，正如鱼糕的实质是山药，观音像原本是一寸八分的朽木，葱花野鸭汤面的材料是乌鸦肉，旅馆里的牛肉火锅用的是马肉一样——所谓“灵感”，其实就是“上火”。而“上火”则是暂时性疯癫。之所以没被送进精神病院，是因为它只是“暂时性”疯癫而已。

其实，要产生这种暂时性疯癫状态是很难的。一辈子发疯倒还容易，可要做到每次摊开纸、提起笔就陷入暂时性疯癫，就实在太难了，就连万能的上帝也无能为力。既然上帝帮不上忙，那就只能靠自己努力营造了。因此，古往今来的学者们苦心钻研的，除了有“降火之法”，同样还有“上火之法”。

有人为了获得灵感，每天要吃十二个涩柿子。其理论依据是：吃

1 柏拉图（公元前427—前347），古希腊哲学家。

了涩柿子就会便秘，而便秘了就肯定会“上火”。

有人拿着烫好的一壶酒跳进澡盆，以为泡在热水里喝几口酒就肯定会“上火”。据其所说，如果这个方法还不灵，只要烧热一澡盆葡萄酒，跳进去泡一下就会立马见效。他对此深信不疑，只可惜手上没钱，还没等到付诸实践就一命呜呼了。

最后，还有人想到，只要模仿古人就能产生灵感。其理论依据是：只要模仿某人的态度和动作，其心理状态也会变得相似起来。比方说，只要模仿醉汉唠唠叨叨地说个没完，不知不觉间就会觉得自己好像也喝醉了一样；坐禅的时候，只要耐着性子等上个一炷香的时间，就会觉得自己仿佛也成了法师一般。所以，只要模仿从前那些曾获得过灵感眷顾的名家之所为，就一定能“上火”。据说雨果[1]是躺在快艇上构思文章的，所以，只要自己也坐在船上仰望蓝天，就一定能“上火”；据说史蒂文森[2]是趴着写小说的，所以，只要自己也趴着写东西，就一定能“上火”……

像这样，各种各样的人想出了各种各样的办法，可是还没有一个人能获得成功。至少就目前来说，人为的“上火”状态暂时还不可能实现。虽然遗憾，但却无可奈何。不过，迟早有一天，人们能够随心所欲地产生灵感，这是毫无疑问的。为了人类文明的发展，我希望这一天早日到来。

关于“上火”，说这么多就已经足够了吧。接下来，终于要进入正题，开始讲这个事件了。不过，所有大事件发生之前，总会先发生一些小事件的。只讲大事件而忽略小事件，这是自古以来的历史学家常犯的通病。就拿主人来说吧，他的“上火”也是在每次的小事件中逐渐加剧，最终才引发了大事件。因此，需要按顺序把它的发展过程叙述出来，否则各位就很难理解主人是如何“上火”的。如果不理解

1 雨果（1802—1885），法国文学家。

2 史蒂文森（1850—1894），英国作家。

的话，主人的“上火”就会变得徒有虚名，很可能会被世人轻视，认为“不过如此而已”。好不容易上一次火，如果得不到世人的赞颂，那岂不是太扫兴了吗？

接下来我要讲述的事件，无论大小，对主人来说都不是什么光彩的事。虽然事件本身并不光彩，但我至少要向大家证明：主人的“上火”可是货真价实的，绝不会比别人逊色。和别人相比，我家主人并不具备什么值得炫耀的优点。所以，如果不把他的“上火”拿来吹嘘一番的话，那我就算再绞尽脑汁也找不到东西可写啦。

聚集于落云馆的敌军近日发明了一种“达姆弹”[1]。每次到十分钟的课间休息时间，或放学后，他们就频频向北边空地开炮。这种“达姆弹”俗称“棒球”，在一根大擂杵的任意击打下向敌阵发射。

虽说达姆弹来头不小，但毕竟是从落云馆的运动场发射过来的，所以不必担心会击中整天躲在书房里的主人。其实，敌方肯定也意识到弹道太远，但发射达姆弹自然有其战略意义。据说在旅顺战役中，海军的间接射击就曾立下过赫赫战功。既然这样，那么滚落到空地上的球也不见得毫无效果。更何况，他们每次发射都会动员全军之力，“哇——”地发出威吓性的吼叫声。主人受到惊吓时，难免会造成四肢血管收缩。烦闷之情无处发泄时，全身的血液必然会往上涌。可见，敌方的这个谋略是相当高明的。

据说，古希腊有个名叫埃斯库罗斯[2]的作家。此人拥有一个与学者、作家们相同的脑袋——我这里所说的“与学者、作家们相同的脑袋”是指秃头之意。为什么他们会变成秃头呢？这是因为头部营养不足，导致头发失去了生长的活力。学者和作家用脑最多，而且又都是穷光蛋，所以他们的脑袋全都因为营养不足而变得光秃秃的。

1　英国制造的一种枪弹，不具备贯穿力但是具有极高浅层杀伤力的“扩张型”子弹。因生产于印度加尔各答附近一个叫“达姆”的地方兵工厂而得名。

2　埃斯库罗斯（公元前525—前456），古希腊悲剧诗人。

埃斯库罗斯既然是个作家，那脑袋自然是非秃不可了。他的脑袋，像金橘一样光溜溜的。有一天，他摇晃着一如既往的脑袋——脑袋上既然没有“穿礼服”或“穿便服”之类的讲究，所以当然是“一如既往”地——他就那样摇头晃脑地走在阳光明媚的大街上。问题就出在这里。从远处看过来，他的秃脑袋在阳光照射下显得特别亮。正所谓树大招风，他这个发亮的脑袋自然也得招来点什么不可。

这时，埃斯库罗斯的头顶上飞来一只鹫。仔细一看，它的利爪还紧紧地抓着一只刚捕获的小乌龟。乌龟、甲鱼之类固然味道鲜美，可是从古希腊时代起就已经带有硬壳了。就算味道再鲜美，也总不能连壳吃吧。龙虾倒是有带皮烤的，但“带壳炖小龟”却至今还没见过，当时肯定也没有吧。

那只鹫正感到不知所措时，忽然远远地看见下方有个发亮的东西，不由得喜出望外。它心里盘算着：如果把小乌龟扔到这个发亮的东西上面，乌龟壳肯定会摔碎的。等乌龟壳摔碎之后，我再飞下去，就可以轻轻松松地享用乌龟肉了。没错，就这么着。于是，它瞄准那个秃脑袋，连声招呼都不打就把小乌龟从高处扔下去。不巧的是，作家的脑袋比乌龟壳软，结果秃头被砸成了稀巴烂。一世英名的埃斯库罗斯就这样悲惨地死掉了。

这个故事暂且到这里，但令人费解的是那只鹫的想法——它朝那个秃脑袋扔小乌龟下去时，知道那是作家的脑袋吗？或者误以为那是一块光秃秃的岩石？——只有先解决这个问题，才能确定是否能将落云馆的敌人与这只鹫相提并论。我家主人的脑袋嘛，并不像埃斯库罗斯或其他赫赫有名的学者的脑袋那样闪闪发亮。不过，既然他据守在那个只有十平方米而号称“书房”的房间里，一边打瞌睡一边把脸埋在艰深的书本里，那么就应该把他看成是学者和作家的同类。既然如此，那么主人之所以还没变成秃头，仅仅是因为他尚未具备秃头的资格。在不久的将来，这个脑袋注定会变成秃头的。由此看来，落云馆的学生们以这个脑袋为目标，集中发射他们的达姆弹，不得不说是一种最合时宜的策略。如果敌人把这项行动持续两周的话，那么主人的脑袋由于恐惧和烦闷，必定会出现营养不足，最终难免会变成金橘、铁壶或铜壶的模样吧。假如再多挨两周炮击的话，则必定会落得个金橘溃烂、铁壶漏水、铜壶破裂的下场。预测不到如此明显的后果，而且还想方设法与敌人战斗到底的，恐怕就只有苦沙弥先生一个人了。

某日下午，我照例来到檐廊上睡午觉，梦见自己变成了老虎。我命令主人说："快拿鸡肉来！"主人连忙答应，战战兢兢地拿来了鸡肉。这时，迷亭来了。我就对迷亭说："我想吃大雁肉，你快到雁锅餐馆给我点一份回来！"迷亭照例还是信口开河地说道："您要是把腌芜菁和咸脆饼一起嚼，就会吃出大雁肉的味道的。"我张开血盆大口，大吼一声吓唬他。他立刻变得脸色苍白，说道："山下那家雁锅餐馆已经停业了，怎么办呢？"我说："那就凑合着吃点儿牛肉吧。你赶快到西川牛肉店去给我弄一斤里脊肉来。你敢磨磨蹭蹭的话，我就先把你给吃了！"于是，迷亭赶紧掖起衣襟跑了出去。我躺在檐廊上，变得像老虎那么庞大的身躯占满了整个檐廊。我正等着迷亭回来时，忽然听到响彻屋中的一声巨响。我连一口鲜嫩的牛肉都没吃上就被吓醒了。

刚才还对我战战兢兢、点头哈腰的主人，这时突然从茅房里冲出来，朝我的肚子上狠狠地踢了一脚。我还没反应过来时，他已经趿拉着木屐，绕过栅栏门，往落云馆的方向直奔而去。

我突然从老虎缩回猫儿，感觉有些难为情，又有些滑稽。不过，看见主人这副风风火火的架势并挨了一脚之后，我一下就忘掉了老虎的事，心想："主人终于要亲自出马御敌啦，真带劲！"于是就强忍疼痛，紧跟着主人从后门冲了出去。

这时，我听见主人怒喝了一声："小偷！"只见一个头戴学生帽、大约十八九岁的健壮小伙子正从四方格篱笆墙向外翻。我心想：

“哎呀，来迟了。”那家伙像飞毛腿一般狂奔，逃往自己的根据地。主人见怒喝“小偷”这么奏效，便又一边大喊“小偷”一边追了上去。然而，要想追上敌人，主人就不得不翻过篱笆墙。可这样深入敌营的话，主人自己就成了小偷啦。如前文所述，主人是一位杰出的“上火者”。他既然乘势追击“小偷”，似乎就已经下定决心要穷追到底，即使自己变成小偷也在所不惜。他一直追到竹篱笆的墙根下，并没有要收兵的意思。再往前一步，他就会越界而成为小偷了。正在这时，敌军阵营中有一位留着稀疏胡须的将领大大咧咧地走过来，与主人隔着篱笆开始交涉。仔细一听，两人正进行着无聊的对话。

“那是本校的学生。”

“既然是学生，为什么闯进人家府邸？”

“球不小心飞进去了。”

“为什么不先打声招呼再来取？”

“以后我会提醒他们的。”

“行，那就这样吧。”

我原本期待着会出现龙争虎斗的激烈场面，结果谈判却以如此平淡无奇的方式草草收场。主人叫得挺凶，其实只是一时冲动而已。一到关键时刻，总是如此虎头蛇尾。那感觉，就好像我从梦中的老虎突然变回猫儿一样。我前文所说的“小事件”就是指这件事。在讲完小事件之后，顺理成章地，就非得讲大事件不可了。

客厅门敞开着，主人趴在地上，似乎在想着什么——大概是在研究御敌之策吧。落云馆那边似乎正在上课，运动场格外安静。只是从某间教室清晰地传来上伦理课的声音。那老师声音洪亮，侃侃而谈。我仔细一听——原来正是昨天从敌阵中出来谈判的那位“将军”。

“……公德是非常重要的。到国外一看，无论法国、德国还是英国，没有哪个国家是不讲公德的。而且，即便是下等人，也没有一个人不讲公德。但可悲的是，在这一点上，我们日本还无法与外国抗衡。一提到公德，也许有人以为这是从外国进口的新事物。这种想法是大错特错的。古人就曾说过：‘夫子之道一以贯之，忠恕而已矣。’[1]——这个所谓的‘恕’，其实正是公德的出处。我也是人，所以有时也想放声歌唱。可是当我正在学习的时候，一听到隔壁有人放声歌唱，我就看不成书了。因此，即便自己拿着本《唐诗选》想大声朗诵为快时，也要考虑到：如果住在隔壁的人也跟自己一样害怕噪音，那自己就会在无意中打扰到别人了。这种时候，就需要随时控制自己。所以，希望各位尽量遵守公德，绝不做妨碍别人的事情……”

主人正竖起耳朵，认真地听着这番说教。当他听到这里时，不由得面露微笑。对于这“微笑”的含义，有必要稍做说明。一个经常冷嘲热讽的人读到这句话时，很可能会认为这“微笑”隐含着嘲讽的意思。然而，我家主人却并非如此刻薄之人——或者应该说，并非如此睿智之人。至于主人为什么面露微笑，我认为这完全是出于欣慰之情——既然教伦理课的老师如此语重心长地训诫学生，那自己从此以后就能免受达姆弹之苦啦。这样一来，暂时不必担心脑袋变秃。至于“上火”嘛，就算一时半会儿不能痊愈，只要假以时日，总能逐渐恢复的。所以，也就不需要再尝试什么“头敷湿手巾”“双脚伸进被炉里”“露宿于树下石上”等降火秘方了……正是因为考虑到这些，主人才面露微笑的。主人是个直到二十世纪的今天还傻乎乎地认为“欠债必还”的主儿，当然也就会把伦理课上的那番话当真了。

没过多久，大概是到下课时间了，讲课声戛然而止。其他教室也同时下课。于是，刚才被封锁在教室里的八百名同志大声呐喊着，从屋里冲了出来。看那情形，就跟捅落了一尺多大的马蜂窝似的。马蜂们嗡嗡作响，哇哇大叫，从窗口、大门口、小门口等凡是有开口的地方争先恐后、肆无忌惮地冲了出来。——这就是“大事件”的开端。

1　出自《论语·里仁》。

首先从马蜂们的阵形说起。如果你以为这样的战争没什么阵形可言，那你就错了。

提起战争，一般人会马上想到沙河、奉天、旅顺[1]，好像别的地方就没有战争似的。而略带诗人气质的野蛮人嘛，则会联想到那些夸张的故事——阿喀琉斯拖着赫克托耳的尸体沿着特洛伊城墙绕行三周[2]，燕人张飞在长坂桥上横拇丈八蛇矛，瞪眼喝退曹操的百万大军……产生什么联想，当然属于个人自由，但如果以为除此之外就没有其他战争的话，那就不妥当了。在太古蒙昧时期，也许就发生过如此荒唐可笑的战争。然而，在今天这个太平盛世，在大日本国帝都的中心地区，应该不可能再发生这种奇迹般的野蛮行径了。即使发生什么骚乱，也不至于比火烧派出所更严重吧。由此看来，卧龙窟主人苦沙弥先生和落云馆内八百健儿之间的战争，应该算得上东京市有史以来大战之一了。

左氏在记述“鄢陵之战”[3]时，也是先从敌人的阵形说起的。自古以来，凡是叙述巧妙者都会采用这种笔法，这已经成了普遍的规则。因此，我先来讲讲马蜂的阵形也并无不妥吧。

那么，马蜂们的阵形是怎么样的呢？——我一看，只见他们在四方格篱笆墙外排成了一列纵队。他们的任务大概是诱使我家主人进入火力圈。

“还不投降？”

“不投降，不投降！”

“不行呀，不行呀。”

“不肯出来呀。”

“怎么不上当呢？”

---

1 这几处都是日俄战争期间发生过激烈战斗的地名。

2 荷马史诗《伊利亚特》中的场景。

3 公元前575年晋军与楚军交战于鄢陵。《左传·成公十六年》记载了这次战争。

“不可能不上当的。”

“吼两声看看。”

“汪！汪！”

“汪！汪！”

“汪！汪！汪！汪！”

然后，全队一齐呐喊起来。纵队右边稍远的运动场上，炮队占据了有利地形，开始排兵布阵。面向卧龙窟的一名将领，手上拿着一根大擂杵守候在那里。在他对面，相隔十米远的地方站着一个人。大擂杵的后面还有一个人，面向卧龙窟直挺挺地站着。像这样面对面地排成一条直线的，正是炮手。

按某些人的解释，他们是在练习打棒球，而绝不是准备打仗。我是个文盲，不知棒球为何物。不过据说，这棒球是从美国传进来的一种游戏，如今在中学以上的学校里成了最受欢迎的运动。美国这个国家呀，就爱鼓捣些稀奇古怪的玩意儿，所以才会如此热心地把这种容易被误解为炮队而且又妨碍邻居的游戏传给日本人。美国人也许是真的把它当作一项游戏的。不过，即使是纯粹的游戏也无妨，既然它具有惊扰四邻的威力，只要灵活运用，就足以充当炮击之用。

据我亲眼观察，只能这么认为：落云馆这帮家伙正企图利用这项运动来发挥炮火之功效。反正他们怎么说都行。既然有人借慈善之名行骗，有人借灵感之名而“上火”成癖，那么就难保不会在棒球游戏的掩护下发动战争。按某些人的解释，他们是在练习打一般意义上的棒球，而我所记述的棒球，则只限于这种特殊场合——即攻城炮击之法。

接下来，我介绍一下达姆弹的发射方法。

在排成直线的炮队当中，其中一个人用右手握着达姆弹，扔向手持擂杵的人。这达姆弹是用什么做成的，局外人无从知晓。好像是又硬又圆的石头丸子，外面用皮革严严实实地包住，然后缝合起来。

如前文所述，这种炮弹脱离掌心迎风飞去时，站在对面的那个人便挥动那根擂杵，把它击打回去。偶尔也会有炮弹飞过去而没有击中的时候。不过，大多数情况下，炮弹都会“砰”的一下反弹回来。它的声势非常猛烈，轻易就能击溃我那位患有神经性胃炎的主人的脑袋。炮手们这样就算完成任务。而他们周围还云集着许多围观者兼援兵，只要一看到擂杵“砰”地击中丸子，就立刻大声叫好，噼里啪啦地鼓起掌来。

“打中了吧？”

“这都不管用？”

“看你服不服！”

“投降了吧。”

如果只是这样，那倒也罢了。可是，这反弹回来的炮弹，三次之中必有一次会滚进卧龙窟的院子里——如果炮弹不滚进来，就达不到攻击目的了呀。虽说近来到处都在生产这种达姆弹，但价格还是很贵的。就算战况再紧张，也无法保证充足的供应。一队炮手大概只能分到一两颗炮弹。既然如此贵重，总不能每次“砰”的一声就报销掉一颗吧。于是他们专设了一支“捡弹队”，负责把炮弹捡回来。如果炮弹落点好，捡回来当然毫不费力，但如果滚到草地上或人家院子里，就没这么容易捡回来了。所以，平时他们为了节省体力，都会尽量把炮弹击打到容易捡回的地方。而眼下却恰恰相反。他们的目的不在于游戏，而在于发动战争，所以故意把达姆弹击落到我家主人的院子里。既然击落到院子里，当然就得进院子里来捡。进院子最简便的方法，就是翻过四方格篱笆墙。翻进墙内闹腾一番，主人肯定要发怒。不发怒可就算投降认输了。主人不胜其扰，脑袋自然就会逐渐变秃。

这时，敌军发射出的一颗炮弹就准确无误。它从四方格篱笆墙上飞过来，击落几片桐树叶子，然后命中了第二道城墙——即主人家的竹篱笆，发出了巨大的声响。

牛顿第一运动定律曰：“若无外力影响，开始运动的物体会以匀速直线前进。”如果物体运动只受这条定律支配的话，此时主人的脑袋恐怕已经落得跟埃斯库罗斯同样的下场。幸亏牛顿在发现第一定律的同时还发现了第二定律，所以我家主人的脑袋才能幸免于难。

牛顿第二运动定律曰：“物体运动的变化与其所受外力成正比，而且发生于该作用力的直线方向上。”这个有些难懂，不知道是什么意思。但毫无疑问的是，拜牛顿所赐，那颗达姆弹才没有穿过竹篱笆、撕裂房门而后击碎主人的脑袋。

过了一会儿，果然不出所料，敌人闯进院子里来了。“是在这里吗？”“还要往左吧。”他们一边说着，一边用棍子到处敲打着矮竹丛。敌人每次闯进主人院子里来捡达姆弹的时候，总要发出特别大的声响。如果悄悄地溜进来、悄悄地捡走，那就达不到主要目的了。达姆弹固然贵重，可是捉弄我家主人显然比达姆弹更为重要。其实，他们远远地就判断出炮弹的落点了——既听到击中竹篱笆的声响，也看到击中的位置，而且连滚落在哪里都一清二楚。所以，只要他们肯老老实实的话，完全可以老老实实地捡了走人。

根据莱布尼茨[1]的定义，空间是可共存现象的秩序。“甲乙丙丁”的顺序永远都不会变；柳树下必定会有泥鳅[2]；蝙蝠总会搭配黄昏的月亮……墙根和棒球本来也许不太般配，可是那些每天都把球扔进别人院子里的家伙，却已经习惯了这种空间排列，所以一眼就能发现球在哪里。他们如此闹腾，无非是向我家主人挑起战争的一种策略而已。

事到如今，主人就算再消极被动也不得不应战了。刚才在客厅里听伦理课而面露微笑的主人，此刻奋然站起身来，猛然冲杀出去，突然捉住了一个敌人。

对于主人说来，这无疑是赫赫战果。不过，一看那人，却只是个

1　莱布尼茨（1646—1716），德国哲学家、数学家、自然科学家。

2　此处化用了日本谚语“柳树下未必常有泥鳅”，意为不可守株待兔。

十四五岁的小毛孩。而主人却是胡子一大把了。作为对手，这两人未免不太般配。不过，主人似乎已经挺满意了。他不顾对方哀求，硬是拖到了檐廊前面来。

在此，有必要说一下敌方的策略。他们看到主人昨天那气势汹汹的样子，料想他今天也肯定会亲自出马。万一到时没跑掉，被捉住一员大将，那就麻烦了。所以，最好是让一二年级的小毛孩去捡球，以避免危险。即便主人把他捉住，唠唠叨叨地讲一通大道理，也无损于落云馆的名声。而主人要是跟一个小毛孩过不去的话，反而会有损体面。——这就是敌方的想法。对于一般人来说，这种想法是很有道理的。

然而，他们却忽略了一点：我家主人可不是一般人。主人如果具备这样的基本常识，那昨天就不会冲出去了。“上火”，会把一般人变得不一般，把具备常识的人变得缺乏常识。当一个人尚能分辨出“这是女人”“这是孩子”“这是拉车的”“这是赶马的”，那就还不足以夸口说自己已经“上火”了。如果他不能像主人那样把一个实力相差悬殊的初中一年级学生捉来当人质的话，那就无法跻身“上火者”的行列。

只是可怜了那名俘虏。他只不过是奉高年级学生之命，担任捡弹小兵之职，偏偏不幸遇上了缺乏常识的敌将兼“上火”天才，被追得走投无路，来不及翻过篱笆墙就被捉住，扣留在院子里。

这样一来，敌军就没法气定神闲地观看自己战友受辱了。他们争先恐后地翻过四方格篱笆墙，从栅栏门闯进了院子里，在主人面前站成一排。他们的人数约有一打，大多没穿上衣和西装背心。有的挽起白衬衫的袖子，抱着胳膊；有的把一块洗褪色了的棉绒布随意搭在背上；不过，也有人穿得很时髦，白帆布滚黑边的上衣胸口处还绣着黑色的花体英文字。这帮家伙，看起来全都是以一当千的猛将，一个个肌肉发达，又黑又壮，颇有“我等丹波国勇士昨夜刚从筐山赶来”之架势。把他们送进中学念书实在是可惜了，如果能当个渔夫或船老大，肯定能成为国家的有用之才。他们全都不约而同地光着脚，而且把裤腿卷得高高的，俨然一副赶来给邻居救火的架势。他们在我家主人面前站成一排，一言不发。主人也默不作声。就这样杀气腾腾地对视了好一会儿。

“你们是小偷吧？”

主人开口问道。那副气势汹汹的样子，就像用大牙咬碎了摔炮似的，鼻孔中喷射出火焰，鼻翼气呼呼地抖动着。越后狮子[1]的鼻子，大概就是仿照人发怒时的鼻子而做成的吧。否则，怎么可能做得出这么可怕的东西？

“不，我们不是小偷，是落云馆的学生。”

“撒谎！落云馆的学生怎么会擅自闯进人家院子里来呢？”

“你看，我们的帽子上面有校徽呀。”

“那是假的吧。要是落云馆的学生，为什么乱闯进来？”

“球飞进来了嘛。”

“为什么让球飞进来呢？”

“不小心飞进来的。”

“岂有此理！”

“以后会注意的，这次请原谅我们吧。”

“来历不明的家伙翻过围墙闯进人家院子里，能说原谅就原谅吗？”

“我们真的是落云馆的学生呀。”

“落云馆的学生，几年级的？”

“三年级的。”

“真的？”

“嗯。”

1　起源自越后国（即今日本新潟县）的一种狮子舞表演。

主人回过头，朝屋里喊了一声："喂，过来一下！"

崎玉县出生的女佣阿三打开房门，探出头来，"嗯"地应了一声。

"你去落云馆叫个人过来！"

"叫谁过来呀？"

"谁都行，随便叫个人过来。"

阿三"嗯"地应了一声。可是由于院子里的情形太古怪，而且主人吩咐的任务又莫名其妙，所以她站也不是坐也不是，只是在那儿嘿嘿傻笑着。

在主人的意识中，此时激战正酣，自己正使出"上火"之浑身解数。按说自家女佣当然应该拥护主人，没想到她非但没有严肃对待，反而在听到主人吩咐时还嬉皮笑脸的。这下，主人越发"上火"了。

"我不是说了吗，随便叫个人过来。连这都听不懂？校长也行，干事也行，教务主任也行……"

"叫校长过来对吧……"阿三只听懂了"校长"这个词。

"我说了，校长也行，干事也行，教务主任也行，听不懂吗？"

"如果都不在的话，叫个勤杂工过来也可以吗？"

"净说蠢话！勤杂工懂什么嘛！"

话说到这份上，阿三大概也觉得没法再问了，便"嗯"地应了一声，出去了。她还是没弄懂走这一趟的用意何在。我正担心她会不会真的拉个勤杂工过来时，却看见那位教伦理课的老师从正门走了进来。等对方从容就座之后，主人便立刻开始了谈判。

"方才，彼等擅自闯入鄙人府邸……"主人一开口就跟《忠臣藏》[1]的台词一样古雅，"莫非真的是贵校的学生？"句末略含嘲讽之意。

伦理老师却没有丝毫惊慌的样子。他若无其事地扫视了一遍在院

1　以"赤穗四十七义士"为主公报仇尽忠为题材而创作的戏剧。

子里站成一排的勇士，然后把目光移回主人脸上，回答道："没错，他们都是本校的学生。我平时一直教导他们不可做出这样的行为……真不省心啊……喂，你们为什么要翻过篱笆墙呢？"

学生毕竟是学生，在伦理老师面前无言以对，没有一个敢开口，只是老老实实地缩在院子角落里，就像遇上暴风雪的羊群似的。

"球落到院子里，也是难免的事。既然住在学校旁边，球有时飞进来也正常。不过……你们也太能闹腾了。就算要翻墙过来，也得悄悄地捡了就走嘛，那样还情有可原……"

"您说得对。我也经常提醒他们，可学生人数实在是太多了……喂，你们听着，以后一定要注意哟。如果球飞进来，你们就应该绕到正门，打过招呼再进来捡。听明白了吗？——学校太大了，他们又老爱给人添麻烦，实在是没办法。而且，运动是教育所必需的一项内容，难以禁止。而让他们运动吧，又会给您添麻烦。关于这一点，还得请您多多包涵。今后，我一定会让他们走正门，打过招呼后再进来捡。"

"没事，您能理解就好。球怎么扔都不碍事。只要从正门进来，打个招呼就行。那么，这些学生我就交回给您了，请把他们带回去吧。唉，让您特意跑一趟，真是过意不去。"

主人照例又是虎头蛇尾地说了一番客气话。然后，伦理老师带着那帮"丹波国勇士"从正门走回落云馆去了。

我所谓的"大事件"就此告一段落。如果有人笑话说："这算什么大事件嘛。"那就由他笑话好了。这只能说明，对他来说不算大事件。可我是在写我家主人的大事件，而不是写其他人的大事件呀。如果有人挖苦说："有头无尾，强弩之末。"那我得提醒他记住：这正是我家主人的特色。同时还要记住：主人之所以成为滑稽文章之笑料，也正是因为他具有如此特色。如果有人说："跟一个十四五岁的小毛孩过不去，简直太傻了。"那么我也表示赞同：主人确实是太傻了。所以，大町桂月才会批评我家主人“稚气未脱”嘛。

我既已讲过小事件，现在又讲完了大事件，接下来想描述一下大事件之后的余波，以此结束全篇。也许有的读者认为，我写的东西全都是信口开河，其实我绝不是如此轻率的猫儿。我所写的每字每句里，都蕴含着宇宙的哲理，这自不必说。而且，只要将每字每句连起来读，就会发现其深得首尾呼应、前后对照之章法，而原本以为是闲言碎语而忽略的文字，也会突然变成奥妙的真言。因此，读我写的文章时，绝不可采取随意伸腿躺卧、一目十行的无礼态度。据说，柳宗元每次读韩愈的文章时，总要先用蔷薇露净手。所以，对于我写的文章，各位至少也得自掏腰包买本杂志回来读，而不要等朋友读完后再借来随便对付着看。

接下来要讲的，虽然我称之为“余波”，但如果你因此以为“余波”肯定没什么意思、不读也罢，那就等着后悔吧。所以请务必认真读完。

大事件之后的第二天，我想出门散散步，就来到了街上。这时，我看见金田家的老爷和铃木君正站在街角处，不停地说着什么。铃木君刚去过金田家，见金田君不在而离开时，正巧在路上碰到他坐车回来。最近，我渐渐觉得金田家不再新鲜，所以很少光顾了。现在偶然见到金田君，倒感觉有几分亲切。铃木君也好久不见了，所以就趁此机会在暗中瞻仰一番。

打定主意之后，我慢悠悠地走到他俩旁边。他俩的谈话声自然钻进了我的耳朵里。这不能怪我，只能怪他俩在谈话。既然金田君是个不惜雇请密探来侦察我家主人动静的大善人，那我偶然聆听几句他的谈话，想必他也不会生气吧。他要是生气的话，就说明他根本不懂得“公平”二字是什么意思。总之，我听到了他俩的谈话。我并不想听，只是谈话声自己钻进了我的耳朵而已。

“刚才我去过府上了。正巧在这里遇到了您。”铃木君毕恭毕敬地鞠了一躬。

“哦，是吗？其实，我最近也正想找你呢。太好啦。”

“哎呀，那真是太巧了。您找我有什么事呢？”

“也没什么大不了的事，无所谓的。不过，这事还非得拜托你不可。”

“只要我能做到的，一定效劳。是什么事呢？”

“嗯，这个嘛……”金田君沉吟道。

“这样吧，我等您方便的时候再登门拜访。您看什么时候合适呢？”

“哎呀，又不是什么大不了的事。——既然你这么热心，那就拜托你吧。”

“请不必客气……”

“那个怪人呀——对，就是你的那个老相识，好像叫什么苦沙弥来着？”

“嗯，苦沙弥怎么啦？”

“也没怎么。不过，自从那次以来，我总觉得心里不痛快。”

“可不是吗？苦沙弥总是那么傲慢无礼……要是他懂得稍微考虑一下自己的社会地位就好了。简直就是目中无人嘛。”

“没错。还说什么‘不向金钱低头’‘实业家算老几’这么狂妄的话。既然如此，我就让他见识一下实业家的厉害。前一阵子我已经好好教训了他一顿，不过他还是不肯服输。真是个顽固的家伙！简直难以置信！”

“这个不识好歹的家伙，就知道逞强。他一向就是这个怪脾气，根本不管自己是否会吃亏。简直不可救药。”

“哈哈哈哈，确实是不可救药。我换过各种人，试过各种招数，最后还是让学校里的学生收拾他的。”

“这是个好主意。效果如何？”

“那家伙终于也吃不消啦。过不了多久，肯定就会投降的。”

“太好了。再怎么狂妄也是寡不敌众嘛。”

“没错。一个人还能狂到哪里去？这次，他好像被收拾得够呛。所以我想让你去看看他现在是怎么个情况。”

“哦，是吗？这事好办。我马上就去看看，回头向您汇报。真有意思。那个老顽固变得意气消沉的样子，肯定很有看头。”

“嗯，那你回来时再过来一趟吧。我等着。”

“那我就失陪了。”

哎哟，原来这次又是他们在搞鬼。实业家的势力果然不得了。能让枯槁如煤渣的主人“上火”；能让他的脑袋烦闷得变成光溜溜的，连苍蝇站上去都打滑；能让他的脑袋落得和埃斯库罗斯一样的下场……所有这一切，都源自实业家的势力。我不知道，是什么力量推动地球绕着地轴转动，我只知道，是金钱推动着整个社会运转。只有各位实业家，才能充分体会到金钱的力量，而且随心所欲地发挥其威力。太阳安然无恙地从东边升起，安然无恙地往西边落下，也得归功于实业家。我被收养在不谙世事的穷书生家里，所以一直没有意识到实业家的神通广大，这实在是失策。不过，我那位顽冥不化的主人这次恐怕也会逐渐醒悟吧。如果还执迷不悟的话，那就危险了，能不能保住宝贵的性命都难说。

不知道他见到铃木君会如何应酬。看看两人聊成什么样，自然就知道主人醒悟到什么程度了。得赶快回去，不能磨磨蹭蹭的。我虽然是只猫儿，但对于主人的事却颇为担心。我抢在铃木君前面赶回家里。

铃木君一向是个圆滑之人。他今天压根儿没提到金田的事，而是兴致勃勃地说着些不痛不痒的闲话。

“你的脸色不太好呀，怎么啦？”

“没事。”

“脸色这么苍白，得注意点儿。可能是最近天气不好吧。晚上睡得好吗？”

“嗯。”

“是不是有什么烦心事？只要我能做到的，一定会帮忙。你尽管说，不必客气。”

“烦心事？什么烦心事？”

“啊，没有就好，我只是假设而已。烦心事是最伤身体的，人活在世上，高高兴兴地过日子才是上策。我觉得你太忧郁了。”

“笑也会伤身体的，有人笑得过头死掉的呢。”

“别开玩笑啦。俗话说‘笑口常开，福气常来’嘛。”

“古希腊有个名叫克里西波斯[1]的哲学家，你可能没听过吧。”

“没听过。那人怎么啦？”

“那家伙就是笑得过头死掉的。”

“啊？真不可思议。不过，那毕竟是古时候的事了……”

“古时候和现在还不是一样？那家伙看见驴子在吃银碗里的无花果，觉得很好笑，就拼命哈哈大笑。结果笑得停不下来，最后就笑死了。”

“哈哈哈……不过，也不至于这么笑个没完嘛。稍微笑笑，适可而止——这样就能保持心情愉快。”

铃木君正仔细地观察主人的动静时，忽然客厅外的大门“哗啦”一声被推开了。我以为有客人来访，结果却不是。

“球飞进去了，请让我进去捡一下。”

“嗯。”阿三在厨房里应了一声。那个学生就绕到屋后去了。铃木一脸诧异地问主人：“这是怎么回事？”

“屋后的学生把球扔进院子里了。”

“屋后的学生？屋后住着学生？”

1　克里西波斯（公元前280—前207），古希腊哲学家。

“后面有一所叫落云馆的学校。”

“哦，原来是学校呀。那肯定很吵闹吧？”

“简直吵死了，吵得我连书都看不成。我要是文部大臣的话，马上就把这学校给关了。”

“哈哈哈……看把你气的。有什么事惹你生气吗？”

“当然有了！从早到晚都没消停过。”

“既然这么受气，搬走不就行了吗？”

“我才不搬呢。真是岂有此理！”

“你冲我生气也没用呀。唉，小孩子嘛，不管他们就是了。”

“你是无所谓，我可不能不管。昨天我还把他们的老师叫来谈话了呢。”

“真有意思。他们道歉了吧？”

“嗯。”

这时，大门又被推开了，有人在门口说道：“球飞进去了，请让我进去捡一下。”

“哎哟，这也太频繁了吧。喂，又来捡球的啦。”

“嗯，我跟他们说好要从正门进来。”

“哦，怪不得老是有人来呢。原来如此，我明白了。”

“你明白什么？”

“当然是指他们来捡球的原因呀。”

“这已经是今天的第十六次了。”

“那你不嫌烦吗？让他们别来就行了嘛。”

“你说让他们别来，可他们偏要来也没办法呀。”

“你要说没办法，那我也没什么可说的。不过，你也不用这么固执嘛。人太有棱角的话，在社会上混就难免费力不讨好。圆滑的东西滚到哪儿都不费力，而有棱有角的东西嘛，滚动起来特别费力，而且每次滚动都会磨损棱角，浑身伤痛。毕竟，这世上又不是只有自己一个人，别人可不会全都顺着你的心意。唉，怎么说呢，跟有钱人过不去是要吃亏的呀。最后只会落得个身心俱疲的下场，而且还得不到别人一句夸奖。而对方嘛，却跟没事人似的，因为他只需坐在那儿指示别人去做就行。反正你寡不敌众，肯定干不过人家的。固执倒也罢了，可是你一直这么硬撑下去的话，难免会妨碍自己读书，影响每天的工作，最后岂不是落得个费力不讨好的下场吗？”

这时，门口又有人说道：“对不起，球又飞进去了。我可以绕到屋后去捡一下吗？”

“你看，又来了！”铃木君笑道。

“岂有此理！”主人气得满脸通红。

铃木君觉得来访目的已经基本达到，于是说了句“那我告辞了，有空来坐”，就回去了。

铃木君前脚刚走，甘木医生后脚就走进门来。

自古以来，“上火者”很少有人意识到自己“上火”。当自己感觉到有些不对劲时，往往已经过了“上火”的顶峰。我家主人的“上火”症状在昨天的大事件当中达到了顶峰。尽管和对方的谈判有些虎头蛇尾，但毕竟也算做了个了结。当天晚上，他在书房里仔细一想，才感觉到有些不对劲。至于是落云馆不对劲还是自己不对劲，则暂且存疑。反正，肯定是有什么不对劲的地方。他还意识到：虽说住在学校旁边太吵闹，但像自己这样一年到头都发脾气，确实是有些不正常。既然不正常，就得想办法解决。——说是想办法，可又能有什么办法呢？也只能吃点医生开的药，贿赂一下肝火之源，聊以抚慰罢了。他想通了之后，便打定主意，请经常就诊的甘木医生来给自己诊断一下。姑且不论这个决定是否明智，至少他意识到自己“上火”了——单是这一点就难能可贵，值得敬佩。

甘木医生照例微笑着，不慌不忙地问道：“感觉怎么样？”

医生嘛，总要先问一句“感觉怎么样”。对于不问“感觉怎么样”的医生，我向来是觉得不可靠的。

“医生，我感觉很不好。”

“啊，怎么会呢？”

“医生们开的药，到底有没有疗效呢？”

听了这话，甘木医生有些惊讶。但他是一位和蔼的长者，所以也并没有生气，仍然不慌不忙地回答道：“不可能没有疗效的。”

“可是，我的胃病不管怎么吃药都还是老样子呀。”

“绝对不可能的。”

“真的吗？好像稍微好了点儿吧？”

明明是自己的胃，却要问别人。

“不可能一下子就痊愈的。药得慢慢生效呀。现在已经比原先好多啦。”

“是吗？”

“现在还觉得火气大吗？”

“当然，连做梦都在发火。”

“可以稍微运动一下。”

“我一运动，火气就更大了。”

这下，连甘木医生也无话可说了。

“来吧，我给你看一下。”

于是，甘木医生就开始诊察。没等诊察完，主人突然大声说道：“医生，前几天我读了一本讲催眠术的书，里面说：运用催眠术，可以治好小偷小摸以及其他各种毛病。这是真的吗？”

“嗯，是有这种疗法。”

“现在也有人在用吗？”

“嗯。”

“催眠术很难吗？”

“不，简单得很。我就经常给人做。”

“医生，你也会做催眠术？”

“嗯，我给你试一下吧。从理论上来说，谁都可以被催眠的。如果你愿意的话，就试一下吧。”

“这个有意思，请给我做一次催眠吧。我早就想着要试一下了。不过，要是被催眠后一直醒不过来，那可就麻烦啦。”

“没问题的。那就开始吧。”

两人很快商量出了结果：主人决定接受催眠术。我至今还从没见过这种场面，所以心下暗喜，蹲在客厅的角落里仔细观看。

催眠术首先从眼睛开始做。具体方法是这样的：从上往下揉双眼的上眼皮。尽管主人已经闭上双眼，但甘木医生仍然按同一方向不停地揉着。

过了一会儿，甘木医生问道：“这样反复揉眼皮，渐渐会觉得眼皮发沉吧？”

主人回答道：“眼皮果然是有点发沉了。”

甘木医生还是不停地从上往下揉着，一边说道：“会越来越沉的，没问题吧？”

主人没有吭声，大概是感觉到越来越沉了吧。

同样的按摩法又继续了三四分钟。最后，甘木医生说道：“好了，现在已经睁不开啦。”

可怜见的，主人的眼睛终于瞎掉了。

“已经睁不开了？”

“嗯，睁不开了。”

主人默默地闭着眼睛。我也以为主人真的变成瞎子了。

又过了一会儿，甘木医生说道：“不信，你就试一下能不能睁开。反正肯定是睁不开的。”

“是吗？”主人话音未落，两只眼睛就和平常一样睁开了。他笑嘻嘻地说道：“不灵呀。”

甘木医生也微笑着说道：“嗯，是不灵。”

催眠术最终以失败而告终。甘木医生也回去了。

这时，又有一位客人来访。——主人家里从没有来过这么多客人。对于不擅交际的主人来说，这简直难以置信。可事实上客人就是来了，而且是一位稀客。关于这位稀客，我想稍微写上几句，这并不仅是因为他是稀客的缘故。正如前文所说，我正在描述这次大事件的余波。而这位稀客嘛，又是描述余波所不可忽略的素材。我不知道他叫什么名字，只知道他是个长脸配山羊胡子的四十岁左右的男人，这就够了吧。如果说迷亭是美学家，那么这位先生则可称为“哲学家”。为什么称他为哲学家呢？这并不是因为他像迷亭那样喜欢胡夸海口，而是因为——当我看见他和主人谈话时的神态，就不由得觉得他像个哲学家。他俩聊起天来显得无拘无束，想必也是从前的老同学吧。

“嗯，迷亭那家伙呀，就像漂浮在池塘水面上的金鱼麸[1]一样，轻浮得很。前几天，他跟朋友从一家根本不认识的贵族府宅前经过时，就说要进去喝杯茶，结果硬是拉着朋友一起进去了。真是没心没肺。”

“后来呢？”

“后来怎么样，我倒是没有问。——反正，那家伙是个天生的怪人。可惜没什么思想，就跟金鱼麸一样。你说铃木？——他来过了？哦，那家伙虽然不懂什么大道理，但在为人处世方面却挺精明的，是块挂金表的料。不过，毕竟缺乏内涵，不够踏实，终究还是没有出息。他老爱把‘圆滑’挂在嘴边，可是他连圆滑是什么意思都没弄懂。如果说迷亭像金鱼麸的话，那铃木就像用稻草捆起来的魔芋，只是滑溜滑溜、哆哆嗦嗦的。”

主人听了这些奇特的比喻，似乎感到颇为佩服，竟然一反常态地

1 用作鱼饲料的烤面筋。

哈哈大笑起来。

“照这么说，你又像什么呢？”

“我？怎么说呢，我就跟……野生山药差不多吧，长长的，埋在泥土里。”

“你总是那么泰然自若、气定神闲的，真叫人羡慕啊。”

“哪里，我其实跟普通人一样，没什么值得羡慕的。唯一庆幸的是，我从不羡慕别人，这就够了。”

“近来，手头还宽裕吗？”

“其实宽不宽裕都差不多吧，反正有口饭吃就行，没什么大惊小怪的。”

“我可是很不痛快，火气大得不行，看谁都来气。”

“生气也挺好的。有气就发泄出来，立刻会变得心情舒畅了。人嘛，什么样的都有，想让别人全都变得跟你一样，这是不可能的。用筷子吃饭，自然得和别人一样的拿法，否则就不顺手，而自己吃面包时，则是想怎么切就怎么切，这样更方便。在手艺高超的裁缝店定做的衣服，刚开始穿就很合身，而蹩脚裁缝店做出来的衣服，却得穿一段时间才习惯。然而，世上之事总是很奇妙的，衣服穿着穿着就会逐渐变得合身起来。同理，如果你的父母有本事，让你刚生下来就能适应社会，那自然很幸运。但如果你生下来没这么完美，与这个社会格格不入，那就只能将就着活下去，或者一直坚持到社会能接纳你为止。除此之外，别无他法。”

“可是，像我这样的人，恐怕永远都适应不了社会吧。真有点心虚哩。”

“如果非要穿不合身的西服，才会撑破，才会闹出吵架、自杀之类的乱子。而你嘛，只是觉得不痛快而已，当然不至于去自杀，甚至都没跟人吵过架吧。还算好啦。”

“其实我每天都在吵架呀。就算找不到人吵，自己一发起火来，还不是跟吵架一样吗？”

“原来如此，你这是在跟自己吵呀。真有意思，跟自己怎么吵都无所谓呀。”

“我自己都觉得厌倦了。”

“那不吵就是了。”

“跟你说实话吧，我没法做到这么随心所欲。”

“嗯，到底是什么事惹你生气呢？”

于是，主人就把落云馆事件、“陶瓷狸子”事件、“Savage tea”事件等种种牢骚话滔滔不绝地告诉了哲学家。哲学家默默地听完，然后才开始大发议论。

“不管别人说些什么，你当作没听见不就行了吗？反正都是些无聊的事嘛。至于那些中学生，你又何必跟他们计较呢？什么？你说他们故意打扰你？可是，就算你去跟他们理论，跟他们争吵，结果还是照样来打扰你呀。在这一点上，我觉得从前的日本人要比西方人强得多。西方人所谓‘积极’的做事方式，近来很受欢迎，但其实存在着很大的缺点。首先，所谓的‘积极’是没有止境的。无论你怎么积极，都永远不可能达到满意或完美的境界。比方说，现在对面不是有一排丝柏吗，你嫌碍眼就把它们砍掉。然后，你又会觉得它们后面那家旅馆挡住你了。把旅馆拆掉之后，又会觉得它后面那栋房子看不顺眼……这样下去，岂不是没完没了吗？西方人的做法就是这样的。无论是拿破仑也好，亚历山大也好，从来没有谁满足于现有的胜利。看别人不顺眼就争吵一番，对方不认输，你就上法院告他，然后官司打赢了，你以为从此就能获得安宁了？——那你就错了。无论你如何急于求成，到死都无法获得内心的安宁。你说君主专制不好，那就改成议会制，然后觉得议会制不好，又再搞出别的什么名堂来。你看到河流挡着路，就架设桥梁；看着山不顺眼，就挖隧道；觉得交通不便，就修铁路……永远都不会满足。既然这样，人类到底能在多大程度上积极地实现自己的意愿呢？西方文明也许是积极进取的——换言之，它是由一辈子都不知足的人们所创造出来的。而日本的文明，则不是通过改变自己的外界环境以求得满足。它与西方文明的重大区别在于，它是在‘外界环境根本不可改变’这个大前提下发展起来的。当发现父子关系不融洽时，日本人也不会像欧洲人一样去改善这种关系以求得安宁，而是认为‘现有的父子关系不可改变’，然后在这样的前提下寻求获得内心安宁的手段。夫妻关系、君臣关系也是如此，武士与町人[1]的关系也是如此，甚至在对待大自然的问题上也是如此。——当前面有大山阻隔而无法通往邻国时，不是考虑如何劈山开路，而是考虑如何不必去邻国也能好好地过日子。也就是说，需要培养一种‘不必翻越大山也很知足’的心态。所以，你想想看嘛，禅宗也好，儒家也好，都是从根本上把握这个问题的。无论自己如何了不起，世事总是无法尽如人意，你既不能让落日升起，也不能使加茂川的水倒流。你所能把握的，只有自己的心灵。只要你修炼到随心所欲的境界，不管落云馆的学生如何闹腾，你都能不为所动；有人骂你什么‘陶瓷狸子’，你就当作耳边风；有人恶意诋毁你，你只需若无其事地回应一句‘混蛋’就是了。据说从前有个和尚，当要被砍头的时候，他还不忘说上一句‘电光影里斩春风’的妙语[2]。只有当内心修炼到消极之极致时，才能达到如此洒脱的境界吧。像我嘛，虽然还理解不了这种玄妙之理，但也觉得一味推崇西方的积极主义是不对的。就拿眼下来说，无论你如何积极地采取对策，结果还不是对那些故意捣乱的学生毫无办法吗？除非你有权力关掉那个学校，或者对方所做的坏事够得上报警，否则，你就是再怎么推行积极主义也无法获胜呀。

---

1 江户时期的商人和手工艺人。

2 南宋末年，元军攻占温州，包围了雁荡山能仁寺。众僧纷纷逃离，只有无学禅师端坐禅堂，在元军的刀下坦然吟诵成诗：“乾坤无地卓孤筇，喜得人空法亦空。珍重大元三尺剑，电光影里斩春风。”

如果推行积极主义，就会演变成金钱的问题、寡不敌众的问题。换言之，你就得向有钱人低头，向那些人多势众的小毛孩认输。像你这样，又是穷光蛋，又是孤家寡人，却偏要积极地去跟人开战——这正是你生气的根源呀。你懂了没有？”

主人默默地听着，既没说懂，也没说不懂。稀客回去之后，主人便钻进书房里，陷入沉思，连书也不读了。

铃木君劝告主人要向金钱和人多势众者低头；甘木医生建议用催眠术来麻痹神经；最后的这位稀客则大谈以消极主义获得内心安宁之法。究竟选择哪种方法，是主人的自由。唯一可以肯定的是，再这样下去是行不通的。

第九章

我家主人长着一张麻子脸。听说，在明治维新以前，麻子脸是很流行的。然而，在早已缔结了“日英同盟”[1]的今天来看，这张麻子脸未免有过时之感。麻子脸的衰退与人口的增长成反比，在不久的将来也许会全部绝迹——这是根据医学统计得出的精密结论。连我这只猫儿也对此英明论断深信不疑。我不知道现在生活在地球上的人还有多少是麻子脸，但从我交际的范围来看，在猫族里一只也没有，在人类里只有一个人——这个人就是我家主人。我对他深表同情。

每当我看见主人的脸，就会这么想：唉，真不知上辈子造什么孽才长了这么一张面孔，而且还厚着脸皮呼吸着二十世纪的空气。要是在从前麻子脸横行的时代，也许还可以逞一逞威风。可在如今，所有麻子都已经奉命撤退到胳膊上了，只剩下主人的麻子还盘踞在鼻尖和脸颊，坚守不动。这并不值得自豪，反而有损其体面。如果可能的话，应该趁早撤除为好。其实，这些麻子本身也会觉得心虚吧。不过，说不定它们抱有别的信念——发誓要在同党势力衰颓之际力挽狂澜，所以才这么蛮横地占据着整张面孔吧。要真是这样的话，那可绝

1　1902年，为了牵制俄国，日本与英国结为军事同盟。

对不能小瞧了这些麻子呢。它们作为抵抗滔滔流俗的永不磨灭的坑洼集合体，值得我们尊敬。唯一的缺点，就是看起来有点脏兮兮而已。

主人小时候，在牛込区山伏町住着一位名叫浅田宗伯的老中医。据说，这位老人家每次去病人家出诊时，总要慢悠悠地坐轿子去。不过，宗伯翁去世之后，到了他的养子那一辈时，轿子立刻变成了人力车。所以，当这位养子死掉，再由其养子继承家业时，说不定葛根汤会被安替比林取而代之呢。即便在宗伯翁的那会儿，坐着轿子在东京市内缓慢前行也已经很不像样了。能做出这种事而面不改色的，只有从前的死人、被装进火车里的猪以及这位宗伯翁。

主人的麻子脸和宗伯翁的轿子一样，都属于逐渐没落的东西，旁人看了难免心生同情。然而，顽固程度不逊色于宗伯翁的我家主人，仍然每天若无其事地到学校教《英语读本》，将他那孤城落日一般的麻子脸暴露于光天化日之下。

他满脸刻着上个世纪的纪念物站在讲台上时，除了讲课之外，当然还给予学生们以重大启示。比起反复朗读“猴子有手”[1]，具有更好教学效果的是——他毫不费力地说明了“麻子对相貌的影响”这一重要问题，而且不必开口就已经把答案展现给了学生。假如以后没有主人这样的人来当教师的话，学生们为了研究这个问题，就不得不跑到图书馆或博物馆去刻苦钻研——简直跟我们通过木乃伊去了解埃及人一样费劲。由此看来，主人的麻子脸在冥冥之中还做了行善积德之事。

当然，主人并不是为了行善积德才往脸上种满痘疮的。可话说回来，又确实是种痘惹的祸。不幸的是，本来是种在胳膊上的，却不知什么时候传染到脸上了。当时主人还是个小孩，情窦未开，不知道脸蛋重要，所以只是一边叫嚷着“痒啊，痒啊”，一边拼命地往脸上乱挠。结果，就像火山爆发、岩浆流淌一样，把父母给的脸蛋儿给糟蹋

1　这是当时英语基础读本中的常见例句。

了。主人时常对妻子夸耀说："在没出痘疮之前，我可是个漂亮的小男孩，甚至在浅草观音堂中还有外国人回头看我呢。"这也许确有其事。只可惜没人能为他做证。

无论如何行善积德，如何使学生大受启发，脏兮兮的东西终究是脏兮兮的。所以，主人自从开始懂事以来，就为这满脸麻子操碎了心，不择手段地想要消除这一丑态。可这毕竟跟宗伯翁的轿子不同，不是说想扔掉就可以立刻扔掉的。直到今天，这些麻子还清清楚楚地挂在脸上。主人对这种"清清楚楚"多少有些在意，每次走在大街上时，都要进行统计——数一下当天遇到几张麻子脸，是男的还是女的，是在小川町的劝工场还是在上野公园遇到的……然后把这些全都写进日记里。他相信，在麻子脸的相关知识方面，自己绝不会比任何人逊色。

前几天，一个刚留洋回来的朋友来访时，主人还问他："西方人长不长麻子呢？"

"这个嘛……"那位朋友歪着脑袋想了好一会儿，才回答说："好像很少吧。"

主人认真地追问道："再怎么少，也总会有一些吧？"

朋友满不在乎地回答道："就算有，也无非是些乞丐或做苦力的。受过教育的人里头好像没有。"

主人说道："是吗？这跟日本不太一样嘛。"

在上次那位哲学家的建议下，主人不再和落云馆过不去了。从那之后，他整天躲在书房里想东西。也许他是打算听从忠告，在静坐之中以"消极主义"修炼一种洒脱的境界吧。然而，一个气量狭小的人，整天这么愁眉苦脸地袖手而坐，当然不会修炼出什么成果。我甚至觉得，与其这样，倒不如拿几本英文书去当铺换点钱，然后找个艺伎学学"喇叭调"[1]还好。不过，他这种顽固之人，肯定不会听从我这只猫儿的忠告，

1 明治时代后期流行的一种流行歌谣，因伴奏中有模仿喇叭的声音而得名。

所以还是随他去吧。于是，一连五六天我都没靠近他。

今天刚好是第七天。禅宗信奉“七日成佛”，所以有人会在当天拼命打坐，以求大彻大悟。我家主人又会怎么样呢？无论是死是活，总该有个了断吧。于是，我就慢悠悠地从檐廊来到书房门口，窥探室内的动静。

书房朝南，大小约十平方米。向阳之处摆着一张大书桌。光说“大书桌”恐怕还不太清楚——这是一张长六尺、宽三尺八寸、高度也合适的大书桌。这张书桌，当然不是现成购买，而是在附近的家具店请人特别定做的。它兼有书桌和床的双重功能，可谓是稀世之物。至于为什么要定做这样一张大书桌，而且为什么会产生躺上去睡觉的念头，不问他本人的话，当然是莫名其妙的。也许是一时心血来潮，才突然弄来这么一个怪物。又或许，只是突发奇想地把书桌和床这两个毫不相关的概念结合起来，正如我们经常在精神病患者身上看到的一样。总之，这是个奇特的想法。可惜只是奇特，却没什么用。我就曾经见过，主人在这桌上睡午觉，结果一翻身就滚落到檐廊外去了。从那以后，他好像就再也没有把这张书桌当作床用了。

书桌前摆放着一块薄薄的毛纱坐垫。坐垫上有三个被香烟烫过的窟窿，窟窿里露出灰黑色的棉纱。坐垫上，背对着我正襟危坐的，就是我家主人了。他腰上紧紧地扎着一条脏得变成深灰色的腰带，腰带两端垂到了脚底。前几天，我因为拨弄这条带子，脑袋还突然挨了一巴掌呢。看来，这条带子不可随便靠近。

咦，主人怎么还在沉思呀？他没听说有句俗话叫“笨人想不出好主意”吗？我从他背后一看，只见桌上有个闪闪发光的东西。我不由得连眨了两三下眼睛，心想：这东西真奇怪。尽管十分刺眼，但我还是一直盯着这个发光的东西。然后才弄明白，原来光亮是从桌子上那个移动着的镜子发出来的。

可是，主人为什么会在书房里摆弄镜子呢？镜子本来应该是放在浴室里的。今早我还分明在浴室里看见过这面镜子哩。之所以说“这面镜子”，是因为主人家里没有别的镜子了。主人每天早上洗完脸之后，也是对着这面镜子梳分头的。——也许有人会问：“像他这样的人也会梳分头吗？”说实话，他对别的事很懒，唯独对这脑袋百般呵护。自从我住进这个家以来，不管天气多热，主人都从没剪过平头。他一定会把头发留上两寸长，在左边夸张地分开来，而且还让右边的发梢微微翘起，整得一本正经似的。说不定，这也是精神病的征兆哩。我虽然觉得这种装模作样的分头跟这张桌子显得格格不入，但既然不妨碍别人，别人就没什么意见。而他本人也十分得意。

为什么梳个这么时髦的分头，这姑且不论。至于为什么要留这么长的头发，其实是有原因的。据说，他脸上的麻子不只侵蚀到脸部，而且早就已经蔓延到头顶了。因此，如果他也像别人一样剪半寸平头或三分平头的话，发根处就会露出几十颗麻子来。不管他怎么揉，怎么摸，都无法去除那点疙瘩。尽管颇有“枯野放流萤”之风情，但女主人无疑是不懂欣赏的。既然只要把头发留长就可以掩饰过去，那又何必非得自暴其丑呢？要是可能的话，恨不得连脸上都长出毛发、给满脸麻子来个私下了断才好呢！所以，根本没必要花钱请人把自然生长的头发剪掉并大肆宣扬：“我连头盖骨上都出过天花哟。”——这就是主人留长发的原因。而留长发又是梳分头的原因。梳分头则必须照镜子，所以才会把它放在浴室里。事实上，家里就只有这一面镜子。

这面本应放在浴室里、而且是家中唯一的镜子，既然出现在主人的书房中，那么可以肯定：要么是镜子得了梦游病，要么是主人把它从浴室拿过来的。如果是主人拿过来的话，那为什么要拿过来呢？说不定，是他修炼消极主义的必备道具呢。

听说，从前有个学者去访问某位高僧，见他正光着膀子在磨瓦片，就问道：“你在做什么呢？”和尚回答说：“我想做一面镜子，所以正在拼命磨哩。”学者惊讶地说道：“任凭你是何方高僧，也不可能把瓦片磨成镜子吧。”和尚哈哈大笑地说道：“是吗？那我就不磨了吧。任凭你读多少书，也不可能顿悟——这岂不是一样的道理吗？”把那学者给奚落了一番。主人可能也听过这个故事，所以才把镜子从浴室里拿到书房，得意洋洋地摆弄着。我在暗中窥视着，感觉气氛变得有些恐怖。

主人并不知道我在身后，他只是全神贯注地盯着那面全家唯一的镜子。说起来，镜子是一种可怕的东西。据说，深夜里点上蜡烛，在一间大屋子里独自照镜子，是需要有一定胆量的。就拿我来说吧，家里的小女孩们第一次把镜子硬推到我面前时，我就吓得要命，绕着屋子足足跑了三圈。尽管现在是白天，但像主人这样目不转睛地照镜子，肯定会觉得自己的脸很可怕。本来平时就看自己不太顺眼了。

过了一会儿，主人喃喃自语道：“确实挺难看的。”敢于承认自己丑陋，可谓精神可嘉。他的神情举止看似不太正常，但他所说的话却无疑是真理。如果再往前一步，就该觉得自己丑恶得可怕了。一个人如果不曾深切地感受到自己是个可怕的恶棍，那他还算不上是个历尽沧桑的人。未经沧桑，则无法解脱。主人已经来到这个关口，连“啊，真可怕！”这句话都到嘴边了，可就是一直没说出来。

主人说了“确实挺难看的”之后，也不知道在想什么，突然把腮帮子鼓起来，然后用手掌在鼓起的腮帮子上拍了两三下。不知道这是什么法术。这时，我突然觉得主人这张脸似乎跟什么很像——仔细一想，原来是阿三的那张脸。

在这里，顺便介绍一下阿三的脸是什么样的——那张脸是鼓起来的。前几天，有人送来了一个稻荷神社的河豚灯笼[1]。阿三的脸呀，简直就跟那河豚灯笼一个样。因为鼓得太凶狠，连两只眼睛都不见了。不过，河豚都是圆鼓鼓的，而阿三的脸形却是有棱有角的，所以按其

1　把河豚的肉剔除后，将河豚的皮吹鼓晾干后制作的灯笼。

脸形鼓起来之后，就变成了一个浮肿的六角时钟。——这话要是被她听到，肯定会火冒三丈的。所以，关于阿三的话题就此打住，还是继续讲我的主人吧。

主人竭力用尽量多的空气使腮帮子鼓起来，然后如前文所述，用手掌拍了几下腮帮子，喃喃自语地说道：“皮肤这样绷紧的话，麻子就不明显啦。”

接着，他又侧过脸去，用镜子照着受光的那半边脸，感慨地说道：“这样看太明显了，还是正面受光显得平滑一些。真是个古怪的玩意儿。”

然后，他伸长右手，把镜子尽量拉到最远距离，默默地注视了好一会儿，才恍然大悟似的说道：“离这么远就看不太出来啦。太近了果然不行——不光是脸，任何东西都一样。”

接着，他又突然把镜子横过来，然后以鼻梁为中心，把眼睛、额头、眉毛皱成一团。我瞥了一眼，心想：这副模样真可怕。他本人似乎也意识到了，说了句“哎呀，这样不行！”就马上停了下来。

“为什么看起来一脸凶相呢？”他有些纳闷，把镜子拉回到距离眼睛三寸远的地方，然后用右手食指摸了摸鼻翼，随即把那根手指头在桌上的吸墨纸上按了一下。鼻子的油脂顿时在纸上洇出了圆圆的印痕。花样可真多哩。接着，主人又用那根抹过鼻子油脂的手指头扒拉开右眼的下眼皮，完美地做了个所谓的“鬼脸”。至于他是在研究麻子，还是在和镜子玩斗鸡眼，我就不太清楚了。反正，主人是个没准脾气的人，难保不会变出各种花样来。

当然，如果从善意的角度进行牵强附会的解释，那么也可以认为：主人拿着这面镜子玩各种花样，其实是把它当作“见性自悟”的一种方便法门。

人类的所有研究，其实都是在研究自我。天地、山川、日月、星辰，统统都是“自我”的别名。没有谁能够抛开自我而去研究别的事物。如果有人能够跳出自我，那么在跳出去的瞬间也就失去了自我。而且，关于自我的研究，也只能由自己来做，别人是无法替代的。无论是你想替别人做，还是想请别人替你做，都只是徒劳而已。因此，自古以来的英雄豪杰都是靠自己的力量成为英雄豪杰的。如果能够依靠别人来了解自己，那就等于说——请别人代替自己吃牛肉，然后自己就能判断出牛肉是嫩还是老了。

朝闻法，夕闻道，窗前灯下诵读书卷——这些其实都只是激发自我顿悟的方便法门而已。在别人所论之法、所论之道，乃至于书富五车的故纸堆里，都不会有自我的存在。即便有，那也只是自我的幽灵罢了。当然，在某种情况下，“幽灵”总要聊胜于“无灵”吧。有时候，追逐影子未必就不能遇到本体。一般而言，影子是不会离开本体的。从这个意义上来说，主人既然如此热心地摆弄着镜子，那就说明他还是很有见识的，至少比囫囵吞枣地读什么爱比克泰德以冒充学者要强多了。

镜子既是“自我陶醉”的酿造器，同时也是对于“狂妄自大”的消毒器。倘若以浮华虚荣的心态照镜子，那么它就是一件最具有煽动性的工具。自古以来，因狂妄自大而损人害己之事，大约有三分之二要归罪于镜子。法国大革命时期，一个好事的医生[1]因为发明了“改良型断头台”而自觉罪孽深重。同理，最初制造出镜子的人，恐怕也会因为内疚而寝食难安吧。

然而，倘若在自我厌弃或精神颓废的时候照镜子，它又成了最有效的灵丹妙药。一照镜子，美丑一目了然。此刻，一定会意识到：自己长着这么一副面孔，竟然也能自称为人，而且还神气活现地活到了今天。——当一个人意识到这点时，正是一辈子之中最可贵的时刻。敢于承认自己的愚蠢，是最为可贵的。在这位具有自知之明的愚人面前，所有自命不凡的家伙都不得不低头认输。即使他们傲然昂首，轻

1 指法国医生吉约坦（1738—1814）。

蔑地嘲笑我，可在我看来，他们的昂首其实正是低头认输的表现。至于主人嘛，虽然还没聪明到能从镜子之中悟出自己的愚蠢，但毕竟还能公正地承认自己脸上印着麻子。而承认自己面貌丑陋，则会成为通往发现自己内心卑微的阶梯。如此看来，主人还是很有出息的。这也许要归功于那位哲学家的一番说教吧。

我一边想着，一边继续窥视主人。主人却并未觉察。在尽情扮够鬼脸之后，他喃喃自语道："眼睛这么红，肯定是得慢性结膜炎了。"说着，就开始用食指侧面用力揉着充血的眼睑。虽然可能有点痒，但本来已经红成这样了，再这么揉可不行。过没多久，他的眼睛肯定会溃烂得像盐渍鲷鱼的眼珠一样。

不一会儿，主人睁开眼睛看镜子。果然，那双眼睛十分浑浊，就像北国冬天的天空一样阴沉沉的。当然，即便在平时，他的眼睛也并不怎么清澈明亮——形容得夸张一点的话，浑浊得几乎分不清黑白眼珠。正如同他的精神状态总是朦朦胧胧、不得要领一样，他的眼睛也总是迷迷糊糊地在眼窝里飘浮着。究其原因，有人认为是胎毒所致，有人则认为是痘疮的后遗症，所以小时候母亲没让他少吃柳树虫和赤背蛙[1]。可惜这些努力都白费了，直到今天，他的眼睛还和刚出生时一样浑浊不清。

然而在我看来，这绝不是因为胎毒或痘疮的缘故。他的眼睛之所以一直在浑浊不清的悲惨境遇之中彷徨，完全是因为他的头脑浑浊不清，而且达到了极其黯淡溟蒙的程度，所以才自然而然地在外形上体现出来。只可惜母亲并不知晓，为他白操心了。

烟升之处，可知有火；眼睛混浊，可知愚笨。由此看来，他的眼睛象征着他的心灵。既然他的心灵像开孔的天保铜钱[2]一样，那么他的

1　按中医观点，赤背蛙和柳树上的虫子是治疗小儿疳疾的妙药。

2　铸造于天保六年（1835），椭圆形，中间有方孔。明治时期贬值严重，并于1891年停止流通。所以经常用"天保铜钱"来嘲讽落后于时代或智力低下的人。

眼睛也就像天宝铜钱一样大而无用了。

这时，主人又开始捻起胡须来。他的胡须本来就很不规矩，一根根的姿态都各不相同。尽管社会上正流行“个人主义”，但每一根胡须都这样我行我素，则想必会给主人带来许多麻烦。主人有鉴于此，近来对胡须大加训练，想尽可能把它们安排得有条不紊。主人的热情没有白费，他的胡须总算稍微步调一致了，甚至可以让他引以为豪地说：“以前那是‘长’胡须，现在才叫‘蓄’胡须。”

随着效果日渐显著，热情也会备受鼓舞。主人看出自己的胡须大有前途，于是无论早晚晨昏，只要手上闲着，就一定会对胡须加以鞭挞。他的野心，是像德皇陛下[1]那样蓄成奋发向上的胡须。所以，他根本不管毛孔是向侧面还是向下的，全都一把揪住了向上扯。那胡须肯定苦不堪言，而胡须的主人有时也感到疼痛难忍。可这就是训练呀。无论胡须是否情愿，都要一个劲地向上捋。在外人眼里看来，这好像是一种莫名其妙的癖好，而本人却深知，这样做是无可厚非的，就如同教育家徒劳无益地扭曲学生的本性并以此自夸一样。

主人正满腔热情地训练胡须时，脸形有棱有角的阿三从厨房走到书房门口，伸出那红扑扑的手，说道：“有您的信。”

左手拿着镜子、右手揪着胡须的主人，仍保持着这个姿势，向门口转过头来。棱角脸阿三一看到主人那奉命向上翘起的八字胡须，立马跑回厨房，靠在锅盖上哈哈大笑起来。

主人却毫不介意，慢悠悠地放下镜子，拿起信件。第一封信是铅印的，措辞十分严肃。信上是这么写的：

敬启者

谨祝先生吉祥安康。

1　指德国皇帝威廉二世（1859—1941），其两端上翘的八字胡曾风行一时。

回顾日俄之战，我军乘连战连捷之势，恢复和平。我忠勇正义之将士，如今已有半数于“万岁”声中凯旋。国民欣喜之情，无可言喻。

回想当初，宣战之大诏颁发以来，我义勇奉公之将士久居万里异域，忍受寒暑之苦，专心于战斗。其为国捐躯之至诚，当永远铭记，切不可忘。

而军队之凯旋，将于本月告终。因此，本会定于二十五日，代表本区民众召开盛会，祝贺本区一千余名出征将校士卒凯旋，并兼慰问军人遗属，热诚欢迎，聊表谢意。

值此之际，如蒙各位赞助，使盛典得以顺利举行，本会将感到无比荣幸。望各位踊跃义捐为盼。

敬上

写信人是一位华族[1]。主人默读了一遍之后，就立刻把信塞回信封里，不再理会。

捐款之类的事儿，恐怕他是不会做的。前几天，他在东北地区灾荒募捐活动中捐了两三元钱，然后逢人就说：“被搞走了一笔钱。”既然说捐款，那当然是自愿出钱，而不是被搞走的嘛。又不是遭了贼，说什么“被搞走”显然不妥。尽管如此，主人还是把捐款和遭贼等而视之。所以，这次不管对方如何标榜凯旋欢迎会，也不管对方是什么华族老爷，若是强行摊派那倒另当别论，现在光凭这么一纸铅印通知，是绝不可能让主人掏钱的。按主人的意思，在犒劳军队之前，总得先犒劳自己吧。犒劳过自己之后，再犒劳谁都无所谓。眼下自己正为生计而朝夕发愁，犒劳军队的事就交给华族老爷们好了。

主人拿起了第二封信，嘀咕道：“哎呀，这封也是铅印的。”

1　在明治时期设置的身份制度中，被授予爵位的人及其家属。

值此秋凉之际，谨祝阖府昌盛。

如阁下所知，自前年以来，敝校受两三野心家之妨害极深。窃以为，此皆因鄙人领导无方所致。乃引以为戒，卧薪尝胆，苦心经营，始觅得以独力筹措建造理想校舍所需经费之途径。

简而言之，鄙人拟出版一册《缝纫秘诀纲要特辑》。此书乃根据鄙人多年苦心研究之工艺原理，呕心沥血著述而成。现愿向一般家庭普及，而仅收取印制成本并附加些许利润。望踊跃购读为盼。窃以为，此既有助于斯道之发展，同时又可积蓄些许利润以建造校舍。

因此，冒昧恳请阁下购买一册《秘诀纲要》以赐予贵府侍女，权当资助敝校建造校舍之用。不胜惶恐，恳请阁下赞同为盼。言不尽意。

敬具

大日本女子裁缝最高等大学院

校长缝田针作 九拜

看完这封言辞郑重的来信，主人冷淡地把它揉成一团，随手丢进了纸篓里。可怜那位校长先生又是“九拜”，又是“卧薪尝胆”，全都白费劲了。

主人又拿起第三封信。这封信却显得颇为奇特，可谓大放异彩。信封上印着红白相间的条纹，像卖棒棒糖的招牌那样花哨。信封正中间，用粗笔隶书体写着“珍野苦沙弥先生阁下”[1]几个字。虽然不确定信里会蹦出什么花样来，但这信封是够气派的了。

1 这是本书首次出现主人苦沙弥的姓“珍野”。在日语中，“珍野苦沙弥”的发音可表示“像哈巴狗打喷嚏的丑陋面孔”之意。

若以我律天地，则可一口吸尽西江水；若以天地律我，则我只是陌上之尘而已。须问：天地与我究竟有何关系？

首位食海参者，其胆力甚为可敬；首位吃河豚者，其勇气弥足珍贵。能食海参者，乃亲鸾[1]之转世；敢食河豚者，乃日莲[2]之重生。至于苦沙弥先生，则只知酸甜豆酱拌葫芦条而已。食酸甜豆酱拌葫芦条而成为天下之士者，吾未之见也。

挚友亦可卖汝求荣，父母亦对汝另存私心，爱侣亦可弃汝而去。富贵原本不可依恃，爵位利禄一朝尽失。汝秘藏胸中之学问亦将发霉。

汝何所恃乎？天地之间何所恃乎？

神明乎？神明，实乃人类痛苦不堪而捏造出来之泥偶，人类情急之下所泄粪便凝结而成之臭皮囊而已。正可谓，恃不可恃者以求安心矣。

咄咄！醉汉胡言语，蹒跚向坟场，油尽灯自灭，业尽何物遗？苦沙弥先生，且吃茶去[3]！……

不将人当人者，则无所畏惧。然而，不将人当人者，却激愤于不将吾当吾之世道，此如何也？正如达官权贵者，向来以不将人当人为得策，及至他人不以吾为吾之时，则怫然变色。任君怫然变色可也。混账东西。……

吾将人当人，而人不将吾当吾之时，不满之人则突发式地从天而降。此种突发式活动，即所谓“革命”。革命

1 亲鸾（1173—1262），日本佛教净土真宗的创始人。

2 日莲（1222—1282），日本佛教日莲宗的创始人。

3 源自一则禅宗公案，唐朝赵州禅僧对各种人都说“吃茶去”。一般将其理解为一种洒脱豁达的人生境界。

并非不满之人所为，实乃达官权贵欣然制造也。

朝鲜多人参，先生何不服用之？

天道公平　再拜于巢鸭[1]

前一封信的校长先生是“九拜”，而这个家伙却只是“再拜”——仅仅因为不是募捐就蛮横无理地免了七拜。虽然不是来要钱的，但却写得晦涩难懂。这样的东西，无论向哪家杂志投稿都不会被选用的，所以我那位以头脑迷糊而著称的主人肯定会把它撕得粉碎。然而，出乎我意料，主人竟然翻来覆去地读了好几遍。也许，他认为这信里含有深意，决心要好好研究一下吧。

虽说天地之间难懂之事甚多，可是没有一件是不能牵强附会地进行解释的。无论如何晦涩难懂的文章，只要你想解释，就总能解释得通。你说“人是愚蠢的”也好，说“人是聪明的”也好，都很容易理解。你甚至说“人是狗”“人是猪”，也不是什么让人挠破头的命题。你说“山是低的”也可以，说“宇宙很小”也无妨。哪怕你说“乌鸦是白的”“小野小町[2]是丑女”“苦沙弥先生是君子”也不见得说不通……所以，像这种毫无意义的信，只要随便拿个大道理往上套，就能解释得通。尤其是像我家主人这样的，平时碰到不懂的英语都要牵强附会一番，现在看见这信，当然是要好好琢磨一下了。

曾经有学生问他：“明明天气不好，为什么还要说Good morning呢？”他竟然想了七天。有人问他：“Columbus[3]这个名字用日语怎么说？”他也花了三天三夜思考如何作答。在他看来，这封信简直是处处皆有深意，比如说理解为“食酸甜豆酱拌葫芦条乃天下之士”，理

1　指当时的“东京府巢鸭医院”，这所医院也收治精神病人。此落款或暗示这封信的作者是精神病人。

2　平安时期的和歌诗人，以美貌而闻名。

3　即航海家哥伦布（1451—1506）。

解为“吃了朝鲜人参闹革命”，都似无不可。

过了一会儿，主人赞叹道：“真是意味深长啊。这个人肯定对哲理颇有造诣，见识真高！”想必，他已经用对付“Good morning”的套路想通了那些费解的语句吧。

主人说这句话，足以表现出自己的愚蠢。但反过来说，这也是理所当然的。主人一向有个毛病——无论什么，只要自己弄不懂的就认为是好东西。不过，有这毛病的，也许不止我家主人一个吧。既然自己弄不懂，那其中必定隐藏着不容轻视的东西。而对于高深莫测的事物，人们往往会产生一种崇敬心理。正因为如此，尽管俗人们经常不懂装懂地说大话，学者们却总爱把简单的事物解释得复杂难懂。大学课堂就是明显的例子——讲课难懂的老师评价很高，而讲课通俗易懂的老师却没什么威望。

这封信也是如此，主人对其深感佩服，并不是因为它意义明确，而是因为它主旨不清、难以捉摸，是因为它突然冒出东一句“海参”、西一句“粪便”而已。因此，主人推崇这篇文章的唯一理由，与道家推崇《道德经》、儒家推崇《易经》、禅宗推崇《临济录》一样，仅仅是因为完全读不懂而已。不过，完全读不懂又心有不甘，于是就胡乱加些注释，装作读懂了的样子。自以为读懂了深奥难懂的东西而对其大加推崇——自古以来，这就是一大乐事。

主人毕恭毕敬地把这封隶书名作收好，搁在书桌上，然后把双手揣在怀里，开始闭目沉思。

这时，外面有人大声叫门：“有人吗？有人吗？”听声音像是迷亭，但迷亭可不会这么不停地叫门呀。

主人在书房里早就听到声音了，但却仍然坐着不动。他大概是认为，作为一家之主，到门口去接待客人并非自己的任务，所以他从来没有在书房里跟外面的客人搭腔。阿三刚才出去买肥皂了。女主人正上厕所。看来，能到门口迎接客人的，就只有我了。可我也懒得去。

客人从门口脱鞋处跳上地板台阶，然后拉开门，大摇大摆地走进屋里来。这些家伙也真是的，主人没个主人样，客人也没个客人样。我以为客人去了客厅，不料传来两三声开门关门的声响之后，就径直走进书房里来了。

“喂，开什么玩笑嘛！来客人了，你还愣着干什么？”

“哎哟，是你呀？”

“什么哎哟不哎哟的。你既然在家，怎么不应一声呢？简直跟空房子似的。”

“嗯，我正在想事情。”

“就算正在想事情，也可以说声‘请进’呀。”

“说也未尝不可。”

“你还是那么冷淡嘛。”

“我最近在修身养性。”

“真有雅兴！你这修身养性倒好，连听见叫门也不回答一声，客人岂不是倒霉？你这么冷淡可不行啊。今天我不是一个人过来的，我还带来了一位贵客，你出来见个面吧！”

“带谁来了？”

“你别管是谁，先出来见个面吧。人家说非要见你不可呢。”

“是谁呀？”

“别管是谁了，快起来吧。”

主人仍然把手揣在怀里，站起身来，嘀咕道：“你又在捉弄人吧？”随即穿过檐廊，漫不经心地走进客厅里。

只见六尺宽的壁龛对面，有一位老人肃然端坐着。主人不由得抽出双手，一屁股坐到隔扇旁边。这样的话，和老人都是朝西而坐，就省得互相行礼了。这种老派之人，讲究起礼节来可是相当繁琐的。

“请您坐到那边去。”老人指着壁龛催促主人。

直到两三年之前，主人都一直以为客厅随便坐都无所谓。后来听了别人的讲解之后，才知道壁龛是由上座演变而来，是钦差使者坐的地方。于是从那以来，就再也没有坐到壁龛旁边去了。更何况今天有这样一位陌生的长者端坐在下面，自己哪里还敢坐什么上座？甚至连寒暄话也说不利索了。主人随便点了一下头，借用对方的话回答道：

“请您坐到那边去。”

“不，这样的话就不方便行礼了。请您坐到那边去。”

“不，那么……请您坐到那边去。”主人支支吾吾地重复着对方的话。

“哎呀……您这样客气，不敢当，鄙人受之不起。请不必客气，请！”

“您这样客气……不敢当……请……”

主人满脸通红，吞吞吐吐地嘟囔着。看来，他的修身养性并没起到什么效果。迷亭站在隔扇后面，笑嘻嘻地看着他们。这时，他觉得差不多了，就从背后推了主人一把，说道：“哎呀，你快过去。你坐这儿不动，我可没地方坐啦。”说着，就硬挤了过来。主人只得往前挪了一下。

“苦沙弥君，这位就是我经常提起的住在静冈县的伯父。伯父，这位是苦沙弥君。”

“初次见面，深感荣幸。听说迷亭经常到府上来打扰，我也一直想登门拜访，聆听高论。恰好今日从附近经过，所以特地前来致谢。此次有幸相识，今后还请多加关照！”老人流利地说了一通老派的寒暄语。

主人一向不擅交际、沉默寡言，而且几乎从没遇见过这样老派的长者，所以一上来就有些怯场。正感到不知所措时，又被对方的滔滔不绝之语轰炸了一番，于是早把“朝鲜人参”和“棒棒糖信封”忘得一干二净。无奈之下，只得莫名其妙地回答道：“我也……我也……本来应该去拜访您……请多关照。”说完，主人稍稍抬起头一看，只见那老人仍然趴在那里，不由得吃了一惊，赶紧又把额头贴到榻榻米上。

过了好一会儿，老人才抬起头来，说道："我原本在这一带也有房屋，长年生活于将军膝下[1]。幕府瓦解时去了静冈，从那之后就没有回来过了。这次回来一看，连方向都不认得了——要不是迷亭陪着我，根本就办不成事。虽说世事如沧海桑田，可谁曾想到，开创江户幕府三百年的将军家竟然……"

没等他说完，迷亭先生就不耐烦地打断了话头："伯父，将军家固然有恩，不过明治之世也不错呀。比如这红十字会，以前就没有吧。"

"那是没有。从来没有叫什么红十字会的东西。若不是在明治圣朝，根本不可能亲眼见到宫亲王[2]的尊容。我幸亏长寿，才能像今天这样出席总会，聆听宫亲王之玉音。得此殊荣，我死而无憾矣。"

"哎呀，能逛逛久违的东京，就算够本啦。苦沙弥君，我伯父为了出席这次的红十字总会，才专程从静冈赶过来的。今天我陪他去了一趟上野公园，现在刚回来。你看，他身上还穿着我上次在白木屋绸布店给他定做的长礼服呢。"迷亭提醒道。

果然，这老人身上穿着长礼服。可穿是穿着，却根本不合身。袖子太长，领子敞开着，后背有点儿塌，腋下向上吊着……哪怕你做得再不好看，也不至于这么无微不至地整得处处变形吧。而且，白衬衫和白色衬领之间空隙太大，一抬头就露出了喉结。而那黑色领结，也分不清是系在衬领上还是系在衬衫上。

若只是这身长礼服那倒也罢了，可他满头白发还梳了个发髻，则更是一大奇观。我又留意看了一下他那把有名的铁扇——铁扇正平放在膝盖旁边。

主人这时才逐渐冷静下来，充分发挥修身养性之成果。他打量着

---

1 指德川幕府的所在地江户（即东京）。

2 有栖川宫炽仁亲王（1835—1895），明治初期的皇族，是当时红十字会的总裁。

对方的衣着时，不免也感到有些惊讶。之前，他一直以为不至于像迷亭说的那么离谱，今天亲眼所见，才发现有过之而无不及。他心想：如果自己的麻子脸可以作为历史研究的资料，那么这位老人的发髻和铁扇无疑更有价值。

主人想问一下这把扇子的来历，可又觉得过于唐突，不好开口。但若冷场的话又会失礼，于是就问了一个十分平常的问题。

“外面人很多吧？”

“是呀，人多得很，而且那些人全都盯着我看——现在的人都变得爱看热闹了，从前可不是这样的。”

“嗯，确实，从前可不是这样的。”

主人这话听起来像是在倚老卖老、不懂装懂，其实并非如此。不妨理解为，这只是从稀里糊涂的头脑中随便冒出来的一句话而已。

“而且呀，大家都盯着我手上这柄‘盔斩’呢。”

“这铁扇应该很重吧？”

“苦沙弥君，你拿一下看看，可重啦。伯父，您让他试试看。”

“请过目。”老人拎起那把沉甸甸的家伙，递给我家主人。

主人就像在京都黑谷[1]参拜的游客接过莲生和尚[2]的宝刀一样，在手中拿了一会儿，说了声“果然很重”，然后就还给了老人。

“大家都叫它‘铁扇’，其实应该叫作‘盔斩’，和铁扇是两码事……”

“啊？那是用来做什么的呢？”

“是用来砍敌人头盔的——趁敌人头昏眼花时取其性命。据说从楠木正成[3]那个时代就开始用了……”

1　京都市左京区黑谷町的金戒光明寺的俗称。又称“新黑谷”。

2　莲生和尚（1141—1208），原名熊谷直实，镰仓初期的武将。后在金戒光明寺出家，法号莲生。寺中保存着其生前用过的一把大刀。

3　楠木正成（1294—1336），日本南北朝时期的武将。

“伯父，这把就是楠木正成用过的吗？”

“不是，我也不知道是谁用过的。不过，年代很久远了，有可能是建武时期[1]制造的。”

“别看它年代久远，今天可把寒月君折腾得够呛。苦沙弥君，今天我们回来的时候刚好路过大学，机会难得，就顺便去找理科的寒月君，参观了物理实验室。不巧这把‘盔斩’是铁的，害得里面的磁力仪器全都乱套了，场面混乱不堪。”

“不，不可能的。这是建武时期的铁，品性纯正，绝不是它惹的乱子。”

“就算品性再好也不行呀。既然寒月君都说了，那也没办法。”

“你说的‘寒月’，就是那个磨玻璃球的小伙子吗？年纪轻轻的就干这个，真可惜啊。干点别的什么不好呢？”

“瞧您把人家说得这么可怜巴巴的，人家那是在搞研究呀。要是把那个球磨好了，就能成为大学者呢。”

“要是磨球就能成为大学者，那人人都能当大学者喽。我也能，玻璃店的老板也能。干那种活儿的，在中国被称为‘玉工’，是身份低贱之人。”老人一边说着，一边朝主人看去，想争取他的赞同。

“确实如此。”主人恭恭敬敬地说道。

“当今之世，所有学问都是形而下之学，看似挺好，其实一到紧要关头就毫无用处。从前可不一样。干武士这一行的，随时得豁出性命，所以平时就要修炼内心，以便做到临危不惧。想必您也知道，这可不像磨个玻璃球、搓根铁丝那么简单啊。”

“确实如此。”主人仍然一脸恭敬。

“伯父，所谓的修炼内心，莫非是指不要磨玻璃球，而是把手揣在怀里坐着不动就行？”

1　日本南北朝时期的年号。

“那怎么行？哪有这么轻巧的事？孟子说过‘求放心’，邵康节[1]说过‘心要放’，还有，佛门中有位中峰和尚则教导说要‘具不退转’。可不是那么容易弄懂的哟。”

“反正我是一句都没听懂。那到底应该怎么做呢？”

“你读过泽庵禅师[2]的《不动智神妙录》吗？”

“没有，连听都没听过。”

“书上说：心置于何处？心若置于敌身之动作，则心为敌身之动作所夺；心若置于敌之刀剑，则心为敌之刀剑所夺；心若置于杀敌之念，则心为杀敌之念所夺；心若置于自身之刀剑，则心为自身之刀剑所夺；心若置于防守之念，则心为防守之念所夺；心若置于敌之架势，则心为敌之架势所夺。总之，心无处安置矣。”

“您竟然能一字不差地背诵出来呀。伯父，您的记性可真好，这么长一段也记得住。苦沙弥君，你听懂了吗？”

“确实如此。”主人还是用“确实如此”搪塞过去。

“您看，他说得很有道理吧——心置于何处？心若置于敌身之动作，则心为敌身之动作所夺；心若置于敌之刀剑……”

“伯父，苦沙弥君早就领悟这个道理啦。他最近每天都在书斋里修身养性，已经达到‘无心’的境界了，连来了客人都不出去迎接。所以肯定对此很有体会。”

“哎呀，这真是难能可贵啊。迷亭，你不妨也一起试试嘛。”

“嘿嘿，我可没这么清闲。伯父，您自己是个闲人，所以才以为别人都无所事事吧。”

“你不是一直都无所事事吗？”

“我可是‘闲中自有忙’呀。”

“你看，你老是这么粗心大意的，所以我才说你必须得修身养性

1 邵康节（1011—1077），北宋时期的理学家、数学家、诗人。

2 泽庵禅师（1573—1645），日本江户初期的临济宗禅僧。

嘛。倒是有句话叫‘忙中自有闲’，可你这‘闲中自有忙’我就从来没听说过了。苦沙弥先生，您说是吧？”

“嗯，好像是没听说过。”

“哈哈哈哈，这么说我就没辙啦。对了，伯父，要不要去尝一尝久违的东京的鳗鱼？咱到竹叶亭餐馆去，我请客。坐电车去很快就到。”

“鳗鱼还行。不过，今天我跟沙原先生约好了，要去他那儿。我就先告辞了。”

“噢，杉原先生呀，那位老大爷身体挺硬朗的嘛。”迷亭说道。

“不是‘杉原’，是‘沙原’哟。你老是说错，不行呀。把人家姓名弄错了会失礼的，以后可得注意。”

“可是，明明写的是‘杉原’呀。”

“写是写‘杉原’，不过得读作‘沙原’哟。”

“太奇怪了。”

“这有什么奇怪的？这叫‘习惯读法’，古已有之。比如蚯蚓的习惯读法叫‘眼不见’，是因为看不见眼睛，所以习惯上就这么叫。这跟把癞蛤蟆叫作‘仰天儿’是一样的道理。”

“噢，这话真新鲜。”

“癞蛤蟆被打死就仰面朝天，所以习惯读法叫‘仰天儿’。还有，栅栏叫‘篱笆’，菜茎叫‘菜梗’，都是一样的道理。[1]只有乡巴佬才会看见‘杉原’就照念成‘杉原’。你不注意的话，会被人笑话的。”

“那您现在是要去‘沙原’先生那里吗？嘿，真没辙。”

“你要是不愿意的话，不去也行。我自己去好了。”

“您自己能去吗？”

1　以上例子出自泽庵禅师《结绳集》。

“走着去怕不行。给我雇辆车来，我坐车去吧。”

主人领命之后，当即吩咐阿三去车夫家里叫车。老人说了一大段道别的话，然后才把大礼帽戴到发髻上，扬长而去。迷亭则留了下来。

“这位就是你的伯父呀？”

“这位就是我的伯父呗。”

“原来如此。”主人又坐到坐垫上，把手揣在怀里，开始陷入沉思。

“哈哈哈，是位高人吧？我有这么一位伯父，真是三生有幸。不管带他上哪儿去，他都是这副德行。把你吓着了吧。”迷亭君一脸得意，满以为把我家主人给镇住了。

“也没太吓着。”

“这样都没被吓着的话，说明你胆子够壮的呀。”

“不过，你这位伯父确实挺了不起的，比如说主张要修身养性，这点就很值得敬佩。”

“真的值得敬佩吗？说不定，你到六十岁时，也会像我伯父那样落后于时代的。你要小心啊，要是这么快轮到你的话，那就不灵光啦。”

“你老是担心落后于时代，可是在某些时候和场合下，落后于时代的人反而更了不起呢。就拿当今的学问来说，只知道一味地突飞猛进，可无论怎么突飞猛进都没有尽头，永远得不到满足。而东方式的学问，则是消极而富有深意的，因为它注重的是内心的修炼。”主人把前几天从哲学家那里听来的话当成自己的观点而大发议论。

“哎哟，不得了啦，你怎么也搬出八木独仙君的那一套来了？”

听到“八木独仙”这个名字时，主人不由大吃一惊。其实，前几天来卧龙窟拜访、将主人说服之后悠然归去的那位哲学家，正是八木独仙君。刚才主人一本正经地阐述的见解，完全是照搬八木独仙君之论。他原以为迷亭不知道，没想到迷亭一下指出了八木独仙的大名，含蓄地把主人的现学现卖给拆穿了。

“你听过独仙君的见解吗？”主人有些忐忑不安地问道。

“当然听过喽。那家伙的见解呀，从十年前在学校的时候到现在一点都没变。”

“真理不会经常变化的。也许正因为不变，所以才值得信赖嘛。”

“唉，正因为有人吹捧，所以独仙才能混得下去呀。首先，‘八木’这个姓就很妙——他的胡须跟山羊胡子完全没两样[1]，而且从住在学校宿舍的时候就长成这样了。其次，‘独仙’这个名字也很奇特。以前有一次他到我那儿过夜时，又在宣扬他那一套消极主义的修炼法。见他翻来覆去地说个不停，我就劝道：‘喂，该睡觉啦。’可这位仁兄却满不在乎地说：‘我还不困。’然后继续大谈其消极论。我不胜其扰，只得哀求道：‘你不困，我可是困得不行了。快睡吧！’这才让他睡下。这倒也罢了，可是当天晚上竟然有老鼠跑出来咬了他的鼻尖。结果，半夜三更就在那儿闹腾。这位仁兄非常担心。可见，别看他经常把大彻大悟的话挂在嘴边，其实还是很怕死的。他责怪我说：‘要是老鼠的病菌传遍全身就糟了。你赶快给我想想办法！’我实在没办法，只得跑到厨房去，往纸片上粘几颗饭粒，随便糊弄过去了。”

“怎么个糊弄法？”

“我对他说：‘这是进口的膏药，是由德国名医新近发明的。印度人被毒蛇咬伤时，一贴这种膏药就立马见效。你只要贴上这个，肯定没事。”

“原来你从那时候起就很会糊弄人了呀。”

“……独仙君是个老实人。他听了我的话才放下心来，呼呼大

1 在日语中，“八木”和“山羊”发音相同。

睡。第二天醒来一看，只见膏药下边还挂着线头一样的东西——原来是把他那山羊胡子给粘上去啦，真滑稽。”

“不过，他现在好像比那时有出息多了。”

“你最近见到他了？”

“他一个星期前来过，和我长谈了一番才回去。”

“怪不得连你也在鼓吹独仙的那一套消极论呢。”

“说实话，我当时佩服得五体投地，所以自己也想发奋一把，好好修炼修炼。”

“发奋倒没问题。不过，你要是盲目相信别人的话，会吃亏的哟。无论别人说什么你都相信，这可不行。独仙这家伙嘛，也只是嘴上说得漂亮而已，一到紧要关头，还不是跟你我一个样？你还记得九年前的那场大地震吧——当时，只有独仙一个人是从宿舍二楼跳下去摔伤了的。”

“关于这事，他本人不是做过一番解释吗？”

“是呀，据他本人所说，这可是件难能可贵的事。所谓禅之机锋峻峭至极，正是在电光石火之际能以惊人的速度对事物做出反应。别人一听说地震而惊慌失措时，自己已经从二楼窗口跳了下去，可见修炼之功已成，甚感欣慰——他一瘸一拐的却还在那儿强装笑颜，真是个嘴硬的家伙！总之，再没有比那些大肆鼓吹什么禅啦、佛啦的人更不靠谱的了。”

“是吗？”苦沙弥先生似乎有些动摇了。

“他上次过来时，还给你说了些类似禅僧梦呓的话吧？”

“嗯，他教了我一句‘电光影里斩春风’什么的。”

“没错，正是这个‘电光’。其实他十年前就已经把这当作看家本领了，真可笑。说到这位无觉禅师[1]的‘电光’呀，整栋宿舍里无人

1 “电光影里斩春风”是无学禅师所作偈语。迷亭故意模仿其名而给八木独仙取了个“无觉禅师”的绰号。

不晓。而且，他有时一着急起来就会说错，把‘电光影里斩春风’说成‘春风影里斩电光’，特别好玩。下次你不妨试一试，在他侃侃而谈的时候拼命反驳他，他一着急就会变得语无伦次，闹出笑话来。”

“碰上你这样的捣蛋鬼，谁都没辙啦。”

“到底谁是捣蛋鬼，还真不好说。我最讨厌什么禅僧啦、顿悟啦之类的玩意儿。我家附近有座寺庙叫南藏院，庙里住着一个八十来岁的老和尚。前几天下雨打雷的时候，把老和尚院子里的松树给劈倒了。据说那老和尚泰然自若，不为所动。我后来一打听，才知道他原来是个聋子，怪不得那么泰然自若呢。无非就是这么回事。话说回来，独仙若只是自己悟道，那倒也罢了，可他却动不动就去教唆别人，所以才可恶。事实上，拜他所赐，已经有两个人变成疯子啦。”

“谁？”

“还用问谁？一个就是理野陶然呗。托独仙的福，这家伙迷上了禅学，还跑到镰仓[1]去，结果在那里疯掉了。圆觉寺前边不是有个铁路道口吗？他竟然跑到那个道口的铁轨上坐禅，甚至还豪情万丈地扬言说要用禅念拦住对面驶来的火车。结果，还是火车及时刹住才让他捡回了一条命。于是他又自称是‘火烧不坏、水溺不亡的金刚不坏之身’，跳进寺院的莲花池里，咕嘟咕嘟地拼命扑腾了一番。”

“淹死了吗？”

“当时幸亏寺院里有个和尚经过，把他救了上来。不过，他回东京后，却得腹膜炎死掉了。死因虽然是腹膜炎，可造成腹膜炎的原因则是他经常在僧堂中吃大麦饭和老咸菜。归根到底，还是被独仙间接杀死的。”

“看来，过度沉迷也未必是好事啊。”主人脸上流露出一丝恐惧的神情。

1 日本神奈川县东南部的城市，当地有许多古寺及名胜古迹。

“可不是吗？深受独仙之毒害的，还有另外一个同学。”

“太可怕了。另一个是谁呢？”

“立町老梅君呗。那家伙也是受了独仙的教唆，老说些‘鳗鱼升天’[1]之类的傻话，最后终于变成真的了。”

“变成真的是什么意思？”

“就是鳗鱼上天、猪猡成仙的意思呗。”

“到底是什么意思嘛？”

“既然八木是独仙，那么立町老梅就是猪仙呗。他本来就无比贪吃，现在再加上参禅的愚痴，一起发作起来，自然就无可救药了。原来我们也没怎么留意，现在稍一回想，才意识到他那时说的全是疯话。比如，来到我家时，说什么：‘会不会有炸猪排飞到这棵松树上面来？’又说什么：‘在我老家那儿，鱼糕经常坐在木板上游泳呢！’……时不时冒出这样的警句来。光是随口说说倒也罢了，可他竟然还要拉我一起去门前水沟里挖白薯泥栗子，让我无法招架。两三天后，他终于变成了猪仙，被收容到巢鸭医院里去了。按说，猪是没有资格发疯的，现在终于获得成功，完全是拜独仙所赐。独仙果然是法力无边啊。”

“啊？老梅君现在还待在巢鸭医院里吗？”

“何止待在那里，那狂妄自大的家伙还整天豪言壮语。最近，他说‘立町老梅’这个姓名没啥意思，所以自号为‘天道公平’，自视为天道之化身。简直是走火入魔啦！唉，你不妨去看一下他。”

“天道公平？”

“可不就是天道公平嘛！别看他疯疯癫癫，名字倒是起得挺好。有时，也会写成孔平[2]。他说：世人误入迷途，自己非把他们拯救出来不可。所以他乱给熟人朋友们写信。我也收到了四五封。其中有的写

1　来自民间传说，表示异想天开之事。

2　在日语中，“孔平”和“公平”发音相同。

得特别长，害得我还补交了两次邮资呢。”

“这么说来，我收到的也是老梅寄出来的？”

“你也收到了？那就好玩了。也是用红色的信封吧？”

“嗯，那信封正中间是红色的，两边是白色的，挺特别的样子。”

“那个嘛，据说是特地从中国订购回来的。它体现了猪仙的这句格言：‘天之道为白色，地之道为白色，而人居于天地之间，为红色……’”

“想不到这信封还大有来头啊。”

“精神越不正常就越讲究嘛。而且，别看他神神叨叨的，贪吃的毛病却没变，所以每次写信总要提到吃的东西，真是莫名其妙。你收到的信里肯定也写了些什么吧？”

“嗯，写了海参。”

“因为老梅喜欢吃海参嘛，当然要写上。还有呢？”

“还写了河豚和朝鲜人参什么的。”

“河豚跟朝鲜人参的搭配十分巧妙——他大概是想说：要是吃河豚中了毒，就用朝鲜人参煎水喝吧！”

“好像不是这个意思。”

“是不是又有什么所谓？反正是个疯子嘛。就写了这些？”

“还有这句：苦沙弥先生，且吃茶去。”

“哈哈哈哈，‘且吃茶去’太损了。他肯定以为这样就能把你镇住吧。干得漂亮，天道公平君万岁！”迷亭先生乐不可支地大笑起来。

原来写信人竟然是个如假包换的疯子，而自己却心怀崇敬地反复诵读……主人想到这里，不由为自己之前白白耗费的热情和苦心感到懊恼，同时又为自己费尽心思去琢磨一个疯子的文章而感到羞愧。而且，他还意识到：既然自己对一个疯子写的东西如此佩服，那自己是不是多少也有些神经不正常呢？——主人心中充满了懊恼、羞愧和担心，脸上不由流露出局促不安的表情。

正在这时，外面的格子门被人猛地拉开了，然后从门口脱鞋处传来两三下重重的脚步声。随即有人大声喊道：“主人在家吗？主人在家吗？”

主人通常是懒得动的。相反，迷亭则是个活泼好动之人。没等阿三出去接待客人，迷亭就一边说“请进！”，一边快步跨过门厅，跑到门口去。迷亭这个人呀，每次上门都是不打招呼就大摇大摆地进来，未免太冒失了；但既已进来，他就会像家中的寄宿生一样出去接待客人，倒是个好帮手。但无论如何，迷亭毕竟还是客人——让客人跑到门口去接待，而主人苦沙弥先生却稳坐客厅不动，哪有这样的道理？要是一般人的话，怎么说也应该跟着迷亭出去看看才对，但这正是苦沙弥先生异于常人之处。他仍然故作镇定地端坐于坐垫上。然而，“故作镇定”和“镇定自若”虽然看似差不多，其实是大异其趣的。

跑到门口去的迷亭似乎跟那人理论了一番，然后朝屋里大声嚷道：“喂，麻烦主人出来一趟。这事非你不可哟。”

无奈之下，主人仍然把手揣在怀里，慢吞吞地走了出来。来到门口一看，迷亭君正蹲在那儿和来人说话，手上还拿着一张名片。这姿势也太不体面了。那张名片上写着“警视厅刑警吉田虎藏”。并排站在这位虎藏君旁边的，是一个二十五六岁的、穿着一身潇洒的棉织竖条纹衣服的高个子。而奇怪的是，这个家伙也和主人一样，把手揣在怀里，一声不吭地站着。我觉得这人好像有点面熟，仔细一看——何止面熟，这人就是上次在半夜大驾光临偷走山药的那位梁上君子呀！哎哟，这次居然在光天化日之下从大门口进来了嘛。

“喂，这位是警察，今天特地过来，说是抓住了上次的那个小偷，让你去一趟警察局呢。”

主人似乎终于明白了警察为什么找上门来，于是低下头，对着小偷毕恭毕敬地鞠了一躬。估计是因为这小偷长得比那警察更仪表堂堂，所以被主人当成是警察了。小偷显然大吃一惊，但又不好声明说自己就是小偷，所以只得若无其事地站着。当然还是把双手揣在怀里——因为正戴着手铐，就算想抽出手来也办不到。

一般来说，看这情形就大概能明白是怎么回事。可我家主人却有个非同一般的毛病——盲目崇拜官吏和警察。在他的心目中，官府的权势是至高无上的。当然，从理论上来说，他也明白警察不过是自己出钱雇来的“保安”而已，可是在现实中一看见警察，就不由变得低声下气。主人的父亲以前曾是偏僻乡村里的一名村吏，长年对上级点头哈腰。也许，这种习惯也作为一种因果报应传到了儿子身上吧。实在是令人同情之至。

那个警察显然觉得很滑稽，笑嘻嘻地说道：“明天上午九点之前，请到日本堤警察分署来一趟。对了，失窃物品是什么东西来着？”

“失窃物品是……”主人刚说了个话头就停住了。他已经忘得七七八八，唯一记得的，是多多良三平寄来的那箱山药。他本来觉得区区一箱山药无所谓，可既然自己已经说出“失窃物品是……”如果突然没了下文，那岂不是跟个傻小子似的？要是别人家失窃倒也罢了，自己家失窃却说得不清不楚的，那也太不像话了。想到这里，他硬着头皮说道：“失窃物品是……山药一箱。”

这时，那个小偷低下头，把下巴埋进衣领里，似乎是强忍着不笑出来。

迷亭则哈哈大笑道：“看来你是真舍不得那箱山药哩。”

没想到那位警察却严肃地说道：“山药好像没看见，其他物品基本上都要回来了。反正你来看看就知道了。还有，领取失物时要写个收条，请别忘了带印章。记住要在九点之前来到日本堤分署——是浅草警察署辖区的日本堤分署。就这样吧，再见。”

警察自顾自说完就走了。那个小偷也跟在后头走出门去。他因为手被拷着，没法关门，所以只得任门敞开着就扬长而去。主人似乎有些害怕，又有些不满，噘着嘴“砰”地关上了门。

“哈哈哈哈，你对警察很尊敬嘛。要是平时对谁都是这副谦恭态度的话，那倒是个老实人。可惜你只是对警察点头哈腰呀，这就不太像样了。”

“人家特意上门来通知我呀。”

“特意上门？这是他的工作哟。你只需正常接待就足矣。”

“这可不是一般的工作。”

“当然不是一般的工作。侦探嘛，是最可恶的职业，比其他职业都要低贱。”

“你说这种话，会倒霉的哟。”

“哈哈哈，那我就不说警察的坏话啦。话说回来，尊敬警察倒也罢了，可是你对小偷也这么尊敬，真叫我大跌眼镜啊。”

“你说谁对小偷尊敬呢？”

“说的就是你呗。”

“我哪里会给小偷好脸色呢？”

“还好脸色呢，你刚才明明给小偷鞠躬了呀！”

“什么时候？”

“就在刚才呀，那么点头哈腰的。”

“胡说八道！那是警察。”

“警察会穿成那样吗？”

“正因为是警察，所以才穿那样呢。”

“你真顽固！”

“你才顽固呢！”

“唉，别的不说，警察上门来，能那么把手揣在怀里直挺挺地站着吗？”

“警察未必就不能把手揣在怀里呀。”

“你这样强词夺理，把我吓着啦。你刚才鞠躬的时候，那家伙可是一直站着不动哟。”

“既然是警察，那副态度也不奇怪嘛。”

“你太自以为是了，别人说什么你都不听。”

“我当然不听啦。你嘴上老说人家是小偷、小偷的，可你又没有亲眼见过那小偷爬进来偷东西。只不过是你自己想当然而已，就知道抬杠。”

听了这话，迷亭一反常态地没有吭声，大概是认为此人已经不可救药，对他死心了吧。主人以为自己难得一次把迷亭驳倒了，不由十分得意。在迷亭看来，主人越是固执己见，则身价越低；而在主人看来，却认为正因为自己固执己见，才能压过迷亭一头。像这种估计错误之事，在世上可谓比比皆是。你以为坚持顽固到底就能取胜，没想到在这过程中你已经身价大跌了。然而不可思议的是，这种顽固之人至死都以为自己很有面子，而做梦也想不到自己会被别人蔑视和疏远。这样倒也是一种幸福。据说，这种幸福被称为“猪猡的幸福”。

“总之，你明天打算去吗？”

“当然要去。让我九点前到，我八点就出门。”

“学校上课怎么办呢？”

“请假呗，不就是上课吗……”主人满不在乎地说道。

“真有魄力。请假也没关系吗？”

“当然。我们学校是按月发工资的，不必担心扣钱。没关系的。”主人坦率地说道。这家伙，你要说他狡猾也可以，要说他单纯也可以。

“唉，去就去吧，不过你认得路吗？”

“我哪里认得路？叫辆车去不就完事了吗？”主人气呼呼地说道。

“你简直就是个东京通，跟我那伯父有得一拼。佩服佩服。”

“你尽管佩服就是了。”

“哈哈哈，日本堤分署那地儿可不简单，在吉原那边哟。”

“什么？”

“我说，在吉原那边！”

“就是妓院区的那个吉原？”

“当然，东京只有这一个吉原呀。怎么样，想去看看吗？”迷亭又开始嘲弄我家主人。

主人听到“吉原”，略微迟疑了一下。不过，他转念一想，便立刻说道：“管它是吉原也好，妓院也好，既然说了去，就一定要去。”非要在这种时候逞强，真是毫无必要。只有愚人才会在这种时候固执己见。

迷亭只是淡淡地说道：“那就去看看吧，应该挺有意思的。”

就这样，“警察风波”总算告一段落。接着，迷亭又一如往常地海吹神聊了一番。直到傍晚时，他才说了句：“太晚回去会被伯父骂的。”然后就回去了。

迷亭走后，主人随便吃过晚饭便钻进书房，又把双手揣在怀里，开始沉思起来：

听迷亭这么一说，令我深感佩服并意欲效仿的八木独仙，似乎并不值得我效仿。不仅如此，他所提倡的理论也有些违背常识——如迷亭所说，多少有点属于神经不正常之类。更何况他还有两名显然已经发疯的追随者，实在是太危险了。如果我离他太近，很可能也会被拉进这个行列之中。

我对天道公平（即立町早梅君）的那篇文章尤为叹服，认为他是具有远见卓识之高人，想不到他却只是一个住在巢鸭医院里的疯子。即便迷亭的话有夸张和戏谑的成分，但他在疯人院里以天道主宰者自居并享有盛名，这恐怕也是事实吧。

而我或许也有些沉迷其中。正所谓物以类聚、同气相求，既然我对疯子之论感到佩服——至少对其文章言辞深有同感，那么我也离疯子不远了吧。即便尚未被他们同化，也无异于与疯子相邻而居——说不定自己随时会打通这堵墙，与隔壁的疯子促膝谈笑。这太可怕了。仔细一想，确实感觉最近自己的大脑功能变得莫名其妙，甚至连自己都感到惊奇。一勺脑浆发生什么样的化学变化，这姑且不论，只说在意识指挥行动以及产生言语方面，自我感觉失却中庸之处甚多，真是不可思议。尽管尚无“舌上有龙泉”“腋下生清风”之感，却已出现“齿根有狂臭”“筋头有疯味”之迹象，这却如何是好？简直是每况愈下啊。说不定，自己已经跻身于精神病患者的行列啦。幸亏自己还没做出伤害别人、扰乱社会的行为，所以仍然是一位东京市民，尚未被大家赶走。这已经不是什么消极和积极的问题了。首先得去检查一下脉搏。不过，脉搏好像没感觉有什么异常。或许是头脑发热？但感觉又不像上火。实在是令人担心啊。

然而，老是这么把自己和疯子相比较，寻找类似之处，那么无论如何都很难和疯子划清界限的。可能是我方法不对吧。以疯子为标准，然后以此衡量自己，才会得出这样的结论；假如以正常人为标准来衡量自己的话，说不定会得出相反的结果。那么，就以周围的人作为标准来进行比较吧。

第一个，今天来访的那位身穿长礼服的迷亭伯父如何？一想到“心置于何处……”就觉得不太靠谱。

第二个，寒月如何？自带盒饭到实验室，从早到晚只顾着磨玻璃球……这个家伙也是一路货色。

第三个……迷亭？这个家伙把乱开玩笑当作天职，肯定是个呈阳性反应的疯子。

第四个……金田夫人？她那恶毒的本性完全违背常识，纯粹就是个疯子。

第五个，轮到金田君。我虽然没见过金田君，但从他对妻子俯首帖耳、夫妻俩琴瑟相和的情形来看，不妨把他视为非凡之人——而“非凡之人”正是疯子的别名，所以也可以把他归于同类。

还有……当然还有——落云馆的各位君子。从年龄来说，他们还只是青葱少年；可是就“狂躁”这点来说，他们却已经是不可一世的枭雄。

这样一个一个地细数下来，发现大多都是同类中人。这样，我心里反而觉得踏实多了。说不定，整个社会就是疯子的集合体呢。疯子们聚集在一起，互相争吵，互相打斗，互相仇视，互相谩骂，互相抢夺……整个集合体就像细胞那样破裂、生成、膨胀、破裂……周而复始地维持下去——也许，这就是所谓的“社会”吧。

而其中一旦冒出个懂点道理、具有辨别能力的人，反而会妨碍大家，于是人们才建造了疯人院，把他关进里面，不让他跑出来吧。

如此看来，被关进疯人院里的其实是正常人，而在疯人院外瞎闹腾的才是疯子。疯子势孤力单的时候，无论如何都会被视为疯子；然而，当疯子人多势众的时候，说不定就会变成正常人了。大疯子滥用财力和权力，指使众多小疯子胡作非为，反而被人们尊称为杰出人物。这样的例子也不在少数。

这究竟是怎么回事呢？我越来越搞不懂了。

以上，我如实描述了主人当晚在荧荧孤灯下苦思冥想时的心理活动。从中也可明显看出他头脑正处于稀里糊涂的状态。别看他蓄着德皇威廉二世那样的八字胡，其实是个连疯子和正常人都分不清的笨蛋。而且，尽管他难能可贵地提出这个问题，并进行理性思考，可最终却没有得出任何结论就不了了之。无论对于什么事，他都缺乏深入思考的能力。他所得出来的结论，就像从鼻孔喷出来的朝日牌香烟的烟雾一样，朦胧不清，难以捉摸——别忘了，这正是他的论调的唯一特色。

我是一只猫儿。也许有人会表示怀疑：一只猫儿怎么能把主人的心理活动描述得这么细致呢？其实，对我们猫儿来说，这根本不在话下。我擅长读心术。至于什么时候学会的，就不必多问啦。反正我会就是了。当我爬到人的大腿上睡觉时，就把柔软的皮毛在他的肚子上轻轻地蹭几下。于是就会产生一道电流，把他肚子里的一切清清楚楚地映在我的心眼里。

比如说前几天吧，主人温柔地抚摸着我的脑袋时，突然冒出一个荒诞的念头："把这只猫的皮剥下来做成坎肩，应该很暖和吧。"我立刻觉察到了，吓了一大跳。这简直太可怕了。

正因如此，我才有幸将主人头脑中的想法向各位汇报，这令我感到无比荣幸。可惜，主人只是得出"我越来越搞不懂"的结论就呼呼大睡了。到了第二天，他肯定会把前一晚想过的东西全都忘得一干二净。今后，假如主人还会再思考疯子问题的话，肯定又得从头开始了。虽然不能保证他是否会按同样的思路、同样的方法得出结论，但可以肯定的是——无论反复思考多少遍，无论按什么思路进行思考，最后还是只能得出"我越来越搞不懂"的结论。

第十章

“喂，已经七点啦。”女主人隔着房门对主人喊道。

主人背对着房门，没有回答，不知道睡醒了没有。——不回答，这是我家主人的坏毛病。到不得不开口的时候，才发出“嗯”的一声。即便是“嗯”也绝不轻易出口。人要是懒得不愿说话，即使显得颇有个性，也绝不可能讨得女人的欢心。现在连朝夕相处的妻子也对他感到厌烦，其他人就可想而知了。

戏文里唱得好：“若被父母兄弟抛弃，又岂能得到萍水相逢的美女之垂青？”既然连妻子都不稀罕他，那么世上一般的淑女就更看不上他了。本来，我完全不必揭露主人没有女人缘这一事实。只不过，主人想岔了，以为自己是因为碰上流年不利[1]才被妻子嫌弃的——这种想法成了他烦恼的根源。为了帮助他意识到问题所在，我是出于一片好心才说出来的。

女主人按吩咐的时间叫主人起来，可是主人却置若罔闻，背对她躺着，连一声“嗯”也没有。女主人心想：这是你的错，怨不得我。你要是迟到了，我可管不着哟。然后就扛起扫帚和掸子走进书房去了。

1　根据年龄来推断吉凶，一般认为男四十二岁、女三十三岁为最凶流年。

随后，书房里传来啪嗒啪嗒的拍打声，说明女主人又照例开始打扫房间了。至于打扫的目的是为了运动还是为了游戏，既然不关我事，我不闻不问也无妨。可我还是要说一句：女主人的打扫方法是毫无意义的。为什么这么说呢？因为这位女主人只是为了打扫而打扫。

她只是用掸子在门窗上划拉一下，用扫帚在榻榻米上随便扫一下，然后就说打扫完了。至于打扫的原因和效果嘛，她是不负任何责任的。所以，原本干净的地方每天都很干净；而有垃圾和灰尘的地方，则永远堆积着垃圾和灰尘。正如“告朔饩羊”[1]这个故事所说的一样，随便打扫一下，也聊胜于无。只不过，这种打扫对我家主人并没有什么好处。明知没有好处，却每天都要辛辛苦苦地打扫一通——这正是女主人的过人之处。“女主人”和“打扫”这两件事物，因为多年的习惯而形成机械式联想，紧密地联系在一起。然而，说到打扫的“实质”，却和女主人出生之前一样，和掸子、扫帚被发明之前一样，毫无效果可言。看来，这两者的关系，就像形式逻辑学命题中的名词一样，无论其实质内容如何而被捆绑在了一起。

跟主人不同，我一向起得很早，所以现在已经开始饿了。家里的人还没吃早餐，我身为一只猫儿，当然是不可能先吃上的。可是猫儿难免有其浮躁之处——一想到鲍鱼壳（我的饭碗）里可能已经冒起热气腾腾的香味，我就坐立不安。

明知道没有指望却又心存幻想时，最明智的做法就是只在头脑中幻想，而不要轻举妄动。可实际上却无法做到。我总想去试一下，看看内心的愿望和实际情况是否相符。即使注定要失望，在我亲自看到这失望成为事实之前，还是不肯死心的。

我终于按捺不住，向厨房爬去。首先，我朝放在灶台后面的鲍鱼壳里瞅了一眼——果然不出所料，昨晚舔得一干二净的鲍鱼壳仍然空

1　出自《论语》，意为告朔之礼已渐衰微，只剩下宰羊供奉这一形式了，但也比废止该礼法强。

空如也，冷冷清清，在天窗照进来的初秋阳光下散发着怪异的光芒。

阿三把刚煮好的米饭盛进饭桶里，然后又搅拌着炭炉上的汤锅。煮沸的米汤溢出来，被烤干后一条条地粘在锅边，有的看起来像粘着吉野纸[1]似的。我心想：既然饭和汤都已经做好，那就赶紧弄给我吃呗。这种时候，完全没必要客气。我决心催促她赶紧开饭，即使不能如愿，也没什么损失嘛。尽管我是只吃闲饭的猫儿，可是照样也会饿的呀。

打定主意之后，我就“喵喵”地叫了几声，像在撒娇，又像在倾诉，甚至还带有些幽怨。可阿三却连看都不看我一眼。我早就知道这个生来有棱有角的家伙不近人情，但还是想通过恳切的叫声博取她的同情——我有这样的本事。这次，我又试着“喵呜喵呜”地叫了几声。连我自己都觉得这声音颇有悲壮之感，足以令天涯游子断肠。然而，阿三还是无动于衷，连看都没看我一眼。

说不定这婆娘是个聋子。可是聋子做不成女佣呀。有可能她只是听不见猫叫声。世上有所谓色盲者，其本人自以为具有正常的视力，而医生却认为是一种残疾。这个阿三大概是“声盲”吧。“声盲”肯定也属于残疾无疑。

别看她残疾，态度却无比蛮横。半夜里我想出去方便时，无论如何恳求她给我开门，她也坚决不开。偶尔开门放我出去，回来时又不肯放我进来。即便在夏天，夜晚的露水也让我吃不消，更何况寒冷的霜雪天了。整夜站在屋檐下等待天亮，这种痛苦实在是无法想象的。前几天，我被她拒之门外时甚至还遭到野狗的袭击，危急之时我连忙爬到库房的房顶上，在那里瑟瑟发抖地过了一夜。这些倒霉的事，全都是拜阿三的不近人情所赐。

在这样的人面前，无论我怎样苦苦哀求，她也肯定是无动于衷。不过，俗话说“饿时抱佛脚”“贫则思盗，恋时咏歌”[2]，所以大多数

1　奈良县吉野出产的日本纸，质地薄而柔软。

2　日本谚语，意为受形势所迫时，会做任何事情。

时候还是要向她恳求一下的。

为了引起她的注意，我又换了一种尤为复杂的叫声："喵呜噢，喵呜噢。"我敢肯定，这美妙的声音跟贝多芬的交响乐有得一拼，可对于阿三却似乎没起任何作用。

阿三突然跪在地上，掀开一块地窖盖板，从里面取出一根四寸长的木炭，然后把它在炭炉的角上噼噼啪啪地敲着。木炭断成三截，炭粉掉落下来，把周围弄得黑乎乎的。好像有些还掉进了菜汤里。阿三当然不会在意这些。她把断成三截的木炭从锅底下塞进炭炉里。看来，她是不会欣赏我的交响乐了。无奈之下，我只得悄然穿过浴室，打算回饭厅去。这时，家中的三个小女孩刚好在浴室里洗脸，十分热闹。

说是在洗脸，但其实她们都太小了——上面两个在上幼儿园，最小的那个走路还跟不上两个姐姐。所以，她们还不会正儿八经地洗脸化妆。最小的那个从水桶里捞起一块抹布，不停地在脸上擦来擦去。用抹布擦脸肯定不太舒服。不过，这个小家伙甚至连发生地震时都在嚷嚷着"真好玩"，所以用抹布擦脸也就不足为奇了。说不定，这个小家伙比八木独仙君顿悟得更彻底哩。

那个最大的女孩毕竟是长女，时常以大姐姐自居。她"哐啷"一声扔下漱口杯，大声嚷道："小宝贝，那是抹布呀！"说着就去抢夺抹布。

那小宝贝也是个自以为是的家伙，根本不听姐姐的话，嘴里说着："不——嘛，吧不。"又把抹布抢了回去。至于这个"吧不"到底是什么意思，源自哪里，就没人知道了。反正她一生气时就会经常说。

抹布在姐妹俩的手中扯来扯去，中间的水啪嗒啪嗒地滴到了小宝贝的脚上。如果只是弄湿脚，那倒也罢了，可现在连膝盖上下都弄湿了。小宝贝身上穿着件"元禄"[1]——我打听过，凡是印有较大片花纹

1 指元禄时代（1688—1704）流行的衣服。这种衣服的花纹较为鲜艳，到明治时期又重新流行起来。

的衣服都叫“元禄”。

“小宝贝，快放手呀，元禄都弄湿了。”这位姐姐还挺会说时髦的词，也不知是从谁那里学来的。不过，这位博学的姐姐前两天才刚把“元禄”和“双六”[1]弄混了呢。

既然提到这事，我就顺便再多说几句吧。这个姐姐经常会说错话，有时错得离谱，还以为她故意开别人的玩笑呢。例如，有时说“着火时蘑菇到处乱飞”[2]；有时说“去御茶酱女子学校上学”[3]；有时把“惠比寿”和“厨房”相提并论[4]；有一次她还说“我可不是在稻草店长大的孩子”，仔细一问，才知道她把“出租屋”和“稻草店”弄混了[5]……主人每次听到女儿说错时总要取笑一番，可他自己在学校里一本正经地教英语时，肯定说过比这更滑稽的错误吧。

小宝贝——当然她从不把自己叫作“小宝贝”，而叫“小宝宝”——她看见“元禄”湿了，就说了句“元六稀了”，然后大哭起来。

元禄又湿又凉地穿在身上可不行。阿三连忙从厨房跑过来，拿掉小宝贝手里的抹布，给她擦拭衣服。

在这场骚乱中，比较安静的是二女儿澄子。她背转过身去，把架子上滚落下来的香粉瓶打开，认真地给自己化起妆来。首先，她先把手指戳进瓶里，随即往鼻尖上一抹，顿时出现了一道纵向的白线，使鼻子的位置变得格外醒目。然后，她又把沾着香粉的手指在脸颊上擦来擦去，把脸颊弄成了白花花的一团。澄子化完妆时，阿三刚好进来给小宝贝擦

---

1 古代流行的一种棋艺游戏。

2 在日语中，“火星”和“蘑菇”发音相近。

3 正确的名称是“御茶水女子学校”（御茶水是东京地名）。在日语中，“水”和“酱”发音相近。

4 “惠比寿”和“大黑”都是财神。在日语中，“大黑”和“厨房”发音相近，所以混淆了这两个词。

5 在日语中，“出租屋”和“稻草店”发音相近。

拭衣服，顺便把澄子的妆容也给擦掉了，这让她很不高兴。

我在旁边观看过这番光景，又从饭厅来到卧室，偷看一下主人起来了没有——没见主人的脑袋，倒是从被子边上伸出那只一尺多长的大脚丫子来。他肯定是怕露出脑袋会被人叫醒，所以才这么钻进被窝里去的吧。简直像个缩头乌龟。

这时，女主人打扫完书房，又扛着扫帚和掸子走过来，像刚才一样在房门口喊道："怎么还不起来呢？"

她站在门口，盯着那床藏头露尾的被子。见仍然没有回答，就往前迈了两步，用扫帚"咚咚"地敲着地面，又问了一遍："喂，你还不起来吗？"

主人这时已经醒了。正因为醒了，所以才把脑袋缩进被窝里，以防妻子袭击。他心存侥幸地躺在那儿，以为只要蒙住脑袋就能躲过去。然而女主人却不肯放过他。而且，刚才第一次来叫时还是站在门口，至少相隔着五六尺远，尚可放心。主人心里正这么想时，这次却突然听见敲扫帚的声音只有三尺之遥了，不由暗暗吃惊。而且，这句"你还不起来吗"的问话声，无论从距离上还是从音量上来说，声势都比刚才第一次时增强了一倍，清晰地传进了被窝里。主人知道没法再装聋作哑了，只得"嗯"地应了一声。

"不是说九点之前到吗？再磨蹭的话就来不及啦。"

"你不催我也要起来了。"

主人的声音似乎是从睡衣袖口发出来的，这倒是一大奇观。女主人平时经常上当，以为他已经起床，结果一不小心又被他睡过去了。为了慎重起见，女主人又连声催促道："喂！快起来！"

本来已经说要起来，对方还在拼命催促，任谁都会感觉不爽。像主人这种任性之人，当然会更恼火了。他一下掀开蒙在头上的被子，两只眼睛瞪得大大的。

"你嚷嚷什么呢？我既然说要起来，自然会起来的嘛。"

“你嘴上说起来，可是根本就没有起来呀。”

“我什么时候说话不算数？”

“你不是经常这样吗？”

“胡说！”

“还不知道谁在胡说呢！”

女主人气冲冲地把扫帚竖在枕头旁边，显得威风凛凛。这时，屋后车夫家的孩子小八突然哇地大哭起来。只要我家主人一发怒，小八肯定就会开始哭——是车夫老婆让小八这么做的。每次我家主人发怒时，车夫老婆就把小八弄哭，这样就能领到一笔赏钱。这可害苦了小八。摊上这样一个老妈真是活受罪啊，从早到晚都哭个不停。要是主人能发现其中端倪，稍微控制一下怒气，也许能让小八的寿命延长一些吧。而车夫老婆干出这种蠢事，即便是受金田君之托，其疯癫程度也显然超过天道公平君了。

如果只是在我家主人发怒时哭，这小八还能稍喘口气；可是当金田君雇用的那些小混混每次在外头大喊“陶瓷狸子”时，小八也必须配合着哭——也就是说，还没等我家主人发怒，车夫老婆就猜测他一定会发怒，而提前让小八哭。如此一来，主人和小八之间的关系就变得颇为微妙。既然这样，想向主人示威的话其实也很简单，只需把小八臭骂一顿，就相当于给了主人一记耳光。

据说，古时候西方要处死罪犯时，如果该罪犯逃到国外抓不回来，就会做一个假人来代替真人接受火刑。看来，金田君的阵营中也有通晓西方典故的军师，所以才学会了这条计策。而我家主人没甚能耐，所以无论碰到落云馆的学生还是小八的母亲，都完全束手无策。除此之外，让主人穷于应付的人还有很多。也许，这条街上的每个人都能让他感到棘手。不过，眼下暂时没什么关系，还是留待以后再慢慢细说吧。

主人一大早听到小八的哭声，不由大动肝火，从被褥上猛地坐起身来。这时，什么修身养性啦，八木独仙啦，全都被抛到脑后去了。他一边坐起身，一边用双手在头上咯吱咯吱地乱挠，几乎把头皮都抓烂了。积攒了一个多月的头皮屑，肆无忌惮地飘落到脖子和睡衣领上。这景象非常壮观。我又看了看主人的胡须——只见胡须根根竖起，吓了我一跳。胡须们大概是考虑到：既然主人正在发怒，我们要是无动于衷的话未免太对不起主人了。于是它们也发起火来，一根一根地以迅猛之势朝各个方向挺立，颇有可观之象。昨天因为对着镜子，所以胡须们都效仿德皇陛下的八字胡，老老实实地排列着。但睡过一晚之后，训练也就失效了，纷纷变回本来的样子。这就像主人一夜速成的修身养性，到第二天时已经消失殆尽，完全暴露出他那与生俱来的野猪本性。主人拥有如此粗野的胡须，拥有如此粗野的性情，竟然也能胜任教师职务至今尚未被开除。想到这里，我才意识到日本是如此之大。正因为大，所以金田君及其走狗才能混得人模狗样的。主人大概相信，既然他们混得人模狗样的，那么自己也没理由会被开除。一旦有什么情况，不妨往巢鸭医院寄封明信片，向天道公平君咨询一下就会明白的。

这时，主人努力睁大眼睛——就是我昨天描述过的那双混沌不清的眼睛，直勾勾地盯着对面的壁橱。壁橱有六尺来高，分上下两层，每层都装有两扇门。下层的壁橱和被子底边挨得很近，只要主人坐起来、睁开眼睛，视线就会自然而然地投向这里。仔细一看，只见那扇橱门上的表层花纹纸已经多处破损，露出了奇怪的“内脏”——各式各样的衬纸，有的印着铅字，有的是手写的，有的贴反了，有的上下颠倒。主人一见这些“内脏”，就想读读看上面写着什么。他刚才还怒不可遏，恨不得抓住车夫老婆并把她的鼻子按到松树上去刮蹭，现在却突然被这些糊在门上的层层旧纸所吸引。这一变化看似不可思议，其实对这种肝火旺盛的人来说是屡见不鲜的。就像正在哭闹的孩子拿到一块糕点就会破涕为笑一样。

主人以前曾借宿于某寺院的时候，隔壁住着五六个尼姑，跟他只隔着一扇纸门。尼姑这种人嘛，在所有坏心眼女人当中又是心眼最坏的。她们似乎看透了主人的性情，一边敲着饭锅打拍子，一边唱道："乌鸦哭了又笑，乌鸦哭了又笑。"主人说，他就是从那时开始讨厌尼姑的。讨厌归讨厌，尼姑们唱的却一针见血。主人或哭或笑，或喜或悲，都比别人强烈得多，可是无论哪种情绪都无法持久。说得好听一点儿，是不执着，心情常换常新；可要是说得通俗易懂一点儿，那就是缺乏内涵、轻薄肤浅，就是个打肿脸充胖子的小孩。既然只是个小孩，那么他气势汹汹地从床上坐起之后，突然又开始读起壁橱拉门上的"内脏"，这种态度转变也就不值得大惊小怪了。

首先，映入眼帘的是倒立着的伊藤博文[1]。上边的日期写着明治十一年九月廿八日。可见，"韩国统监"[2]从这个时期起也开始紧跟着政府政策而行动了。这家伙当时是做什么的呢？主人勉为其难地看着模糊不清的字迹，好不容易才辨认出"大藏卿"[3]。果然是个大人物哩。不管怎么个倒立法，毕竟还是大藏卿。主人又朝左边看了一下，这回大藏卿被横贴在那里睡大觉呢。这是理所当然的，总让他倒立着肯定体力不支嘛。

在那下方，有个木版印刷体的大字"汝"。主人想接着往下看，可是后文并没显露出来。下一行也只能看到"尽快"两个字。他也想知道此处写着什么，但光凭这两个字却无从着手。换作是警视厅的侦探的话，也许早就把它撕下来研究了，管它是不是别人家的东西呢。侦探这种人，根本没受过高等教育，他们为了查明事实什么都干得出来。这种人可不好对付。但愿他们能稍微收敛一些。如果他们太嚣张的话，就绝不能让他们了解事实。据说，他们甚至还捏造罪名诬陷良

1 伊藤博文（1841—1909），日本政治家。

2 1905至1910年期间，日本在朝鲜首都设置了总监府，其长官即为韩国统监。

3 当时的财政部长。

民。他们本来就是良民出钱雇来的，现在却反而陷害雇主，说是疯子也不为过吧。

主人把视线移到橱门正中间，只见“大分县”几个字正在翻筋斗呢。连伊藤博文都倒立着，那么大分县翻翻筋斗也是理所当然的吧。

读到这里时，主人握紧双拳，向着天花板高高举起——这是打呵欠的准备动作。这一声呵欠，恍如鲸鱼长啸，颇为婉转。打完呵欠之后，主人慢吞吞地换好衣服，然后到浴室洗脸去了。女主人等得有点不耐烦，就立刻动手卷起被子，叠好睡衣，然后又例行公事地开始打扫。

女主人打扫房间是例行公事，而主人洗脸也是十年如一日的例行公事——仍然坚持使用前文介绍过的那套“嘎嘎”“咯咯”怪叫的秘法。不一会儿，他梳好分头，把一条西式手巾搭在肩上，驾临饭厅，悠然坐到长火盆的旁边。

一提到长火盆，各位可能会联想到这样的情景——外箱用鱼鳞木纹的榉木制成，内钵则是铜的，一位披散着头发的老板娘支起一条腿坐在旁边，把长长的烟管磕在黑柿木边沿上……然而，我们这位苦沙弥先生的长火盆可没这么风情万种，它已经相当古朴了，以至于外行人根本分辨不出是用什么材料做成的。一般来说，长火盆应该是擦拭得油光锃亮才显得名贵。可是，我家主人的这件玩意儿，本来就分不清是用榉木、樱木还是桐木做成的，而且几乎从来没用抹布擦拭过，所以看上去有一种阴森森的、灰不溜秋的感觉。

你问这件东西是从哪儿买来的？它根本就不是买来的。那么是别人送的吗？好像也没人会送火盆给他吧。既然这样，莫非是偷来的？——对于这个问题，则有点模棱两可。以前，他的亲戚里有个老人，那老人去世后，我家主人曾为其看守过房屋。后来，主人既已成家，从那所房屋搬出来时，就顺手把这个当作自家东西一样使用过的火盆给带走了。这种做法似乎不太地道。

可仔细一想，虽然是不太地道，但世上这种事情却多了去了。比如说，银行家每天都在打理别人的钱，渐渐地就会产生错觉，以为这是自己的钱。政府官员本来是人民的公仆，是代理人——人民为了让他办事才把一定的权限委托给他。可是，在利用被委托的权力每天处理事务的过程中，会渐渐变得膨胀起来，以为这是自己拥有的权力，人民根本无权过问。既然世上到处都是这样的人，那就不应该以“长火盆事件”为由断定我家主人具有小偷习性。要是说我家主人具有小偷习性，那就等于说全天下的人都有小偷习性了。

主人在长火盆旁边坐下，面对着饭桌。三位女儿坐在饭桌的另外三面，正吃着早餐。她们分别是：刚才用抹布洗脸的“小宝宝”，去“御茶酱女子学校”上学的俊子，还有把手指戳进香粉瓶里的澄子。

主人把三位女儿公平地扫视了一遍。俊子的圆脸有着南蛮铁刀护手一般的轮廓；澄子既是妹妹，脸形自然与姐姐俊子有几分相似，甚至与琉球漆红盘子有得一拼；而“小宝宝”则独放异彩，是个长脸——如果是纵向长脸的话，世间倒也常见，可这个小家伙却是横向长脸。无论世上流行的事物如何千变万化，这种横向长脸的脸型也流行不起来吧。

对自己的这几个孩子，主人心里也明白：别看她们长成这样，终究也要逐渐长大的。而且，岂止是逐渐长大，其生长势头，简直就像禅寺里的竹笋变成嫩竹一样迅猛。主人每次觉得女儿“又长大了”时，总会有一种被敌兵穷追猛打而惶恐不安的感觉。别看主人做事不太靠谱，但毕竟还知道这三个女儿是女的。既然是女的，那么迟早得把她们嫁出去。但同时他也知道，自己没有把她们嫁出去的本事。虽然是自己的孩子，却也是个累赘。既然感到累赘，那么当初不生出来就是了嘛。可人总是这样的呀——如果要给“人”下个定义的话，只需说“制造出不必要的麻烦而自寻烦恼的家伙”，就已足矣。

孩子们倒是有出息。她们做梦也想不到父亲正为不知如何处置她们而苦恼，一个个都高高兴兴地吃着早餐。不过，最麻烦的是那个

“小宝宝”。“小宝宝”今年三岁，女主人特意给她准备了一套适合三岁小孩的小筷子和小碗。但“小宝宝”却不肯用，非要抢姐姐们的餐具，自己小手拿不了也非要勉强拿着。放眼社会，越是无德无才的小人，越是横行霸道，越是想谋求与自己不相称的官职——这种品性，原来从“小宝宝”时代就开始萌芽了。其根源既如此深，那就绝不是什么教育、熏陶所能改正的了，还是趁早放弃为妙。

“小宝宝”从旁边缴获一个大碗和一双长筷子，据为己有，并肆意妄为地耍威风。自己不会用的东西又偏要用，就非得要威风不可了。她握着两根筷子头，使劲插到碗底。饭碗里盛有八成满的米饭，米饭上浇满了酱汤。本来还能勉强保持平衡的饭碗，突然受到筷子的袭击，立刻倾斜了三十度。碗里的酱汤毫不客气地洒出来，滴落在她的胸口上。当然，“小宝宝”不会为这点小事而退缩。她是一位暴君。这次，她把插到碗底的筷子用尽全力地向上一挑，同时把小嘴凑到碗边，尽可能把挑起来的饭粒送进嘴里。没送进嘴里的饭粒，和黄色酱汤一起吆喝着飞到了鼻尖、脸颊和下巴上面。而其他漏网的饭粒，则落在榻榻米上，不过这个自然不在她的考虑范围内。

这种吃相实在是太霸道了。在此，我谨向金田君以及天下的有权有势之人提出忠告：如果诸公在待人处世时也和“小宝宝”使用碗筷的方式一样，那么能飞进诸公口中的饭粒是极少的。而且它们并非以必然之势、而是徘徊之后才飞进去的。因此，我恳请诸公三思。毕竟这种做法与诸公长于世故的才能很不相称。

姐姐俊子被“小宝宝”抢去筷子和饭碗，只得拿过妹妹的小碗筷，随便对付着吃。但那副碗筷实在太小，尽管已经盛得满满的，但还是三大口就吃光了。所以只得频频伸手去添饭。眼下，她已经吃完第四碗，正准备添第五碗。她打开饭桶盖，拿起大饭勺看了一会儿，似乎是在犹豫要不要再添一碗。最后，她终于下定决心，瞅准那没有烧焦的地方舀了一勺饭。本来还挺顺利的，可是当她翻转饭勺，把米饭盛到碗里时，那团饭却整一块掉落到榻榻米上。俊子没有丝毫惊慌，而是非常仔细地捡起掉到外边的米饭。咦，捡起饭来干什么呢？——原来又把它们送回饭桶里去了。这未免有点太邋遢了吧。

“小宝宝”正大显身手，把筷子向上挑起的时候，俊子刚好盛完饭。俊子真不愧是做姐姐的，她见妹妹脸上乱七八糟的，看不过眼，就忍不住说道：“哎哟！小宝宝，不得了啦，你脸上全是饭粒哟。”说着，就动手清理妹妹的脸蛋儿。

首先，她把寄居在妹妹鼻尖上的饭粒拿下来。拿下来之后，我本以为她要扔掉，不料她却立刻把饭粒塞进了自己嘴巴里，让我大吃一惊。然后她开始清除妹妹脸颊上的饭粒。这里饭粒成群，我数了一下，左右两边合起来竟多达二十多颗。俊子认真地把一颗一颗饭粒拿下来吃掉。最后，终于把妹妹脸上的饭粒全都吃了个精光。

这时，刚才还老老实实地嚼着咸菜的澄子，突然从刚盛上来的酱汤里捞起一小块白薯，飞快地塞进嘴里。各位大概也知道，用酱汤刚煮好的白薯是最烫嘴的。大人稍不注意也会烫伤嘴巴，而缺乏吃白薯经验的澄子当然就更加狼狈了。她“哇”地大叫一声，把嘴里的白薯吐到饭桌上。那两三片白薯不知怎么的一下滚到了“小宝宝”面前，距离正好合适。“小宝宝”一向很喜欢吃白薯，当她看见心爱的白薯突然滚到面前时，就立刻扔下筷子，用手抓起白薯塞进嘴里，大口大口地吃了下去。

主人一直看着女儿们的狼狈吃相，却一言不发，只是专心地吃自己的饭，喝自己的汤。此刻，他已经吃饱喝足，正用牙签剔牙呢。看来，主人对女儿们的教育采取的是绝对放任主义。哪怕这三个女儿成了什么褐式部[1]、灰式部，不约而同地和情人私奔，他这个做父亲的也同样是若无其事地吃着自己的饭，喝着自己的汤吧。他简直就是个

1　仿照《源氏物语》作者“紫式部”而造的名词。明治三十年代的女学生流行穿褐红色裙裤，所以用“褐式部”指代当时的女学生。

无用之人。然而，如今社会上的“有用之人”又是什么样的呢？据我所见，也无非是撒谎骗人，下绊子坑人，虚张声势吓唬人，故意下套陷害人……除此之外就什么也不懂了。就连中学里的少年人也有样学样，误以为不这样做就没出息，一个个得意洋洋地干着本该觉得脸红的勾当，而且还以未来的绅士自居。其实，这些所谓的“有用之人”只是些无赖小人罢了。

我是只日本猫儿，所以多少也有些爱国心。每当我看到这些“有用之人”，就想狠狠地揍他们一顿。因为，每多一个这样的人，国家就会随之而衰弱一点。学校里有这样的学生，是学校的耻辱；国家有这样的人，是国家的耻辱。尽管是耻辱，社会上却到处充斥着这种货色，这实在令人费解。可见，日本人的气概甚至还不如我这只猫儿，真是窝囊透顶了。和这种无赖小人相比，我家主人应该算高尚得多了。因为窝囊，所以高尚；因为无能，所以高尚；因为不要小聪明，所以高尚。

就这样，主人以“无用”的方式安安稳稳地吃完了这顿早餐，随即换上西服，坐上车子，准备前往日本堤分署报到去。

主人拉开格子门时，问车夫道：“你认得日本堤这个地方吗？”车夫却只是嘿嘿地笑。于是主人又特意叮嘱了一句：“就是那个吉原妓院街附近的日本堤哟。”这未免有些滑稽。

主人难得一见地从大门口坐上车子出发了。之后，女主人照例吃过早餐，就催促孩子们说：“快上学去，要迟到啦。”

孩子们却不慌不忙地说道：“唉，今天放假呀。”并没有要出门的意思。

“怎么可能放假？快走吧。”女主人呵斥道。

“可是，昨天老师明明说今天放假的呀。”姐姐不为所动。

女主人这才觉得有些奇怪，就从壁橱里拿出日历。一查，果然用红色字标着“节假日”。主人可能不知道今天是节假日，所以还特地给学校写了请假条吧。而女主人也是不明就里地把信投进了信箱里。至于迷亭是真不知道，还是假装不知道今天是节假日，则值得怀疑。女主人发现这一情况时，颇为惊讶，只得对孩子们说道：“那你们就老老实实在家玩吧。”说完，就和平时一样拿出针线盒，开始做起针线活来。

之后的三十分钟，大家相安无事，并没发生什么值得我记述的事情。这时，突然来了一位不速之客——是个十七八岁的女学生。她穿着一双鞋跟歪了的皮鞋，拖曳着一条紫色裙裤，头发卷曲得像算盘珠子一样。她连门也没叫就直接从后门走进来了。

此人是主人的侄女。听说是在校学生，有时星期天会过来串门，经常跟她叔叔争吵一番之后才回去。她的名字很漂亮，叫“雪江”。不过，她的脸蛋却没有名字那么漂亮。只要出门走个一两百米，随时可以碰到这种普通长相的女孩子。

“婶婶，您好。”她大摇大摆地走进客厅，在针线盒旁边坐了下来。

“哎呀，这么早呀……”

“今天是过节，我想一早过来。所以八点半就出门，匆匆地赶过来啦。”

“是吗？有什么事吗？”

“也没什么事。不过，想着很久没来看您啦，所以就过来一下。”

“可别‘一下’呀，多玩一会儿吧。你叔叔马上就回来的。”

“叔叔出去了？少见嘛。”

“嗯，他今天要去一个不同寻常的地方……警察局啦，够不同寻常的吧？”

“啊？为什么？”

“说是抓住今年春天溜进咱家的那个小偷了。”

“让他去做证人吗？真够麻烦的。”

“不，是去领回东西呀。昨天警察特地过来，说被偷的东西找到了，让我们去取呢。” “噢，原来如此。要不是为这事，叔叔才不会这么早出门呢。要在平时，他这会儿还在睡觉吧。”

“没人比你叔叔更爱睡懒觉的了……每次叫醒他，他都要发脾气。今早也是，他让我七点前一定要叫他起来，我当然就叫他了。可他却整个人钻进被窝里，一声也不吭。我担心他起晚了，第二次又去叫他，他却躲在被窝里嘀嘀咕咕的。真叫人头疼啊。”

“怎么会这么贪睡呢？肯定是神经衰弱吧？”

“你说什么？”

“他这么爱发脾气，难为他还能在学校里教书呢。”

“哪儿呀，听说他在学校里可老实啦。”

“那就更糟糕啦，简直就是窝里横嘛。”

“怎么说？”

“不管怎么说，他都是个窝里横嘛。”

“还不只是爱发脾气。人家说东，他偏要说西；人家说西，他又偏要说东。反正从来不肯听别人的，真是个老顽固。”

“就是故意抬杠呗。叔叔简直是抬杠上瘾啦。所以，你要是想让他做什么的话，只要反着说，就准能成。上次他给我买这把洋伞时也一样，我故意说‘不要不要’，他说‘怎么能不要呢？’就马上给我买下来了。”

“呵呵呵呵，真有你的。以后我也这么办。”

“一定得这么办，不然就亏啦。”

“上次有个保险公司的人上门来，劝我们投保。跟他讲了各种道理，说有这样那样的好处，足足讲了一个钟头，可他就是死活不听。咱家里呀，既没有积蓄，还养着三个小孩子。至少投点保险的话，心里也能踏实一些吧。可他就是一点都不会考虑。”

“是呀，万一有点什么事儿，心里可就慌啦。”

雪江这话有些故作老成，不像出自十七八岁的女孩子之口。

“我在门后听着他俩的谈话，可有意思了。你叔叔说：‘我并不是要否认保险的必要性。正因为有其必要性，所以才有保险公司存在嘛。可是，我既然死不了，又何必买保险呢？’可顽固啦。”

“叔叔是这么说的？”

“嗯。那个保险公司的人说：‘如果人不会死的话，保险公司当然就没必要存在了。不过，生命这种东西呀，看似牢靠，其实是很脆弱的，谁都不知道危险什么时候来临。’你叔叔却说：‘没事，我已经下定决心不死了。’唉，你瞧他多不讲理呀。”

“可是无论怎么下定决心，人还是会死的呀。我还下决心要考试及格呢，结果还不是不及格？”

“保险公司的人也是这么说的。他说：‘生命可不是由自己随意掌控的。如果下定决心就能长寿的话，那么谁也不会死喽。’”

“保险公司的人说得很有道理呀。”

“我就说有道理嘛。可你叔叔却想不通，还狂妄地说：‘不，我绝不会死的。我发誓绝不会死的。’”

“真是个怪人。”

“可不是吗，简直是个大怪人哩。他还满不在乎地说：‘有钱买保险的话，还不如把钱存进银行里呢！’”

“存了吗？”

“存什么呀！他压根儿不考虑自己死后的事儿。”

“真叫人担心呀。叔叔怎么会这样呢？经常来往的人，没一个像他这样的吧？”

“哪有像他这样的！他可是独一无二的哟。”

“可以拜托铃木先生劝一劝叔叔嘛。像他那么稳重的人，应该过得很舒坦吧。”

“可是，铃木先生在咱家可不受欢迎哩。”

“真是什么都跟人反着来呀。那么，那位怎么样？——就是那位很淡定的……”

“你是说八木先生？”

“没错。”

“你叔叔对八木先生倒是挺服气的。不过，昨天迷亭先生过来，说了八木先生的很多坏话。所以找他也不一定管用了吧。”

“咦，八木先生挺好的呀，那么从容，那么淡定……最近还在我们学校演讲了呢。”

“八木先生？”

“嗯。”

“八木先生是你学校里的老师吗？”

“不是，他不是老师。上次开淑德妇人会的时候，邀请他来做了一次演讲。”

“有意思吗？”

“怎么说呢，其实也没什么意思。不过，这位先生长着那样一张长脸，而且留着像天神那样的长胡子，所以大家都很佩服地听他说话。”

“他的演讲说了些什么？”

女主人正询问时，三个孩子听到了雪江的说话声，都从檐廊活蹦乱跳地跑进饭厅来。刚才她们大概是在竹篱笆外的空地上玩吧。

“哎呀，雪江姐姐来啦。”两位姐姐高兴地大声嚷道。

女主人说道：“别这么吵闹，安安静静地坐着。雪江姐姐正在讲好玩的事儿呢。”说着，把手中的针线活扔到角落里。

“雪江姐姐在讲什么故事呀？我最喜欢听故事了。”俊子说道。

“又是讲《咔嚓咔嚓山》[1]吗？”澄子问道。

“小宝宝也要讲故事。”“小宝宝”说着，从两位姐姐中间往前

1　日本民间传说，讲述了一个老奶奶被山狸杀害，兔子替老爷爷报仇的故事。

爬。不过，她的意思并不是说要听故事，而是说自己要来讲故事。

姐姐们笑了起来："哎哟，小宝宝又要讲故事啦。"

女主人则哄道："小宝宝，你等一下再讲，先听雪江姐姐讲。"

可"小宝宝"却根本不听。她大声叫道："不——嘛，吧不！"

"噢，好吧，小宝宝先讲。你讲什么呀？"雪江谦让地说道。

"嗯，我讲'小宝宝，小宝宝，你上哪儿去'。"

"真好玩，接着讲呀。"

"我去田里割稻子。"

"噢，小宝宝懂的可真多呀。"

"你耐了会帮倒忙的。"

"唉，不是'耐了'，是'来了'。"俊子纠正道。

"小宝宝"照例大喝一声'吧不！'立刻把姐姐给吓退了。可是，被姐姐这么一打岔，就把后面的话忘掉了，再也接不上来。

"小宝宝，这就讲完了吗？"雪江问道。

"嗯，我还会讲'不许放屁哦，噗、噗、噗的可不行'。"

"呵呵呵呵，真难听，你跟谁学的？"

"阿三。"

"阿三真不像话，净教孩子说这些。"女主人苦笑着说道，"好啦，现在轮到雪江姐姐讲啦。小宝宝，你得乖乖听着哦。"

这下，小暴君总算是答应了，没有再吭声。

"八木先生的演讲是这样的。"雪江这才开口了，"从前，在一个十字路口中间有一尊巨大的地藏菩萨石像。可那里是个非常热闹的地方，车马经过时很碍事。于是，附近的人就聚在一起，商量说怎么把这尊地藏菩萨挪到边上去。"

"这是真事吗？"

"谁知道呢，八木先生又没说。——大家正七嘴八舌地商量的时候，当地的头号壮汉站出来说道：'这还不简单吗？看我怎么收拾它。’说着就独自来到那个十字路口，光着膀子、汗流浃背地使劲拉拽，可是这尊地藏菩萨却纹丝不动。”

“这尊地藏菩萨还真沉哩。”

“是呀。那个壮汉累得要命，一回到家就趴下了。于是大家又开始商量。这次，当地的头号机灵鬼站出来说道：‘交给我吧，我来试一下。’他往点心盒里装满了牡丹饼，来到地藏菩萨面前，一边说着‘过来吧’，一边拿出牡丹饼来炫耀。他以为地藏菩萨也很贪吃，想用牡丹饼把它引开，结果还是纹丝不动。这个机灵鬼见这一招不管用，就把酒装进葫芦里，一手拎着酒葫芦，一手拿着个酒杯，又来到地藏菩萨面前，说道：‘喂，不想喝两杯吗？想喝就过来吧。’这样哄劝了三个多钟头，结果地藏菩萨还是纹丝不动。”

“雪江姐姐，地藏菩萨肚子不饿吗？”俊子问道。

“我想吃牡丹饼了。”澄子说道。

“机灵鬼们接连两次都失败了，于是下一个人又弄了很多假钞到地藏菩萨面前，一下拿出，一下又收起，并说：‘喂，你想要钞票吧，想要就过来吧。’结果还是徒劳无功。这尊地藏菩萨可真顽固啊。”

“是呀，倒是有点儿像你叔叔呢。”

“嗯，简直就跟叔叔没两样。最后，那个机灵鬼终于也泄气了，只得宣布放弃。后来，又来了个牛皮大王，拍着胸脯保证说：‘放心吧，我一定能收拾它。’”

“这个牛皮大王又是怎么做的呢？”

“这个可好玩啦。他先是穿上警服，戴上假胡须，来到地藏菩萨面前，耀武扬威地说道：‘喂！你不动的话，对你没什么好处哟！警察可不会放过你的！’不过，在当今社会，就算你假扮成警察，也没人会听你的呀。”

“可不是吗？那么地藏菩萨动了吗？”

“怎么可能动呢？和叔叔一样顽固的家伙。”

“不过，你叔叔可是很怕警察的哟。”

“啊，真的？叔叔这副模样的人也会怕警察？那我也用不着这么怕他啦。不过，地藏菩萨还是纹丝不动，面不改色。于是，牛皮大王火冒三丈，脱掉警服，摘下假胡须扔到纸篓里，然后换上一身大财主的服装又出门了——要放在今天的话，就像是岩崎男爵[1]的派头吧。你说可不可笑？”

“像岩崎男爵的派头，是什么样的呀？”

“反正就是大模大样的吧。他什么也不做，什么也不说，只是一边抽着大雪茄烟，一边在地藏菩萨周围走来走去。”

“有什么用意呢？”

“用烟来熏地藏菩萨呗[2]。”

“真有趣，简直就像在说书嘛。结果顺利地用烟把它熏倒了吗？”

“不管用呢，对方毕竟是一块石头呀。这种糊弄人的骗术差不多也就行啦，可他后来又装扮成了殿下[3]。真荒唐啊。”

“咦，那时也有殿下吗？”

“应该有吧，反正八木先生就是这么说的。那人确实装扮成了殿下——明知道有些冒犯，可还是装扮成殿下。一个牛皮大王竟然敢这样，这也太不恭敬了吧。”

“你说的殿下，是指哪位殿下呢？”

“哪位殿下？不管是哪位殿下，都不恭敬呀。”

“这倒也是。”

“结果，装扮成殿下也仍然不管用。牛皮大王束手无策，只得认

1 岩崎弥太郎（1834—1885），日本实业家，三菱公司的创始人。

2 在日语中，“烟熏”（煙に巻く）还可表示说大话骗人的意思。

3 对于皇族成员的尊称。

输：‘凭我的本事，实在对付不了这个地藏菩萨啦。’”

“活该！”

“嗯，按理说本来应该判他刑的。——且说大家十分焦急，又聚在一起商量对策。可是这回已经没人肯再出头了，大家都一筹莫展。”

“故事到这里就完了？”

“还有哩。最后，他们雇了车夫和许多小混混，在地藏菩萨周围吵吵嚷嚷，而且还分成昼夜两班轮番去骚扰，想让地藏菩萨在那儿待不下去。”

“真是辛苦他们了。”

“尽管如此，地藏菩萨还是不为所动。可真顽固啊。”

“后来呢？”俊子急切地问道。

“后来嘛，因为每天闹腾也不见效，大家都感到厌倦了。不过，车夫和小混混却因为每天都能领到薪水，所以仍然兴冲冲地去闹腾。”

“雪江姐姐，薪水是什么意思？”澄子问道。

“薪水嘛，就是钱的意思。”

“他们领了钱用来干什么呢？”

“领了钱嘛……呵呵呵呵，澄子呀，你真淘气。——婶婶，他们就这样每日每夜地吵闹个不停。当时，有个叫‘阿竹’的傻子，他什么也不懂，谁也不搭理他。傻子阿竹看到这场闹剧，就说道：‘你们在瞎折腾什么呢？过了这么多年也弄不走一个地藏菩萨？真可怜！’”

“这个傻子倒挺厉害的嘛。”

“这可是个相当厉害的傻子哟。大家听了傻子阿竹的话，就说：‘凡事都要试一下才知道，反正也是死马当作活马医呗。’于是就决定让他试试看。阿竹一口答应下来，他说：‘大家请安静，吵吵嚷嚷的反而碍事。’把那些车夫和小混混打发走，然后飘然来到地藏菩萨的面前。”

“雪江姐姐，你说的‘飘然’是傻子阿竹的朋友吗？”说到紧要关头时，俊子突然问了个奇怪的问题。女主人和雪江一起笑了起来。

“不，不是朋友哦。”

“那是什么？”

“飘然嘛，就是……我也说不清楚。”

“飘然，就是‘说不清楚’的意思？”

“不是。飘然嘛……”

“啊？”

“对了，你认识多多良三平先生吧？”

“嗯，送过山药给我们的。”

“就是像多多良先生那样子的。”

“多多良先生就是飘然？”

“嗯，可以这么说吧。——那个傻子阿竹来到地藏菩萨面前，双手揣在怀里，说道：‘地藏菩萨，大家希望你挪开一些，那就请你挪一挪吧。’地藏菩萨立刻回答道：‘原来是这么回事呀，早点说不就得了嘛？’说完就满不在乎地挪到一边去了。”

“这地藏菩萨也真够古怪的。”

“接下来才是真正的演讲内容。”

“还有？”

“嗯。接下来，八木先生就说：‘今天是女士们的盛会。我特意讲这个故事，自然有我的考虑。我冒昧地说一句，女人往往有这种缺点：做某件事时，不是从正面走近道，而是采取转弯抹角的方法。当然，这种缺点并不限于女人才有。明治时期的男人，因为受到文明的不良影响，也变得有些女性化了。所以他们往往会花费许多不必要的工夫和劳力，而且还误以为这才是正道，误以为这才是绅士应该采取的方针。其实，他们只是深受文明开化恶果束缚的畸形儿罢了，根本不值一提。我只是希望，各位女士要尽量记住我刚才讲的这个故事，在紧要关头，能像傻子阿竹那样直截了当地处理事情。如果各位能成为傻子阿竹的话，那么，夫妇之间、婆媳之间发生的令人不快的纠纷，肯定会减少三分之一。一个人越会要小聪明，这种小聪明反而会成为不幸的根源。总体来说，很多女人要比男子不幸，正是因为喜欢要小聪明的缘故。所以，希望各位都能成为傻子阿竹。'这就是八木先生的演讲内容。"

"这么说来，雪江你也想变成傻子阿竹吗？"

"我才不呢。我可不愿意变成什么傻子阿竹。金田家的富子小姐听完之后，非常生气，说这演讲太不尊重人了。"

"金田家的富子小姐，就是住在对面街角的那位吗？"

"嗯，就是那位时髦的小姐呀。"

"她也在你们学校上学？"

"不是。是因为开妇人会，所以她才来旁听的。她打扮得时髦极了，简直吓人一跳。"

"听说她长得很漂亮呀，是吗？"

"一般吧，没她自我感觉的那么漂亮。化妆成那样，谁都会变好看的嘛。"

"这么说来，雪江你如果也像她那样化妆的话，肯定比她好看一倍。"

"哎呀，别取笑我啦。不过，那位确实是太做作了，虽然说家里有钱……"

"无论怎么做作，有钱总是好的嘛。"

"话虽然是这么说，不过，她这人也太狂妄自大了，确实应该学一学傻子阿竹。最近她还到处吹嘘说，有个什么诗人写了一本新诗集献给她呢。"

“可能是东风先生吧。”

“哎哟，原来是他呀？那真是太有雅兴了。”

“不过，东风先生可是认真的呢。他甚至觉得自己这么做是理所当然的。”

“就是因为有这种人，所以才坏事呀。——对了，还有件好玩的事儿，听说最近还有人给她寄了一封情书呢。”

“哎哟，真恶心。是谁呀？干这种事儿？”

“说是不知道是谁写的。”

“没写名字吗？”

“写是写了，不过据说是个陌生人的名字。那封信可长啦，足有六尺多呢。上面还写了很多莫名其妙的话，比如什么‘我爱你，就像宗教家崇拜上帝一样’，什么‘为了你，我甘愿成为祭坛上的羔羊，被你屠宰是我无上的荣耀’，什么‘心脏呈三角形，三角形的中心插着丘比特的一支箭，如果用吹筒发射的话，就一定能射中’……”

“这是认真的吗？”

“据说是认真的。我有三个朋友都看过这封信呢。”

“这个人也真是的，竟然拿这种东西到处炫耀。她既然打算嫁给寒月先生，就不该这么做。传出去了多尴尬呀。”

“尴尬什么呀？她不知有多得意呢。下次寒月先生过来的话，最好把这事告诉他。他可能还一无所知吧。”

“谁知道呢。不过，寒月先生只顾着每天回学校磨玻璃球，估计还不知道这事吧。”

“寒月先生真的想娶金田小姐吗？真没出息。”

“怎么就没出息了？人家这么有钱，说不定什么时候就能派上用场呢。这有什么不好的？”

“婶婶，您老是把钱挂在嘴边，多庸俗啊。爱情不是比钱更重要吗？没有爱情的话，怎么成得了夫妻呢？”

“是吗？雪江，那你想嫁到什么样的人家去呢？”

“谁知道呀，现在八字还没一撇呢嘛。”

雪江正和婶婶为结婚之事争论得起劲。这时，刚才一直似懂非懂地认真听着的俊子突然开口说道：“我也想出嫁呀。”

听到俊子这个突兀的愿望时，连朝气蓬勃、理应对其表示同情的雪江也有些傻眼了。倒是女主人还显得比较平静，笑着问道：“那你想嫁到哪里去呢？”

“我呀，本来想嫁到招魂社[1]去的，可又不爱走那座水道桥，所以也不知道该怎么办才好。”

听到这个意外的回答，女主人和雪江都哈哈大笑，没有勇气再问下去。这时，二女儿澄子却开口和姐姐商量起来了。

“姐姐你也喜欢招魂社吗？我也喜欢哩。咱俩一起嫁到那里去好吗？怎么样？你不愿意？不愿意就算了。我自己坐车去，一下就到啦。”

“小宝宝也去。”终于连“小宝宝”也要嫁到招魂社去了。如果姐妹三人能一起嫁到招魂社去，那么我家主人可就省心多啦。

这时，门外传来人力车嘎啦嘎啦地停住的声音，紧接着听见了女佣响亮的招呼声：“您回来啦！”看来，是我家主人从日本堤警察分署回来了。主人让车夫把一个大包袱交给女佣，自己慢悠悠地走进饭厅来。

“哎呀，你来啦。”主人一边向雪江打招呼，一边把手上拎着的貌似酒壶的东西扔到那个颇有来头的长火盆旁边。之所以说“貌似酒壶”，是因为它并不是真正的酒壶，也不是花瓶，而是一件外形古怪的陶器，所以只得暂且这么称呼它。

1　即东京的靖国神社。

“这酒壶有点怪怪的，是从警察那里领回来的吗？”雪江一边把倒下的那个玩意儿扶起来，一边问她的叔叔。

叔叔看着雪江，得意样样地说道：“怎么样？好看吧？”

“这叫好看？好像不怎么样嘛。为什么拿个油壶回来呢？”

“哪里是油壶！不懂欣赏。真拿你没辙。”

“那是什么呢？”

“花瓶呗。”

“作为花瓶来说，瓶口太小，瓶身又太粗啦。”

“妙就妙在这里嘛。你这人也太没品位了，跟你那婶婶一个样，真没辙啊。”说着，他就自己拿起那个“油壶”，对着纸门透光处端详起来。

“我反正是没品位的啦，所以才不会从警察那里拿个油壶回来。婶婶，您说对吧？”

婶婶可顾不上这个，她忙着打开包袱，两眼圆睁地检查领回来的失窃物品。

“哎哟，真没想到呀，小偷也进步了，所有衣服都拆洗过了呢。喂，你来看看。”

“我才不会从警察那里拿个油壶回来呢。这是我等得无聊，在那附近闲逛时淘到的呀。你不懂，这可是件珍品哟。”

“这简直是太珍品了。叔叔，你到底去哪儿闲逛啦？”

“去哪儿？去日本堤附近呗。吉原也进去看了一下，热闹得很。你看见过那扇大铁门吗？应该没有吧？”

“我才不去看呢！我凭什么要去吉原那种下贱女人待的地方呀！叔叔，你身为教师，竟然还往那种地方跑，真叫人吃惊啊！您说是吧，婶婶，婶婶！”

“嗯，是呀。我觉得数目好像不太够，这就算全部归还了吗？”

“没有归还的只有那箱山药了。通知我九点到，结果却让我等到十一点。真是岂有此理。所以说日本的警察不行嘛。”

“叔叔，您说日本的警察不行，可是到吉原去瞎逛就更不行啦。这事要是传出去的话会被开除的哟。您说是吧，婶婶？”

“可不是吗？喂，我的腰带里子怎么没有了？怪不得我总觉得不够数呢。”

“不就是条腰带里子吗？算了吧。我可足足等了三个小时呢，浪费了半天的宝贵时间。”

主人换上和服，若无其事地倚靠在火盆上，端详着那个油壶。女主人对腰带里子死心了，只得把领回来的物品收进壁橱里，然后回到饭厅。

“婶婶，这个油壶据说是珍品哩。您看看它，多脏呀。”

“这是在吉原买的？哎哟。”

“有什么好哎哟的，你又不懂。”

“像这种壶，到处都有的卖呀，哪里用跑到吉原去买？”

“别的地方没有嘛，这可是罕见之物哟。”

“叔叔您太像那个地藏菩萨了。”

“你一个小丫头也这么嚣张。最近的女学生呀，嘴巴变得越来越损了，这怎么行？你最好找本《女大学》[1]来读一下。”

“叔叔您很讨厌保险，对吧？那么，女学生和保险，您更讨厌哪个呢？”

“我并不讨厌保险。保险是有用的。为将来考虑的话，谁都会买保险。而女学生嘛，只不过是没用的东西。”

“没用就没用呗，无所谓。可您并没有买保险呀，也好意思这么说。”

“我打算下个月就买。”

1　关于女子修身、齐家心得的书。在江户时期广泛流传。

“真的？”

“当然是真的。”

“保险还是算了吧，还不如用这钱买点别的什么更好。您说是吧，婶婶？”

婶婶笑嘻嘻的。主人却一本正经地说道：

“你总以为自己能活到一两百岁，所以才会说出这种无忧无虑的话来。等你变得更理性一些的时候，自然就会意识到保险的必要性了。反正我下个月肯定是要买的。”

“是吗？那就没办法了。话说回来，像上次您给我买洋伞，那钱还不如用来买保险呢。人家都说了不要不要，您还非要买。”

“真的不要吗？”

“嗯，我本来就不想要洋伞嘛。”

“既然不想要，那就还给我吧。正好傻子想要，给她吧。今天带来了吗？”

“哎哟，太过分了。哪有像您这样的？特地给我买的，现在又要拿回去。”

“你说不要，我才让你还给我的。一点都不过分。”

“不要是不要，可这样也太过分了吧。”

“你这丫头真是胡搅蛮缠。明明你说不要，我才让你还给我的，哪里过分了？”

“可是……”

“有什么好‘可是’的？”

“可是，太过分了。”

“你个傻丫头，来回来去地说同一句话。”

“叔叔您不也是来回来去地说同一句话吗？”

“是你先来回来去地说，我又有什么办法？你明明说了不要的嘛。”

“我确实说了。不要是不要，可我又不想还给您。”

“哎哟，真不像话。你这丫头又不讲道理，又固执，真拿你没办法。你们学校没教逻辑学吗？”

“好吧，反正我是个没教养的人，随您怎么说都行。东西都给了人家，还说要拿回来，别人恐怕说不出这种绝情的话。您还是多学学傻子阿竹吧。”

“学什么？”

“学一下他的诚实和淡泊。”

“你这傻丫头还这么固执，所以才不得不留级嘛。”

“留级又怎么啦？反正又不用您出学费。”

说到这里时，雪江似乎颇为悲伤地低下头，一掬眼泪潸然落在她的紫色裙裤上。主人一脸茫然地打量着雪江的脸和裙裤，似乎在研究这眼泪是源自何种心理作用。

这时，阿三从厨房走到门槛边，两只红扑扑的手一起扶着地面，说道：“来客人了。”

主人问道：“谁来了？”

阿三一边斜眼看着雪江那挂着泪珠的脸，一边回答道：“是学校里的学生。”

主人走向客厅。我为了收集素材兼研究人类，也跟在主人后头，悄悄地绕到了檐廊上。

要想研究人类，就必须选择风波突起的时机，否则是没有任何效果的。平时，大部分人都是平凡人，所以关于他们的所见所闻都平凡得索然无味。然而一到关键时刻，在一种奇妙而神秘的作用力下，这种平凡就会突然显现出奇、怪、妙、异的特点——简而言之，就是会发生令我们猫儿大开眼界的事件。

雪江的眼泪即为一例。具有如此不可思议、不可捉摸的心理的雪江姑娘，在和女主人闲聊的时候，还是平淡无奇的；可是主人一回来扔下油壶之后，她就立刻像死龙被蒸汽泵[1]注入了元气似的，突然表现出深不可测的巧妙、美妙、奇妙、灵妙之丽质。其实，这种丽质是天下女人所共有的，可惜平时不会轻易地显露出来。——不，其实每时每刻都会显露出来，只不过没这么明显，没这么淋漓尽致而已。幸亏有我家主人这种动不动就逆着抚摸猫儿皮毛的乖僻之人，我才得以欣赏到这滑稽的一幕。我只要跟随着主人，无论去到哪里，舞台上的演员就会身不由己地开始动起来。幸亏我家主人是如此有趣的家伙，我才得以在身为猫儿的短暂生涯之中获得丰富的体验。真是三生有幸啊。

这次来的客人又是谁呢？

我一看，客厅角落里坐着一个年龄和雪江相仿的、十七八岁的学生。他的大脑袋上，头发短得连头皮也清晰可见，脸盘中间被一颗蒜头鼻子占据着。他的长相没什么特别之处，只是头盖骨比较大——剃成刺头了还这么大，要是像主人那样留着长发，肯定会更加引人注目吧。按主人的一贯观点，长成这副面孔的人，学习肯定不好。这也许是真的。不过一眼看上去，这个学生倒是挺彪悍的，颇有点拿破仑的派头。

他的衣着跟普通学生差不多，穿着有条纹的短袖夹衣——分不清是萨摩纹还是久留米纹或伊予纹，反正是一种条纹吧。夹衣里头好像既没穿衬衫也没穿汗衫。虽然人们常说赤膊穿夹衣和打赤脚最为潇洒，可这个家伙却给人以邋里邋遢之感。尤其是他还在榻榻米上赫然留下了三处像小偷入屋似的大脚趾印，这显然是赤脚之罪。他恭恭敬敬地坐在第四处脚印上，显得十分拘谨。按理来说，一个晚辈这么老老实实地端坐着本来是很自然的。可是像他这样一个打着赤脚、剃着刺头的愣头青，居然也这么恭恭敬敬地坐着，就显得有些别扭了。在路上见到老师都不行礼并以此为荣的家伙，哪怕和正常人一样坐上

1 蒸汽式的消防水泵。

三十分钟也是活受罪。更何况现在要装得像谦谦君子或盛德长者一般，那就不仅是他本人受罪，连旁人看着都觉得十分可笑了。平常在教室或运动场上调皮捣蛋的家伙，此刻竟然这么有自制力？一想到这点，我既感到怜悯，又觉得有些滑稽。

我家主人虽然愚钝，但这样与学生一对一地坐着时，多少也会产生几分威严吧。他自己肯定也觉得很得意。

常言道："积土成山。"一个个力量微弱的学生聚集到一起的话，就会成为不可轻视的团体，就能发起抵制运动或罢课。其实，这就跟胆小鬼借酒壮胆一样。可以认为，依仗着人多势众而瞎闹腾，其实就像是被人的精神作用所迷醉，从而失去了理智。若非如此，像这样一个与其说是诚惶诚恐不如说是悄然退缩到客厅角落的学生，又怎么敢蔑视尽管老朽却毕竟身为老师的我家主人呢？断无此理。

主人把坐垫推过去，说道："坐这上面吧。"

但这位刺头老兄却没有动，只是拘谨地回答了一声"嗯"。

已经开始褪色的印花布坐垫默不作声地摆在眼前——它当然不会对客人说"请坐上来"。而那个大脑袋却呆呆地坐落于坐垫之后，这情形真是滑稽极了。女主人把这个坐垫买回来，是为了给人坐，而不是给人看的。没人坐上去的话，坐垫的名誉就会受到损害，而劝座的主人也会有失颜面。刺头君不顾主人颜面而与坐垫玩斗鸡眼，其实绝不是因为讨厌坐垫。

说实话，刺头君除了在祖父葬礼之外，其他时候还没怎么正儿八经地坐过[1]。所以，此时早已两腿发麻，脚尖痛苦不堪。尽管如此，他还是不肯坐上去。尽管坐垫闲置着，他也不肯坐上去。尽管主人劝他"坐这上面吧"，他也不肯坐上去。真是个麻烦的刺儿头！既然这么客气，那为何不在人多势众时客气一点呢？为何不在上课时客气一点

1 指"正坐"——双脚并拢跪着，屁股坐在脚后跟上。

呢？为何不在宿舍里客气一点呢？不该客气的时候假装客气，该客气的时候又不客气，反而胡作非为。真是个顽劣的刺儿头！

正在这时，他身后的房门轻轻推开，雪江恭恭敬敬地端了一碗茶上来。要在平时，这位刺头君肯定会嘲笑说："哎哟，还有savage tea呀！"可眼下光是与主人一对一就已经惶恐不安了，更何况又冒出一个妙龄女子，用她在学校里刚学来的小笠原派[1]手法像模像样地端上茶来。这下，刺头君显然更加局促不安了。

献完茶，雪江拉上房门，站在门后嘻嘻地笑着。由此看来，即便是同龄人，女生也比男生更有出息——雪江就比刺头君大方得多。尤其是她刚才还委屈落泪，现在这嘻嘻一笑就显得更加灿烂了。

雪江退下之后，主客双方一时无话，在沉默中煎熬了好一会儿。主人意识到，这样下去难免会变成静坐修行，于是率先开口了。

"你叫什么名字？"

"古井……"

"古井？古井什么？名字呢？"

"古井武右卫门。"

"古井武右卫门。噢，这名字挺长的嘛。这不像现在的人名，倒像古代的人名。你是四年级的学生吧？"

"不是。"

"三年级？"

"不是，是二年级的。"

"是甲班的吗？"

"乙班。"

"乙班？那我就是班主任呀。这样啊。"

主人颇为感慨地说道。其实，从刚入学的时候起，主人就注意

1　日本近世武士家族礼法流派之一。

到了这个大脑袋，所以不可能会忘记。不仅如此，印象还特别深，以至于有时会出现在梦中。然而，一向漫不经心的主人却没能把这个大脑袋和他那古朴的名字联系起来，也没能和二年级乙班联系起来。所以，当他听到这个曾闯入自己梦中的大脑袋是自己班上的学生时，不由恍然大悟："原来就是他呀！"

可是，他却猜不出这个长着大脑袋的、名字古朴的、自己班上的学生今天为了何事而来。因为主人在学校里没什么威信，所以无论是年初还是年末，几乎都没有学生登门拜访过。这位古井武右卫门君可以算得上是第一位了吧。面对如此稀客，主人却因为摸不清他的来意而有些不知所措。这个武右卫门君，总不至于特意跑到如此无趣之人的家里来玩吧；可要是为了劝老师辞职而来的话，那么态度应该更嚣张一些才对；而且，也不太可能是为了个人私事而来找老师商量……主人想来想去，还是没有一点头绪。而看看武右卫门君的那副模样，说不定连他本人也不知道为何而来。无奈之下，主人只好开门见山地发问了。

"你是来玩的吗？"

"不是。"

"那就是找我有事啦？"

"是的。"

"是跟学校有关的吗？"

"是的。我想和您谈谈……"

"嗯。是什么事？说吧。"

可是，武右卫门君却只是低着头，一声不吭。本来，这位武右卫门君作为初中二年级学生来说算是比较能言善辩的，虽然智力水平并未与他的大脑袋成正比，但说起话来，却是班里叫得最响的一个。前不久，这位武右卫门君还在课堂上问"哥伦布用日语怎么说"，让主人下不了台。这样一位呱呱叫的老兄，今天却像个口吃的深闺公主一般扭扭捏捏的，这其中必有蹊跷，而不仅仅是出于客气。主人也觉得有些纳闷。

“你有什么话就快说吧。”

“我有些难开口……”

“难开口？”

主人看了看武右卫门君的表情，可对方仍然低着头，让人很难判断是什么事。无奈之下，主人只得改变语气，温和地补了一句：“没关系，你尽管说就是。又没有别人听见，我也不会说出去的。”

“真的没关系吗？”武右卫门君仍然犹豫不决。

“没关系的。”主人自作主张地说道。

“那我就说啦。”

武右卫门君猛地抬起他的大脑袋，稍眯缝着眼睛朝主人望去。他长着一双三角眼。主人鼓起腮帮喷出一口烟，随即把头稍扭向一边。

“是这样的……这次碰到了麻烦事……”

“什么事？”

“事情很麻烦，所以我才来找您的。”

“到底是什么麻烦事嘛？”

“我本来不愿意的，可是滨田非要借用我的，所以……”

“滨田，就是滨田平助吗？”

“是的。”

“他向你借房费了吗？”

“不，没有。”

“那他向你借了什么？”

“借了我的名字。”

“滨田借用你的名字来干什么呢？”

“送情书。”

“送什么？”

“我一直跟他说，别用我的名字，由我去送信好了。”

“什么乱七八糟的？到底是谁，做了什么？”

“送了一封情书。”

“送了一封情书？送给谁呢？”

“所以我说难开口嘛。”

“就是说，你把情书送给了某个女生？”

“不，不是我去送的。”

“是滨田去送的吗？”

“也不是滨田。”

“那是谁去送的呢？”

“我也不知道是谁。”

“怎么说得不清不楚的？也就是说，你俩都没去送啦？”

“可上面写了我的名字呀。”

“你只说上面写了你的名字，别人根本就听得一头雾水嘛。最好说得有条理一些。那封情书到底是写给谁的？”

“一个叫金田的住在对面街角的女人。”

“是那个叫金田的实业家吗？”

“是的。”

“那么，借用你的名字是怎么回事？”

“我们见他家的女儿又时髦又高傲，所以才决定给她送情书。滨田说：‘没署名可不行。’我说：‘那就写你的名字嘛。’他说：‘写我的名字没意思，还是用古井武右卫门这个名字好。’——就这样借用了我的名字。”

“那么，你认识那个姑娘吗？有过交往吗？”

“哪有过交往呀？连面都没见过。”

“简直是胡闹！连面都没见过就给人写情书！唉，你们到底为什么要这么做呢？”

“大家觉得那娘儿们太高傲，鼻子都翘到天上去了，所以想捉弄她一下。”

“那就更过分了。也就是说，最后是公然写上你的名字送出去了？”

“嗯。信是滨田写的，署我的名，然后远藤在夜里把信送到她家里去。”

“也就是说，是你们三个人合伙干的？”

“嗯。可过后一想，如果被查出来、被学校开除的话，那就麻烦了。我担心得两三天都睡不着觉，感觉头脑昏昏沉沉的。”

“你们也闹得太过分了。信上真的写了‘文明中学二年级学生古井武右卫门’吗？”

“不，没有写学校名称。”

“幸亏没写学校名称。要是写了学校名称就糟啦，那会有损文明中学的声誉。”

“您说我会被学校开除吗？”

“也许吧。”

“老师，我父亲很严厉的，我母亲又是继母，如果我被开除的话就麻烦啦。我真的会被开除吗？”

“所以我说别瞎胡闹嘛。”

“我本来也不想的，但结果还是闯祸了。能不能别开除我呢？”

武右卫门不停地哀求着，声音都带有哭腔了。女主人和雪江躲在房门后面，哧哧地笑着。主人则像煞有介事地重复着那一句“也许吧”。真是太有意思了。

我一说有意思，也许有人要问：“哪里有意思了？”

这样问其实也情有可原。无论是人类还是动物，“认识自己”是一生中最重要的事。作为人类，只要能认清自己，那么就能得到猫儿的尊重。到那时，我会立刻停笔，不再写这种尖酸刻薄的消遣文字。

然而，正如人类看不见自己的鼻子有多高一样，他们很难认清自己到底是什么东西，所以才会对一贯蔑视的猫儿提出这种问题。人类虽然狂妄自大，其实非常愚蠢。人类以“万物之灵”自居，打着“万物之灵”的名号到处横行霸道，可却连这么一点小事都不能理解。而且还恬不知耻，满不在乎，实在是可笑之极。人类背负着“万物之灵”的名号，却到处叫嚷着：“我的鼻子在哪里？快告诉我，快告诉我。”既然如此，那么总该卸下“万物之灵”的名号吧？可他们却至死都不愿放手。面对如此明显的矛盾，人类却满不在乎，显得十分滑稽可笑。而这种滑稽可笑的代价，则是必须心甘情愿地做个傻瓜。

此刻，我之所以觉得武右卫门君、主人、女主人以及雪江有意思，并不只是因为外部事件冲突而产生了奇妙的效果，而是因为在事件冲突中，每个人的心里产生了各不相同的反应。

首先说主人吧，他对这一事件的态度是冷漠的。无论武右卫门君的父亲如何严厉、继母如何冷酷，主人都无动于衷。他没理由会被打动。反正，武右卫门被开除又不会导致自己被学校开除。如果是近千名学生全都被开除，做老师的也许会丢了饭碗；而武右卫门君区区一个学生嘛，无论其命运如何改变，几乎和主人的朝夕生活没有任何关系。既然关系淡薄，同情心自然也十分淡薄。为一个毫不相干的人而愁眉不展、痛哭流涕、长吁短叹——这绝不是一种自然倾向。人类绝不是如此富于同情心、如此懂得关怀体贴的动物。他们只是出于交际的目的而假装流泪、故作同情而已，就像生于世上需要履行的缴税义务一样。说白了，这是虚伪的表情，是费心劳神的艺术。擅于此道的人，被认为是“具有强烈的艺术良心之人”，在社会上很能混得开。因此，在社会上混得开的人，其实是最不可靠的了。只需试一下就立刻见分晓。在这方面，我家主人显然属于笨拙之人。因为笨拙，所以混不开。因为混不开，所以才能毫不掩饰地表现出内心的冷漠。从他对武右卫门君反复说“也许吧”，就能充分说明这一点。

请各位不要因为我家主人之冷漠而讨厌他这样的善人。冷漠是人类的本性。不掩饰这种本性的，才是诚实之人。如果各位希望我家主人别这么冷漠，那只能说你高估了人类。如今这社会，连诚实都快绝迹了，如果你还心怀奢望的话，那只能从马琴[1]的小说中请出志乃、小文吾[2]，让《八犬传》中的侠士们搬到左邻右舍来才有可能。否则就只能是不切实际的幻想。

关于主人，就暂且说到这里。下面谈谈在隔壁饭厅里偷笑的那两个女人吧。这两个女人，已经从主人的冷漠态度向前跨了一步，跳进了滑稽的领域，感到乐不可支。令武右卫门君大伤脑筋的情书事件，在她俩看来，却犹如佛陀福音一般令人欣喜。没有原因，只是感到欣喜。如果非要剖析一番的话，就是她们对武右卫门君的窘况感到欣喜。

各位不妨问一下周围的女人："当看到别人犯愁时，你会觉得很有趣、很好笑吗？"对方肯定会认为你是白痴，若不是白痴，则是故意用这种问题来侮辱淑女们的人格。侮辱其人格或许是事实，可她们看到别人犯愁而发笑也是事实。既然如此，就相当于说："现在我要做出侮辱自己人格的事了，但你们可不能说三道四哦。"同理，无异于声明说："我是小偷，但你们不能说我道德败坏。如果说我道德败坏，那就是往我脸上抹黑，就是侮辱我。"

女人是很聪明的。她们总是能言之成理：既然生而为人，就应该有心理准备——当被人践踏、踢打、咒骂、冷落时，应该做到安之若素。不仅如此，即便被人吐了一脸唾沫、被人泼了一身屎尿、被人大声嘲笑时，也应该欣然接受。若非如此，是不可能和这些所谓的聪明女人打交道的。

武右卫门老兄也是如此。他因为一时糊涂做错了事，此时正感到

---

1 曲亭马琴（1767—1848），江户后期的小说家。其代表作《南总里见八犬传》（简称《八犬传》）宣扬了"仁义礼智忠信孝悌"八种封建道德。

2 《八犬传》中的人物。

惶恐不安。当他听到有人在背后嘲笑自己时，也许会觉得对方很没礼貌吧。——如果他真的这么想，就说明他还比较幼稚，难免会被对方说：“看见别人稍不礼貌就生气，太小心眼了。”如果不愿意被扣上这样的帽子，最好还是老老实实地待着为妙。

最后，请允许我介绍一下武右卫门君的心态。他眼下非常担忧。正如拿破仑的大脑袋充满了功名野心一样，他的大脑袋则因为担忧而几乎炸裂。他的蒜头鼻子不时抖动着，就是因为担忧情绪传给了面部神经，所以才像反射作用一样进行着无意识的动作。他就像吞下了一颗大炮弹似的，肚子里塞着一团无法消除的硬疙瘩，让他最近两三天一直不知所措。在这痛苦不堪之时，他忽然冒出一个念头：既然没办法，不如去班主任家里求助吧。于是，他这才上门向自己平时讨厌的老师低头求情。

至于自己平时在学校里如何捉弄老师、如何唆使其他同学让老师出洋相，他则早就忘得一干二净了。他大概以为，无论自己如何捉弄老师、如何让老师出洋相，既然对方是班主任，就肯定会帮忙想办法的。这家伙真是太单纯了。所谓的“班主任”之职，其实并非出于我家主人自愿，而是受校长之命而不得不承担的。这东西就跟迷亭伯父的大礼帽差不多，徒有其名而已。既然只是虚名，自然就没任何作用。如果虚名能在关键时刻派上用场的话，那么雪江姑娘仅靠自己的漂亮名字就能相亲成功啦。

武右卫门君不仅自以为是，而且还高估了人类，以为别人都非得给他热心帮忙不可，而根本就没想到自己会遭到嘲笑。

武右卫门君这次来班主任家，必定会发现关于做人的真理。明白了这个真理，他将来才能成为真正的人。别人忧虑时，他也会以冷漠对待之；别人犯愁时，他也会大声嘲笑之。这样，未来的天下，将到处都充斥着武右卫门君，到处都充斥着金田君及金田夫人。

为了武右卫门君着想，我真心希望他尽早醒悟，成为一个真正的人。否则，无论他如何担忧，如何后悔，如何迫切地想改邪归正，都不可能像金田君那样获得成功。不，在不远的将来，他甚至会被社会从人类居住地驱逐出去呢，哪里还只是被学校开除这么简单。

我想得正起劲时，外面的格子门突然“哗啦”一下被推开了，大门后探出半边脸来。

“老师。”

主人正对着武右卫门君反复说他的“也许吧”，听到门口有人叫“老师”时，便转头看看是谁——从门后斜露出半边脸的那人，正是寒月君。主人没起身，只是说了句：“喂，进来吧。”

“来客人了呀？”寒月君仍然露出半边脸。

“没关系，进来吧。”

“其实，我是想来约您出去的。”

“去哪里？又是赤坂吗？那边就算了吧。上次走得我腿都快断啦。”

“今天不会的了。好久没出去了，不逛一逛吗？”

“到底去哪里呢？你还是先进来吧。”

“我想去上野动物园听听虎啸声。”

“那有什么意思？你还是先进来再说吧。”

寒月君大概也觉得这样隔空喊话很难沟通，于是就脱掉鞋子，慢吞吞走进屋里来。

他照例穿着那条臀部打着补丁的深灰色裤子。据他本人解释，打补丁并不是因为穿旧了，也不是因为臀部太重而磨破的，而是因为最近开始学骑自行车，局部摩擦得太多的缘故。

他向武右卫门君轻轻点头打了声招呼，然后就在靠近檐廊的地方坐下来。当然，他做梦也想不到，旁边的这位小伙子，竟然是给自己心目中的未婚妻写情书的情敌。

“听虎啸声有什么意思嘛。”

“嗯，现在这个钟点可不行。应该先到处逛一逛，等到晚上十一点时再去上野。”

“啊？”

“这样的话，公园里的古树会变得更加阴森恐怖。”

“也许吧。晚上确实比白天冷清一些。”

“我们就专挑树木茂密、大白天也没人的地方。这样走着走着，就会逐渐忘记自己身处红尘万丈的都市里，而产生一种误入深山的感觉。”

“产生这种感觉，然后呢？”

“产生这种感觉，然后伫立片刻，就能听到动物园里的虎啸声。”

“你想听它就会叫吗？”

“肯定会叫的。白天我在理科大学里都能听到，更何况深夜一片寂静、四顾无人、鬼气逼人、魑魅刺鼻之际……”

“这个‘魑魅刺鼻’是什么意思？”

“形容可怕的时候不是这么说的吗？”

“是吗？我怎么没听说过？然后呢？”

“然后，老虎就会以震落所有老杉树叶之势咆哮起来。可怕吧？”

“是挺可怕的。”

“怎么样，出去冒冒险吧？一定会很痛快的。虎啸声嘛，非得在半夜听不可，否则就不能算听过。”

“也许吧。”主人对于寒月君提议的冒险，就像对待武右卫门君的哀求一样冷漠。

在这当儿，武右卫门君一直默不作声，羡慕地听着寒月君讲虎啸声。可是，当他听到主人的一句“也许吧”时，不免又想到了自己的切身之事，于是又问道：“老师，我很担心。现在该怎么办呢？”

寒月君一脸诧异地看着这个大脑袋。

这时，我心思一动，想绕到饭厅去看看，就暂时失陪了。

饭厅里，女主人一边哧哧地笑着，一边往京都出产的廉价茶杯里斟满了粗茶，放在金属茶托上。

“雪江，麻烦你把这杯茶端出去吧。”

“我不去。”

“为什么？”女主人似乎有些吃惊，脸上的笑容戛然而止。

“不为什么。”雪江立刻装出若无其事的样子，垂下眼帘，把目光牢牢地盯在旁边的《读卖新闻》上。

女主人继续和她商量道：“哎哟，你这人真奇怪。给寒月先生端杯茶嘛，有什么关系呢？”

“反正我不去。”雪江的目光还是没有离开《读卖新闻》。这种时候，其实她是一个字也看不进去的。但如果被人揭穿说根本没在看的话，恐怕她又要哭鼻子了吧。

“这有什么可害羞的嘛？”女主人一边笑着，一边故意把茶杯推到《读卖新闻》上。

雪江说道：“哎呀，您真坏。”想把报纸从茶杯下抽走。这一下，却碰歪了茶托，茶水从报纸上淌下来，毫不客气地流进了榻榻米的缝隙里。

“你看看！”女主人责备道。

“哎呀，糟糕！”雪江说着就往厨房跑去，大概是去拿抹布吧。

这一幕滑稽戏，倒也挺有趣的。

寒月当然对此一无所知，仍然在客厅里东拉西扯。

“老师，这纸门好像重新糊过哩，是谁糊的呀？”

“女人糊的。糊得挺好吧？”

“嗯，手真巧啊。是经常来这里的那位年轻姑娘糊的吧？”

“嗯，她也帮了忙。那丫头还夸口说，能把纸门糊得这么好，该有资格出嫁了呢。”

“嘿，确实。”寒月君一边说着，一边端详起来，“这边倒还平整，不过右边的纸长了些，稍有点皱。”

“那个地方是一开始糊的，还没上手呢。”

“原来如此，怪不得技术稍差一些。这个表面属于‘超越曲线’，没法用普通函数表现出来的。”寒月不愧是个物理学家，净说些故作玄虚的话。

主人敷衍着说道：“也许吧。”

武右卫门君大概也明白：看这样子，再怎么哀求也无济于事了。于是终于断念，突然把那颗大脑袋磕到榻榻米上，默默地表示诀别之意。

主人问了句：“要回去了吗？”

武右卫门君悄然趿拉着木屐走出门去了。

真可怜。就这样弃之不顾的话，说不定他会留下一篇《岩头吟》，然后跳进华严瀑布[1]。究其根源，这是因金田小姐的时髦和高傲而引起的事件。万一武右卫门君死了，最好是变成怨鬼去向金田小姐索命。即使世界上少了一两个这样的女人，也不至于让男人们发愁吧。寒月君满可以再另找一位像样的姑娘。

“老师，那是您的学生？”

“嗯。”

“脑袋可真大。学习怎么样？”

“脑袋是大，学习却不怎么样，常常问一些刁钻的问题。上次还让我翻译‘哥伦布’这个名字，弄得我下不来台。”

“可能正是因为脑袋太大，所以才会问这种无聊的问题吧。老师，那您是怎么译的？”

“啊？唉，我就随便给他译了一个。”

1　1903年，夏目漱石的学生藤村操留下遗书《岩头之感》，然后跳入华严瀑布自杀。华严瀑布位于日本栃木县日光市。

“您还是译出来了呀，真厉害。”

“小孩子嘛，非得给他们译出来不可。不然，他们就不信任你啦。”

“老师，您居然也成政治家啦。不过，看他刚才的样子，整个人无精打采的，不像是来刁难您的呀。”

“今天他是碰上麻烦事啦。这个笨蛋！”

“怎么回事？看样子挺可怜的。到底是怎么回事呢？”

“唉，干了糊涂事呗。他给金田的女儿写了封情书。”

“啊？就这个大脑袋？现在的这些学生呀，真是不得了。太吓人了。”

“你可能也有点担心吧……”

“哪里，我根本就不担心，反而觉得挺有趣的。不管有多少人寄情书给她，我都不在乎。”

“你既然放心，那就无所谓……”

“当然无所谓。我从来就无所谓的。不过，那个大脑袋居然会写情书，真有点不敢相信。”

“这事其实是个玩笑而已。他们说那个姑娘又时髦又高傲，想捉弄她一下，所以就三个人合伙……”

“是三个人合伙给金田小姐写了封情书？真是天方夜谭呀。这岂不是和三个人同吃一份西餐一样？”

“不过，他们是有分工的。一个人写信，一个人送信，一个人署名。刚才那个小子就是负责署名的。最笨的就是他了。而且，据说他连金田女儿的面都没见过哩。真不知道他为什么会干出这种糊涂事来。”

“这封信可是近期难得一见的佳作了。不，简直是杰作呢。那样一个大脑袋，居然给女人写情书，真有意思！”

“造成误会了呀。”

"唉，造成误会也无所谓，对方是金田小姐嘛。"

"可是，她说不定会成为你的媳妇哟。"

"正因为'说不定'，所以无所谓。不就是金田小姐吗？无所谓啦。"

"就算你觉得无所谓，可人家……"

"唉，人家才无所谓呢。没事的。"

"那就行，先不管她了。却说这小子呀，事后突然觉得内疚，越想越害怕，所以才低声下气地来求我帮忙。"

"噢，怪不得那么垂头丧气呢，看来是个没胆子的小毛孩。老师，您肯定好好教训了他一顿吧？"

"他最担心的问题，是会不会被学校开除。"

"为什么会被开除呢？"

"他做了道德败坏的事呀。"

"哎呀，也算不上道德败坏吧。无所谓的。金田小姐肯定会觉得很光彩，到处跟人吹嘘呢。"

"不至于吧。"

"总之，太可怜啦。虽说做错了事，但让他这么干着急也不行呀，会毁掉这个小伙子的。这小子虽然长着大脑袋，不过相貌还不算太难看，那鼻子一抖一抖，还怪可爱的哩。"

"你怎么学得跟迷亭一样，净说些风凉话呢？"

"哎呀，这可是时代潮流哟。老师，您太传统啦，把所有事情都看得太认真了。"

"他这不是犯浑吗？为了搞恶作剧，竟然给不认识的人写情书，简直缺乏常识！"

"恶作剧一般都是缺乏常识的嘛。您还是救救他吧，这可是行善积德之事呀。看他那样子，随时可能去跳华严瀑布呢。"

"你说得也是。"

“救救他吧。有很多比他大的、应该更懂事的家伙，做了性质更恶劣的坏事，却装得跟没事人似的。如果要开除这个小孩的话，就应该把那些家伙统统赶出学校才行，否则就不公平。”

“你说得也对。”

“那还是去上野听听虎啸声吧？”

“老虎？”

“嗯，去听一下吧。对了，我有点事，必须在这两三天内回老家一趟，近期不能来陪您了。所以想着今天一定要约您散散步，这才过来的。”

“是吗？要回老家去？有什么事吗？”

“嗯，是有点事。先不管它，我们出去走走吧。”

“好，那就走吧。”

“走吧。今天晚饭我请客。晚饭后稍运动一下，然后去上野，时间刚刚好。”

在寒月君的频频邀约下，主人终于也同意了，两人便一起出门去。两人走后，女主人和雪江毫无顾忌地哈哈大笑起来。

第十一章

壁龛前面摆着围棋盘。棋盘两边，迷亭君与独仙君相对而坐。

“这棋不能白下，输的得请客。如何？”迷亭君叮嘱了一句。

独仙君照例捋着他的山羊胡子，说道：“如此一来，高雅的游戏就变得庸俗了。既设赌局，则胜负心太重，尤为无趣。只有将胜负置之度外，以白云出岫之悠闲心态对弈，才能体会到个中滋味。”

“你又来这一套了。和你这种仙风道骨之人对弈太费劲了。你简直就是《列仙传》[1]里冒出来的嘛。”

“我这是在抚弄无弦之素琴呀。”

“你莫非还要发无线之电报？”

“闲话少说，来一盘吧。”

“你执白吗？”

“黑白都无所谓。”

“果然不愧是仙人，真洒脱。你要是执白的话，那我自然只能执黑了。喂，你下吧。随你下哪儿都不怕。”

“按规则，是执黑先行哟。”

1 记述中国古代仙人的著作，相传为西汉刘向所撰。

“原来如此。那我就谦虚一些，按照定式从这儿下起吧。”

“定式可没有下在这里的。”

“没有又何妨？这是我新发明的定式。”

我见识不广，直到最近才开始领教围棋盘这种玩意儿。我越想越觉得这玩意儿特别荒谬——把原本就不大的四方形木板划分成密密麻麻的许多小方块，在上面乱七八糟地摆上黑白棋子，让人看得眼花缭乱。然后还要满头大汗地吵嚷着什么输赢死活之类的问题。棋盘面积顶多也就一尺见方，我用前脚扒拉一下就能搅它个稀里哗啦。正如古语所说：“聚拢结为草庵，分散复归原野。”这种儿戏纯属徒劳，倒不如袖手旁观更为惬意。

刚开始下的三四十手，棋子还不至于那么碍眼。可一到决定天下大势的时候，哎哟，那简直是没法看啦——白子和黑子紧紧地挤在一起，几乎要从棋盘上掉落出来。它们虽然挤得难受，却没法叫旁边的家伙让开，也无权命令前面的家伙退避，只能认命了，就那么一动不动地缩在原地，除此之外别无他法。

既然围棋是人类发明的，棋局自然体现了人类的嗜好。如此看来，这些棋子的窘迫命运，正好反映了人类的狭隘本性。如果能用棋子的命运推测人类本性的话，那我不得不断言：人类就喜欢把海阔天空的世界缩小，并用小刀划出自己的地盘，让自己无法向外迈出半步。一言以蔽之，人类就是自讨苦吃的动物。

一个是优哉游哉的迷亭君，一个是深谙禅机的独仙君，这两人今天心血来潮，从壁橱里翻出旧棋盘，开始了这场憋闷的儿戏。

这两位仁兄难得有机会对弈，开局时下得随心所欲，白子和黑子在棋盘上自由自在地飞来飞去。但棋盘空间是有限的，每下一手，横竖交叉点就被棋子占去一处。所以，无论他俩如何优哉游哉，如何深谙禅机，也渐渐开始认真起来。

“迷亭君，你怎么乱下呢，哪有人会把棋子放进这里的？”

"禅和尚可能没这个下法，可我这是本因坊[1]的棋路呀，能奈我何？"

"你下这里是死路一条哟。"

"'臣死且不辞，况彘肩乎？'[2]我就下这一手吧。"

"你下这一手，好。'熏风自南来，殿阁生微凉'[3]，我把这里连上就行了呀。"

"咦，你连上了呀，果然厉害。我还以为你不会连上呢。'且撞八幡钟。'[4]我下这一手，看你怎么办。"

"怎么办都行。'一剑倚天寒'[5]——嘿嘿，这么麻烦，干脆给你断开吧。"

"哎呀，糟啦糟啦！被你这么断开，不就死棋了吗？喂，这可不是闹着玩的，等一等！"

"我刚才不是说过了吗？这种地方不能进来的。"

"误入重地，得罪了。你先把这白子拿回去。"

"这一步也要悔棋？"

"还有，顺便把旁边那子也撤回去吧。"

"你太厚脸皮啦，喂！"

"噢，Do you see the boy[6]——唉，咱俩什么关系吗？别说这种见外的话嘛，快撤回去。现在可是生死关头呀，且慢且慢，看我麾下大将出场收拾你！"

---

1 日本四大围棋流派之首。

2 出自《史记·项羽本纪》，原文为"臣死且不辞，岂特卮酒乎"。

3 出自《唐诗纪事》柳公权所作诗句。

4 位于东京深川八幡宫里的大钟。在日语中，撞钟的"撞"和围棋术语"连"发音相近。

5 出自《会元续略》。蒙古来袭之际，无学禅师对北条时宗说："两头若截断，一剑倚天寒。"

6 这是当时中学英语读本中的常见例句。在日语中，"厚脸皮"（ずうずうしい）的发音与此英语例句发音相近。所以迷亭故意用来调侃。

“那我可不管。”

“你不管也行，反正先撤回去嘛。”

“你刚才已经悔了六次棋啦。”

“你记性真好。往后仍需加倍悔棋也。所以说让你先撤回这子嘛。你这人也太顽固了。你既然鼓捣什么坐禅，那就应该洒脱一点吧。”

“可要是不吃你这子的话，我可能就会输啦……”

“按你的一贯做派，不是输赢都无所谓吗？”

“我输了倒是无所谓，可我也不想让你赢呀。”

“你这悟道简直令人发指。还是那套什么‘春风影里斩电光’吧。”

“不是‘春风影里’，而是‘电光影里’哟。你说反了。”

“哈哈哈哈……我还以为你快到说错话的时候了呢，想不到还清醒着呀。唉，算了算了，那我就不悔了吧。”

“生死事大，无常迅速，何必悔之？”

“阿——门！”

迷亭先生在毫不相干的别处“啪”地下了一子。

壁龛前，迷亭和独仙为了一争胜负而拼命厮杀。在客厅入口处，寒月君和东风君并肩而坐，旁边是脸色蜡黄的主人。寒月君面前摆放着三条鲣鱼干，没有用纸包着，就那么光秃秃、齐刷刷地排列在榻榻米上，真是一大奇观。

这些鲣鱼干是从寒月君怀里掏出来的。刚掏出来时带着些体温，手触摸上去还有些暖乎乎的。主人和东风君好奇地注视着鲣鱼干。过了一会儿，寒月君开口说话了。

“其实我四天前就从老家回来了，为了处理各种杂事而到处跑，所以没能马上过来看您。”

“也不用这么着急嘛。”主人的语气一如往常地冷淡。

“虽然是不着急，但我想尽快把这土特产送给您，否则总是放心不下。”

“这不是鲣鱼干吗？”

“是的，是我老家的特产。”

“你说是特产，不过好像东京也有吧。”

主人把一条最大的拿到鼻子底下闻了闻。

“靠闻是分辨不出鲣鱼干好坏的。”

“是因为个儿大，所以才成为特产的吗？”

“您吃一下就知道了。”

“吃当然是要吃的。不过，这条鱼头上怎么缺了一块呢？”

“正因为担心这个，所以我才想尽快把这土特产送给您。”

“怎么回事？”

“怎么回事？这是被老鼠咬掉的呀。”

“那可有点危险喽，乱吃的话会得鼠疫的。”

“唉，没关系的。就咬了那么一点，不碍事。”

“到底是在哪儿被老鼠咬的？”

“在船上。”

“船上？怎么回事？”。

“因为没东西装，我就把鲣鱼干和小提琴一起放进袋子里。上船以后，当晚就着了老鼠的道儿。要只是鲣鱼干遭殃还好，可是连我那心爱的小提琴也被咬了一点儿，大概是被当成了鲣鱼干吧。”

“这老鼠也够粗心的。可能是因为久居船上，所以才变得真假不分了吧。”主人盯着鲣鱼干，说了句莫名其妙的话。

“怎么会？老鼠嘛，住在哪里都是一样粗心的吧。带回宿舍后还是可能被咬，太不安全了，所以我晚上干脆把它放进被窝里一起睡。”

“好像有点脏呀。”

“所以，您吃的时候要先洗一下。”

“洗一下恐怕洗不干净吧。”

“那就蘸些灰水，用力擦一擦就行了。”

“小提琴也是抱着一起睡吗？”

“小提琴太大了，没法抱着一起睡……”

寒月话音未落，在那边下棋的迷亭先生就大声地接过了话茬：

“什么？抱着小提琴睡觉？那可太风雅啦。有首俳句叫：‘春去也，怀抱琵琶分外沉。’不过那已经是古代的事了。而今，明治时期的才子如果不抱着小提琴睡觉，是不可能超越古人的哟。我也来一首：‘孤衾冷，长夜相守小提琴。’如何？东风君，你能来两句新体诗吗？”

东风君一本正经地说道：“新体诗和俳句不同，没法说来就来。可一旦写出来，则音韵美妙，更能触动灵魂。”

“是吗？我还以为灵魂非得烧麻秆才能请来呢[1]，原来用新体诗也能请来呀？”迷亭只顾着调侃，而把棋局晾在了一边。

“你再这么胡扯，可要输棋了哟。”主人提醒迷亭。

迷亭却若无其事地说道：“无论想赢还是想输，反正对方早就成了釜中之章鱼[2]，动弹不得啦。我闲得无聊，所以才陪你们聊一聊小提琴的。”

独仙的语气变得有些激昂：“现在轮到你下啦，我在等着呢。”

“咦，你已经下了呀？”

“当然下了，早就下了哟。”

“下在哪里了？”

“这里，白子斜飞。”

1　按日本民俗，盂兰盆节时会在家门口烧麻秆，以召唤死者灵魂归来。

2　原为“釜中之鱼”，即在锅里游着的鱼，比喻不能久活。迷亭故意改成了“釜中之章鱼”。

“噢。这招白子斜飞，那我岂不是要输了吗？既然这样，那我……那我……那我就走投无路啦，没招啦。你另下一手吧，随便下哪里都行。”

“哪有这样下棋的？”

“既然没有，那咱就这么下吧。——然后，我就在这角上这么拐一下？——寒月君，你那把小提琴太便宜了，所以老鼠才欺负它，咬它一口。不如你豁出钱来，再买把好一些的吧。要不要我从意大利给你订购一把三百年前的老古董来？”

“那就拜托了。付款也顺便拜托你好了。”

“这样的老家伙，还能用吗？”对小提琴完全外行的主人大喝一声，斥责迷亭。

“你大概是把老人和老琴混为一谈了吧。像金田这种老家伙现在还混得好好的，至于小提琴嘛，那更是越老越好哟。——喂，独仙君，你快下吧。正可谓：‘秋日苦短。’我可不是照搬庆政[1]的台词哟。”

“跟你这种急性子的家伙下棋可真痛苦。根本没工夫思考。唉，算了，我在这里做个眼吧。”

“哎呀，哎呀，让你活啦。真可惜！我还以为你不会下这一手呢，所以才费尽心机地和他们瞎聊了一番，结果让你给跑了。”

“当然。你那不是在下棋，是在瞎蒙。”

“我这是‘本因坊派’‘金田派’‘当代绅士派’的路数嘛。——喂，苦沙弥老兄，这位独仙君不愧是在镰仓禅寺吃过老咸菜的，果然不为所动呢。佩服，佩服。虽然棋下得不行，不过定力倒是不错。”

“所以，像你这么没定力的家伙，可得多学着点。”

1　歌舞伎《恋女房染分手纲》中的人物，在剧中说过“秋日苦短”的台词。

主人背对着他回答道。迷亭吐了一下鲜红的大舌头。独仙君却仿佛事不关己似的，只是催促迷亭："喂，轮到你下了。"

"你从什么时候开始学拉小提琴的呢？我也想学一下，不过听说挺难的。"东风君问寒月君。

"嗯，一般程度的话，谁都能学会的。"

"我还是有些信心的，毕竟诗歌和音乐都同属艺术，所以对诗歌感兴趣的人学音乐也会快一些吧。你觉得呢？"

"应该是这样。你学的话，肯定能拉好。"

"你是从什么时候开始学的呢？"

"从高中那会儿开始的。——老师，您听我讲过学拉小提琴的缘由吗？"

"没有，没听你讲过。"

"高中那会儿，是不是刚好有老师，所以你才开始学的？"

"哪有什么老师呀，我是自学的。"

"真是天才啊！"

"自学也不见得就是天才嘛。"寒月君冷冷地说道。被人夸为天才而如此冷淡的，恐怕只有这位寒月君了。

"这个无所谓。我倒想听你讲讲怎么自学的，也好做个参考。"

"可以呀。老师，那我就讲一讲？"

"嗯，你讲吧。"

"如今，经常能看见年轻人拎着小提琴盒在街上走过。可是在我读高中那会儿，几乎没有一个学生玩西方音乐的。尤其是我那所学校位于很偏僻的农村，那里甚至连麻布里子的草鞋都找不到。学校里的学生嘛，当然没有一个人会拉小提琴……"

"喂，独仙君，那边好像开始讲什么好玩的事了。这棋不如就下到这里？"

"还有两三处没下完呢。"

“没完就没完呗。零零星星的地方都奉送给你好了。”

“你这么说，我可不能要。”

“你太认真了，一点都不像个禅学家。算了，那就一气呵成地下完它吧。——寒月君，你说得挺有趣呀。——你说的就是那所高中吧，学生们都光着脚去上课的……”

“没有这种事。”

“我可是听说过，大家都光着脚进行军训操练，整天‘向右转’，磨得脚底的皮都变厚了。”

“哪有这事？你听谁说的？”

“你别管听谁说的。而且，我还听说每个人上学时都带一个大饭团来，像橙子那样挂在腰间，午饭就吃这个——那不叫吃，那叫啃！据说，饭团中间有一颗梅干。啃到梅干露出来时，就是午饭时最大的乐趣。尽管饭团寡淡无味，但大家都专心致志地啃呀啃呀，一直啃到梅干出现，真是干劲十足啊。独仙君，你最喜欢这样的故事了。”

“质朴刚健，精神可嘉。”

“还有更可嘉的呢。据说那地方没有烟灰筒[1]。我一个朋友去那里任职时，想外出买个带有‘吐月峰’商标的烟灰筒，结果别说‘吐月峰’了，就连烟灰筒也没见一个。他觉得很奇怪，一打听，别人满不在乎地告诉他：‘烟灰筒这种玩意儿，只要到后山竹林里去砍根竹子回来，谁都能做，根本用不着买呀。’这也是足以表现‘质朴刚健’的美谈吧？喂，独仙君。”

“嗯，别管它了，你这里还得填一个空眼呢。”

“好嘞。空眼，空眼，空眼……这样总算下完了吧。——寒月君，我听说了那里的情况，非常吃惊。在那种地方也能自学小提琴，我真得对你刮目相看了。《楚辞》有云：‘惸独而不群。’[2]寒月君简

1 与烟灰盆配套的、用来磕落烟灰的筒子。

2 出自屈原《抽思》：既惸独而不群兮，又无良媒在其侧。

直就是明治时期的屈原啊！”

“我可不愿做屈原。”

“那就做本世纪的维特[1]吧。——什么？把棋子拿起来数一数？你真是个一根筋的家伙。不数也知道肯定是我输了嘛。”

“不数的话，感觉没有了断……”

“那你就代劳了吧。我现在可顾不上数棋子呀。我得听听一代才子维特君学拉小提琴的逸事，否则就对不起祖先啦。失陪了。”

迷亭君说完就离开座位，蹭到寒月君那边去了。剩下独仙君在那里，一会儿拿白子填白空，一会儿拿黑子填黑空，嘴里不停地计算着。寒月君接着说道：

“那地方已经够糟糕的了，而我们老家过去上学的同学又非常古板，见到谁稍微柔弱一点的，他们就拼命打压，说什么：‘别在外地的同学面前丢脸。’真是吃不消啊。”

“你们老家的学生，真叫人无语。他们为什么老是穿那种藏青色的裙裤呢？别提有多怪异了。而且，大概是因为常年被海风吹的缘故吧，他们的皮肤都黑黝黝的。男的倒还无所谓，女的也这样就麻烦了。”迷亭君一加进来，原先的话题就跑得没边了。

“女的也是这么黑。”

“那还嫁得出去？”

“唉，那地儿所有的人都一样黑嘛，有什么办法。”

“这真是不幸啊。苦沙弥君，你说对吧？”

“黑黑的才好呢。那种脸色苍白的，每次照镜子都自我陶醉一番，最要不得。女人呀，是最麻烦的。”主人喟然长叹。

“可是，如果那地方所有人都是黑黝黝的，那会不会越黑的才越自我陶醉呢？”东风君这问题似乎颇有道理。

1　歌德的小说《少年维特的烦恼》的主人公。

“总之，女人完全是多余的东西。”主人说道。

“说这种话，会惹恼你太太的哟。”迷亭先生笑着提醒主人。

“怕什么？没事的。”

“太太不在家吧？”

“刚才带着孩子出去了。”

“怪不得这么安静呢。去哪儿啦？”

“我也不知道。她总是想去哪儿就去哪儿的。”

“然后想什么时候回来就什么时候回来？”

“嗯，没错。像你单身的话，多好啊。”

主人说完，东风君脸上流露出不以为然的神色。寒月君则一脸笑嘻嘻的。迷亭君说道：

“有老婆的人都是这么想的。——喂，独仙君，你也嫌老婆麻烦吧？”

“啊？等一等，四六二十四，二十五、二十六、二十七……看着挺小的一块，想不到竟然有四十六目呀。我以为赢得挺多的，一算起来，其实只差十八目呀。——你说什么来着？”

“我说，你也嫌老婆麻烦吧？”

“哈哈哈哈……也没什么麻烦的呀。我老婆本来就很爱我嘛。”

“算我失礼了。不愧是独仙君啊。”

“不只是独仙君，这样的例子多了去了。”寒月君为全天下的太太们辩护。

“我也赞同寒月君的观点。我是这么想的：人要达到完美的境界，只有两条路可以走——这两条路就是艺术和恋爱。夫妻之爱就是其中之一。所以，人必须要结婚，以获得这种圆满的幸福，否则就是违背天意。——先生，您意下如何？”说着，东风君向迷亭君转过身，一本正经地问道。

“高论！看来我是永远也不能达到完美的境界了。”

“娶了老婆，就更无法达到喽。”主人皱着眉头说道。

“总而言之，我们这些未婚青年，必须接触艺术之灵气，开拓积极向上的人生之路，否则就无法了解人生的意义。所以，我想先从学小提琴入手，刚才正聆听寒月君介绍学琴的经验呢。”

“没错，没错，我们正洗耳恭听维特君学琴的故事呢。请继续说吧，我不再打岔啦。”迷亭终于收起了锋芒。

“积极向上的人生之路，光凭小提琴是开拓不出来的。若能以游戏三昧的心态了解宇宙之真理，那还了得！欲了解此中真谛，还须有‘悬崖撒手，绝后再苏’[1]之气魄，否则是绝对不成的。”独仙君装模作样地对东风君进行了一番说教。

然而，东风君却是个连禅宗的“禅”字都不会写的家伙，所以根本就无动于衷，只是淡淡地说道：“嗯，也许是这样。不过，我还是认为艺术能够表现人类理想的极致，所以无论如何也不能放弃。”

“既然不能放弃，那么应你的要求，我就来讲讲自己学小提琴的故事吧。正如我刚才介绍过的情况那样，我在开始学拉琴之前费了很多周折。别的不说，光是买琴就够头疼了。”

“可不是吗？那地方连麻布里子的草鞋都找不到，又怎么会有小提琴卖呢？”

“不，有还是有的，钱我也早就攒够了，可就是不能买。”

“为什么呢？”

“那么小一块地方，我一买就会立刻被人发现的。一旦被发现，肯定会遭到大家攻击，说我故意显摆什么的。”

“自古以来，天才总会遭到迫害。”东风君深表同情。

“怎么又是‘天才’？请你别再把‘天才’的头衔放到我身上啦。就这样，我每天出去散步，从卖小提琴的店面前走过时，每次

1 出自禅宗语录《碧岩录》。

都在幻想着：‘要是能买下来就好了。’‘把它抱在怀里是什么感觉呢？’‘啊，真渴望拥有它呀。’简直无时无刻不这么想。”

“可以理解。”迷亭评论道。

“你这也太入迷了吧？”主人觉得难以理解。

“你果然是天才嘛。”东风君表示佩服。

只有独仙君超然物外地捻着胡须。

“各位也许会觉得奇怪，为什么那种地方会有小提琴卖呢？其实只要稍为想一想，就会知道这并不奇怪。为什么呢？因为当地有一所女子学校，女学生们每天上音乐课时都得拉小提琴，所以才有卖的。当然，没有好琴，只有些勉强可称为小提琴的东西。所以店里也不太重视，只是那么两三把一起挂在店门口卖。我每次散步经过店门前时，都隐约听到琴声——有时是风吹动的，有时是店里的小伙计触碰到了。我一听到这声音，就觉得心脏几欲破裂，焦躁难耐。”

“你病得不轻呀。疯癫又分很多种，有羊角风、牛角风、人角风……而你患的是‘小提琴疯’，真不愧是当代的维特啊。”迷亭嘲讽道。

“我倒是觉得，如果没有这么敏锐的感觉，是不可能成为真正的艺术家的。怎么看你都像天才啊。”东风君越来越感到佩服了。

“嗯，也许真的疯了吧。不过，那时听到的音色确实很奇妙。从那之后一直到今天，我拉过多年小提琴，但却从来没发出过那样美妙的声音。怎么形容它好呢？根本就没法形容嘛。”

“是琳琅铿锵的响声吗？”独仙君说了个生僻的词儿，可是谁也没理他。怪可怜的。

寒月又接下去说：“我每天从那家店门前经过，总共听过三次这样的奇妙之音。第三次时，我终于下定决心非把这琴买回来不可，即便因此被同乡谴责，被外地同学蔑视，被铁拳打得死去活来，甚至闹到要被学校开除，我也在所不惜，非买不可。”

“这正是天才呀。如果不是天才，又怎么会如此痴迷呢？真叫人羡慕啊！这一年来，我也一直想让自己产生如此强烈的感觉，但却未能如愿。去听音乐会时，我也尽可能用心聆听，可就是达不到痴迷的程度。”东风君无比羡慕地说道。

“还是不要痴迷为好。别看我现在若无其事，可当时那种痛苦却是无法想象的。——老师，后来我终于豁出去了，把它买了下来。”

“嗯，怎么买的呢？”

“那天恰巧是十一月天长节[1]的前一天晚上。我的同乡们全都出去泡温泉了，而且在外面过夜，没人在学校里。我假装生病，没去上课，自己钻进被窝里，盘算着今晚要去把盼望已久的小提琴弄到手。”

“你竟然假装生病、没去上课？”

“是的。”

“噢，果然有点像天才嘛。”这下，连迷亭君也甘拜下风了。

“我从被窝伸出头一看，离天黑还早呢，真难熬。无奈之下，我又蒙上了头，闭上眼睛等，但还是不行。又伸出头来，只见秋天的骄阳把整扇六尺拉门照得明晃晃的，令我十分气恼。上边有个细长的影子，不时在秋风中摇来摇去。”

“细长的影子？什么来的？”

“是挂在屋檐下的剥了皮的涩柿子。”

“嗯，然后呢？”

“我没办法，只得爬起来，打开门，走到檐廊外，摘下一个柿饼吃了。”

“好吃吗？”主人像个孩子似的问道。

“好吃得很。那地方的柿子呀，那种味道在东京是吃不到的。”

1 日本政府把天皇的诞辰称为天长节。

“别再说柿子啦。然后呢？”东风君问道。

“然后，我又钻进被窝，闭上眼睛，暗暗求神念佛，盼望快点天黑。约莫过了三四个钟头，我觉得这回天该黑了吧，伸出头来一看，不料秋天的骄阳仍然把整扇六尺拉门照得明晃晃的。上边有个细长的影子在摇来摇去……”

“这个说过啦。”

“因为发生了很多遍嘛。我只得爬起来，打开门，吃了一个柿饼。然后，我又钻进被窝，暗暗求神念佛，盼望快点天黑。”

“又回到原处了呀。”

“老师，请别急，听我往下说。然后我又在被窝里煎熬了三四个钟头，我想这回肯定天黑了，伸出头来一看，只见秋天的骄阳仍然照在六尺拉门上，上边有个细长的影子在摇来摇去……”

“怎么一直在原地打转呀？”

“于是我打开门，走到檐廊外，吃了一个柿饼……”

“又吃了一个柿饼？照这样下去，岂不是一直吃个没完了？”

“我也着急呀。”

“听众比你更着急呢。”

“老师您太性急了，弄得我不好往下讲，真难受呀。”

“听众也有点难受呢。”东风君也暗暗表示不满。

“既然各位都听得难受，那我就长话短说吧。总而言之，我是吃个柿饼就钻进被窝，然后又爬起来吃柿饼，最后终于把挂在屋檐下的柿饼全吃光了。”

“既然全吃光了，这回总该天黑了吧？”

“可还是不行。我吃完最后一个柿饼，心想这回肯定天黑了吧，伸出头来一看，只见秋天的骄阳仍然照在整扇六尺拉门上……”

“我实在听不下去啦。这么没完没了的。”

“连我自己也讲得不耐烦了呢。”

“如果我这么有耐心的话，无论干哪一行都能成功的。可我们要是不吭声的话，你就算讲到明天早上，恐怕还是秋天的骄阳明晃晃吧！你到底打算什么时候去买小提琴呀？”就连迷亭君也失去耐心了。

唯有独仙君还是泰然自若。哪怕秋天的骄阳一直照到明天早上，一直照到后天早上，他也不为所动。寒月君也从容不迫地继续往下说：

“您问我打算什么时候去买，其实我打算天一黑就马上出去买。可遗憾的是，每次伸出头来，却总是看见秋天的骄阳明晃晃地照着……唉，当时我的那种痛苦，绝不是各位现在的焦躁心情可以相比的。我吃完最后一个柿饼，看到天还没黑，不由急得哭了起来。东风君，我是真的很窝囊地哭了起来哟。”

“是呀，艺术家本来就是多愁善感的嘛。你哭了，我当然感到同情，不过还是希望你快点把故事讲下去。”东风君是个老实人，所以回答了这么一句认真而又滑稽的话。

“我当然也想尽快把故事讲下去，可是这太阳总不肯下山，我也没办法呀。”

“太阳总不下山，听众也难受，干脆就别讲了吧。”主人终于忍无可忍地说道。

“不讲就更难受啦，因为接下来就要渐入佳境了。”

“那好，我听，你就赶快让太阳下山吧。”

“虽然有点强人所难，但既然老师开口了，那我就妥协一下，就说太阳已经下山好了。”

“这下就皆大欢喜了。”独仙君一本正经地说着，大家都哈哈大笑起来。

“终于挨到晚上，我总算放下心来，长长地舒了一口气。于是就从鞍悬村的宿舍出发了。各位知道我向来讨厌嘈杂的地方，所以故意避开交通便利的市内，而是在人迹稀少的寒村农家暂设蜗居……”

主人抗议说：“‘人迹稀少’未免太夸张了吧。”

迷亭也表示不满：“‘蜗居’这个词也有点夸张。不如说成‘七八平方米、不带壁龛的小房间’，这样更写实而有趣。”

唯有东风君夸赞道：“事实如何无所谓，只要语言富有诗意就行。”

独仙君则一本正经地问道：“住在那种地方，每天去上学很麻烦吧。有几里路呢？”

“离学校只有四五百米远。本来学校就是在这个寒村里的……”

“这么说来，学生大都住在学校附近？”独仙不依不饶地问道。

“嗯，一般的农民家里都住了一两个学生。”

“那还能说是‘人迹稀少’吗？”独仙君给予了迎头一击。

“嗯，如果没有学校，确实是人迹稀少……话说，我那天晚上的着装，是件土布棉袍，外面还披了件带铜纽扣的制服外套，然后还把外套的帽子拉起来盖着脑袋，尽量不要被人认出来。当时正是柿子树落叶的时节，从我的住处走到南乡街道，一路上铺满了落叶。每走一步，脚下就沙沙作响，叫人提心吊胆的，以为后面有人在跟踪。我回头一看，只见东岭寺的那片树林黑魆魆地浮现在黑暗的夜色中。这东岭寺是松平家的菩提寺，位于庚辛山的山脚下，和我的住处只相隔百米，是一处颇为幽邃的梵刹。树林上方是无边无际的星空，银河从长濑川斜跨过去，一直流向……没错，一直流向夏威夷……”

“流向夏威夷？这也太离奇了吧。”迷亭君说道。

“我沿着南乡街道走了两百多米，从鹰台町进入市区，穿过古城町，从仙石町拐过去，经过食代町，依次走过了通町的第一巷、第二巷、第三巷，然后是尾张町、名古屋町、鯱鉾町、蒲鉾町……”

“用不着走这么多地方了。关键是你到底买了小提琴没有？”主人不耐烦地问道。

“那家乐器店名是‘金善’，老板名叫‘金子善兵卫’，路还远着呢。”

“别管远近了，快点买吧。”

“遵命。就这样，我来到金善店一看，只见屋里点着煤油灯，明晃晃的……”

“怎么又是明晃晃的？你这‘明晃晃’又没完没了的话，我可受不了喽。”这次迷亭预先拉起了警戒线。

“不，这次的‘明晃晃’只是一遍就完，请不必担心……透过灯影一看，那把小提琴微微反射着秋夜的灯光，圆润的琴身发出冷峭的光芒，紧绷的琴弦上有一两处闪耀着白色光亮，映入我的眼帘……”

“描述得真好。”东风君称赞道。

“就是它。就是这把小提琴。一想到这里，我的心怦怦直跳，两腿都站不稳了……”

“哼哼。”独仙君从鼻孔里发出了一声冷笑。

“我不由自主地跑进店里，从衣服内袋掏出钱包，从中抽出两张五元钞票……”

“终于买成啦？”主人问道。

“正要买的时候，我忽然转念一想：等等，这可不是闹着玩的，弄不好就会闯祸。唉，还是算了吧。在这千钧一发之际，我迟疑了。”

“怎么回事，还不赶快买吗？就一把小提琴嘛，何必这么吊人胃口呢？”

“不是吊人胃口，而是还不能买，有什么办法呢。”

“为什么？”

“为什么？因为那时刚刚天黑，路上还有很多人经过呢。”

“管他做什么呢？就算有两三百人经过又能怎么样？你这家伙真不像话。”主人气呼呼地说道。

“如果是不相干的人，我当然不管，哪怕来一两千人都无所谓。可是我看见学校里的学生正挽起袖子、拿着根大号的手杖走来走去呢，哪能随便出手？其中还有些号称‘沉淀党’的学生，他们在班上总是以成绩垫底为乐。这帮家伙学习不行，柔道却很厉害，所以我绝不能贸然出手。若被发现，还不知道会被他们怎么收拾呢。我虽然想买小提琴，但更想保住这条小命。与其拉琴而被打死，倒不如不拉琴而活下去更好吧。”

“这么说来，最后还是没买啦？”主人追问道。

“不，还是买了。”

“你这家伙磨磨蹭蹭的。要买就快买，不买就干脆别买，早点做个了断吧。”

“嘿嘿……世上不是所有事情都能随心所欲的呀。”寒月君说着，冷静地点上一支朝日牌香烟，开始吸了起来。

主人显然听得不耐烦了，突然站起身，走进书房里。随即拿了一本陈旧的外文书回到客厅，趴在榻榻米上读了起来。独仙君不知何时又回到壁龛前，独自一人摆起棋子，自己跟自己下起围棋来。本来挺有趣的故事，但因为拖得太久，听众就这么一个个地走掉了。只剩下了忠于艺术的东风君，还有对冗长之事无所畏惧的迷亭先生。

寒月君毫无顾忌地向世间喷出一口长长的烟，然后仍像刚才一样不紧不慢地继续往下说。

“东风君，当时我是这么想的。天刚黑的时候，没法出手。可是如果半夜再来，那么金善店就会关门了，也买不成。我必须瞅准时机，等学校里的学生全都散完步回去而金善店又还没关门的时候去买才行。否则，好端端的计划就要化为泡影了。可是要瞅准这么个时机却颇有难度。”

“确实挺难的。”

“我预测这个时间大概在十点钟。那么从现在到十点钟之间，我必须找个地方消磨一下时间。回趟家再出来太麻烦了；去朋友家聊聊天嘛，又觉得心神不定，没什么意思。无奈之下，我决定在这段相当长的时间里到市内散散步。可是，平时闲逛时两三个钟头很快就过去，而今晚的时间却偏偏过得很慢。——我这才深切体会到了‘一日三秋’的感觉。”寒月君看着迷亭先生，故意装出一副像煞有介事的样子。

“歌谣中不是说‘炉边等妹，心焦似火’吗？而且，俗话说：‘等人比被人等更痛苦。’那挂在店里的小提琴固然等得痛苦，可你像个毫无头绪的侦探在街上乱转，显然会更痛苦吧。简直是‘累累如丧家之犬’嘛。唉，再也没有比无处可去的狗更可怜的啦。”

“说我像狗就太过分了。我还从来没被人拿来跟狗相比呢。”

“听你这番话，我觉得就像在读古代艺术家的传记一样，深感同情。迷亭先生用狗做类比只是开玩笑罢了，请不必介意，继续往下讲吧。”东风君安慰道。当然，就算没人安慰，寒月君也会继续往下讲的。

“然后，我从徒町穿过百骑町，从两替町又走到鹰匠町，在县厅前面数有多少棵枯柳，在医院旁边数有多少个亮着灯的窗口，在绀屋桥上吸了两根烟，然后看了一下手表……”

“到十点钟了吗？”

“很遗憾，还没有到。——我走下绀屋桥，沿河向东走，遇到了三个盲人按摩师。然后，听到远处传来接二连三的狗叫声……”

“漫漫秋夜长，河畔闻犬吠——颇有戏剧性嘛，你扮演的是逃犯。”

“寒月君，你干了什么坏事吗？”

“他马上就要干啦。”

“可怜见的。如果买小提琴也算干坏事，那么音乐学校的学生就全都是罪人啦。”

“如果不被别人认可的话，就算你做了好事也是罪人。所以说，世上再也没有比罪人更冤枉的了。耶稣，就因为生在那个时代而成了罪人。美男子寒月君嘛，就因为要在那种穷乡僻壤买小提琴，所以成了罪人。”

“那我就委屈一下，当一回罪人吧。当罪人倒无所谓，可是老也到不了十点钟却让我发愁。”

“那就再数一遍地名呗。要是还嫌不够，可以再来几遍‘秋天的骄阳明晃晃’嘛。还不够的话，就再吃上三打柿饼呗。反正我们会奉陪到底的，你就随便胡扯，熬到十点钟吧。”

寒月君笑嘻嘻地说道：

“既然都被您抢先说了，我就没辙啦。那就往前跳一步，算到了十点钟吧。于是，在预定的十点钟，我来到金善店前。因为秋夜寒冷，白天很热闹的两替町这时已经行人稀少，就连远处传来的木屐声也颇有凄凉之感。金善店已经关上大门，只留有一个小门供人出入。我拉开小门走进去，感觉有些害怕，仿佛身后有狗跟着似的。”

这时，主人的视线稍离开他那本脏兮兮的书，问道：“喂，买下小提琴啦？”

“正要买呢。”东风君回答道。

“怎么还没买呀？真啰嗦。”主人自言自语似的说着，接着又读他的书去了。

独仙君默默地把黑白棋子摆满了大半个棋盘。

“我咬咬牙钻进店里，头巾也忘了摘掉，就说：‘我要买小提琴。’店里有四五个伙计正围坐在火盆边上聊天，这时都吓了一跳，一起抬头看着我。我下意识地用右手把头巾往前扯了扯，然后又说道：‘喂，我要买小提琴。’坐在最前面的那个小伙计盯着我的脸，含含糊糊地应了一声，然后就站起身来，把挂在店面的那三四把小提琴一起取了下来。我问：‘多少钱？’他说：‘五元二角。’……”

“喂，有这么便宜的小提琴吗？不会是玩具琴吧？”

“我问：‘这些琴都是一样价钱吗？’他说：‘嗯，都一样。每一把都做得很结实、很用心的。’于是我就从钱包里取出五元纸币和两角银币，然后用事先准备好的一大块包袱布把琴包了起来。其间，店里的几个伙计都没再说话，而是一直盯着我。我的脸被头巾遮住了大半边，应该不会被认出来，但我还是焦急不安，恨不得快点跑到街上去。我总算包好小提琴，并把它藏在外套下面，向店外走去。掌柜带着伙计们齐声喊道：'谢谢光顾！'我不由倒吸了一口冷气。来到大街上，我环顾四周，幸而没什么人。不过，在百米外的前方，有两三个人正一边吟诗一边向这边走来，那声音回荡在街道上。我暗暗叫苦，便从金善店的屋角向西拐过去，沿着城河来到药王师道，再从番树村来到庚申山脚下，最后总算回到了住处。回来一看，已经是半夜一点五十分了。"

东风君表示同情："你好像走了一整晚哩。"

迷亭君则长长地舒了一口气："总算完了。简直就像下了一盘'道中双六棋'嘛。"

"好戏还在后头呢，刚才只不过是序幕而已。"

"还有？这家伙可不得了。要论耐心的话，谁都比不过你呀。"

"耐心暂且不说，关键是如果就此打住的话，就等于画龙而忘了点睛。所以我还要再多讲几句。"

"你尽管说吧，我还是会捧场的。"

"苦沙弥老师，您也来听一听吧。小提琴可是已经买到手啦，喂，老师！"

"这回该轮到卖小提琴了吧？要是卖琴的话，不听也罢。"

"还没到卖琴呢。"

"那我就更不必听了。"

"唉，那多扫兴啊。东风君，只有你在认真听我讲呢。我讲起来也没什么劲啦。算了，还是随便讲完它吧。"

"别随便呀，你还是慢慢讲吧。有趣得很。"

"小提琴好不容易买到了，可现在最麻烦的是没地方放。我这里经常有人来玩，所以不能随便挂着或靠着，否则马上就会被人看见。

想要挖个坑埋起来嘛，又嫌挖出来时太麻烦。”

“可不是吗！那你是把它藏到阁楼去了？”东风君想得太简单了。

“农民家里哪有阁楼？”

“那就不好办了。你藏到哪里去了？”

“你猜我藏到哪里呢？”

“猜不出来，是套窗里吗？”

“不是。”

“是用被子裹着藏到壁橱里？”

“也不是。”

东风君和寒月君正在探究小提琴的藏身之处时，主人和迷亭也在不停地聊着什么。

“这里怎么念？”主人问迷亭。

“哪里？”

“这两行。”

“什么来的？Quid aliud est mulier nisi amiciti inimica……[1]这不是拉丁语吗？”

“我知道是拉丁语，我是问怎么念？”

“你不是常说你会拉丁语吗？”迷亭君见势不妙，便赶紧开溜。

“当然。会是会，不过这句是什么意思呢？”

“又说会，又问我什么意思，真是岂有此理。”

“别扯没用的，快给我翻译成英语。”

“什么叫‘快给我’，简直把我当成勤务兵啦。”

“管你是不是勤务兵呢，快译吧。”

“唉，先别管什么拉丁语了，还是先去聆听寒月君的高论吧。眼下正说到紧要关头呢。那把琴到底会不会暴露呢？现在到了千钧一发

1　出自英国作家托马斯·纳什（1567—1601）的《愚行之分析》，意为“所谓女人，难道不是友谊的敌人吗？”

的关键时刻。——喂，寒月君，接着说呀。”

迷亭君突然兴致大发地加入了小提琴阵营。主人则被悲惨地撂在了一边。寒月君顺势讲出了小提琴的藏身之处。

“我最后是把它藏在了一个藤织的旧衣箱里。这个衣箱是我离开家时祖母送给我的饯行之物。据说还是她出嫁时带过来的嫁妆呢。”

“那可真是老古董了，和小提琴未免有些不太般配。东风君，你觉得呢？”

“嗯，是不太般配。”

“你刚才说藏到阁楼上，同样也不般配呀。”寒月君反驳了一句。

“虽然不般配，却可写成俳句，你放心好了。‘秋意浓，藤箱深锁小提琴。’两位先生觉得如何？”

“迷亭先生今天诗兴大发呀。”

“岂止是今天？我肚子里可是随时装满了俳句。我在俳句上的造诣，就连已故的子规先生都咋舌惊叹的。”

“您和子规先生有过交往吗？”老实人东风君天真地问道。

“我们虽无交往，却一直通过无线电报肝胆相照哩。”迷亭君又开始胡说八道了。东风先生一时愣住了，沉默不语。寒月君笑嘻嘻地接着往下讲。

“就这样，总算找到个藏身之处。可是一旦拿出来又麻烦了。如果只是拿出来，背着别人偷偷欣赏一下倒也不难。可光是欣赏的话就没有意义了，关键要拉才行。可是一拉就会发出声音，一发出声音就会立刻暴露目标。而且，我那住处的南边还住着一位‘沉淀帮’的首领，彼此之间只隔着一道木槿篱笆，所以特别危险。”

“真麻烦啊。”东风君颇为同情地附和道。

“确实挺麻烦的。常言道：‘事实胜于雄辩。’小督局[1]就因为发

1 日本平安时代末期高仓天皇的宠姬。因遭权臣平清盛妒忌而躲在嵯峨野，源仲国奉旨将其迎入宫中。后被平清盛逮捕，削发为尼。其事迹可见于《平家物语》。

出琴声而被人抓住的嘛。如果是偷吃东西或私印假钞的话，还可以想办法蒙混过关，可这琴声却很难隐瞒过去的呀。”

“只要不发出声音就好办……”

“且慢，你说‘只要不发出声音就好办’，可有时候，不发出声音也照样会暴露的哟。以前，我们在小石川区的寺庙里一同搭伙吃饭时，有个叫铃木藤的家伙非常喜欢喝甜料酒，买回来之后就用啤酒瓶装着，一个人独自享用。有一天，阿藤外出散步时，苦沙弥君千不该万不该地偷喝了一点甜料酒……”

“我怎么会偷喝铃木的甜料酒？明明是你偷喝的好不好！”主人突然大声说道。

“咦，我以为你在看书听不见呢，原来在听呀。以后对你可得提防着点儿。‘眼观六路，耳听八方’说的就是你这种人呀。对了，经你这么一说，我确实也偷喝了。不过，最后只有你被抓住了哟。——你们两位听我说，苦沙弥先生本来是不能喝酒的，可他心想反正是别人的东西，就拼命喝。这下可糟啦，他整个脸红得呀，简直惨不忍睹……”

“闭嘴！你这连拉丁语都不会的家伙。”

“哈哈哈哈……阿藤回来后，拿起酒瓶摇了摇，发现少了一大半，就知道准是有人偷喝了。他抬头扫视四周，发现这位老兄呆呆地坐在角落里，活像个用红泥捏出来的泥人似的……”

迷亭君说到这里，三个人都哈哈大笑起来。就连主人也一边看书，一边哧哧地偷笑着。只有独仙君趴在棋盘上呼呼大睡，显然是自己跟自己下棋太拼命而累坏了。

“我再讲另一件不发出声音而照样会暴露的事儿。从前我去姥子温泉[1]的时候，曾经和一个老头儿合住一间房。那老头儿好像是东京一

1 位于日本神奈川县箱根的温泉。

家绸布店的老板，现已赋闲在家。当然，在旅馆合住，我才不管他是开绸布店还是开估衣铺的。可是后来碰到了一件麻烦事：到了姥子温泉的第三天，我的香烟就抽完了。想必各位也知道吧，那个姥子温泉只是山里的一栋房子，除了泡温泉和吃饭之外，别的什么都没有，很不方便。所以，香烟一抽完我就犯了愁。人往往是因为没有那样东西才更想要。我平时烟瘾并不大，可现在一想到香烟没有了，就立刻想弄根来抽。更可恶的是，那个老头儿进山来泡温泉，竟然还带上了满满一包袱的香烟。他在我面前盘腿而坐，把香烟一根一根地掏出来，一口一口地吸着，仿佛在故意逗引说：'你也想抽吧？'要是随便抽根烟那倒还可以容忍，可他后来竟然吐起烟圈来，竖着一个，横着一个，躺着一个，甚至像狮子出入山洞似的用鼻孔喷出一个——总之，他就是故意在'炫烟'……"

"'炫烟'是什么意思？"

"既然衣服之类叫'炫耀'，那么抽烟自然就是'炫烟'了呗。"

"噢。你既然憋得难受，为什么不向他要一根来抽呢？"

"我没要。我是男子汉嘛。"

"噢。向人要不行吗？"

"也许行，不过我没要。"

"那你怎么办？"

"我没要，我用偷的。"

"哎呀呀。"

"那老家伙拎着毛巾出去泡温泉了。我心想：要抽就得趁现在。于是就专心致志地连续吸了起来。啊，真过瘾啊。这时，房门忽然'哗啦啦'地打开了。我觉得奇怪，回头一看——香烟的主人回来了。"

"他没去泡温泉？"

"去了，不过半路上发现忘带钱包，就从走廊上折回来了。我又不会偷他的钱包，这不是明摆着怀疑我吗？”

“这可难说呀，看你偷吸香烟的手法这么娴熟。”

“哈哈哈哈……这老头儿还挺有眼力的嘛。钱包先不管，一打开房门，只见满屋子弥漫着烟雾，几乎能把人熏倒——我两天没过烟瘾了，今天有机会当然要狂抽一顿。俗语说：‘坏事传千里。’这事一下就败露了。”

“那老头儿说了什么吗？”

“老头儿毕竟是见过世面的人。他什么也没说，只是拿出五六十根香烟，用白纸包好，递给我说：‘恕我冒昧，这烟您要是不嫌弃的话，就请随便抽吧。’说完就又出去泡温泉了。”

“这就是所谓的‘江户气质’吧。”

“谁知道是‘江户气质’还是‘绸布店气质’呢。反正从那之后，我和老头儿就变得肝胆相照了。我在那里逗留了两个星期，玩得特别尽兴。”

“那两个星期，你就一直抽那老头儿的烟？”

“嗯，算是吧。”

“小提琴讲完了吧？”主人这时才合上书本，站起身来，表示投降归顺之意。

“还没有，接下来正好要讲到精彩之处呢。您来得正好，一起听听看吧。对了，在棋盘上睡大觉的那位先生——叫什么来着？噢，对了，独仙先生——希望独仙先生也一起听听。睡这么多可对身体有害哟。该把他叫起来了吧。”

“喂，独仙君，快起来，快起来！这边正讲有趣的事哩。快起来！睡这么多可对身体有害哟。你太太该担心啦。”

“噢。”独仙君抬起头。一条长长的口涎顺着他的山羊胡子流了下来，就像蜗牛爬过的痕迹一样闪闪发亮。

“啊，真困。正所谓‘山上白云似我懒’。啊，睡得真香。”

“大家都看出来了。不过，也该起来了吧。”

“起来也行。你们在讲什么有趣的事？”

“接下来，终于讲到要把小提琴——喂，苦沙弥君，你猜要把小提琴怎么着？”

“要怎么着，我可是猜不出来。”

“这回终于要拉小提琴了。”

“这回终于要拉小提琴了，你快过来，一起听听吧。”

“还在讲小提琴？真要命。”

“你这家伙是弹无弦之素琴的，怎么会要命呢？人家寒月君嘛，一拉小提琴就嘎吱作响，被隔壁邻居听到，那才是真要命呢。”

“是吗？寒月君莫非没掌握不让邻居听见的拉法？”

“我是没掌握。如果有这种拉法的话，还想请教。”

“不必请教我。只需看‘露地白牛’[1]，自然就会明白。”独仙说了句莫名其妙的话。

寒月君心想：恐怕他是睡糊涂了才这样胡言乱语。所以决定不搭理他，顾自往下说。

“我终于想出了一个办法。第二天正好是天长节，我从一大早就待在屋里，一会儿打开藤箱的盖儿，一会儿又合上，整天都在忐忑不安之中度过。终于等到太阳下山，藤箱底下的蟋蟀开始鸣叫了。这时，我才咬咬牙把小提琴和琴弓拿了出来。”

东风君说道：“终于拿出来啦。”

迷亭君则提醒说：“轻举妄动太危险了。”

“我首先拿起琴弓，从头到尾检查了一遍。”

“你又不是个鳖脚刀匠，何必如此？”迷亭挖苦道。

“实际上，我把这当成了自己的灵魂。这么一想，顿时感觉自己

1　出自禅宗语录《碧岩录》：净裸裸赤洒洒露地白牛，眼卓朔耳卓朔金毛狮子。表示不受任何烦恼玷污的清净境界。

像一位武士，在长夜灯影下，从刀鞘里猛地拔出锋利的宝刀，有一种别样的心情。我手里拿着琴弓，浑身颤抖。”

东风君说道：“简直是天才！”

迷亭君紧接着说道：“简直是疯子！”

主人催促道：“赶快拉吧。”

独仙君则摆出一副无奈的表情。

“谢天谢地，琴弓没什么问题。然后我又把小提琴拿到煤油灯前，把正面和反面都检查一遍。前后大概用了五分钟。请各位想象一下，其间那藤箱底下的蟋蟀一直在鸣叫着。”

“想象的事包在我们身上，你还是安心拉你的琴吧。”

“还没开始拉哩。——幸亏小提琴没有任何瑕疵。我这才放下心，然后猛地站起身来……”

“你要去哪儿呢？”

“唉，请稍微安静些，听我讲。如果每句话都这么打岔，我就没法讲下去啦……”

“喂，各位别出声，嘘——”

“就你老在打岔呀。”

“噢，是吗？失礼了。洗耳恭听！”

“我把小提琴夹在腋下，趿拉着草鞋走出草庐。刚走两三步，我却突然停了下来……”

“你看，又来了，我早就知道你会中途停电的。”

“各位先生老是这么乱打岔，实在令人遗憾。我只得以东风君一个人为对象继续往下说啦。——东风君，我走出两三步又返回屋里，把离开故乡时用三元二角钱买来的红毛毯披在头上，然后一口气吹灭了灯。周围一片漆黑，这下我又找不到草鞋在哪里啦。”

“你到底要去哪儿呢？”

“别急，听我说嘛。我总算找到草鞋，走到屋外一看，满天星星，满地柿子树的落叶，头上披着红毛毯，腋下抱着小提琴。我一路向右走，爬上缓坡，来到庚申山时，突然东岭寺传来‘当——’的钟声，透过毛毯，穿过耳鼓，回荡在我的脑袋里。东风君，你知道那是几点钟吗？”

“不知道。”

“九点钟啦。在这漫长的秋夜里，我将孤身一人沿着八百米山路走到一个叫大平的地方。我一向胆小，自己夜行山路肯定会非常害怕，但不可思议的是，当我专注于某件事时，就会忘掉所有的恐惧。我的内心被‘想拉小提琴’的念头占满了。大平位于庚申山的南侧，是个视野绝佳的地方，天气晴朗的日子爬上去，就能从赤松林的间隙把街市尽收眼底。对了，它的面积足有三百多平方米，其中有一块十来平方米的巨岩。北边与鹈沼池相邻，池边尽是些三人合抱的大樟树。因为是在深山里，所以只住着一户采樟脑的人家。池塘附近即便在大白天也有点阴森恐怖。幸亏工兵们为了训练而开凿了一条山路，所以一路往上爬也并不费劲。好不容易来到巨岩上，我铺开毛毯，坐在上面。在如此寒冷的夜晚爬上来，这还是第一次。坐在巨岩上稍微平静下来之后，四周的凄凉气氛开始逐渐浸透到我体内。在这种环境下，只有恐惧感能够扰乱人心。只要消除这种恐惧感，剩下的就全是皎洁凛冽的空灵之气啦。我在那里茫然呆坐了二十分钟，感觉就像自己孤身一人住在水晶宫里似的。同时还感觉到，我的身体——不，不只是身体，还有我的内心、我的灵魂，都像是用琼脂做成似的，变得晶莹剔透。我渐渐分不清楚，是我住在水晶宫里，还是我肚子里有个水晶宫？……”

迷亭君一本正经地嘲笑道：“真是越说越玄乎啦。”

独仙君紧接着说道：“这境界还挺有意思的嘛。”看样子似乎颇为羡慕。

寒月君说道：“如果这种状态一直持续下去，我很可能连琴也忘了拉，而是就这么在巨岩上茫然呆坐到第二天清早……”

“莫非那地方经常有狐妖出没？”东风君问道。

“就这样，当我已经达到物我两忘、生死莫辨的境界时，突然从身后的古池那边传来‘嘎——’的一声……”

“终于要现身喽。”

“那声音引起阵阵回响，和疾风一起横扫过满山秋叶。这时，我才突然回过神来……”

“吓死我了。”迷亭君抚摸着胸口，表示这才放下心来。

“正所谓：大死一番乾坤新。”独仙君给寒月君递了个眼色。但寒月君却并未领会。

“我回过神来，环顾四周。庚申山一片寂静，连个雨点大的声音都没有。我心想：咦，刚才那是什么声音呢？要说是人声，似乎太尖了；要说是鸟声，又太响了；要说是猴子的声音嘛——可是这一带没有猴子呀。那是什么呢？是什么呢？——当我头脑中出现这个疑问时，就试图进行解释。于是，刚才寂静无声的各种念头突然全冒了出来，在我的头脑中乱转……纷然，杂然，糅然，就像狂热地欢迎康诺德[1]殿下的首都民众一样。我全身的毛孔突然一下张开了，就像往毛茸茸的小腿喷上烧酒一样，所有号称勇气、胆量、理智、沉着的客人全都被蒸发掉了。我的心脏在肋骨下跳起了‘捏鼻子舞’[2]，两条腿像风筝嘶鸣似的开始抖动起来。我受不了啦。于是就用毛毯蒙着头，把小提琴夹在腋下，踉踉跄跄地从巨岩跳下来，沿着八百米山路一直跑到山脚下。回到住处后，就钻进被窝睡着了。东风君，我至今回想起来还心有余悸呢。”

“后来呢？”

1　康诺德（1850—1942）：英国贵族，1906年到日本时，在东京受到了热烈欢迎。

2　流行于明治初期的一种滑稽舞蹈，其中有个舞蹈动作是捏着鼻子假装要往地下摔，因此而得名。

“没有后来了。”

“没有拉小提琴吗？”

“我想拉也拉不成呀。被那‘嘎——’的一声吓跑啦。要换作你，你也拉不成的。”

“你这故事，感觉不太过瘾啊。”

“感觉归感觉，事实就是这样哟。各位先生，怎么样？”寒月君环顾左右，得意洋洋。

“哈哈哈哈……真精彩。能讲成这样，大概经过了一番苦心构思吧。我还以为男子汉桑德拉·贝罗尼[1]会出现在东方君子之国，所以才这么认认真真地聆听呢。”

迷亭君以为会有人问桑德拉·贝罗尼是谁，结果却根本没人问。于是只得主动进行说明：“桑德拉·贝罗尼在月下弹着竖琴，在森林里唱着意大利歌曲，这和你抱着小提琴到庚申山有异曲同工之妙。可惜的是，他弹琴使月中嫦娥惊叹，而你却被古池里的狐妖吓跑了。关键时刻，出现了滑稽和崇高的巨大差异。太遗憾啦。”

“我并不觉得太遗憾。”寒月君竟满不在乎。

“就因为你想赶时髦，非得跑到山上去拉小提琴，结果却被吓跑了。”主人的评语颇为刻薄。

“好汉非要向鬼窟里讨生活，真可惜！”独仙君叹息道。

凡是独仙君所说的话，寒月君一句都没听懂。其实也不止寒月君，恐怕谁都没听懂吧。

“这事就说到这儿吧。寒月君，你最近还一直去学校磨玻璃球吗？”过了一会儿，迷亭先生换了个话题。

“不，我最近回了一趟老家，所以暂时停止了。对于磨玻璃球，我也已经厌倦了。老实说，我想干脆放弃得了。”

---

1 英国小说家。

主人皱起眉头说道：“可是，你不磨玻璃球的话当不了博士呀。”

寒月君本人却显得格外轻松：“博士嘛，嘿嘿……不当也无所谓啦。”

“可是，这样结婚就得延期，双方都受影响呀。”

“结婚？谁结婚？”

“你呀。”

“我和谁结婚？”

“和金田家的女儿呀。”

“呵呵。”

“呵呵？不是已经定了吗？”

“哪有定呀。那都是对方到处乱说的。”

“真是岂有此理。喂，迷亭，上次那件事你也知道吧？”

“那件事？你指的是‘鼻子事件’吧？那件事不止你和我知道，那早就是公开的秘密，全天下都知道啦。《万朝报》还跑到我这里来打听，问说什么时候有幸刊登新郎新娘的照片呢。东风君早在三个月前就已经写好了一篇题为《鸳鸯歌》的长诗，在等着呢。东风君还担心寒月君迟迟当不上博士，这样自己这篇精心佳作可就白费啦。东风君，我说得没错吧？”

“我倒没怎么担心。反正，我是打算把这篇热情洋溢的作品公之于众的。”

“你看，你是否能当上博士这事牵扯到各方面哟。再加把劲，好好磨玻璃球吧！”

“嘿嘿嘿嘿……让各位费心了，对不起。我用不着当博士啦。”

“为什么？”

“还为什么呢，我明明已经有老婆了呀。”

“哎哟，你真行！什么时候偷偷结婚啦？看来这世道真是人心叵测呀。苦沙弥君，你听到了吧，寒月君说他已经有老婆孩子了哟。”

“孩子还没有哩。我才结婚不到一个月就生出孩子来，那可不像话啦。”

“你究竟什么时候、在什么地方结婚的？”主人像预审法官似的询问道。

“时间嘛，就是这次回老家呀。家里早就准备好等我回去了。今天我给您带来的鲣鱼干，就是亲戚送的结婚贺礼。”

“就送三条鲣鱼干，太抠门啦。”

“哪里，人家送了很多的。不过我只带了三条过来。”

“新娘子也是你老家那里的人啦？也是长得黑黝黝的吗？”

“嗯，黑黝黝的，和我很般配。”

“那么，金田那边，你打算怎么办呢？”

“不用怎么办。”

“从情理上好像说不过去吧。迷亭，你说呢？”

“没什么说不过去的。金田小姐嫁给别人也一样嘛。所谓夫妻呀，其实就像是摸黑配对而已。双方本来不是一对的，你还非让他们配成一对，那岂不是白费力气吗？既然白费力气，那么谁和谁配到一起都无所谓的。最令人同情的，其实是辛辛苦苦写地了《鸳鸯歌》的东风君呀。”

“怎么会？我可以按具体情况把《鸳鸯歌》改为祝贺寒月君的。金田家办婚礼的时候，我再另作一篇就是了。”

“真不愧是诗人，想怎么写就怎么写。”

“你和金田那边打过招呼了吗？”主人还在担心金田的事。

“没有，没必要打招呼。我都没向对方提过亲，没说过请他把女儿嫁给我，也没说过愿意娶她。所以不用打什么招呼的。——唉，哪里还用说什么呢？现在，人家早就派出十几二十个侦探，把事情打听得清清楚楚的啦。”

主人一听到“侦探”这个字眼，立刻皱起眉头说道：“嗯，那就不打招呼了吧。”说完，似乎觉得还不解气，于是又针对“侦探”问题大发了一番议论：“趁人不注意而偷人家钱包的，叫扒手；趁人不注意而读取人心的，叫侦探。趁人没防备而卸下人家的防雨板进去偷东西，叫窃贼；趁人没防备而套出别人的话、揣摩别人的心思，叫侦探。把匕首插在榻榻米上进行恐吓、索要钱财，叫强盗；用恐吓的话语强迫别人听从，这是侦探。所以说，侦探和扒手、窃贼、强盗是一路货色，是臭不可闻的家伙。一味听从侦探的话，就会助长其恶习，所以一定不能向他们妥协。”

“怕什么？就是拉出一两千名臭不可闻的侦探队伍来袭击我，我也不怕。我可是专门磨玻璃球的专家、理学学士水岛寒月哟。”

“哎哟，真叫我刮目相看嘛！不愧是新婚学士，劲头十足啊！不过，苦沙弥君，你说侦探和扒手、窃贼、强盗属于同类，那么指使这些侦探的金田君之流又跟什么属于同类呢？”

“大概是熊坂长范[1]之流吧。”

“是熊坂长范倒也不怕。谣曲中不是唱过‘一个长范，一刀两断’吗？可住在对面街角的那个放高利贷起家的‘长范’，却是个无恶不作、贪得无厌的家伙，怎么也死不了哩。要是被那样的家伙缠上了，那可就倒霉喽。一辈子都够受的。寒月君，你可得小心啊。”

“怕什么？没事的。正如戏文所唱：‘大胆盗贼，既知俺的本领，还敢前来送命？’要是来了，就狠狠地教训他一顿。”寒月君泰然自若地引用了一段宝生流[2]，显得豪气十足。

“提到侦探，二十世纪的人好像大多具有成为侦探的倾向，这是为什么呢？”独仙君果然不同凡响，提出了一个与话题无关的超然物外的问题。

“可能是因为物价太高吧。”寒月君回答道。

1 日本平安末期传说中的盗贼。

2 日本能乐的一个流派。

“可能是因为缺乏艺术品位吧。”东风君回答道。

“这是因为人类头上长出了文明的犄角，一个个都像金米糖[1]似的焦躁不安吧。”迷亭君回答道。

下一个轮到主人了。主人装腔作势地阐述道：“关于这个问题，我也经常思考。按我的看法，现代人的侦探倾向，完全是因为自我意识过于强烈的缘故。我所说的‘自我意识’，不同于独仙君所说的‘见性成佛’‘天人合一’之类的东西。”

“哎哟，你怎么也会故弄玄虚了呀。苦沙弥君，既然你都大发议论了，那么迷亭我当然也要不揣冒昧地抨击一下现代文明喽。”

“你尽管说呗。不过，谅你也没什么可说的。”

“还真有可说的。可说的多了去呢。就拿你来说，上次你对警察敬若神明，可今天又把侦探比作扒手、窃贼，这岂不是自相矛盾吗？而我这个人嘛，从‘父母未生以前’[2]直到今天都始终如一，不曾改变过自己的主张。”

“警察是警察，侦探是侦探。上次是上次，今天是今天。不曾改变过自己的主张，则说明你没有任何长进。所谓‘下愚不移’[3]，说的就是你呀……”

“你这话太损啦。侦探如果也能这样光明正大地进攻，那倒是挺可爱的。”

“你说我是侦探？”

“我的意思是说，正因为你不是侦探，所以为人才这么诚实正直嘛。不要争吵，不要争吵。请继续说，让我聆听你的高论吧。”

“现代人的所谓自我意识，就是过于清楚地认识到：自己和他人之间存在着截然分明的利益鸿沟。而这种自我意识又随着文明发展而变

1　一种外形像星星的小糖果粒，表面有细小疙瘩，形似小角。

2　出自禅语“父母未生以前之本来面目为何”。

3　出自《论语·阳货》：唯上智与下愚不移。意为只有最聪明和最愚蠢的人才不改变。

得日益敏锐。到最后，连举手投足都变得很不自然。有个叫亨利[1]的人是这样批评史蒂文森的：‘他是个每时每刻都忘不了自己的家伙，以至于每次走进挂着镜子的房间、每次经过镜子前面时，都非要照一下镜子不可，否则就会觉得浑身难受。’其实，用这句话来描述如今的趋势也是相当中肯的。无论是在睡梦中还是清醒时，这个‘自我’时时刻刻缠绕着我们，使我们的言行举止变得矫揉造作、小里小气。结果，自己变得束手束脚，社会变得憋闷不堪。从早到晚，我们都不得不生活在一种类似于青年男女相亲时的紧张氛围中。什么‘悠然’，什么‘从容’，都成了徒有其形而毫无实义的词语。从这一点来说，现代人具有‘侦探化’‘小偷化’的倾向。干侦探这一行的，需要掩人耳目而使自己获利，所以自我意识难免会日益增强；而小偷嘛，则整天担心自己会不会被发现、会不会被抓住，所以自我意识也难免会不断增强。现代人无论是在睡梦中还是清醒时，都在计算着利益得失，所以自我意识必定和侦探、小偷一样变得越来越强烈。一天二十四小时，总是慌慌张张、鬼鬼祟祟，在踏入坟墓之前没有一刻安宁——这就是现代人的心态，这就是文明的魔咒。简直是荒谬之极。”

“这个解释果然有点意思。”独仙君开口说道。

一谈到这种问题，独仙君当然是不甘人后的。

“苦沙弥君之论深得我心。古人倡导‘忘我’，今人倡导‘勿忘我’，正是截然相反。一天二十四小时都充满了自我意识，所以一天二十四小时都没有一刻安宁，时刻身处于焦灼地狱里。若论天下何为良药，则没有比‘忘我’更灵验的了。‘三更月下入无我’[2]就是吟咏这种最高境界的。现代人即便是好心行善，也往往过于刻意，并非出于自然。例如，英国人所标榜的绅士行为里，其实也存在着强烈的自

1　威廉·埃内斯特·亨利（1849—1903），英国诗人、剧作家、评论家。

2　出自宋代禅僧释广闻的诗句“路不赍粮笑复歌，三更月下入无何”。小说中将“何”字改成了“我”字，或以此强调“无我”之意。

我意识。据说，英国王子到印度游玩时，曾和印度王族一同进餐。那个王族一时疏忽，当着英国王子的面，按本国习惯用手抓起马铃薯放到自己盘子里。当他意识到失礼时，羞愧得满脸通红。英国王子却装作没看见，而且自己也用两根手指夹起马铃薯放到盘子里……”

“这就是英国人的绅士气质吗？”寒月问道。

“我还听过这么个故事。”主人接过话茬，“也是英国的。在某个军营里，连队的许多军官宴请一位下士。用餐后，盛着洗手水的玻璃盆被端了上来。可是，那个下士不熟悉宴会规矩，竟然端起玻璃盆把里面的水一饮而尽。连队长见状，突然说道：‘为下士的健康干杯！’也把洗手碗里的水一饮而尽。在座的其他军官也都争先恐后地举起水杯，为下士的健康干杯。”

“还有这么个故事哩。”一向不甘沉默的迷亭说道，“卡莱尔[1]是个不熟悉宫廷礼仪的怪人。第一次谒见女王时，嘴里打着招呼，然后就一屁股坐到了椅子上。站在女王身后的许多侍从和女官都在偷笑——不，是强忍着没敢笑。这时，女王转过身去做了个手势，那些侍从和女官就全都坐下了，这样才没有让卡莱尔丢面子。如此体贴，可谓是煞费苦心。”

“卡莱尔这种人嘛，即使让大家全都站着，他也不在乎的吧。”寒月插了一句简短的评论。

“自我意识用在体贴别人上，倒也挺好。”独仙继续说道，“自我意识越强烈，体贴别人的时候就越是煞费苦心，未免有些可怜。很多人认为：随着社会文明的进步，杀伐之气逐渐消失，人与人之间的关系也会变得更加温和。其实这是大错特错的。自我意识如此强烈，怎么可能温和呢？表面上虽然看似平静而相安无事，其实彼此之间的关系非常紧张，就像相扑手在赛场上互相抱住不动一样。在旁人看

1　卡莱尔（1795—1881），英国的评论家、历史学家。

来，似乎风平浪静；而在他们内心，却是惊涛骇浪。”

“打架也一样。从前是用蛮力制服对方，所以反而很单纯；而如今却需要取巧，所以自我意识也会越来越强烈吧。”轮到迷亭先生开口了，“培根说过：‘只有顺从自然，才能驾驭自然。’如今的打架手法正好符合培根所言，真是不可思议。这个很像柔术，会考虑如何利用对方的力量来击倒对方……”

“也很像水力发电——不是与水力对抗，而是把它转变为电力，充分利用它……”

寒月君话没说完，独仙君就立刻接过话茬：“正所谓：贫时受缚于贫；富时受缚于富；忧时受缚于忧；喜时受缚于喜。才子为才而死；智者要因智而败。像苦沙弥君这种爱发脾气的家伙，只要敌人利用爱发脾气这一点激怒他，他就会立刻冲出来，中了敌人的圈套……”

“哎哟喂！”迷亭拍手叫道。

苦沙弥君苦笑着说道：“我可不会这么容易上当哟。”

大家一齐哈哈大笑起来。

“对了，那像金田那样的家伙，会是怎么个死法呢？”

“他老婆死于大鼻子，他自己死于黑心肠，他手下的喽啰死于跑腿告密吧。”

“那他的女儿呢？”

“他的女儿？我没见过，不好说。大概是死于吃喝玩乐、穿衣打扮之类吧，反正总不至于为爱情而死的。说不定会像《卒塔婆小町》[1]里的小野小町那样死在路上呢！”

“这话说得太恶毒啦。”东风君提出了异议，他毕竟曾为金田小姐献过诗嘛。

1　日本古典谣曲之一。小野小町是平安时期的和歌诗人，以美貌而闻名。

“所以，有句话说得好：‘应无所住而生其心。’[1]如果达不到这种境界，人就会痛苦不堪。”独仙喃喃自语地说着自己的感悟。

“你别神气得太早。像你这样的，说不定会栽倒在‘电光影里’呢！”

“总之，社会要是按这种趋势发展下去，我都不想活了。”主人来了这么一句。

“不必客气，尽管去死就是啦。”迷亭君一语道破。

“可我更不想死呀。”主人简直是在耍赖。

“可见，每个人都是出生时草率，死时担忧啊。”寒月君说了句冷酷的格言。

“这和借钱是一样的道理。借的时候随随便便就借了，可到要还的时候却感到担忧。”在这种时候，只有迷亭能立刻做出回应。

“不为还钱而担忧的人是幸福的。同理，不为死而担忧的人也是幸福的。”独仙君的话总是那么超凡脱俗。

“照你这么说，就是厚脸皮的家伙才是大彻大悟之人吧。”

“没错。禅语有云：‘铁牛面，铁牛心；牛铁面，牛铁心。’”

“你就是此中之榜样吧。”

“那倒不见得。不过，人们是在发现神经衰弱这种病之后，才开始为死而感到担忧的。”

“原来如此。像你这种人，怎么看都是神经衰弱时代以前的臣民。”

迷亭与独仙一唱一和地说个没完。而主人则喋喋不休地向寒月与东风倾诉自己对现代文明的不满。

“怎样才能借钱而不还，这是一个问题。”

“这不成问题吧，借了东西是一定要还的呀。”

1　出自《金刚经》，意为抛弃对世俗物质的执着心，而产生空灵自然之真心。

“唉，这是从理论上来说嘛。你先别插嘴，好好听着。怎样才能借钱不还，这是一个问题；同样，怎样才能长生不死，也是一个问题——其实很久以前就有人研究这个问题了，比如说炼丹术。所有炼丹术都失败了。人们清楚地认识到，人是非死不可的。”

“还没有炼丹术的时候就已经很清楚了呀。”

“唉，这是从理论上来说嘛。你先别插嘴，好好听着。在清楚地认识到人非死不可之后，就出现了第二个问题。”

“噢？”

“既然一定要死，那怎么个死法才好呢？——这就是第二个问题。随着这个问题的出现，自杀俱乐部也应运而生了。”

“有道理。”

“死是痛苦的，但如果死不成则会更痛苦。对于神经衰弱的人来说，活着比死要痛苦得多。所以，人们经常为死而感到担忧。之所以感到担忧，并不是因为怕死，而是想找到一种最好的死法。不过，一般人因为缺乏智慧，往往在顺其自然的过程中就已经被社会折磨致死。但也有些特立独行之人，他们不甘心被社会一点点地折磨至死，所以一定会研究各种各样的死法，而最终也一定会鼓捣出崭新的名堂。所以，今后世界的发展趋势，一定是自杀者越来越多，而且会以各种独创的方法离开这个世界。”

“那就会越来越不安宁喽。”

“肯定会变成这样的。有个叫阿瑟·琼斯[1]的人写了个剧本，里面有个整天鼓吹自杀的哲学家……”

“他自杀了吗？”

“很遗憾，他并没有自杀。不过，从今往后再过个一千年的话，大家都一定会实行自杀的。而再过一万年以后，一说到死，除了自杀

1 阿瑟·琼斯（1851—1929），英国剧作家。

就想不到别的方法啦。”

“真可怕啊。”

“肯定会变成这样的。到那时，关于自杀的研究已经硕果累累，变成一门正儿八经的科学。在像落云馆那样的中学里，‘伦理课’也将会被‘自杀课’取而代之。”

“真有意思，我也想去旁听一下哩。迷亭先生，您听到苦沙弥先生的这番高论了吗？”

“听到啦。到时，落云馆的伦理课老师就会这么说：‘各位，对于‘公德’这种野蛮的遗风，我们不可一直墨守成规。作为世界青年，各位首先应该重视的义务就是自杀。而且，根据‘己之所好，可施于人’[1]的古训，还可将自杀进一步拓展为他杀。尤其是像我们学校对面那个穷书生珍野苦沙弥先生，他显然活得很痛苦。所以各位的义务就是刻不容缓地把他杀掉。当然，现在已经是文明开化的时代了，和从前不可同日而语，所以不可再使用刀枪或飞镖等卑鄙的工具，而只能运用冷嘲热讽这项高雅的技术把他杀死。这既是对他本人的恩惠，也是各位的荣誉……’”

“这种课果然有意思啊。”

“还有更有意思的呢。在现代社会，警察的首要任务是保护人民的生命财产；可到那时，警察就会手执棍棒到处溜达，像扑杀野狗一样地扑杀天下公民……”

“为什么呀？”

“还用问为什么？现在，人的生命很可贵，所以才需要警察保护；而到那时，人活着是一种痛苦，警察出于慈悲之念，所以才要把你打死。当然，稍微聪明一些的家伙大都已经自杀了。而死于警察棍棒下的家伙，要么是窝囊废，要么是没有自杀能力的白痴或残疾人。

1 这是迷亭根据“己所不欲，勿施于人”的格言（《论语·颜渊》）而杜撰的。

所以，需要警察代劳的人就在门口贴张纸条。很简单呀，只需写上：‘希望被杀的男人一名’或‘希望被杀的女人一名’即可。警察刚好巡逻到这里时，就会立刻按你的要求妥善处理。你问尸体怎么办？尸体也是由警察用车拉走。还有别的更有意思的事……”

“先生一开起玩笑来，可真是没完没了啊。”东风君非常佩服地说道。

独仙君照例捻着他的山羊胡子，慢吞吞地开口说道：

“你说是玩笑也可以，说是预言也可以。如果你只是对真理一知半解的话，往往就会被眼前的表面现象所蒙蔽，将梦幻泡影当成永恒的真实。一旦碰到有人稍微说些与众不同的话，就会以为人家在开玩笑。”

“正可谓‘燕雀焉知大鹏之志哉’！[1]”寒月君深感佩服。

独仙君也流露出赞同的神色，接着说道：“从前西班牙有个叫科尔多瓦的地方……”

“现在也还有吧？”

“也许吧。先别管现在还有没有，反正那个地方有个习俗：每天傍晚，只要寺院里的钟声一响起，每家每户的女人都会跑出来，到河里游泳……”

“冬天也游吗？”

“这就不清楚啦。反正，她们是无论贵贱老少，全都跳进河里。当然，男人们是不能一起下水的，只能远远地看着。从远处看过去，只见暮色苍茫的水波上，雪白的肌肤隐约闪动着……”

“真是诗意盎然啊，可以写成新体诗。那地方叫什么来着？”东风君一听到“裸体”，就往前凑了过来。

“科尔多瓦。当地的小伙子呀，既不能和女人一起游泳，从远处

1　出自司马迁《史记·陈涉世家》，原文为“燕雀安知鸿鹄之志哉”。

又看不清楚，觉得心有不甘，于是就搞了个恶作剧……”

“咦，想出了什么名堂呢？”迷亭君一听说恶作剧就非常兴奋。

“他们买通了寺院里的敲钟人，让他提前一个小时敲响本该在日落时敲的钟。女人大多见识浅薄，一听到钟响就纷纷跑到河边，脱剩内衣内裤，然后扑通扑通地跳进水里。然而，今天却和平时不一样——太阳迟迟没落山。”

“莫非又是‘秋天的骄阳明晃晃’？”

“她们往桥上一看，只见有许多男的正站在那儿大饱眼福呢。她们虽然害臊，却又无可奈何，一个个羞得满脸通红……”

“后来呢？”

“后来嘛，就得出一个教训：人往往会被眼前的习惯所蒙蔽，而忘掉了本质的东西。所以必须多加留意。”

“确实是个很好的教训。我也来讲一个被眼前习惯蒙蔽的故事吧。最近我在杂志上看到一篇讲骗子的小说。假设主人公是我。我开了一家书画古玩店，店面摆着名家书画以及名人用具。当然，这些都不是赝品，而是真正的上等货。因为是上等货，价格当然都很贵。这天来了一位颇有雅兴的顾客，问说：‘这幅元信[1]的画要多少钱？’我说：‘标价六百，那就是六百元嘛。’那顾客说道：‘我倒是想买，不过手头没这么多钱。很遗憾，还是不买了吧。’”

“顾客真的会这么说吗？”主人照例是那么较真。

迷亭满不在乎地说道：“唉，这是小说嘛。你就当他这么说吧。然后我就说：‘钱没关系，您要喜欢的话就拿走吧。’那顾客觉得这样也不妥，正在犹豫时，我爽快地说道：‘这样吧，您就按月分期付款好了。每个月付一点、期间长一些都无所谓，细水长流嘛，欢迎您以后经常惠顾。不，您不必客气。那就每个月付十元如何？要不然，

1　狩野元信（1476—1559），日本室町时代后期画家，“狩野派”画风的集大成者。

每个月付五元也行。’接着，我和那顾客又商量了几句之后，最后把狩野元信的画卖给了他——价格六百元，按每月付十元的方式。”

“你这简直就跟卖《大英百科全书》一样嘛。”[1]

“《大英百科全书》很可靠，而我却不太可靠哟。现在我就要讲到如何巧妙地骗钱啦，好好听着。每月十元，要多久才能还清这六百元？寒月君！”

“当然是五年吧。”

“当然是五年。五年时间，你觉得是长还是短呢？独仙君！”

“一念万年，万年一念。说长也长，说短也短。”

“啥玩意儿？是暗含佛理的和歌吗？简直是故弄玄虚。就这样，在这五年间，每个月付十元，也就是说，对方总共付六十次就清账了。然而，习惯是非常可怕的——连续六十次每月付款之后，到第六十一次还想继续，到第六十二次、第六十三次还想继续……随着次数逐渐增多，每次一到那天就觉得非得付十元钱不可。人看似聪明，但却有个要命的弱点——往往会迷失在习惯里，而忘记了本质的东西。我就是利用这个弱点每月赚到十元钱的。”

“哈哈哈哈……总不至于健忘成这样吧？”寒月君笑道。

主人却一本正经地说道：“不，这种事情太常见了。我每个月偿还上大学的贷款时，并没有数，只是到期就还，结果直到被学校拒收才知道已经还清了。”主人似乎以为每个人都会干出这样的丑事。

“你们看，眼前就有个活生生的例子嘛。所以，听了我刚才那番‘未来文明论’而大加嘲笑的家伙，正是这种蒙昧之人——明明只须付六十次就清账，却理所当然似的付一辈子。尤其是像寒月君、东风君你们这些缺乏经验的年轻人，一定要记住我说的话，千万别上当受骗。”

“我明白了。按月付款只付六十次就好。”

1　在当时的日本，《大英百科全书》是以按月分期付款的方式出售的。

“哎呀，迷亭君的话看似开玩笑，其实很有参考作用哟。寒月君！”独仙君对寒月君说道，“比如说，刚才苦沙弥君和迷亭君认为你瞒着金田家跟人结婚这事不妥，建议你去赔礼道歉。那你打算去吗？”

“赔礼道歉嘛，还是免了吧。要是对方向我道歉那倒另当别论。反正我是不会去的。”

“如果是警察命令你去道歉呢？”

“照样不去。”

“如果是大臣或华族命令你呢？”

“那就更加免谈啦。”

“你们看，过去和现在的人竟然变化这么大。过去的时代，只要官府出面，什么事都能办成；后来的时代，即使官府出面，也有些事情办不成；而如今的时代呢，无论你是殿下还是阁下，都不可能再过度地压制个人的人格了——说得严重一些，对方权力越大，受压制的一方就越反感，越想要反抗。所以，如今出现了一个和过去截然相反的新现象：正因为官府出面，所以反而办不成。如今这个时代，有很多现象和道理是过去的人无法想象的。世态人情之变迁，确实不可思议。所以，迷亭君刚才所说的‘未来文明论’，你要当作笑话也可以，但要是理解为对未来情况的预测，那也是意味深长的啊。”

“既然遇到知己，那我就非得把这个‘未来文明论’继续讲下去了。正如独仙君之高见，在如今这个时代，想倚仗官府的权势、或想靠着两三百杆竹枪而横行霸道的家伙，那一定是落后于时代的老顽固，而且还非要坐着轿子和火车比快慢。——对于这种无知的人，对于放高利贷的长范先生[1]，我们只需默默地冷眼旁观即可。——我的‘未来文明论’并非着眼于当前的小问题，而是探讨关于整个人类命

1 指金田先生，此处将其比作日本平安末期传说中的盗贼熊坂长范。

运的社会现象。仔细审视当下文明的倾向，预测遥远未来的趋势，会发现：结婚将变成不可能之事。各位不必惊慌。结婚将变成不可能，理由如下：如我刚才所说，当今是注重个性的时代。过去，主人代表一家，郡守代表一郡，领主代表一个诸侯国。除了代表者之外，其他人毫无人格可言，即使有也不被认可。现在，形势突然为之一变，所有的生存者都开始提倡个性，无论见到谁，都似乎要强调说：你是你，我是我，我们彼此不同。两个人在路上擦肩而过时，则会在心里互相斗气：你是人，我也是人，有什么了不起的？于是，个人就这样变得强大起来。其实，个人在平等地变强的同时，也意味着个人在平等地变弱。因为，从别人很难伤害自己这点来说，确实是变强了；可要是从自己不能随便干涉别人这点来说，又确实比过去变弱了。无论是谁，变强了则自鸣得意，变弱了则心有不甘。所以，一方面坚守强大之处，不让别人侵犯自己的一根毫毛；同时又要加强自己的弱小之处，想着哪怕能侵犯别人的半根毫毛也好。这样一来，人与人之间的空间就没有了，生存状态将变得越来越憋屈。每个人都想尽量扩张自己，以至于变得鼓胀欲裂，痛苦不堪。因为活得痛苦，所以用尽各种方法寻求个人与个人之间的空隙。人类陷入这种困境，可谓是自作自受。为了缓解这种痛苦，首先想到的第一个方案就是父子分居。你们不妨到日本的山村里去看看——一户人家全都住在一个屋檐下，没什么个性可言，即使有也没人会去故意标榜，这样大家就能相安无事。而文明人却不一样，即便是父子之间也要尽可能地伸张自我，否则就会吃亏。所以，为了保证双方的安全，不得不分开居住。欧洲的文明比较发达，所以比日本更早实行这一制度。即便偶尔有父子居住在一起的，儿子向父亲借钱也得算利息，而且还得像外人一样交房租。正因为父亲承认并尊重儿子的个性，所以才形成了这种良好的风气。这种风气迟早也会传入日本。亲戚早已疏远，父子今日分离，这样才能让一直以来被压抑的个性得到发展。而随着个性发展，尊重个性的观念也将无限增强。所以，如果还不分开的话，就会感觉很不畅快。然而，如今父子兄弟都已经分开，已经无可再分了，所以只得拿出最后的方案——夫妻分居。按现代人的想法，总以为在一起生活的才叫夫妻。这种想法是大错特错的。要在一起生活的话，就必须具有适合在一起生活的个性。要放在过去，这根本不成问题，正所谓'异体同心'——表面上看是夫妻两个人，而实际上却等于一个人。正因为这样，所以才宣称什么'偕老同穴'，连死后也要变成一丘之貉。太野蛮了。如今，这样再也行不通了。因为，丈夫始终是丈夫，而妻子也始终是妻子。如今的妻子，是曾经穿着灯笼裙裤[1]去上过学的，在学校里培养出强烈的个性，然后又梳着西式发髻嫁过来，当然不会对丈夫唯唯诺诺了。要是真有对丈夫唯唯诺诺的妻子，那就不是妻子，而成木偶啦。越是贤妻，则个性越强烈。个性越强烈，则越跟丈夫合不来。既然合不来，自然要发生冲突。所以，只要是所谓'贤妻'，就难免和丈夫一天到晚吵架。娶个'贤妻'固然不错，可越是'贤妻'，就会使双方越痛苦。双方之间像油和水那样有一道界限分明的隔阂。如果能就此保持稳定和平衡，那倒也罢了。可水和油却总是互相施压，闹得整个家里沸反盈天，简直像发生大地震似的。于是，人类总算逐渐明白：夫妻住在一起，对彼此都没有好处……"

"所以夫妻就要分居吗？真叫人担心。"寒月君说道。

"嗯，肯定要分居的。天下所有的夫妻都要分居。过去，住在一起的才叫夫妻；今后嘛，住在一起的，反而会被大家认为是没有夫妻名分的那种关系呢。"

"这么说来，像我这种人也要被划入'没有名分'的一类去喽。"寒月故意在这危险的话题上说了句肉麻话。

"出生在明治盛世是幸运的。我既然能阐述'未来文明论'，我

1　起源于江户时期下级武士所穿的无裆裙裤。进入明治时期后，成为男女学生的常穿服装。

的意识当然要比时代超前一两步，所以才提早实行独身生活的哟。有些人大呼小叫地说是失恋导致独身，可见这些目光短浅之人实在是太可怜了。这个就不多说了，我还是继续讲我的‘未来文明论’吧。到那时，会有个哲学家从天而降，阐明前所未闻的真理。其理论曰：人是具有个性的动物，消灭个性就无异于消灭人类。为了实现人类的意义，无论付出任何代价也必须保持并发展个性。囿于陋习而迫不得已地结婚，是违反人类自然趋势的野蛮风俗。在个性不发达的蒙昧时代倒也罢了，可是在文明开化的今天仍然深陷其害，恬然而不知反省，就实在是谬误之极了。在文明开化高度发达的当今时代，具有不同个性的两个人，是不可能超出普通程度而亲密地结合在一起的。尽管原因显而易见，可那些没受过教育的青年男女却因一时冲动而贸然举行婚礼，这实在是违背人伦道德之所为。为了维护人伦道德，为了维护社会文明，为了保护他们这些青年男女的个性，我们必须竭尽全力地抵制这种野蛮风俗……”

“迷亭先生，我完全反对这个观点。”这时，东风君用手掌“啪”地拍了一下膝盖，毅然说道，“我认为，世上再也没有比爱和美更尊贵的东西了。我们能得到慰藉、完善自身、获得幸福，完全是拜此二者所赐。我们能保持高尚的情操、高洁的品性、纯净的同情心，也完全是拜此二者所赐。因此，无论我们生于什么时代、什么地方，都绝不能忘掉这两样东西。这两样东西出现于现实世界里——爱，则表现为夫妻关系；美，则分为诗歌和音乐等形式。所以我认为，只要人类存在于地球上，那么夫妻关系和艺术就绝不会消亡。”

“要是不消亡就好了。可是，正如刚才那位哲学家所说，肯定会消亡的。没办法，还是死了这条心吧。你说什么？艺术？艺术也和夫妻关系一样，难逃同一命运。所谓个性发展，就意味着个性的自由，对吧？而所谓个性的自由，则意味着‘我是我，别人是别人’，对吧？可这种艺术根本就不可能存在呀。艺术之所以繁荣，是因为艺术家和受众之间存在着一致的个性。无论你如何标榜自己是个新体诗诗人，无论你如何努力，如果没人对你的诗感兴趣，那么很遗憾，你的新体诗就只能留着自己慢慢欣赏啦。就算你再多写出几篇《鸳鸯歌》来也无济于事。幸亏你是生在今天这个明治时代，所以人人爱读你的诗……”

“哪里，没这么受欢迎啦。”

“既然现在都没这么受欢迎，那么在文明高度发达的未来——也就是说，到那位大哲学家跳出来提倡‘非结婚论’的时候，就更没人会读你的诗啦。当然，这倒不是因为你写得不好，而是因为每个人都有各自不同的个性，所以对别人写的诗歌文章根本不感兴趣。事实上，现在的英国就明显出现了这种倾向——在当今英国小说家里最具有鲜明个性的作品就能看出来。不信你看看梅瑞狄斯[1]，看看詹姆斯[2]，他们的读者都非常少。这是理所当然的。那种作品，非得具有那种个性的人读起来才会觉得有意思。这确实是无可奈何的事。这种倾向逐渐发展下去，到婚姻被视为不道德行为的时候，艺术也将完全灭亡。难道不是这样吗？到那时，你写的东西我看不懂，我写的东西你看不懂，那么你我之间还有什么狗屁艺术可言呢？”

“话虽如此，可我的直觉却觉得不太可能。”

“你的‘直觉’说不可能，而我的‘弯觉’却说一定是这样。”

“按我的弯觉嘛，”这时独仙君开口了，“可以肯定的是，人的个性越自由，相互之间的关系就越紧张。尼采之所以提出‘超人’理论，正是因为无法消除这种紧张感，无奈之下，才以这种哲学的形式表现出来。乍一看，这好像是他的理想，其实不是理想，而是不满。在个性发展的十九世纪，他紧张兮兮，甚至因为顾忌旁人而无法安睡。于是这位老兄就自暴自弃地乱写一通。读他写的东西，与其说

1 梅瑞狄斯（1828—1909），英国小说家、诗人。

2 亨利·詹姆斯（1843—1916），美国小说家，晚年加入英国国籍。

痛快淋漓，倒不如说感到有几分怜悯。他的呼号，并不是勇往直前之声，而是怨恨激愤之声。这也不难理解。要是在古时候，大师一出现，天下人就会纷纷投奔而来，令其心下大快。既然在现实中已经足够畅快，那又何必像尼采那样借纸笔之力在著作中进行宣泄呢？所以，无论《荷马史诗》还是《切维狩猎记》[1]，虽然同样描写超人性格，但却感觉与尼采截然不同，格调昂扬乐观，写得很畅快。现实中的畅快转化为纸上的文字，自然不会有苦涩之味。而到了尼采的时代，情况却大不一样，没有出现一位英雄，即使出现也没人尊其为英雄。古时候只有一个孔子，所以地位崇高；而今有好几个孔子，甚至全天下的人都是孔子，所以即便你夸口说'我就是孔子'也缺乏威慑力。缺乏威慑力，自己难免会心生不满。因为不满，所以只能通过笔墨在书中大谈超人之论。我们渴求自由并获得了自由。然而，获得自由的结果，却是感觉到不自由，这令我们困惑不已。因此，西方文明虽然貌似合理，归根到底却行不通。相反，东方自古以来注重内心修炼，这条路子才是正确的。走着瞧吧，个性发展一定会导致大家都患上神经衰弱，一发而不可收拾。到那时，才能发现'王者之民荡荡然'[2]这句话的价值，才能领悟到'无为而化'[3]这句话不容小觑。然而，等到领悟时却已经太迟，已经无可救药了。这就像患上酒精中毒之后才后悔说：'唉，早知道当初不喝酒就好了。'"

"各位先生的理论似乎都具有厌世倾向嘛。不过，说来奇怪，我听了这种种理论，却没什么感觉。这是怎么回事呢？"寒月君说道。

"因为你刚娶了媳妇呗。"迷亭君立刻解释道。

这时，主人突然开口说道："如果娶了媳妇就以为女人是好东西，那就大错特错了。我给你念一段有趣的文章，供你参考吧。你好

1 英国最古老的民谣之一。

2 出自《论语·泰伯》。

3 出自《老子》。

好听着。”他拿起先前从书房里拿出来的那本旧书，接着说道：“这是一本古书。可见，从那时起人们就已经明白女人的坏处了。”

“真有点吓人哩。这是什么时候的书呀？”寒月君问道。

“作者叫托马斯·纳什[1]，十六世纪的著作。”

“这就更吓人了。莫非那时候就已经有人说我老婆的坏话了吗？”

“书里说了关于女人的很多坏话，肯定也适用于你太太吧。还是听听为好。”

“嗯，我听着呢。这下可以一饱耳福啦。”

“书上写着，应该先介绍一下自古以来各位贤者的女性观。怎么样，在听着吗？”

“大家都在听着呢。就连我这个光棍也在听着呢。”

“亚里士多德曰：‘既然女人都是无赖，那么娶妻时应舍大取小。因为小无赖比大无赖的害处小一些……’”

“寒月君，你的太太是大的还是小的呢？”

“是属于大无赖哟。”

“哈哈哈哈，这本书真有趣。快往下念吧！”

“有人问：‘何为最大之奇迹？’贤者答曰：‘贞妇……’”

“这位贤者是谁呀？”

“书上没写名字。”

“肯定是一位被女人甩了的贤者吧。”

“下一位出场的是第欧根尼[2]。有人问：‘应在何时娶妻为好？’第欧根尼答曰：‘青年尚早，老年已迟。’”

“这位老兄是泡在酒桶里想出来的吧。”

1　托马斯·纳什（1567—1601）：英国作家。后文的女性观出自其著作《愚行之分析》。

2　第欧根尼（约公元前410—前323），古希腊哲学家，被认为是犬儒派之祖。

“毕达哥拉斯[1]曰：‘天下有三件可怕之物：火，水，女人。’”

“想不到希腊哲学家们净说些迂腐的话。要让我来说呀，天下本无可怕之物。火烧不坏，水溺不亡……”独仙君说到这里就没了词儿。

“还有就是遇见女人也不动心，对吧？”迷亭君伸出援手。

主人紧接着往下念：“苏格拉底曰：‘世间最难之事就是驾驭女人。’德摩斯梯尼[2]曰：‘如果想折磨敌人的话，就好的办法就是把自己的女人送给对方，使其日夜陷于家庭风波而疲惫不堪，从此一蹶不振。’塞涅卡[3]把女人和无知视为世上两大灾祸。马可·奥勒留[4]曰：‘女人就像船一样难以驾驭。’普劳图斯[5]认为：‘女人之所以喜欢打扮成瘾，其实是为了掩饰天生的丑陋。瓦勒里乌斯[6]曾写信给其友人，告知曰：‘无论天下何事，没有女人做不出来的。唯愿上天垂怜，使你免受其害。’他还说：‘所谓女人，难道不是友谊的敌人吗？难道不是无可逃避的痛苦吗？难道不是必然的祸害吗？难道不是自然的诱惑吗？难道不是似蜜之毒药吗？倘若说抛弃女人是不道德的话，那么不抛弃她们则更应受到谴责。’……”

“老师，够啦。聆听了这么多关于我老婆的坏话，已经很满意啦。”

“还剩下四五页，我顺便全都念给你听听如何？”

“差不多就得了呗。你太太马上该回来了吧。”迷亭打趣道。

这时，饭厅那边传来女主人呼唤女佣的声音：“阿清！阿清！”

“糟糕！喂，你太太原来在家里呀！”

“呵呵呵呵。”主人笑着说道，“管她呢。”

---

1 毕达哥拉斯（约公元前580—前500），古希腊哲学家、数学家。

2 德摩斯梯尼（公元前384—前322），古希腊政治家、雄辩家。

3 塞涅卡（约公元前4—65），古罗马哲学家、剧作家。

4 马可·奥勒留（121—180），古罗马帝国皇帝，斯多葛派哲学家。

5 普劳图斯（前254—前184），古罗马喜剧作家。

6 瓦勒里乌斯（生卒年不详），公元1世纪时的古罗马历史学家。

“太太，太太，你什么时候回来的呀？”

饭厅里却静悄悄的，没人回答。

“太太，刚才我们说的你都听到了吗？”

还是没人回答。

“刚才苦沙弥君说的，其实不是他自己的看法，而是十六世纪的南希君的观点，请你放心好了。”

“关我什么事！”远远地传来女主人简短的回答。

寒月君哧哧地笑着。

“其实也不关我事。失礼了。哈哈哈哈。”迷亭君毫无顾忌地大笑起来。

这时，外面传来大门猛然打开的声音。没人打招呼，只有重重的脚步声。然后，客厅的纸门被粗暴地拉开——门后露出了多多良三平君的面孔。

与往常不同，三平君今天穿着雪白的衬衫和崭新的大礼服，让人眼前一亮。而且，他右手还沉甸甸地拎着四瓶捆在一起的啤酒。他把啤酒往鲣鱼干旁边一放，也不打招呼，就一屁股坐了下来。他盘腿坐着，像个武士一般威风。

“老师，您近来胃病好些了吗？这样整天待在家里怎么行呢？”

“也没什么好不好的。”

“您说没事，可是脸色不太好呀。老师，您的脸色有点发黄。眼下挺适合出去钓钓鱼的。在品川雇一艘船——我上个星期天就去过了。”

“钓到什么了吗？”

“什么也没钓到。”

“什么也没钓到，那有什么意思呢？”

“养浩然之气嘛。各位先生呢，你们去钓过鱼吗？钓鱼可有意思啦。坐着小船在大海里转来转去的。”三平君毫不拘谨地对大家说道。

“我倒是想坐着大船在小海里转来转去哩。”迷亭君回答道。

“既然去钓鱼，要是钓不上一条鲸鱼或者美人鱼，那就没劲啦。”寒月君回答道：

“怎么可能钓得到这种东西呢？看来，文学家们还是缺少常识啊。”

“我可不是文学家。”

“是吗？那你是做什么的？对于我这样的商务人士来说，常识是非常重要的。老师，我最近的常识越来越丰富啦。在那种地方待久了，耳濡目染，自然就会变成这样的。”

“变成什么样呢？”

“就拿这香烟来说吧，你要是抽什么朝日牌啦、敷岛牌啦，那是很丢份的。”三平君一边说着，一边掏出烟嘴贴着金箔的埃及牌香烟，大口大口地吸了起来。

“你有钱这么摆阔吗？”

“钱是没有，不过总会有办法的。一抽这种烟，就容易得到别人的信任嘛。”

“寒月君，比起你磨玻璃球来，人家的信任来得毫不费劲，方便省事。”

迷亭君对寒月君说道。寒月君还没来得及回答，三平君又说道：

“你就是寒月先生呀？你最后没当上博士吗？正因为你没当上博士，所以就轮到我啦。”

“当博士吗？”

“不是，是娶金田家的女儿。我感到非常抱歉，可是对方非让我娶她不可，我没办法，最后只得决定娶她啦。不过，我还是觉得有些对不起寒月先生，心里一直惦记着这事。”

“请不必客气。”寒月君说道。

主人则模棱两可地回答了一句：“你愿意娶就娶呗，没关系。”

“可喜可贺呀。我刚才不是说了吗，不管家里有个什么样的女儿都不必担心，总会有人要的。现在不是找到这么一位乘龙快婿了吗？东风君，你的新体诗又有素材了，赶快动手写吧！”迷亭君又开始来劲了。

三平君对东风君说道：“你就是东风君吗？我结婚的时候，你能为我写点什么吗？我会马上印刷了分发到各处去的，还可以刊登到《太阳》杂志上面。”

“好，我写。你什么时候要用呢？”

“什么时候都可以，用你之前的作品也可以。为表谢意，我会邀请你参加婚宴，好好款待你，请你喝香槟的。你喝过香槟吗？香槟可好喝啦。——老师，举行婚宴的时候，我打算请个乐队，把东风君的作品谱上曲子演奏一下，您觉得怎么样？”

“随便你。”

“老师，您能帮忙谱曲吗？”

“净瞎说！”

“在座各位，有没有懂音乐的？”

“这位新郎落选者寒月君，就是小提琴高手哟。你好好拜托他吧。不过，光凭香槟的话，恐怕是请不到他的。”

“香槟也分好坏哟。一瓶四五元的肯定没好货，我请你喝的，当然不会是那种便宜货啦。寒月先生，能请你帮忙作个曲吗？”

“好，当然可以。就算是一瓶两角钱的香槟我也答应。要不，不用酬谢也行。”

“求人做事，哪能没有酬谢的？如果你不喜欢香槟的话，那你看这个怎么样？”

三平君一边说着，一边从上衣内袋里取出七八张照片，随手撒在榻榻米上。这些照片，有半身的，有全身的，有站着的，有坐着的，有穿裙裤的，有穿长袖和服的，有梳着高岛田发髻的……全都是些妙龄女子。

“老师您看，有这么多可供挑选呢。为了表示酬谢，我可以给寒月君和东风君介绍介绍。这个怎么样？”说着，三平君拿起一张递给寒月君。

“好呀，那就有劳你帮忙介绍了。”

“这个也不错吧？”三平君又递上一张。

“这个也不错嘛。有劳介绍。”

“你是要哪个？”

“哪个都行。”

“哎哟，你还挺风流的嘛。老师，这个是一位博士的侄女。”

“是吗？”

“这个姑娘呀，性格很好，又年轻，只有十七岁。——如果是这个嘛，有一千元的陪嫁。——这个嘛，则是县长的女儿。”三平君自己说得不亦乐乎。

“能不能都要呢？”

“都要？那也太贪心了吧。你是一夫多妻主义者吗？”

“不是，我是个肉食论者。”

“别瞎扯啦，赶紧把这些东西收起来吧。”主人大声斥责道。

“那就是说，一个都不要了喽？”三平君一边叮问着，一边把照片一张一张地装进衣袋里。

“你拿来这几瓶啤酒是怎么回事？”

“这是送给您的礼物。为了提前庆祝一下，我从街角的酒铺买的。喝一杯吧？”

主人拍了拍手，唤来女佣，让她打开瓶盖。主人、迷亭、独仙、寒月、东风，五个人一起恭恭敬敬地举起酒杯，祝贺三平君的艳福。

三平君兴高采烈地说道：“我打算邀请在座各位参加我的婚宴，大家能来吗？都能来吧？”

“我不去。”主人立刻回答道。

“为什么？我一辈子才举办这么一次盛宴呀。您不出席，岂不是有点不近人情吗？”

“也不是不近人情。不过，我不去。”

“是因为没有服装吗？穿个外褂和裙裤就可以啦。老师，您还是应该偶尔参加些聚会呀。到时我给您介绍一些名人。”

“那就免了。”

“有助于治好胃病嘛。”

“治不好也无所谓。”

“您既然这么顽固，那我就没办法啦。”三平君接着又问迷亭君：“您来参加吗？”

“我？我当然要去的。如果能以媒人的身份参加就更荣幸了。来首俳句吧：‘香槟酒，交杯九盏度春宵。’——什么？你说请了铃木藤十郎当媒人？噢，果然不出我所料。太遗憾了，不过也没办法，总不能设这么多媒人嘛。那我就作为普通客人出席吧。”

三平君又问独仙君：“您参加吗？”

“问我吗？我是‘一竿风月闲生计，人钓白苹红蓼间’。”

“这是什么意思？是唐诗选吗？”

“我也不知道是什么意思。”

“连你自己都不知道，那就没辙啦。寒月君，你会来参加吧？咱俩怎么说还是有点渊源的嘛。”

“我肯定要去的。总得去听听乐队演奏我作的曲子吧，否则该多遗憾呀。”

“那当然。东风君，你呢？”

“嗯，还是去吧。我得在两位新人面前朗诵我的新体诗嘛。”

“那太好啦。老师，我从来没有这样高兴过。所以，再来一杯啤酒吧。”三平君说着，自己一个人咕嘟咕嘟地喝起了自己买来的啤酒，直喝得满脸通红。

秋日苦短，太阳就快落山了。火盆里乱扔着烟头，炭火早已熄灭。这帮悠闲的人也已经聊得意兴阑珊。

独仙君先站起来说道：“时间不早了，我回去啦。”

接着，其他几个人也纷纷说道：“我也走啦。”然后出门而去。客厅里就像散场后的戏院一样，突然冷清下来。

主人吃完晚饭，走进书房里。女主人拉拢了单薄的内衣领子，然后开始缝那件洗褪色了的衣服。孩子们已经并枕而睡。女佣出去澡堂了。

这些人虽然貌似悠闲，但稍微叩一叩他们的心扉，就能听到一种悲凉的声音。独仙君看似大彻大悟，其实他的双脚仍然踩在地面上。迷亭君也许是无忧无虑的，可他的世界也并非美好如画。寒月君不再磨玻璃球了，终于从老家把媳妇娶了回来，过上了安稳日子。但这种安稳日子长期持续下去，难免会使人产生厌倦。东风君嘛，再过上个十年的话，总会幡然醒悟，意识到乱献新诗之荒唐吧。至于三平君，到底会变成龙还是变成蛇，就不好说了。如果他能够一辈子都得意洋洋地请人喝香槟酒，那当然很好。铃木藤十郎嘛，则会一直不停地滚下去。既然滚动，难免会沾上一身泥巴。但即使满身泥巴，也比不滚动的人要混得好。

我生为一只猫儿，已经在人世间过了两个年头。我本来以为，再也没有哪只猫儿像自己一样见多识广的了。然而，前不久突然冒出一只名叫“卡特·摩尔”[1]的、素不相识的同类，它那么气势汹汹的，把我吓了一跳。仔细打听之下，才知道它其实在一百年前就已经死掉，可是现在出于好奇心，又故意变成幽灵，从遥远的冥土跑到这里来吓

1　德国作家霍夫曼（1776—1822）曾写过一部名为《公猫摩尔的人生观》的小说。卡特·摩尔即为其中的主人公。1906年，文学杂志《新小说》刊登了藤代素人的文章《猫文士气炎录》，以“卡特·摩尔”的口吻批评夏目漱石，说他不了解世界文学，不知道百年前已经有人以这种方式写过小说了。

唬我。

这只猫儿据说是只不孝之猫，它去和母亲会面时，叼着一条鱼作为礼物前往，结果却在半路上馋得受不了，自己把鱼给吃掉了。别看它如此不孝，才气却并不亚于人类。据说它还能作诗，使它的主人大为震惊。想想在百年前就已经出现如此俊杰之物，那么像我这样不成器的猫儿，早就应该退隐，归卧无何有之乡了。

主人迟早会死于胃病。金田那老头儿因为贪得无厌，已经死掉了。秋天的树叶差不多掉光了。死，是万物的宿命。既然活着也没什么用，不如尽早死掉更为明智。若按刚才各位先生的看法，人类的命运最终将归于自杀。如果一不留神，那么猫儿也不得不生于这憋闷的人世间。实在是太可怕了。不知为什么，我觉得忐忑不安起来。不如我也去喝点三平君带来的啤酒，快活一下吧。

我绕到厨房后门。秋风把门吹得咔哒作响，然后又从门缝吹进来，不知何时把煤油灯吹灭了。明亮的月光从窗口照进来。盘子上摆放着三只玻璃杯，其中两只里还剩了半杯茶色的液体。用玻璃杯盛着，即使里面是热水，也会有一种冰凉之感。更何况是在寒夜月光的照射下，静静地摆在灭火罐旁边，这种液体还没入口就已经感觉冷冰冰的，让人望而生畏。

不过，什么事都得试过了才知道。三平君一喝这种东西就变得满脸通红、气喘吁吁，那么我这只猫儿也喝上两口的话，说不定也能快活起来吧。反正这条命迟早是要结束的，总得趁活着的时候试一下吧。等死了之后才躺在坟墓里后悔可就太迟了。

喝吧！我下定决心，猛地把舌头伸进杯子里，吧嗒吧嗒地舔了几口，顿时被吓住了。我的舌尖火辣辣的，仿佛被针扎了一样。人类不知发了什么疯，非得喝这种酸臭的东西，反正我们猫儿是喝不了的。猫和啤酒，注定无缘吧。

我觉得难喝得要命，就把舌头缩了回来。但转念一想：人类常说什么“良药苦口”，感冒时总要皱着眉头吃些古怪的玩意儿。对此我一直有个疑问：到底是吃药治好了病，还是病自己会好的却还要吃药？现在是个好机会，可以用啤酒来解决这个疑问。如果喝下去连肚子里也充满苦味，那就认了；如果能像三平君那样快活得忘乎所以，那我就大赚一笔啦，还可以告诉这附近的猫儿。唉，谁知道会怎样呢，听天由命吧。我下定决心，再次伸出舌头。睁着眼睛太难喝，于是我紧紧地闭上眼睛，又开始吧嗒吧嗒地喝起来。

当我强忍着把这杯啤酒喝光时，奇怪的现象出现了。一开始是感觉舌头火辣辣的，嘴里像受到压迫似的一样难受。但多喝几口之后，渐渐地感觉舒服多了。当喝完第一杯时，已经不觉得怎么难受了。既然没事，我又轻轻松松地把第二杯给消灭了。顺便把洒在盘子上的也舔得干干净净，收进肚子里。

为了观察自己的身体反应，我静静地蜷缩了一会儿。我感觉到身体渐渐发热，目光有点呆滞，耳朵也开始发烫。我想唱歌，想跳舞。我想让主人、迷亭、独仙全都滚蛋！我想给金田那老家伙狠狠地挠一爪子。我想在金田老婆的大鼻子咬一口……我想干的事儿可多着呢。最后，我摇摇晃晃地站起身来，接着又踉踉跄跄地迈开步子。这太有意思了。我得到外边走走。走到外边，向月亮说声晚上好。真带劲。

我想，所谓“陶然而醉”，就是指现在这种感觉吧。我信步而行，似散步而非散步，任由懒洋洋的腿脚向前迈去。感觉十分困倦。我甚至分不清自己是睡着了还是在走路。我感觉眼睛是睁着的，但又觉得眼皮发沉。

既然这样，那就豁出去啦。管他前面是刀山还是火海，我都不怕！我往前迈出轻飘飘的前腿时，突然听到“扑通”一声，我大吃一惊——这下完蛋了！至于怎么完蛋的，则根本没反应过来。只是隐隐约约地感觉到完蛋了，然后脑子就陷入了空白。

等回过神的时候，我发现自己正浮在水面上。我觉得十分难受，就用爪子拼命乱抓，可我只能抓到水，一扑腾又立刻沉了下去。无奈之下，我只得拼命蹬后腿，再用前腿去划水。这下前脚总算碰到了什么东西，发出了嘎吱声响。我的脑袋也总算浮出了水面。这到底是在哪里呀？我环顾四周，才发现自己掉进了大水缸里。

这个水缸，在夏天之前还密密麻麻地长着一种名叫“雨久花”的水草。后来经常有乌鸦飞来，把雨久花吃个精光，而且还在缸里洗澡。乌鸦一洗澡，水就变浅。水一变浅，乌鸦也就不来了。我前不久还在想：最近水这么浅，连乌鸦都很少见啦。没想到，此时自己竟然取而代之地在这里洗澡呢。

水面离水缸口足有四寸多高。我伸直腿也够不着，往上跳也跳不出去。可是如果不动的话，身体就会直往下沉。我拼命挣扎，爪子也只能嘎吱嘎吱地碰到缸壁上。有时碰到缸壁，似乎也会稍浮上来一些，但一打滑，又立刻沉进水里。在水里憋得难受，就又挠起缸壁来。渐渐地，我的身体也开始累了。心里虽然焦急，但腿脚却不听使唤。最后，我也分不清到底是因为沉进水里而挠缸壁，还是因为挠缸壁而沉进水里。

在受尽折磨之时，我心想：我之所以如此痛苦，无非是因为想从缸里爬出去。我虽然很想爬出去，但显然是爬不出去的。我的腿不足三寸长，就算能把身体浮在水面，从水面尽可能地伸出前腿，我的爪子也碰不到离水面足有五寸高的水缸口。既然碰不到水缸口，那无论我如何抓挠，如何焦急，就算再折腾一百年，直至粉身碎骨，也绝不可能从这里逃出去。明知道出不去还非要出去，这显然是无能为力的。无能为力而勉为其难，所以才会感到痛苦。真没劲。如此自讨苦吃，自甘受罪，简直是愚蠢之极。

我心想：“算了，听天由命吧。我也省得再嘎吱嘎吱地瞎折腾了。”

于是，我就让前腿、后腿、脑袋、尾巴都顺其自然，不再挣扎。

渐渐地，我觉得轻松一些了。我已经分不清自己是痛苦还是庆幸，也分不清自己是在水里还是在客厅里。不管在哪里，不管感觉如何，都已经无所谓了。我只感觉到轻松——不，甚至连轻松也感觉不到了。我将斩落日月，粉碎天地，进入不可思议的太平世界。

我即将死去。

死，而后获得太平。

不死，则无法获得太平。

南无阿弥陀佛，南无阿弥陀佛。

谢天谢地，谢天谢地。

跋[1]

夏目漱石

上

《我是猫》连载于杂志《杜鹃》上，本来就跟一般小说不同，没有一个整体的故事情节。所以，无论从哪里分开作为一册，应该都不会影响其趣味性。我本来是打算多写一些，然后再结集出版。然而，出版社那边频频催促，而自己又比较忙，没时间随心所欲地继续往下写。所以，只好暂时先出版这五章。

在杂志上发表过的东西，现在又以单行本的形式公开出版，这也许可以解释为它具有公开出版的价值吧。至于《我是猫》是否具有如此价值，身为作者，我不方便评价。不过，先不论其内容价值如何，自己写的东西能按设想的模样公之于众，我就已经感到心满意足。这个动机促使我下决心付梓出版。

此书公开出版时，中村不折先生帮忙创作了几幅插图，桥口五叶

1 《我是猫》在日本最初分为三册出版，第1~5章为上册，第6~9章为中册，第10~11章为下册。——编者注

先生则负责封面等各部分的装帧设计，为此书增添了一种文字以外的趣味。我对他们深表感谢。

在连载《我是猫》的过程中，我就时常收到素不相识的读者特意寄来的书信或明信片，上面写着意外的夸赞之词。自己写的东西能得到素不相识的读者的认同，这令我感到十分欣慰。借此出版的机会，向这些读者致以谢意。

此书既没有主旨，也没有结构，就像没头没尾的海参一样。所以，即便只出版这一册之后就没了续篇，也没太大关系。说不定，真的就没有续篇了。不过，如果将来有机会的话，我还是打算忙里偷闲，磨墨提笔，继续写下去的。趁着猫儿还活着，趁着猫儿还健在，趁着猫儿还乐意，我就得继续往下写。

（明治三十八年[1]十月六日）

中

续写《我是猫》时，我本来打算写到和上册差不多的篇幅就搁笔，以上下两册单行本出版。可后来却因为某种状况而越写越长，于是出版社提议要分为上、中、下三册出版。这其实是出于发行业务上的考虑，对于我这个作者来说并没什么影响。我觉得这样也挺好，于是就决定暂且以此作为中册出版。

写序的时候，我突然想起一事。我在伦敦留学期间，为了安慰病中的挚友正冈子规，曾经写过两三封长信，为他描述伦敦的见闻。身处苦闷之中的子规读了我的信，似乎颇感兴趣，还恳求说：“能不能再给我多写一封？虽然知道你忙，不太好意思麻烦你。”当时子规已

1　即1905年。

经病得很重，字里行间都透出凄惶之感。念在情谊的分上，我本想再给他多写一封，无奈自己并非游客之身，没什么时间到处闲逛、搜寻趣事趣闻。结果，没等到我写下一封信，子规就去世了。

我从箱底翻出子规的这封来信。信上是这么写的：

我已经不行了，每天莫名其妙地号哭，所以没再给报纸杂志写东西了，而且还断绝了一切书信往来。所以久未联系，抱歉。今晚突然想起，才特意写信给你。你上次的来信非常有趣，成了我近来的唯一乐事。你也知道，我以前就想过要去欧洲看看了。可惜疾病缠身，甚感遗憾。我读你的来信时，觉得自己仿佛也身在欧洲，感觉无比畅快。如果有时间写的话，可否趁我尚在世之时再给我写一封？（就当是我的不情之请吧。）

明信片也已经收到。伦敦的烤白薯味道如何？

中村不折现在居住在巴黎，听说经常去清真寺。他曾说过，如果见到你的话就送一条鲣鱼干给你。不过，估计早就被他自己吃掉了吧。

高滨虚子生了个男孩。我给他取名叫“年尾”。

錬乡死了，非风死了，大家都已先我而去。

我想，此生可能没机会再与你相见了。万一还能相见，恐怕我也已经不能言语。其实，我现在活得很痛苦，还在日记里写下了“古白曰来”[1]四个大字。

想写的话还有很多，无奈病痛难忍，只得就此搁笔，请原谅。

1　藤野古白是正冈子规的表弟，自杀而亡。正冈子规病痛发作时，也产生了自杀的念头，似乎听见表弟在召唤自己，即所谓“古白曰来”。

明治三十四年十一月六日写于灯下

东京 子规

伦敦 漱石兄亲启

这封来信是用行书所写，信笺则用了美浓纸。其笔力颇为矫健，看不出是出于垂危病人之手。我每次看见这封信时，都有一种愧对故友的感觉。他所说的“想写的话还有很多，无奈病痛难忍，只得就此搁笔，请原谅”肯定是实话，而我所说的“虽然想写，但确实太忙了，请原谅”则未免略有敷衍之嫌。可怜的子规，就在等待我的音信中度日。然而，最终还没有等到就停止了呼吸。

子规是个可恶的家伙。他曾在《墨汁一滴》里这么写道：“姉崎、藤代[1]他们在德国用德语演讲，大受欢迎，而漱石却闲居在伦敦乡下的旅馆里，被老女佣欺负。”当我看到这句话时，觉得他十分可恶，而当我看到他说“想写的话还有很多，无奈病痛难忍，只得就此搁笔，请原谅”时，又觉得颇为内疚。我就怀着这种内疚之情，等来了他的死讯。

要是子规还活着的话，读了《我是猫》会有什么感想呢？说不定，他只喜欢读伦敦见闻，对《我是猫》却觉得不忍卒读。不过，《我是猫》毕竟是我的成名作。虽说成名并不值得沾沾自喜，但对于在《墨汁一滴》里暗中激励我的故友来说，将此书献给他也许是最合适的。我决定效仿“季子挂剑于墓，以酬故人”[2]之典故，在子规去世五年后的今天将《我是猫》献于其墓碑前，以消往日的内疚之情。

1　即藤代祯辅（藤代素人）。1900年与夏目漱石乘坐同一艘轮船赴欧洲留学。后来在文学杂志《新小说》上发表文章《猫文士气炎录》，以“卡特·摩尔”的口吻批评夏目漱石，说他不了解世界文学、不知道百年前已经有人以这种方式写过小说了。

2　出自《史记·吴太伯世家》。

子规临终前，曾作了几首吟咏丝瓜的俳句。所以，世人把子规的忌日称为“丝瓜忌”，而且还给他本人取了个绰号叫“丝瓜佛”。十多年前，我和子规一起创作俳句的时候，曾偶得此句：藤蔓长，所悬丝瓜为何样？既然与丝瓜有缘，不如就将此句和《我是猫》一起献给故友子规吧。

还有这首，也是那时所作：沉甸甸，屁股稳坐是南瓜。既然都有一个“瓜”字，那么南瓜和丝瓜应该属于亲戚关系吧。所以，把南瓜之句献给丝瓜佛倒也合情合理。我打算将此句一起献于子规灵前。我不知道子规现在在哪里、在干什么。他恐怕已经没有屁股，正为了无法安坐而发愁吧。而我至今仍有屁股。既然仍有屁股，那我不妨稳稳当当地坐下来，不必因别人的想法而轻易动摇。不过，倘若子规因为自己没屁股而推己及人地为我担心，那可就不太好了。所以，我还是事先声明一句，以便让故友安心吧。

（明治三十九年十一月四日）

下

《我是猫》下册印成铅字后页数不足，所以出版社让我再多写一些。他们似乎以为《我是猫》是可以随意伸缩的。其实，别看它是只猫儿，既然已经掉入水缸、一命呜呼，那当然就没法儿随随便便复活啦。总不能因为页数不够就让它又从水缸里爬上来吧，那样会有失猫儿的体面。所以，我拒绝了出版社的提议。

猫儿掉入水缸之时，漱石先生和书中主人公苦沙弥先生一样都是教师。而在猫儿落水几个月后——既已往生的猫儿自然无从知晓——正在写此篇的漱石先生已经不是教师了。说不定，主人苦沙弥先生也已经被停职或开除了吧。世间就像猫儿的眼珠一样飞速转动。在这短短的几个月里，有人丢了性命，有人丢了工作。过了年底，又过了正月，花开花谢，又到了新绿时节。我不知道世界将如何变化，我只知道：水缸里那只猫儿的瞳孔，已经凝固成了永恒不变的瞬间。

（明治四十年五月十九日）

处女作追忆谈

夏目漱石

要说我的处女作，还得算《我是猫》吧。不过，好像也没什么值得追忆的。只能说是偶然写出了这么个东西，而我又恰巧遇到这么个时机而已。

话说回来，我原本就没什么非做不可的事。当然，人既然活着，总得做点什么。既然要做，就要体现出自己的存在感，向外界展现“个人”的价值所在——在这一点上，也许我和普通人的想法差不多吧。至于创作方面，我在动笔之前其实并没有特别考虑过要如何发挥自我特色。

在这里，我稍换个话题，先来讲一下自己的经历。我刚从大学毕业没多久那会儿，有一天，外山正一先生把我叫去，问我想不想当老师。我之前从没考虑过想不想当老师的问题，突然被这么一问，觉得似乎也未尝不可，就回答说：“那我试试看吧。”于是，他让我到嘉纳先生那里去——嘉纳先生是高等师范学校的校长。到那儿之后，嘉纳先生首先给我讲了一番冠冕堂皇的大道理——教育事业应该如何如何，教育工作者应该如何如何……使我感觉自己难以胜任。要放在今天，我当然知道话只需听三分之一、工作也只需完成三分之一即可。可在当时，自己还太老实，未能领会到这点，所以当场就拒绝说："我做不来。"没想到嘉纳先生却夸赞道："正因为你推辞，所以我才更觉得你这人可靠。反正你尽力而为就行。"他既然这么说，而我这人又不太会拒绝别人，于是就这样在高等师范学校开始工作了。这就是我的人生起点。

回溯到我十五六岁的时候，曾经醉心于汉籍和小说，对文学产生了兴趣，而且自己也想从事文学创作。可是当我向现已过世的兄长提起时，他却说："文学只是一种兴趣爱好，不能当作职业。"把我训了一顿。然而，我经过再三考虑，还是想从事自己感兴趣的工作，而且这份工作还必须是社会所需要的才行。究其缘由，是因为我是个怪人——虽然那时还不太理解"怪人"的含义，但却常以"怪人"自居，感觉自己在许多方面都与社会格格不入。我想，应该有这样一种工作，既无须做违心的事，又能乐在其中，而且还是社会所需要的。当时，我脑海中浮现出佐佐木博士的养父佐佐木东洋——此人至今仍在骏河台经营医院——是个人尽皆知的怪人，但社会却需要他这样的人。而且，他做事光明磊落，从来不做违心的事情。骏河台还有一位叫井上达也的眼科医生，他和佐佐木东洋先生一样是个怪人，而且也被社会所需要。我希望自己也能成为像他们那样了不起的人。可是我讨厌做医生。我时常想，除了医生之外，应该还能找到别的好工作吧。有一天，我突然想到建筑这个行业——建筑属于"衣食住行"的其中一项，为社会所需，同时还是一门高雅的艺术。既有用，又有趣，所以我决定选择建筑行业。

然而，那会儿（高中时期）有个叫米山保三郎的同学，此人才是货真价实的"怪人"，经常说些宇宙如何、人生如何之类的大道理。有一天，他过来找我，一如往常地给我列数了一堆哲学家的名字，最后问我将来想做什么。我如实说了自己的想法。他却当即表示反对，而且还大发议论说："无论你在日本如何大显身手，都不可能为后世留下像圣保罗大教堂这样伟大的建筑呀。倒不如搞文学更有前途。"我的想法原本是从饭碗问题出发，固然要比他的话更实际。然而，他的话虽然有些不着边际，但却气势恢宏，根本就没把衣食问题等放在眼里，令我深感佩服。被他这么一说，我觉得确实有道理，于是当即打消了搞建筑的念头，而决心当文学家。我简直就是个没心没肺的家伙。

虽说想搞文学，但我又不想选择汉文专业或国语专业，所以最终决定报考英语专业。

其实，当时我的目标极其空洞，只是想着学会英语，然后用英语写出优秀的文学作品，震惊西方人。可是进入大学三年过后，这种希望变得越来越渺茫，以至于我在毕业时还感到疑惑：像我这样子竟然也成了学士？不过，因为我成绩还不错，所以深受别人信任。面对社会，我颇为自得；可是当我面对自己时，却甚感悲哀。随着时日渐长，我的悲哀开始凝固，然后体面地消逝——说得刻薄一些，就叫自甘堕落。然而，面对社会时，却越发变得不可一世。这使我不禁想到了高山林公[1]。

后来，学校方面问我想不想出去留学。我说："应该有人比我更想去吧，就让他们去好了。"对方却劝道："不必推辞，出去看看也挺好的呀。"我心想：既然这样，那就去看看吧。所以就去了。然而，在留学期间，我渐渐对文学产生了厌倦，读英文诗也毫无感觉。非要假装乐在其中的话，则无异于幻想着自己长出翅膀而后在天空飞翔，无异于穷光蛋故意摆出有钱人的嘴脸到处招摇过市。正在那时，池田菊苗君从德国过来，住在我的旅馆里。他本来是个化学家，可是在交谈之中，我发现他还是个了不起的哲学家，这让我颇为惊讶。我至今还记得，当时两人你一言我一语地讨论了很久。在伦敦遇见池田

1　即高山樗牛（1871—1902），日本评论家、思想家，提倡日本主义，受到当时年轻人的追捧。

君，使我获益匪浅。我打算要放弃虚无缥缈的文学，踏踏实实地做一些系统性的研究。之后，就开始实行这个方针，做了一小部分，然后打算回日本后再完成整个计划。刚从欧洲回到日本时，有人问我是否愿意去大学教书。我心想：既然这样，那就去吧。于是就进了大学。（我一开始还拒绝了，因为担心会妨碍刚才所说的研究。）

话说，我和正冈子规君是老朋友。在伦敦期间，我曾把自己在旅馆里遇到的种种窘况写信告诉了他，然后被他登载到了《杜鹃》杂志上。其实我和《杜鹃》杂志以前就有联系了。出于这样的原因，我回到日本后（当时子规已经去世），编辑高滨虚子拜托我给杂志写点什么。于是我就开始写《我是猫》。然而，虚子看过之后，却说这么写不行，还说了一大堆原因。不过现在已经全忘了。当时，我觉得他说得有道理，就重新修改。

这一次，虚子大加赞赏，并将其登载到《杜鹃》上。本来我打算只写这么一期的。可是虚子说很有趣，让我继续写。于是我就继续往下写，结果渐渐地越写越长。事情的经过就是如此。所以说，《我是猫》只是偶然写出来的，而我也未曾想过要以此轰动文坛，只是想写就写，有感而发罢了。换言之，就是我恰巧遇到这么个时机而已。当然，刚开始动笔时和最终写完时的想法还是有所差异的。至于文体嘛，我也不愿模仿别人，于是就写成了这样。仅此而已。

就这样，一路走到了今天。总而言之，我对于任何事情都并不积极，甚至连自己都觉得惊讶。我选择文科，是听从朋友的建议；我当教师，也是别人的主意；我去留学，留学回来就职于大学，而后进入朝日新闻社，动笔写小说……莫不如此。所以，从某种意义上来说，“我”是被别人造就出来的。

（登载于明治四十一年九月《文章世界》）

三个圈

读客三个圈经典文库

精神成长树

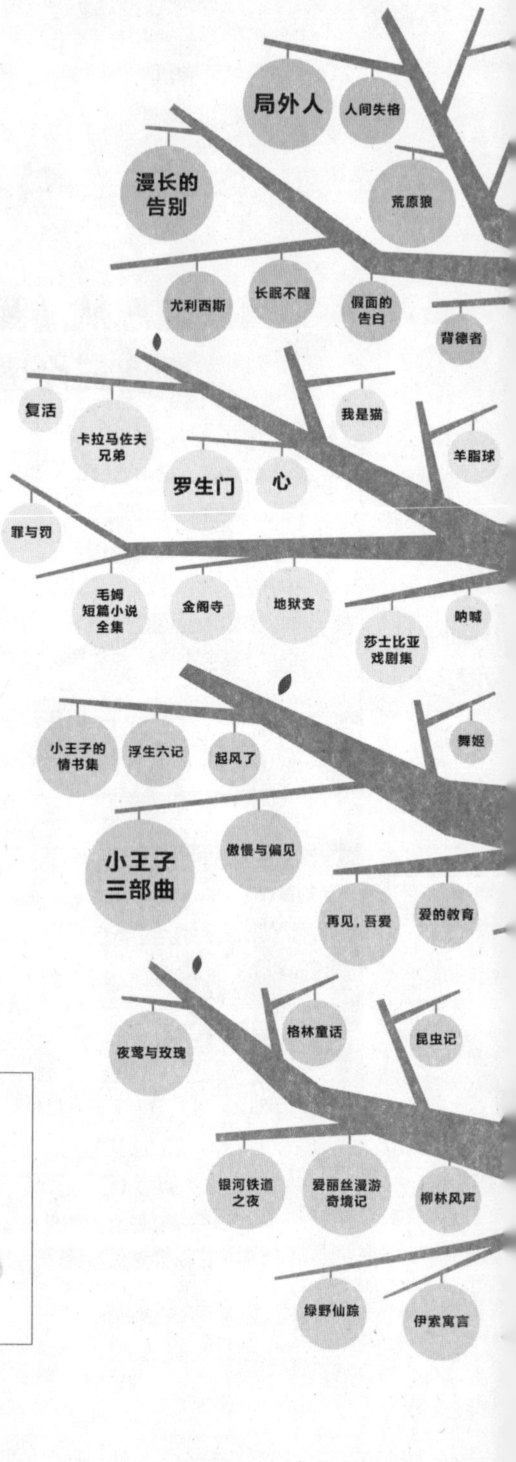

你想成为什么样的人？
对你来说什么是重要的？
这个世界应该是什么样子？

我们在生命中遇到的问题，每个时空的人都经历过，一些伟大的人留下一些伟大作品，流传下来，就成了经典。正是这些经典，共同塑造并丰富着人类的精神世界。

我们重新梳理了浩若烟海的文学经典，为您制作了精神成长树。跟随读客三个圈经典文库，汲取大师与巨匠淬炼的精神力量，完成你自己的精神成长！

树干：

不同的精神成长主题，您可以挑选任意感兴趣的主题进行深入阅读

例如：
寻找人生意义
探索自己的内心
拥有强大意志力
理解复杂的人性
…………

枝丫上的果实：

我们为您精选的经典文学作品

精神成长树示意图

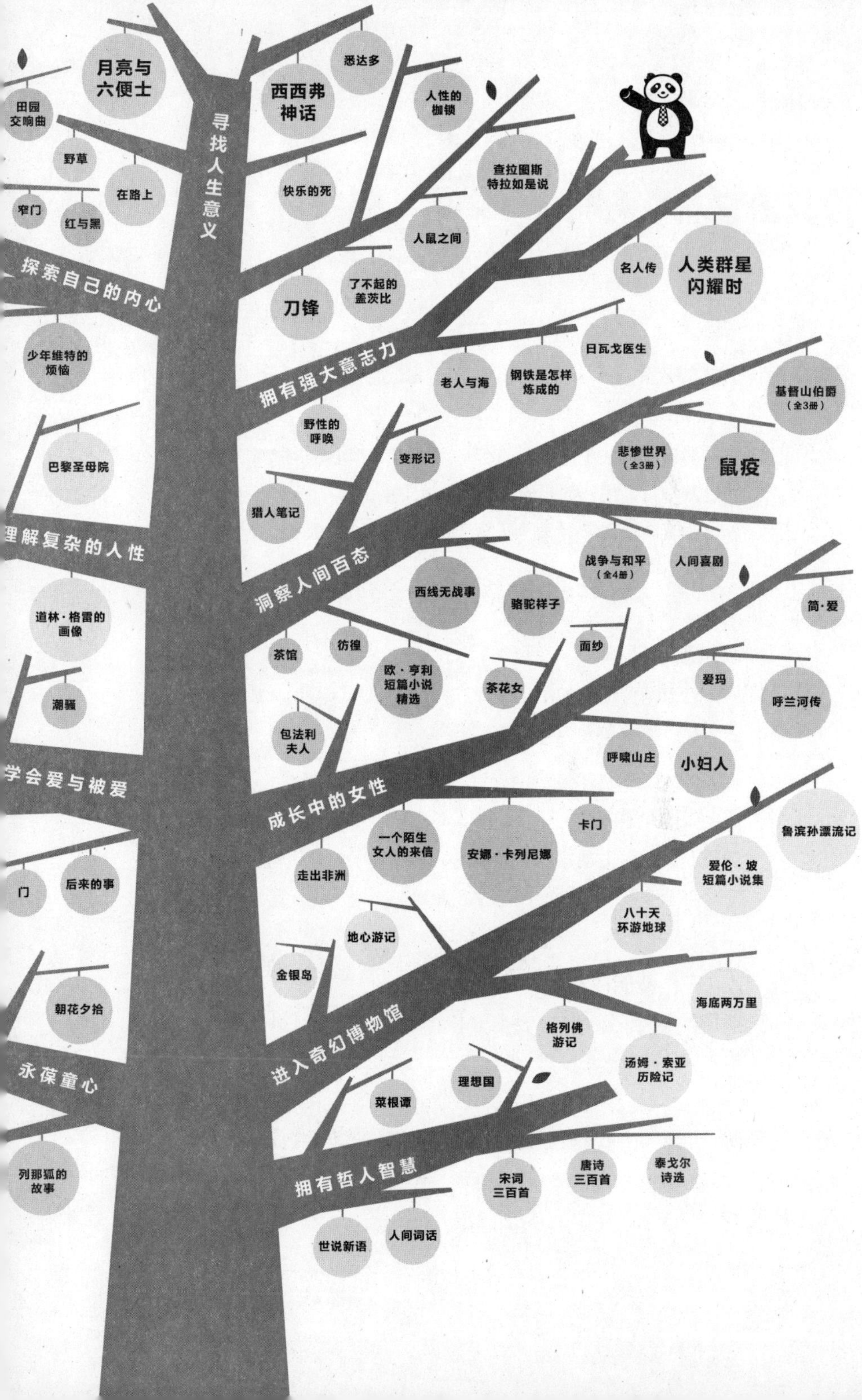

月亮与六便士
西西弗神话
悉达多
人性的枷锁
田园交响曲
寻找人生意义
查拉图斯特拉如是说
野草
在路上
快乐的死
窄门
红与黑
人鼠之间
名人传
人类群星闪耀时
探索自己的内心
刀锋
了不起的盖茨比
少年维特的烦恼
日瓦戈医生
拥有强大意志力
老人与海
钢铁是怎样炼成的
基督山伯爵
（全3册）
野性的呼唤
巴黎圣母院
变形记
悲惨世界
（全3册）
鼠疫
猎人笔记
理解复杂的人性
洞察人间百态
战争与和平
（全4册）
人间喜剧
西线无战事
骆驼祥子
简·爱
道林·格雷的画像
面纱
茶馆
彷徨
欧·亨利短篇小说精选
茶花女
爱玛
呼兰河传
潮骚
包法利夫人
呼啸山庄
小妇人
学会爱与被爱
成长中的女性
卡门
一个陌生女人的来信
安娜·卡列尼娜
鲁滨孙漂流记
门
后来的事
走出非洲
爱伦·坡短篇小说集
八十天环游地球
地心游记
金银岛
朝花夕拾
海底两万里
进入奇幻博物馆
格列佛游记
永葆童心
理想国
菜根谭
汤姆·索亚历险记
列那狐的故事
拥有哲人智慧
宋词三百首
唐诗三百首
泰戈尔诗选
世说新语
人间词话

激发个人成长

多年以来，千千万万有经验的读者，都会定期查看熊猫君家的最新书目，挑选满足自己成长需求的新书。

读客图书以“激发个人成长”为使命，在以下三个方面为您精选优质图书：

1．精神成长

熊猫君家精彩绝伦的小说文库和人文类图书，帮助你成为永远充满梦想、勇气和爱的人！

2．知识结构成长

熊猫君家的历史类、社科类图书，帮助你了解从宇宙诞生、文明演变直至今日世界之形成的方方面面。

3．工作技能成长

熊猫君家的经管类、家教类图书，指引你更好地工作、更有效率地生活，减少人生中的烦恼。

每一本读客图书都轻松好读，精彩绝伦，充满无穷阅读乐趣！

认准读客熊猫

读客所有图书，在书脊、腰封、封底和前后勒口
都有“读客熊猫”标志。

两步帮你快速找到读客图书

1. 找读客熊猫

2. 找黑白格子

图书在版编目（CIP）数据

我是猫 /（日）夏目漱石著；黄悦生译 . -- 南京：
江苏凤凰文艺出版社，2019.10（2023.8 重印）
（读客经典文库）
ISBN 978-7-5594-3742-6

Ⅰ . ①我… Ⅱ . ①夏… ②黄… Ⅲ . ①长篇小说 - 日本 - 近代 Ⅳ . ① I313.44

中国版本图书馆 CIP 数据核字 (2019) 第 086571 号

我是猫

［日］夏目漱石　著　　黄悦生　译

责任编辑　丁小卉
特约编辑　陶　旎　　王心怡　　黄　婧
封面设计　文　薇
责任印制　刘　巍
出版发行　江苏凤凰文艺出版社
　　　　　南京市中央路 165 号，邮编：210009
网　　址　http://www.jswenyi.com
印　　刷　河北中科印刷科技发展有限公司
开　　本　890 × 1270 毫米　1/32
印　　张　14.5
字　　数　358 千字
版　　次　2019 年 10 月第 1 版
印　　次　2023 年 8 月第 9 次印刷
标准书号　ISBN 978 - 7 - 5594 - 3742 - 6
定　　价　45.90 元